Chambre 505

Viveca Sten

Chambre 505

ROMAN

Traduit du suédois
par Amanda Postel et Anna Postel

Albin Michel

Édition originale suédoise parue sous le titre :
BOTGÖRAREN

Chez Forum Bokförlag, Suède
Publié avec l'accord de Nordin Agency AB, Suède

Pour Mischa, notre doudou à quatre pattes

Prologue

Dans la chambre 633 du Copperhill Mountain Lodge, à Åre, Aada Kuus s'affaire. Elle vient tout juste de disposer deux serviettes éponges propres dans la salle de bains quand un bruit la fait sursauter. Ça vient de la suite Argent, juste à côté.

On aurait dit un cri – un cri de peur étouffé…

Il est déjà tard, minuit passé. Aada s'apprêtait à rentrer chez elle quand elle s'est souvenue des serviettes à monter dans la 633. Ça ne pouvait pas attendre : la chambre doit être prête pour l'arrivée des clients le lendemain matin.

Elle s'immobilise, pétrifiée, les yeux rivés sur le mur mitoyen de la suite de luxe.

À nouveau, un cri. Un hurlement de femme, strident, désespéré. Puis un juron proféré par une voix grave, suivi d'un coup sourd – on dirait une lampe heurtant le sol.

Mais que se passe-t-il à côté ?

Une plainte déchirante traverse la cloison. Aada est soudain envahie par une terreur qui la paralyse – exactement comme autrefois, quand son beau-père, ivre, rouait sa mère de coups, la laissant en sang.

Elle est redevenue une fillette de sept ans.

L'effroi pulse dans tout son corps, son sang se fige, elle grelotte.

Dans le miroir au-dessus du lavabo, Aada croise son regard épouvanté. Le silence est retombé, mais elle reste clouée sur place en position défensive. Les épaules tendues, le corps bandé, elle est à fleur de peau.

Elle respire par saccades, bouche ouverte. Doit-elle aller frapper à la porte de la suite ? Appeler la réception ?

Donner l'alerte ?

La panique la submerge : l'air vient à lui manquer, comme s'il refusait de passer la barrière de sa gorge ; sa langue colle à son palais. Sa raison lui ordonne d'agir, mais son corps veut se replier, se cacher. Une petite voix résonne au fond de son crâne : Personne ne doit savoir que tu es là, sinon ça sera ton tour.

Aada fixe sans ciller un point sur le carrelage, jusqu'à ce que ses yeux lui semblent s'embraser.

Elle sent monter un puissant instinct de fuite, comme une avalanche qui grossit et s'abat d'un coup sur elle. Enfin, ses muscles lui obéissent. Les jambes flageolantes, elle fait quelques pas jusqu'au seuil de la chambre, tâtonne dans l'obscurité, trouve la poignée.

Elle s'apprête à se glisser au-dehors quand, dans l'entrebâillement de la porte, elle entrevoit une silhouette. Elle parvient à discerner un homme qui surgit de la suite Argent et s'engouffre dans le couloir éclairé. Serré dans son poing, un objet brillant où perle du sang.

L'homme porte un bonnet enfoncé jusqu'aux oreilles ; un masque en tissu noir lui barre le visage. Aada ne distingue que ses yeux, brûlants de furie.

Tout ça n'a duré qu'une seconde. Dans un mouvement de recul instinctif, elle referme la porte. Noyée sous un flot de pensées désordonnées, elle reste plantée là, figée. La terreur l'empêche d'esquisser le moindre geste. Après un temps, elle tombe à genoux, le visage dans les mains. En état de choc, elle se balance d'avant en arrière, s'efforçant de réprimer des haut-le-cœur.

Il s'est passé quelque chose d'épouvantable dans la suite Argent, cet homme avait les mains couvertes de sang.

Peut-être est-il encore à rôder dans les parages, attendant qu'elle sorte pour se jeter sur elle à son tour.

SAMEDI 27 MARS 2021

1

La silhouette sombre du bâtiment abandonné se dresse dans un décor de bouleaux noir et blanc. Les vitres sont couvertes d'une épaisse couche de crasse, la peinture s'écaille et des détritus s'amoncellent à sa base.

Une véritable scène de désolation.

Devant la ruine qu'est devenu l'hôtel de montagne de Storlien, Charlotte Wretlind sait qu'il y a de quoi être découragée. Pâques approche, mais le ciel est couvert, baignant le paysage d'une lumière grise de fin d'après-midi : le bâtiment est plongé dans une brume sinistre.

Charlotte saisit pourtant autre chose, dans ce paysage. Derrière le délabrement général du lieu, elle revoit l'hôtel dans la majesté de son âge d'or – avec les yeux de la petite fille frémissante d'impatience qui y passait jadis tous ses Noëls en famille.

Elle se remémore l'atmosphère solennelle qui régnait toujours le 23 décembre, à l'entrée en gare du train de nuit parti de Stockholm la veille au soir. On venait alors les chercher avec un traîneau tiré par un cheval ; un sapin de Noël monumental les accueillait dès leur arrivée dans l'élégant lobby, sous un dais de guirlandes scintillantes.

Elle se souvient parfaitement de la sensation qu'elle éprouvait chaque année, le soir du réveillon, en gravissant l'imposant escalier qui menait au restaurant. La longue robe de sa mère, dont les plis de velours frôlaient les marches à chacun de ses pas, le raffinement de ses lèvres carmin et de sa chevelure brune crêpée à la perfection.

Dans ses souvenirs, les Noëls passés à Storlien restent nimbés d'un halo magique. Cela fait des années qu'elle nourrit le projet de racheter le lieu pour y ouvrir un nouveau complexe hôtelier de haut standing – projet dont son père avant elle avait tant parlé.

Et voilà que ce rêve est sur le point de se réaliser.

Il lui aura fallu une force de persuasion considérable pour vaincre la résistance d'Henry, son associé, mais elle l'a finalement convaincu de la suivre et d'injecter le capital manquant. Pendant des décennies, elle a été celle qui aidait les autres à concrétiser leurs projets financiers et immobiliers ; l'heure est venue d'assouvir ses propres ambitions. À cinquante-six ans, elle veut bâtir quelque chose de pérenne, graver son nom dans les mémoires.

Son père aurait été si fier d'elle.

Elle imagine bien le complexe : ici, le bâtiment principal tout neuf ; là, l'aile réservée à un spa haut de gamme, le tout équipé de fenêtres panoramiques. La surface de l'hôtel sera plus que doublée, pour accueillir des suites exclusives ainsi que des restaurants à thème qui proposeront des expériences culinaires hors pair.

Il y aura de la vie, du monde, comme dans ses souvenirs d'enfant. À terme, Storlien deviendra une étape de montagne incontournable pour les clients étrangers les plus fortunés, les touristes saoudiens ou chinois. Elle a déjà esquissé un plan marketing extravagant qui ciblera tout particulièrement cette clientèle.

Avec un sourire, Charlotte retourne vers sa voiture pour rentrer à Åre. Elle a posé ses valises au Copperhill Mountain Lodge, à trois quarts d'heure de route de Storlien, pour toute la semaine de Pâques. L'hôtel est au pied des pistes : elle compte bien en profiter pour faire quelques descentes à skis entre deux rendez-vous de travail.

Ce moment, elle en a tant rêvé. Elle ne compte plus les heures passées en projections, pourparlers et réunions avec tous les notables du coin. Elle a dû tantôt les courtiser, tantôt agiter des menaces pour obtenir tous les permis nécessaires. Le rendez-vous de lundi avec la municipalité sera déterminant : la ville doit alors donner officiellement le feu vert au projet. Une conférence de presse est prévue à dix-sept heures, au cours de laquelle Bengt Hedin, l'élu local en charge du dossier, s'exprimera. Henry fera aussi acte de présence – il a réservé un vol spécialement pour l'occasion. Charlotte fronce les sourcils : il faut qu'elle pense à lui passer un coup de fil ce soir, pour le caresser dans le sens du poil.

Avant de démarrer, elle ne peut s'empêcher de jeter un dernier regard au bâtiment à flanc de montagne, regrettant que son père ne soit pas là pour assister au triomphe de sa fille – elle qui a passé sa vie à tenter de lui prouver sa valeur… Il s'en sera fallu de quelques années, hélas ! Trop tard aussi pour sa mère, qui est désormais en maison de retraite, souffrant d'une démence sénile avancée.

Il lui tarde de montrer tous les plans à Filip, qui lui a promis de venir à Åre la semaine prochaine. Elle a hâte de retrouver son fils chéri, son unique enfant, qu'elle a élevé seule – il portait encore des couches quand elle a divorcé de son père. C'est aussi pour lui qu'elle se donne tant de mal…

Son rêve serait que Filip reprenne un jour l'œuvre de sa vie, qu'ils finissent par travailler main dans la main. Ces derniers temps, ils se sont pris le bec au sujet de ses études avortées, c'est vrai, mais Charlotte espère que ces journées passées ensemble à la montagne suffiront pour recoller les morceaux.

Il y a quelques semaines, son garçon a de nouveau renoncé à sa formation, cette fois à l'École royale polytechnique de Stockholm. En l'apprenant, elle n'a pas su cacher son agacement et sa profonde déception, et n'a pas mâché ses mots, ce qu'elle regrette amèrement.

Depuis, la plupart de ses SMS restent sans réponse.

Elle voudrait l'aider, mais il faudrait déjà qu'il le veuille. Elle ne supporte pas de voir Filip gâcher ainsi son potentiel.

Il est vif et intelligent, et pourrait faire des merveilles si seulement il s'en donnait les moyens. Au lieu de ça, il passe tout son temps devant sa console. Elle ne pouvait pas rester sans rien dire !

La tension entre eux est difficile à vivre. Si Charlotte n'a jamais craint les situations conflictuelles, se brouiller avec son fils unique est une autre affaire. Filip est tout pour elle, et le silence distant qu'il lui impose est une véritable épreuve.

Quand il viendra à Åre, elle tâchera de faire amende honorable. Il le faut. Elle a déjà essayé de se racheter en invitant également Emily, sa charmante petite amie, mais ce geste n'a guère suffi à apaiser sa mauvaise conscience.

Charlotte étouffe dans l'habitacle et baisse le chauffage. Le portable vibre sur le siège passager, l'écran s'éclaire dans la pénombre. Saisissant l'appareil, elle découvre un message de Bengt Hedin, le président de la commission municipale d'urbanisme d'Åre :

Il faut qu'on reparle de l'achat du terrain. L'opposition nous harcèle de questions, je ne sais pas si ça pourra se faire.

Charlotte parvient à peine à réprimer un cri de colère. Elle a payé généreusement pour s'assurer le soutien d'Hedin. Il est trop tard pour reculer, il ne va tout de même pas faire volte-face à quelques jours de l'annonce officielle !

Tout le projet d'agrandissement de Storlien repose justement sur l'achat d'une parcelle adjacente. Il n'a pas été simple de négocier la superficie qu'elle avait en tête, les élus ont fait de la résistance jusqu'au bout. Ils ont d'abord exigé qu'elle rénove le bâtiment délabré, puis ont refusé d'approuver les nouveaux plans des architectes. Ils ont eu le culot de prétendre que l'esthétique du projet portait atteinte à l'harmonie générale du site.

Après des discussions aussi interminables que stériles, d'où il est clairement ressorti que la municipalité ne partageait pas sa vision, elle a compris qu'il lui faudrait recourir à des méthodes un peu moins orthodoxes pour parvenir à ses fins.

Charlotte fixe l'écran de son téléphone. Il faut impérativement que tout soit signé lundi, avant la conférence de presse qui dévoilera le projet au grand public. Il est hors de question de laisser Hedin saboter son travail à la dernière minute. Elle a, bien entendu, pris la peine de documenter les sommes qu'il a perçues : ces traces écrites lui tiendront lieu d'assurance, si d'aventure il se dégonflait.

Lentement, elle tape sa réponse, prenant soin de choisir une formulation qui ne laisse aucune place au doute :

C'est votre problème, pas le mien. La conférence de presse a lieu lundi, pas question de l'annuler.

Charlotte appuie sur « Envoyer » et repose le téléphone. Ça fera l'affaire. Elle vient tout juste de passer la première quand une nouvelle vibration retentit. Qu'est-ce qu'il lui veut encore ?

Mais cette fois, elle découvre un SMS d'un numéro inconnu.

Foutez le camp d'ici, ou vous le regretterez.

Elle pousse un soupir las. Ce n'est pas le premier message de menace qu'elle reçoit depuis que ses projets ont commencé à s'ébruiter localement. Et ce ne sera probablement pas le dernier. Il y en a partout, de ces grincheux passéistes engoncés dans leur immobilisme qui refusent obstinément le moindre changement. Il paraît que certains ont même créé un groupe Facebook pour y cracher leur bile sur elle et son projet d'hôtel.

Il faudra qu'elle appelle Stefan, ce week-end, pour lui demander de remettre un peu d'ordre dans tout ça. C'est l'un des lobbyistes les plus féroces de Suède, un ex-ministre de l'Agriculture au carnet d'adresses particulièrement fourni – l'un des avantages de s'être fait un nom en politique. Il suit le projet depuis le début et a contribué à le mettre sur les rails.

Et il a bien d'autres talents, avec ça.

Charlotte sourit au souvenir de leur dernière nuit ensemble.

Avec un haussement d'épaules, elle décide d'ignorer les anonymes qui cherchent à la déstabiliser, et s'engage sur la route couverte de neige à demi fondue. Son téléphone vibre de nouveau, mais Charlotte préfère ne pas réagir. Elle n'a pas l'intention de se laisser intimider par une poignée de révoltés.

DIMANCHE 28 MARS

2

Dans le restaurant bondé Vinbaren – le « Bar à vin » –, l'inspectrice Hanna Ahlander termine son dîner en tête à tête avec Lydia. Il est à peine dix-neuf heures, et les deux sœurs viennent tout juste de commander le dessert et le café. Malgré la pandémie, les restaurants, restés ouverts, ne désemplissent pas. Le Covid les a déjà frappées toutes les deux, sans gravité – autrement, elles ne se risqueraient pas à manger dehors.

Elles se sont installées à une petite table ronde tout au fond de la salle. Au comptoir, à quelques mètres, le barman dispose sur un grand plateau une tournée d'espresso martini pour une tablée voisine.

Lydia dégage d'une main ses cheveux blonds et lève de l'autre son verre de ripasso. L'imposant diamant qui orne son alliance scintille à la lueur des bougies. Avec ses confortables revenus d'avocate, elle s'est bâti un train de vie plus qu'enviable. C'est dans son grand chalet de vacances, dans le quartier cossu de Sadeln, à quelques kilomètres du centre d'Åre, qu'Hanna a trouvé refuge à Noël, l'an dernier, alors que tout son monde venait de s'écrouler : en l'espace d'une journée, elle avait perdu son compagnon, Christian, qui l'avait quittée pour une autre, et son poste au sein de la police de Stockholm.

Lydia, de dix ans son aînée, a toujours été une figure quasi maternelle pour Hanna. Elle est à Åre avec mari et enfants pour les vacances de Pâques, mais a tenu à ce qu'elles se fassent une soirée entre sœurs.

« Alors, comment ça va, le boulot ? lance Lydia en avalant une gorgée de vin. Ça a été plutôt calme ces derniers temps, non ? »

Hanna hoche la tête. Cet hiver, elle a surtout enquêté sur des trafics de stupéfiants et quelques affaires de chantage. Elle passe généralement deux jours par semaine à Åre et les autres à Östersund, la capitale du comté de Jämtland : c'est là qu'elle est basée, au sein de la brigade criminelle, aux côtés de son collègue et binôme Daniel.

Daniel. Son cœur se serre dès qu'elle pense à lui ; chaque fois, elle doit s'efforcer de refouler cette vague de tendresse interdite. À l'heure qu'il est, il est probablement chez lui, auprès d'Ida et de leur petite Alice, attablés pour le dîner dominical. Il est à sa place, entouré de sa famille – et c'est très bien comme ça.

Daniel et elle sont collègues, rien de plus.

Hanna se tamponne la bouche de sa serviette en repoussant ces pensées coupables. Cela fait plus d'un an qu'elle a compris qu'elle éprouvait pour Daniel des sentiments qui ne relèvent pas d'une relation professionnelle ; depuis, elle s'évertue chaque jour à les réprimer.

À l'époque, ils enquêtaient ensemble sur le meurtre du skieur Johan Andersson, une affaire qui les a énormément rapprochés. Daniel lui a été d'un soutien précieux au cours de l'année écoulée : il arrive encore à Hanna d'être réveillée en sursaut au beau milieu de la nuit par un cauchemar récurrent où elle revit le sanglant épilogue de l'enquête. Il lui a fallu beaucoup de temps pour surmonter ce traumatisme, et la culpabilité de ne pas être intervenue à temps ne la quittera probablement jamais…

« Il y a quelque chose qui te tracasse ? » demande Lydia.

Comme d'habitude, sa sœur semble dotée d'un sixième sens, un radar à cachotteries. Malgré leur proximité, Hanna ne compte pas lui avouer qu'elle en pince pour son collègue.

Lydia la dévisage d'un air interrogateur.

« Non, non », répond Hanna, évasive.

L'arrivée des desserts lui offre un moment de répit. Hanna se jette aussitôt sur le sien, une tarte aux pommes et amandes caramélisées sur un lit de crème anglaise. Lydia, qui dévore des yeux sa mousse au chocolat aux éclats de meringue, ne lâche pas le morceau pour autant.

« C'est un mec, c'est ça ? Toi, tu as rencontré quelqu'un ! »

La grande sœur d'Hanna n'a pas seulement pris soin d'elle lorsque Christian l'a plaquée du jour au lendemain. Elle a aussi joué de toutes ses compétences professionnelles pour que l'argent de la vente de leur ancien appartement soit partagé équitablement.

Sans elle, Hanna n'aurait pas récupéré un centime, et jamais elle n'aurait eu les moyens de devenir à son tour propriétaire.

« J'ai bien peur que non », marmonne Hanna, la bouche pleine.

Elle s'empresse d'ajouter :

« Délicieuse, cette tarte. Elle est comment, ta mousse au chocolat ? »

Malgré les évidentes tentatives d'Hanna pour détourner la conversation, sa sœur revient à la charge.

« Tu sais, ce n'est pas parce que Christian s'est comporté comme un salaud que tous les hommes sont pareils. »

Hanna voit le visage de Daniel devant elle. Son regard brun-vert qui passe en quelques secondes de la bienveillance à la plus grande gravité, sa barbe aux reflets roux, son sourire chaleureux. C'est grâce à lui, au fond, qu'elle se sent chez elle à Åre. Ils covoiturent souvent jusqu'à Östersund : pour Hanna, ce sont généralement les meilleurs moments de la semaine.

Daniel, lui, n'irait jamais tromper sa compagne, ni essayer de la plumer. Rien de commun avec Christian – c'est quelqu'un d'intègre, un type bien…

Mais il est déjà pris, se raisonne Hanna.

Quelqu'un a monté le son des enceintes ; la musique, assourdissante, amplifie d'autant le bruit des conversations.

« Il est temps de tourner la page, dit Lydia. Il faut que tu trouves quelqu'un qui se soucie réellement de toi.

– Je sais, dit Hanna à voix basse. Je sais. »

Elle se demande simplement comment s'y prendre alors que Daniel occupe toutes ses pensées.

3

Il est dix-neuf heures et le hall d'entrée du Copperhill Mountain Lodge est plein à craquer. À la réception, Paul Lehto se démène pour accélérer les check-in. La file d'attente est interminable, des clients patientent par dizaines dans les fauteuils, et le sol du gigantesque lobby est jonché de valises. Il n'a jamais vu ça. Ça fait pourtant des années qu'il travaille ici, et plus de vingt ans qu'il est dans le secteur hôtelier.

Il s'efforce de garder un sourire professionnel malgré le stress. À cause d'un violent blizzard qui s'est abattu sur le centre de la Suède, l'ensemble des liaisons aériennes et ferroviaires vers le Jämtland ont subi d'importants retards. Et tous les vacanciers ont fini par débarquer au même moment.

Épuisés, à bout de patience, les touristes font peu de cas du doux crépitement des flammes dans la cheminée monumentale, de la lueur des lanternes, ou des œufs de Pâques garnis de friandises disposés çà et là. Encore moins du spectaculaire décor aux tons ocre rehaussés de notes cuivrées soigneusement conçu pour inviter à la détente.

Les clients veulent simplement les clés de leurs chambres. Et pourquoi pas, en prime, un bouc émissaire sur lequel passer leurs nerfs…

Paul sent l'agacement monter d'un cran dans la petite foule qui s'accumule en attendant d'accéder au comptoir. Personne ne semble disposé à patienter, ni à faire preuve d'une once d'indulgence. Sans parler de respecter les recommandations de distanciation physique.

La tempête de neige n'est pas de notre fait, est-il tenté de dire, mais il se retient. Prenant une profonde inspiration, il pense à la fin de son service qui approche à grands pas et le libérera enfin de cette bande de bourgeois pourris gâtés. Il peine à respirer derrière son masque en tissu. Si les clients en sont dispensés, les membres du personnel sont tenus d'en enfiler un dès qu'ils se trouvent entre les murs de l'établissement.

« À qui le tour ? » lance-t-il d'une voix fatiguée, les yeux dans le vague.

Un homme athlétique d'environ trente-cinq ans bondit aussitôt d'un fauteuil et s'avance jusqu'au comptoir, suivi d'une belle blonde tenant par la main une petite fille de deux ou trois ans.

« Aavik, déclame le client, droit comme un i. Ça fait plus d'une demi-heure qu'on attend, vous savez ! »

Paul le trouve illico antipathique. Il passe une main dans ses cheveux bruns, inspecte l'écran à la recherche du nom. Au même moment, une autre silhouette fond sur lui.

Une femme, la cinquantaine. Tenue décontractée, mais très certainement griffée, songe Paul. Son sac à main doit coûter plus d'un mois de son maigre salaire.

C'est Charlotte Wretlind. Une habituée de l'hôtel : elle y a déjà séjourné plusieurs fois les mois passés – toujours dans la suite Argent, au dernier étage. L'une des plus chères de l'établissement, avec ses grandes baies vitrées et sa triple exposition.

« Excusez-moi, dit-elle d'un ton sec, ignorant ostensiblement les autres clients. Ça fait un quart d'heure que j'appelle pour avoir une femme de chambre ; personne ne répond.

– Je suis à vous dans un instant, indique Paul. Je termine d'abord avec monsieur. »

Ses excuses devraient être plus appuyées, mais l'attitude de cette femme l'exaspère – ne voit-elle pas qu'il se tue à la tâche ?

« J'étais absente toute la journée, et personne n'est venu vider la poubelle de la salle de bains, s'entête-t-elle. Ni remettre du papier toilette. »

Ce qu'a dit Paul lui est manifestement passé au-dessus de la tête. Sans compter qu'elle se tient beaucoup trop près. Il recule d'un pas, instinctivement, elle se penche alors vers lui de plus belle, feignant d'ignorer le sens de son geste.

Il s'efforce de garder son calme. Le jeune papa debout au comptoir contemple Charlotte Wretlind, sidéré :

« Attendez votre tour, enfin ! »

Elle s'en moque royalement. Toisant Paul, elle hausse le ton :

« Allô, vous m'entendez ? »

L'éclat de voix a attiré tous les regards sur elle. Près de Paul, sa collègue Iris, affairée avec un client, lève les yeux de son écran.

Paul hésite ; il ne veut pas risquer de provoquer une scène au milieu de tout ce monde. Mais il voit aussi le père de famille se renfrogner. En Suède, on ne plaisante pas avec les files d'attente. L'homme ne compte clairement pas se laisser doubler, et c'est au réceptionniste de faire respecter l'ordre.

Paul serre les dents et pianote sur son clavier pour activer les cartes d'accès magnétiques. Quelques mètres plus loin, la fillette du couple se met à pleurnicher ; sa mère la prend dans ses bras pour la réconforter, tout en lançant à son mari un regard perplexe.

« Si vous êtes incapable de faire votre travail correctement, je veux voir votre responsable, lâche Charlotte Wretlind. J'en profiterai pour lui parler de votre attitude. »

La menace est à peine voilée. Malgré le stress que lui inflige quotidiennement cette bande d'ingrats, Paul tient tout de même à son poste. La pandémie a durement frappé l'industrie hôtelière, avec de grosses réductions d'effectifs : il sait la chance qu'il a d'être passé entre les gouttes.

« Laissez-moi juste une minute », bredouille-t-il en guise d'excuse.

Charlotte Wretlind le fixe d'un air glacial. Du coin de l'œil, Paul voit Iris lever les yeux au ciel devant sa gestion erratique de la situation. Cette petite Stockholmoise arrogante se croit toujours supérieure aux autres. Il est prêt à parier qu'elle exulte de le voir ainsi pédaler dans la semoule.

« Vous êtes sourd ou quoi ? insiste Charlotte Wretlind en montant encore d'un ton. Je vous dis qu'il n'y a plus de papier toilette dans ma chambre. Ce n'est pourtant pas compliqué ! »

C'est au tour du jeune papa de perdre son calme :

« Mais enfin, madame, j'étais là avant vous ! »

Charlotte Wretlind balaie sa remarque d'un geste impatient. Cette nantie n'a manifestement jamais appris le savoir-vivre.

« Vous comptez me faire attendre encore longtemps ? »

Un cri aigu résonne soudain dans le hall : la petite fille s'est mise à pleurer dans les bras de sa mère. Elle se tortille pour se libérer de son étreinte et, dans un geste maladroit, vient heurter un grand vase posé au milieu du comptoir, d'où s'échappent des branches de bouleau piquées de plumes décoratives.

Paul n'a pas le temps de réagir ; le vase vacille et s'écrase au sol dans un fracas terrible. La mère s'est écartée de justesse.

« Mais ça ne va pas ! lance-t-elle à Paul. Vous êtes fous de mettre des objets aussi dangereux dans le passage ! Ma fille a failli le prendre sur la tête !

– Ça aurait pu la tuer ! renchérit le père en se précipitant vers l'enfant. Qu'est-ce que c'est que cet endroit ? »

Paul sent la sueur perler à ses tempes. Il peine à respirer, derrière ce masque. Il fixe le vase renversé, ne sachant s'il ferait mieux de s'en occuper tout de suite ou de terminer une bonne fois pour toutes ce fichu check-in.

Iris ne lève évidemment pas le petit doigt pour le tirer de ce mauvais pas.

Tous les regards sont braqués sur le pauvre employé.

« C'en est trop, fulmine Charlotte Wretlind. Je n'ai jamais vu un tel manque de professionnalisme. C'est votre premier jour ou quoi ? »

Les oreilles de Paul se mettent à bourdonner – et le sourire condescendant d'Iris n'arrange rien à l'affaire. Bouillonnant de frustration contenue, il éclate brusquement :

« Je fais de mon mieux, bon sang ! Vous avez vu le monde qu'il y a ? Attendez votre tour comme les autres, bordel ! »

Pour avoir un peu d'air, il arrache son masque et l'abat sur le comptoir.

« Vous voyez bien qu'on bosse aussi vite qu'on peut ! »

Silence de plomb. On n'entend que les sanglots de la petite, tandis que les clients dévisagent le réceptionniste, médusés. Paul est bien conscient qu'il a dépassé les bornes ; il tremble de colère. Dans son champ de vision, Erik, du service conciergerie, accourt à grands pas, l'air tout aussi débordé. Il se glisse derrière le comptoir et pose une main conciliante sur le bras de Paul.

« Ressaisis-toi, murmure-t-il. T'es bon pour un avertissement si le patron t'entend hurler comme ça. »

Les cartes d'accès aux chambres sont enfin prêtes. Paul s'en empare d'un mouvement brusque et les tend au client, qui les saisit sans un mot.

« Je m'occupe de vos bagages », s'empresse d'ajouter Erik en s'approchant de la petite famille.

« N'oublie pas ton masque ! » souffle-t-il à Paul avant de s'éloigner vers les ascenseurs, une lourde valise dans chaque main.

Quand Paul lève les yeux, Charlotte Wretlind est toujours devant lui, le regard luisant de rage.

« Vous ne vous en tirerez pas comme ça », siffle-t-elle en tournant les talons.

4

La nuit est tombée derrière la fenêtre panoramique de la suite Argent. Charlotte est installée dans le canapé en velours rouille, un verre de vin à la main, et s'efforce de remettre de l'ordre dans ses idées.

Elle fronce les sourcils en repensant au réceptionniste : son attitude a été proprement inadmissible. D'accord, elle y est peut-être allée un peu fort, mais rien ne justifie de s'emporter ainsi contre un client. C'est inexcusable. Cet homme doit avoir un grave problème d'agressivité : dès qu'elle aura un moment, Charlotte compte bien en faire part à son supérieur.

À vrai dire, il mériterait d'être mis à la porte.

Songeuse, elle fait tourner le vin dans son verre. Le liquide carmin qui s'y agite s'accorde parfaitement, remarque-t-elle, à la couleur de ses ongles.

Ce n'est vraiment pas le moment de gaspiller son énergie pour un réceptionniste aigri : demain, un grand jour l'attend. Si les apparitions publiques ne sont habituellement pas du genre à l'ébranler, la situation est exceptionnelle : ce n'est pas rien que d'annoncer officiellement un projet pareil. Son équipe de com a fait un travail incroyable pour susciter l'engouement, et a réussi à mobiliser tous les grands acteurs médiatiques de la région – et jusqu'à des journaux nationaux en visioconférence.

Demain, elle devra accueillir Henry comme il se doit dès son arrivée à Åre, et le chouchouter.

Charlotte soupire. Henry est un brillant partenaire d'affaires, mais quelle diva ! Elle a dû déployer des trésors de persuasion pour qu'il adhère au projet. Sans les ressources financières de ce ponte de l'immobilier, tous ses plans seraient restés lettre morte : son soutien lui a ouvert des portes.

À vrai dire, c'est surtout Stefan qu'elle aurait voulu avoir auprès d'elle, mais il est en vacances avec sa femme et leurs deux enfants.

Charlotte grimace en pensant à Ulrika, l'épouse acariâtre de Stefan. Toutes deux se sont croisées quelques fois lors d'événements mondains – elle est magistrate à la cour d'appel – et ne se connaissent que de vue. Charlotte n'a jamais compris qu'un homme viril et charismatique comme Stefan ait pu un jour tomber sous son charme.

Elle ne lui a jamais posé la question, bien entendu. Les premières années, Charlotte trouvait parfaitement son compte dans leurs petits arrangements discrets, mais elle s'est surprise, récemment, à vouloir davantage. Elle est lasse de devoir se cacher, de ne jamais pouvoir s'afficher ouvertement au bras de Stefan.

Tant que Filip vivait encore à la maison, ça l'arrangeait de pouvoir cloisonner ces deux parties de son existence. Mais maintenant, quand elle se retrouve seule le soir dans son trois-pièces vide, la vie à deux lui manque terriblement.

Elle s'enfonce dans le canapé avec un petit rire de dérision pour ce fantasme stérile. Stefan ne divorcera jamais : il a été clair sur ce point depuis le début. Il ne faut pas oublier que c'est la fortune familiale d'Ulrika qui finance leur bel appartement et leurs vacances hors de prix.

Charlotte avale une nouvelle gorgée de vin. Elle se demande ce que fait Filip. Il n'a toujours pas répondu à son dernier message, qui l'interrogeait sur son heure d'arrivée à Åre. Cette incertitude l'angoisse : pourvu qu'il n'annule pas sa venue au dernier moment ! Elle voudrait tant avoir son grand fils auprès d'elle quand le monde découvrira pour la première fois son projet pour Storlien… Jamais elle ne l'admettrait ouvertement, mais elle aimerait qu'il soit fier des réussites de sa mère.

Son téléphone émet une vibration : un SMS de Bengt Hedin, de la commission d'urbanisme. Il n'a plus donné signe de vie depuis sa grossière tentative de lui faire faux bond la veille au soir.

Ce qu'elle lit la met hors d'elle :

Il faut annuler la vente du terrain. Je ne pourrai pas participer à la conférence de presse demain.

Les poings serrés, Charlotte plante ses ongles dans ses paumes à s'en entailler la peau. Il ne peut pas lui faire ça. Pas maintenant. Elle tape une réponse à toute vitesse.

C'est trop tard pour reculer.

Elle s'interrompt quelques secondes avant de poursuivre :

Toutes les sommes que vous avez empochées sont documentées. Si vous décidez de me gâcher la fête, je vous rendrai la pareille.

La réplique d'Hedin ne se fait pas attendre :

C'est une menace ?

Charlotte réfléchit puis fait à nouveau courir ses doigts sur l'écran.

Je vous laisse libre de votre interprétation. À demain.

Un coup sec à la porte. Charlotte lève les yeux, surprise : elle n'attend pas de visite. Dans un soupir, elle pose son téléphone et va ouvrir. Face à elle, la silhouette imposante de l'homme de la réception qui s'est montré si insolent tout à l'heure.

Elle n'a pas de temps à lui consacrer, étant donné les circonstances. Et elle est encore loin d'avoir digéré son attitude.

« Oui ?

– Pardonnez-moi de vous déranger », commence l'homme – Paul, à en croire le badge épinglé sur sa poitrine. « Je voulais simplement… vous présenter mes excuses pour ce qui s'est passé tout à l'heure. »

Charlotte hausse les sourcils. Voilà qu'il veut faire amende honorable !

« J'ai eu tort de m'emporter, ajoute-t-il.

– Vous auriez peut-être dû y réfléchir avant, plutôt que de me manquer de respect en public. »

Malgré l'éclairage tamisé, elle perçoit clairement le mécontentement de son interlocuteur : ce Paul transpire littéralement la frustration, et n'a pas l'air de regretter quoi que ce soit. C'est probablement un collègue, témoin de son comportement odieux, qui l'aura persuadé de venir s'excuser.

« Je suis désolé », reprend-il, la mâchoire crispée.

Il la fixe avec insistance, comme s'il voulait la contraindre à accepter ses excuses.

« J'ai bien entendu. »

Elle ne dit pas un mot de plus. S'il imagine que quelques phrases creuses suffiront à lui faire tourner la page, il se trompe. Cet homme est incapable de se contrôler ; il n'a rien à faire à ce poste. Dans son hôtel *à elle*, il aurait été mis à pied sans délai.

Le silence s'alourdit.

« Vous aviez autre chose à me dire ? » lance Charlotte pour couper court à l'échange. Elle aimerait simplement fermer la porte et se consacrer à la préparation du point presse de demain…

Du coin de l'œil, elle aperçoit le sac rempli de linge sale qu'elle a posé au sol à l'intention des femmes de chambre. Elle se penche pour attraper le baluchon et le tend à Paul.

« Tenez, puisque vous êtes là, j'ai du linge à descendre à la buanderie. »

Le réceptionniste semble presque offensé par ce qu'elle vient de lui dire.

« Ça n'est pas à moi de le faire. »

L'agacement de Charlotte monte encore d'un cran :

« Vous travaillez ici, non ? »

Il fait un pas vers elle, serre puis rouvre le poing comme s'il allait de nouveau perdre ses nerfs.

« Attention à vous », grince-t-il entre ses dents.

Charlotte n'en revient pas.« Qu'est-ce que vous entendez par là ?

– Vous m'avez parfaitement compris. »

Même si Charlotte refuse de se laisser intimider, elle fait instinctivement un pas en arrière. Sa suite est au fond du couloir ; là où ils sont, personne ne peut les apercevoir.

« Écoutez, je n'ai pas le temps de discuter », abrège-t-elle, saisissant la poignée de la porte pour la refermer.

Paul glisse un pied dans l'entrebâillement :

« Parce que vous avez du fric, vous pensez pouvoir traiter les gens comme des moins-que-rien. Mais je ne suis pas votre larbin. »

Charlotte déglutit. Le visage de l'homme n'est qu'à quelques dizaines de centimètres du sien. Paul est grand, solidement charpenté ; le col de sa chemise semble trop étroit pour son cou massif.

« Si vous ne partez pas immédiatement, j'irai en référer à votre supérieur », hasarde-t-elle en essayant de se dresser et de prendre un ton encore plus dominateur qui le forcerait à reculer.

Quelques secondes de flottement, puis l'homme tourne les talons. Charlotte s'apprête à fermer la porte quand elle l'entend marmonner :

« Vieille bourge de mes deux.

– Je vous demande pardon ? »

Elle n'a pas pu retenir cette impulsion, qu'elle regrette aussitôt. La situation est déjà plus qu'inconfortable : elle aurait dû l'ignorer et le laisser partir.

Paul ne lui répond pas et s'éloigne dans le couloir. Mais après une dizaine de mètres, elle le voit ralentir et tourner lentement la tête. Son expression est chargée d'un tel mépris que Charlotte a un mouvement de recul. Pourtant, là encore, la colère la dépasse : elle doit le remettre à sa place.

« N'imaginez pas un instant que vous garderez votre poste après ça ! » lui crie-t-elle.

Mais une fois la porte refermée, elle reste seule avec son malaise : plus que la colère, c'est bien l'effroi qui l'emporte.

5

Sous un ciel constellé d'étoiles, Hanna gravit la côte jusqu'à son petit pavillon de Solbringen, à quelques encablures du centre-ville d'Åre, de l'autre côté de l'E14. Le temps d'achever son dîner au restaurant avec Lydia, puis de l'accompagner jusque chez elle, à Saldeln, pour le café, les nuages se sont dissipés pour laisser place à un crépuscule d'un bleu profond.

C'est vraiment typique d'Åre, se dit-elle, ce temps qui peut changer en un clin d'œil. Dans une même journée, épisodes de neige et éclaircies peuvent alterner une demi-douzaine de fois. Ici, les applications météo les plus pointues ne sont d'aucun secours.

Hanna sort son trousseau de clés du fond de son sac.

Son nouveau logement n'est pas bien grand – une chambre, un salon-salle à manger et une cuisine séparée –, mais elle en est ravie. Enfin, elle a pu se payer un lieu à elle, après une année à occuper le chalet bien trop luxueux de Lydia. Si elle n'a que de la gratitude envers la générosité de sa sœur, rien ne remplace le plaisir d'être vraiment chez soi. La maison est même équipée d'un petit sauna et d'une cheminée, où elle a pris l'habitude de faire de belles flambées.

Alors qu'elle vient de tourner la clé dans la serrure, un miaulement à ses pieds l'arrête dans son geste : un chat gris et blanc est venu se frotter contre ses mollets. Elle s'accroupit pour le caresser. Avec son épaisse fourrure et ses touffes de poils au bout des oreilles, il ressemble fort à un skogkatt norvégien.

« Salut, mon minou ! Tu te promènes dehors à cette heure-ci ? »

Le chat se met à ronronner. C'est un gros mâle, qui ne porte pas de collier. Que fait-il ici ? Où est son maître ? Il fait bien trop froid pour laisser un animal domestique passer la nuit à l'extérieur !

« Tu t'es perdu ? »

Elle se redresse pour scruter le voisinage tandis que le félin ronronne de plus belle, puis elle fait deux pas de côté et entrouvre la porte.

« Allons, il faut rentrer chez toi maintenant. »

Mais l'animal n'a que faire des injonctions d'Hanna. Sans crier gare, il file entre ses jambes dans la maison. Hanna lui court après, le rattrape au milieu du salon et le ramène manu militari dans l'entrée. Mais une fois sur le seuil, elle est prise d'une hésitation : s'il n'a nulle part où aller, elle ne peut pas le jeter dehors. Et puis il a l'air affamé.

Elle le relâche et se dirige vers la cuisine. Dans le réfrigérateur, elle trouve quelques tranches de jambon blanc qu'elle sort de leur emballage et met dans une assiette, qu'elle dépose par terre.

Elle avait vu juste : le chat se jette aussitôt sur sa pitance, avant de vider le bol d'eau qu'elle avait placé à côté de l'assiette.

En l'absence de collier, impossible de connaître son nom – mais elle se dit, sans trop savoir pourquoi, qu'il a une tête de Morris.

« Allez, tu peux rester dormir ici. On cherchera tes maîtres demain. »

Morris lève la tête ; Hanna jurerait qu'il lui a lancé un regard reconnaissant.

6

Quand Charlotte se réveille, la spacieuse suite est entièrement plongée dans le noir. Il lui faut quelques secondes pour se rappeler où elle se trouve et parvenir à s'orienter. Il y a un instant, elle dormait profondément : ce doit encore être le milieu de la nuit.

Étendue sur le dos dans le grand lit double, elle cligne des yeux pour tenter de distinguer ce qui l'entoure.

Qu'est-ce qui l'a réveillée ? Un bruit, peut-être ?

D'ordinaire, elle dort toujours à poings fermés, en toutes circonstances – c'est d'ailleurs une vraie chance, surtout dans les périodes de stress.

Charlotte se redresse dans le lit. Le silence est total. Pourtant, elle a l'étrange certitude qu'il se passe quelque chose d'anormal.

Elle n'est pas seule, quelqu'un s'est introduit dans sa suite.

Une vague de terreur s'abat sur elle, envahit ses côtes jusqu'à son estomac et son bas-ventre. Elle tente de fixer son regard, qui ricoche sur les murs de la pièce plongée dans la pénombre. Un frisson lui parcourt l'échine.

Calme-toi, essaie-t-elle de se rassurer. *Personne n'a pu entrer.*

La porte de la suite est verrouillée de l'intérieur ; Charlotte a même enclenché le bouton de sécurité avant d'aller se coucher.

Soudain, elle n'en est plus si sûre. Elle tend la main vers l'interrupteur de sa lampe de chevet, mais à l'idée de se retrouver nez à nez avec un intrus, en pleine lumière, elle suspend son geste. L'obscurité la rassure. Comme si tout ça n'était qu'un mauvais rêve passager.

Oui, elle se fait certainement des idées : demain, au réveil, elle en sourira.

Elle dresse l'oreille, crispée et immobile, une longue minute. Elle prend une grande inspiration pour tenter de retrouver son calme. Cette angoisse est irrationnelle, sans compter qu'elle a besoin d'une bonne nuit de sommeil. Elle ne peut pas se présenter devant un parterre de journalistes les yeux cernés et rougis par la fatigue.

Elle s'apprête à se blottir à nouveau sous les draps quand elle entend un bruit – pour de bon, cette fois. Presque imperceptible, mais bien présent : il vient du salon, de l'autre côté de la porte.

Comme le son étouffé de pas sur la moquette.

Il y a quelqu'un ici, *c'est sûr.*

Est-ce le réceptionniste, qui se serait introduit chez elle pour la punir d'avoir refusé ses excuses ?

La panique l'envahit. Charlotte serre le drap contre sa poitrine. Comme d'habitude, elle n'a gardé que sa culotte pour dormir, mais cette fois-ci elle aimerait avoir un vêtement, n'importe lequel, pour se couvrir. Sa nudité la rend encore plus vulnérable. Le peignoir de bain, jeté au sol à l'autre bout du lit, est trop éloigné.

Et où est passé son portable ?

Elle sent une boule grossir au fond de sa gorge en se souvenant qu'elle l'a mis à charger hier soir près du canapé du salon, juste à côté de l'ordinateur sur lequel elle finissait de traiter ses mails.

Une odeur aigre lui monte aux narines ; l'odeur de la peur. En essayant de ralentir sa respiration, elle sent son cœur s'emballer dans sa poitrine.

Le bruit se répète : un pas lourd sur la moquette, puis un autre. L'intrus se dirige vers sa chambre.

La porte s'ouvre ; elle se retrouve soudain éblouie par le faisceau d'une lampe de poche – comme des éclairs blancs qui frappent sa rétine et l'aveuglent. L'être qui s'avance dans l'embrasure n'est qu'un spectre informe, une silhouette crépusculaire et méconnaissable.

La terreur la paralyse.

Charlotte devrait réagir, hurler à l'intrus de s'en aller, mais aucun son ne sort de sa gorge. Elle reste pétrifiée devant l'ombre qui s'approche, menaçante.

Incapable de bouger, incapable d'appeler à l'aide.

Par pitié, ne me faites pas de mal, essaie-t-elle de murmurer – mais les mots s'étouffent en un gémissement inaudible.

En quelques secondes, l'autre est au pied de son lit. Il s'immobilise tout près d'elle. Bien qu'elle ne le voie toujours pas, elle sent la fureur brutale, presque palpable, qui émane de lui.

Et une forte odeur d'alcool.

Elle fixe le faisceau de la torche, comme un lapin pris dans les phares d'une voiture. Il faut qu'elle retrouve le contrôle de son corps, elle ne doit pas perdre pied.

Cette pensée la sort enfin de sa paralysie. D'un mouvement instinctif du bras, elle renverse sa lampe de chevet, qui tombe au sol dans un bruit sourd ; puis la peur de mourir monte, dans un hurlement viscéral.

Un éclat argenté scintille devant ses yeux.

Pourquoi ? a-t-elle le temps de penser avant que la lame acérée du couteau s'enfonce net dans sa gorge. Elle sent sur son palais un goût métallique, dans sa bouche une substance chaude et poisseuse. Quelque chose gargouille dans ses entrailles ; l'air lui manque.

Elle aimerait appeler Filip, mais ne parvient pas à articuler son nom.

Puis tout devient noir.

LUNDI 29 MARS

7

Le cabinet de Jovanka Horvat, situé en périphérie de Järpen, sur la commune d'Åre, dispose d'une entrée indépendante, bien qu'il occupe le sous-sol de la villa en briques rouges où la thérapeute vit avec sa famille. En se garant devant chez elle, au petit matin, l'inspecteur Daniel Lindskog aperçoit la lumière qui filtre derrière les rideaux lavande et se félicite une fois de plus d'avoir choisi une psy qui n'exerce pas en plein centre-ville.

Ida est la seule personne au courant de ses rendez-vous. Il n'en a même pas parlé à Hanna, qu'il voit pourtant tous les jours. Elle le connaît presque aussi bien que sa compagne ; avec Hanna, il peut discuter ouvertement d'à peu près tout. Mais pas de ce sujet-là : trop personnel.

Au moment de sortir de la voiture, Daniel ressent cette résistance familière. Ça ne manque pas, bien qu'il voie régulièrement Jovanka Horvat depuis une bonne année maintenant. Il peine à déterminer s'il s'agit de honte ou d'appréhension – deux sentiments contre lesquels il lutte depuis les premières séances. Avoir besoin de parler à quelqu'un n'a pourtant rien de déshonorant, d'autant qu'il aspire à devenir une meilleure personne, un meilleur père pour Alice, qu'il a tant désirée.

Qu'il lui soit pénible de fouiller dans son passé, marqué par l'abandon de son père, n'a en soi rien de surprenant. À vrai dire, il se considère objectivement comme orphelin depuis la mort de sa mère, Francesca, il y a près de dix ans, dans un accident de voiture. Son paternel est en vie, mais cela fait vingt-huit ans que Daniel n'a plus de nouvelles de lui. Après son dixième anniversaire, il n'a plus remis les pieds chez cet homme, qui avait alors refait sa vie à Umeå, sur la côte est.

Il n'a pas non plus revu sa demi-sœur ni son demi-frère, de huit et cinq ans ses cadets, depuis cette année-là.

Daniel en est bien conscient, voir Jovanka lui fait du bien. Grâce à elle, il a trouvé des outils pour mieux gérer son tempérament orageux, ces accès de rage récurrents qui le perturbent depuis toujours. Au cours de l'année écoulée, il n'a pas perdu son sang-froid une seule fois – et c'est un immense soulagement.

Sans cette thérapie, Ida aurait probablement déjà fait ses valises. Il préfère ne pas penser à ce qu'aurait alors enduré sa fille. Alice a un peu plus de dix-huit mois, et la plus grande crainte de Daniel est de lui faire vivre ce qu'a vécu sa propre mère, qui avait une peur bleue de son géniteur. Ce grand-père dont Daniel, sans l'avoir connu, a hérité le caractère atrabilaire. Il s'est promis de ne jamais finir comme lui : cette pensée suffit à le convaincre de continuer les séances.

C'est terriblement dur, pourtant, de faire remonter à la surface des choses si longtemps enfouies. Parler de ses sentiments ne lui ressemble pas et remue des émotions viscérales – la peur de la solitude, de l'abandon.

Il s'est déjà retrouvé au bord des larmes, à buter sur les mots, la bouche pâteuse. Il est parfois si mal à l'aise qu'il en a des suées. Il a toujours eu horreur de perdre le contrôle et de se laisser dominer par ses émotions.

Plus d'une fois, il a composé le numéro de Jovanka avec l'intention d'annuler une séance à la dernière minute, avant de se raviser et de se forcer à s'y rendre.

Cela fait à peine quelques semaines qu'ils abordent sa relation brisée avec son père, cet homme qui l'a abandonné en quittant sa mère alors qu'il n'avait que deux ans. S'il compte devenir un meilleur père pour Alice, il se doit de tirer au clair cette facette de sa vie – c'est du moins ce que lui assure Jovanka.

Daniel est convaincu qu'elle dit vrai, mais se confronter à ce passé d'où émergent tant de souvenirs douloureux est bien plus pénible et prenant qu'il n'aurait pu l'imaginer. Il sort éreinté et abattu de chaque rendez-vous ; sur le chemin du retour, il lui arrive de se garer au bord de la route pour souffler un long moment avant de se sentir prêt à retrouver sa famille ou ses collègues à Åre.

L'horloge du tableau de bord indique six heures cinquante-neuf – Jovanka a accepté de lui réserver ce créneau matinal, compte tenu de son métier.

Daniel inspire profondément, détache sa ceinture de sécurité et sort de la voiture.

8

Quand Tiina Nilsson descend à la cave, lundi matin au réveil, elle trouve la porte de la buanderie entrouverte. Elle l'écarte du pied et pose la panière de linge sale sur les dalles usées de la petite pièce. Dans une heure, elle doit être à l'école de Duved, elle a juste le temps de lancer une machine avant de se mettre en route.

Tiina se masse l'épaule gauche. La douleur fluctue, sans jamais vraiment disparaître. Cela fait des années qu'elle travaille comme accompagnante pour des élèves en difficulté dans plusieurs écoles primaires ; en théorie, elle ne devrait pas porter les plus jeunes, mais c'est parfois nécessaire. Heureusement, elle adore son métier, les écoliers et les échanges avec ses collègues.

Elle allume les plafonniers. La lumière froide des néons dévoile le bazar qui s'accumule sur le banc. Chaque fois elle se dit qu'elle s'en occupera le week-end suivant, mais elle a toujours plus urgent à faire. Et ce n'est pas comme si elle pouvait compter sur Ogge. Depuis qu'ils se sont installés ensemble, il y a quinze ans – Tiina en avait trente-cinq et les filles, cinq et huit –, il ne s'est jamais particulièrement investi dans les tâches ménagères. La seule chose qu'il veut bien faire, c'est s'occuper de Zelda, leur petite chienne, qu'il aime plus que tout.

Alors qu'elle s'apprête à charger le linge sale dans la machine, Tiina s'aperçoit qu'il y a déjà des habits au fond du tambour. Étrange : elle n'a pas fait de lessive hier soir.

Elle appuie sur le bouton d'ouverture du hublot et sort les vêtements mouillés : ce sont ceux d'Ogge. Il a jeté pêle-mêle son pantalon, son caleçon et son pull, sans prendre la peine de trier les couleurs.

Le pull blanc à manches longues a pris une teinte grisâtre. L'une des chaussettes de sport a disparu, mais celle qui est là a aussi perdu son éclat.

Debout, Tiina scrute le haut humide dans ses mains. Ogge a donc mis en marche le lave-linge cette nuit… Pourtant, il a dû rentrer à pas d'heure. Elle dormait déjà, n'ayant pas eu la force de l'attendre.

C'est tout de même curieux : d'habitude, Ogge ne s'occupe jamais du linge. Pourquoi cette fois ?

Peu importe. Elle ne peut pas rester ici à méditer si elle veut avoir le temps de petit-déjeuner. Elle suspend les habits de son homme dans l'armoire séchante, lance une nouvelle machine, puis éteint la lumière et remonte l'escalier.

9

Quand son réveil retentit, Hanna, allongée sur le ventre, une jambe repliée sur le côté, sent qu'un objet chaud et lourd pèse sur elle – comme si on lui avait posé un gros sac de ciment tiède sur les lombaires.

L'inconfort de la position a endolori ses muscles ; elle est en nage.

Encore somnolente, elle tente de couper la sonnerie et se retourne dans son lit pour se libérer de cet étrange poids. Le bruit de l'alarme laisse bientôt place à un miaulement réprobateur étouffé, tandis que Morris s'agite sous les draps.

En soulevant la couette, Hanna trouve le chat posté à quelques centimètres de son visage. Dès qu'il l'aperçoit, c'est un festival de ronrons. Morris fait des tours et des cabrioles dans le lit, manifestement comblé qu'elle se soit enfin réveillée.

Elle se lève péniblement et se traîne jusqu'à la cuisine, où elle remplit le bol d'eau et dégote pour Morris une boîte de pâté de foie. Elle lui fait un bac à litière de fortune en garnissant une cagette de papier journal – qu'il sache où faire ses besoins pendant qu'elle sera au travail.

Cet après-midi, elle va devoir partir à la recherche de ses maîtres. Il ne peut pas rester ici : sur le long terme, cette maison n'est pas vraiment adaptée pour un chat.

Elle se prépare une tartine et s'installe à table avec un thé. C'est une semaine courte qui commence, à cause du week-end pascal – c'est pour cela qu'elle s'est offert le luxe d'une petite grasse matinée. Aujourd'hui, elle n'a pas de réunion, mais elle doit se pencher sur une série d'affaires en cours. De jeudi matin jusqu'au lundi de Pâques, elle aura un pont de cinq jours pour profiter de Lydia et de sa famille – Niklas, son mari, et leurs enfants Fabian et Linnea, treize et onze ans. Hanna est dingue de ces gamins ; elle est ravie à l'idée de fêter Pâques avec eux, samedi, suivant la tradition suédoise.

Morris a terminé son repas et se frotte avec gratitude contre la jambe de sa protectrice. À la seconde qui suit, elle se retrouve avec sept bons kilos de félin sur les genoux. À entendre ses ronrons, il semble tellement comblé qu'elle n'a pas le cœur de le reposer au sol.

Elle reste assise ainsi presque dix minutes avant de se résoudre à filer travailler, couverte de poils de chat.

Dans la kitchenette, la machine à café gargouille encore quand Hanna voit Daniel arriver au poste de police.

Comme toujours, elle tressaille en se retrouvant face à lui. Aujourd'hui, il porte un pull vert mousse, qui met en valeur ses yeux d'un bleu-vert peu commun. Le soleil qui filtre à travers la fenêtre sème des paillettes de lumière dorée dans la masse de ses cheveux bruns.

« Un café ? »

Elle lui tend sa tasse, s'efforçant de masquer son trouble.

« Quel service ! commente-t-il de sa voix chaude. Mais il n'était pas pour toi ?

– Je vais m'en faire un autre. »

Ils bavardent en attendant que la machine, qui moût une nouvelle dose de grains, ait terminé son office. Dans les jours qui viennent, ils ont tous deux prévu de travailler depuis les bureaux d'Åre : c'est toujours agréable de faire l'impasse sur l'aller-retour vers Östersund, qui représente tout de même un peu plus de deux heures et demie de route dans la journée.

« Comment s'annonce ta semaine ? demande Daniel une fois qu'Hanna s'est servi son espresso. Encore beaucoup de boulot avant le pont ? »

Hanna avale une gorgée de café avant de lui répondre.

« Non, pas tant que ça. Aujourd'hui, je dois vérifier des dépositions de témoins dans cette affaire de saisie de stups à Staa, en janvier. Tu t'en souviens ? »

Daniel hoche la tête en commençant à marcher vers leurs bureaux – ils ont chacun le leur, à trois portes d'écart.

« Ça te dit de déjeuner chez Broken tout à l'heure ? suggère Daniel. Je n'ai rien préparé. »

Hanna se fait toujours une joie de manger dans ce restaurant très couru, mais Daniel semble avoir oublié à quoi ressemble la ville pendant les vacances de Pâques.

« Deux locaux perdus dans une marée de touristes ? fait-elle en haussant un sourcil. Il nous faudra une plombe pour avoir une table. »

Daniel a un petit rire et vide sa tasse.

« Ah oui, bien vu.

– Tu vas devoir te rabattre sur un hot-dog à la station-service si tu veux en avoir pour moins d'une heure de queue, sourit Hanna. Mais je t'y accompagne avec grand plaisir ! »

10

Pas un son dans le couloir qui mène à la suite Argent. Ivar, envoyé par le service maintenance, frappe doucement à la porte. C'est le moment de jeter un œil à ce thermostat dont s'était plainte la cliente. À dix heures et demie, avec le soleil qu'il fait, la plupart des occupants de l'hôtel ont déjà pris la direction des pistes.

Pas de panneau « Ne pas déranger » sur la poignée : la voie est libre. Ivar passe sa carte magnétique sur le lecteur puis s'annonce à mi-voix, par précaution, avant de franchir le seuil :

« Bonjour, je peux entrer ? »

Pas de réponse. La suite doit être vide, même s'il aperçoit, depuis le couloir, un téléphone en charge sur la tablette du canapé.

Ivar fait quelques pas prudents, quand son regard s'arrête sur la moquette. Elle est maculée de taches cramoisies, comme si l'on avait vidé au sol une bouteille de vin rouge avant d'y sauter à pieds joints.

Puis une vague odeur le fige sur place, rance, écœurante. On dirait du sang.

Il baisse à nouveau les yeux sur la moquette puis les dirige vers la porte qui mène à la chambre, entrouverte. Il fait noir là-dedans ; les stores semblent encore tirés.

Le silence devient oppressant.

Prudemment, Ivar s'avance et pousse la porte du pied. Il lui faut quelques secondes pour habituer ses yeux à la pénombre.

Il distingue alors le corps nu étendu sur la moquette, près du lit ; les yeux grands ouverts fixant le plafond sans le voir ; la gorge béante, fendue de part en part.

La peau du buste, des membres, est transpercée de plaies profondes. Le sang imbibe les draps et forme de larges flaques au pied du lit.

Partout, du rouge poisseux, où qu'il pose le regard.

Il faut quelques instants à Ivar pour prendre conscience de la réalité de la scène. Puis il sort en titubant et vomit dans le couloir.

11

La voix de Daniel arrache Hanna à son affaire de stups. Son collègue vient de se matérialiser sur le seuil, portable plaqué contre l'oreille.

« Viens, il faut qu'on file tout de suite au Copperhill. »

Son regard est perçant et grave.

« Il y a eu un homicide, cette nuit. Une cliente de l'hôtel, lardée de coups de couteau dans sa chambre. »

Hanna s'empare de sa veste et s'élance au pas de course pour rattraper Daniel, déjà sur le parking. En enclenchant la marche arrière, ce dernier résume les informations que le centre de commandement régional d'Umeå a transmises à la police judiciaire d'Östersund.

« L'alerte a été donnée à dix heures cinquante-trois par le directeur de l'hôtel. C'est un agent de maintenance qui a découvert la victime sauvagement poignardée dans sa suite. »

Hanna ne trouve pas les mots. Une femme lacérée, baignant dans son sang – quoi de plus abominable ? Elle a déjà été témoin de ce genre de scènes de crime par le passé, lorsqu'elle travaillait à l'unité des violences intrafamiliales à Stockholm. Toutes l'ont durablement ébranlée.

« Pauvre homme… il doit être en état de choc », marmonne-t-elle.

Hanna a déjà commencé à dresser mentalement la liste des tâches à accomplir. Autant dire qu'elle peut tirer un trait sur ses congés de Pâques…

Daniel accélère. La vitesse est limitée à quatre-vingts sur la nationale, mais la route est déserte.

« Et la police scientifique ? demande Hanna. Les collègues sont en chemin ?

– Oui, mais ils nous rejoignent en voiture depuis Östersund. »

Hanna sait ce que cela signifie :

« Ils ne seront pas là avant une bonne heure… »

Lorsqu'on est policier dans le nord de la Suède, il faut bien souvent rouler plusieurs heures pour rejoindre une scène de crime. La circonscription policière du Jämtland est particulièrement vaste : elle s'étend jusqu'à la province du Härjedalen, cent cinquante kilomètres plus au sud.

Hanna espère secrètement qu'on leur enverra Carina Grankvist – la technicienne avec qui elle a collaboré sur sa dernière grosse affaire, celle de la mort du skieur. Une femme franche, directe, d'un abord facile. Carina est officiellement basée à Östersund, comme Daniel et Hanna, mais ne vit qu'à une cinquantaine de kilomètres d'Åre, à Mattmar.

« Que sait-on de la victime ? demande Hanna. C'est qui, au juste ? On a un nom ? »

Daniel secoue la tête.

« On en saura plus une fois sur place. »

Le bâtiment en bois brun abritant la chocolaterie d'Åre apparaît sur la droite, en contrebas de la voie rapide. La route qui serpente jusqu'au Copperhill se trouve juste en face – c'est également celle-là qu'il faut emprunter pour monter à Sadeln, où Lydia a son chalet. Hanna en connaît les moindres méandres : elle l'a déjà prise un nombre incalculable de fois, de jour comme de nuit.

Dès qu'ils quittent l'E14, la chaussée devient plus étroite et sinueuse – un relief peu commun dans la campagne suédoise. D'un côté, des torrents d'eau glacée dévalent le flanc de la montagne. De l'autre s'étend une vue dégagée sur le lac, éblouissante.

Alors qu'ils entrent dans le centre du hameau de Björnen, Daniel bifurque vers la droite, suivant le petit panneau indiquant « Copperhill Mountain Lodge » en lettres noires.

Après une nouvelle série de virages en épingles, l'imposant bâtiment surgit devant eux, trônant sur le sommet en pente douce du Förberget. Si Hanna a déjà dîné au restaurant de l'hôtel avec Lydia et sa famille, elle n'y a évidemment jamais passé la nuit : on peut difficilement se payer ce luxe avec un salaire de flic.

La lumière laiteuse du matin lui fait plisser les yeux. Elle a la boule au ventre.

Dans la vallée, le lac Åresjön dessine un ruban de glace irisée qui s'étend vers l'ouest jusqu'au pied des montagnes. De l'autre côté de l'eau, le versant nord du Renfjället est encore dans l'ombre.

Daniel repère une place libre devant l'entrée de l'établissement et s'y gare en marche arrière. Deux voitures de patrouille sont déjà sur les lieux. Le parking est presque plein : le week-end de Pâques est l'un des plus fréquentés de la saison.

« Ça ne pouvait pas plus mal tomber, soupire Hanna. Le premier jour des vacances scolaires : l'hôtel doit être bondé. »

Daniel ouvre la portière, la mine renfrognée.

« C'est une tragédie. Pour la victime, pour l'hôtel, pour la région entière. »

À l'époque
Le 21 décembre 1973

Monica contemple l'uniforme noir et blanc posé sur son lit, fraîchement amidonné, si pimpant qu'elle ose à peine se dire qu'il est à elle. Il reste cinq jours avant le réveillon de Noël ; elle s'apprête à prendre son premier service à l'hôtel de montagne de Storlien.

Elle n'arrive toujours pas à y croire : elle a été engagée comme serveuse dans l'établissement le plus prestigieux de la station, dont les clients ressemblent aux stars de cinéma qui peuplent les pages des magazines qu'elle feuillette parfois en cachette.

Il arrive même que le roi en personne y fasse une apparition lorsqu'il est en villégiature dans son chalet de Storlien.

Monica frémit à l'idée qu'elle puisse le croiser. Le jeune souverain vient tout juste de monter sur le trône : à vingt-sept ans, il est encore célibataire, et parmi toutes les têtes couronnées d'Europe, c'est le plus bel homme.

Les doigts tremblants, elle enfile la tenue, puis examine le résultat dans le miroir. Malgré son petit mètre soixante et sa silhouette menue, l'uniforme tombe parfaitement. Il faut dire que son nouveau soutien-gorge fait des merveilles… Elle a tenté de se vieillir en attachant ses cheveux bruns en chignon et en soulignant son regard d'un trait d'eye-liner appuyé.

Une fois apprêtée, elle descend auprès de sa mère, qui écoute la radio au salon, pour lui montrer le résultat :

« Qu'est-ce que tu en penses ? »

Sa mère fronce les sourcils.

« Cette jupe n'est pas un peu courte pour aller travailler ? »

Monica y a fait un ourlet en secret pour se donner l'air plus à la page, plus adulte.

« Non, non, tout le monde porte ça », dit-elle d'un ton faussement détaché en enfilant son manteau.

Il faut vingt minutes de marche pour se rendre à l'hôtel depuis chez elles. Monica arrive à destination le souffle court – du fait de l'exercice, mais surtout de l'excitation. L'extérieur du bâtiment est éclairé de belles lumières scintillantes ; l'entrée est richement décorée, des guirlandes de branches d'épicéa piquées de rosettes de velours rouge surplombent le porche. Deux grands sapins de Noël encadrent l'escalier qui mène aux impressionnantes portes battantes, illuminé par les flammes d'une enfilade de torches en fonte.

Cela fait des années qu'elle rêve d'indépendance. Elle va enfin gagner sa vie. Mais par-dessus tout, c'est une brèche qui s'ouvre devant elle, une porte d'entrée vers un autre monde.

Qui sait, peut-être rencontrera-t-elle son futur mari parmi les clients de l'hôtel ? Un homme de Stockholm, qui l'emmènera loin d'ici pour lui offrir une existence plus douce. Elle aimerait tant pouvoir échapper au froid et à l'obscurité, fuir l'atmosphère étouffante qui règne à la maison, les règles et les contraintes qui régissent le quotidien de ses parents – et, par conséquent, le sien.

Bientôt, elle aura dix-huit ans : il est temps pour elle de commencer à vivre pour de vrai.

Les rêves peuvent se réaliser, songe-t-elle en se dirigeant vers l'entrée du personnel, un sourire comblé aux lèvres.

12

Ce revirement brutal oblige Daniel à revoir tous ses plans. Après sa séance avec Jovanka, qui l'a lessivé, il avait espéré passer une matinée au calme, à traiter sans pression des tâches administratives.

La violence du réel lui revient en pleine figure : il va devoir s'accrocher.

Au moment où Hanna et lui franchissent la porte automatique en verre de l'hôtel Copperhill, un homme d'une cinquantaine d'années coiffé en catogan, en jean et veste noire, se précipite vers eux.

« Vous êtes de la police ? lance-t-il avec un accent norvégien. Je suis Espen Lund, je dirige cet établissement. C'est moi qui ai appelé le 112 quand on a découvert le corps. »

Daniel lui tend son badge en guise de réponse.

Il lit la panique dans les yeux de Lund. Un crime de ce calibre a de quoi terrifier n'importe qui – et pour un directeur d'hôtel, c'est une catastrophe absolue.

Lund promène un regard erratique autour de lui, comme s'il craignait qu'un client ne l'entende, malgré le vide relatif qui règne dans le gigantesque hall d'entrée. Il faut dire que l'accès aux chambres se fait depuis des coursives sur six niveaux, qui donnent toutes sur cet atrium de cathédrale : de là, chacun peut facilement voir, où qu'il se trouve, ce qui se passe au rez-de-chaussée.

À la réception, un employé les observe d'un air tendu. Voyant que Daniel l'a remarqué, l'homme baisse les yeux sur son écran, comme pour signifier qu'il a mieux à faire qu'épier les conversations.

« C'est horrible, se lamente Espen Lund. Inimaginable. »

Les yeux de Daniel sont happés par le décor : derrière son interlocuteur se dresse un mur de près de trente mètres de haut tapissé de cuivre, en parfaite harmonie avec les tons chauds des boiseries. Un feu crépite dans une cheminée monumentale en ardoise gris clair. Plus loin, un luminaire rouge vif – ou est-ce une sculpture ? – décore le hall.

Dans des circonstances moins dramatiques, il aurait sans doute trouvé ça beau, mais aujourd'hui, la couleur de l'objet ne lui évoque rien d'autre que celle du sang. Ils n'ont pas encore vu la scène du crime que son corps commence déjà à se cuirasser ; ses épaules sont raides, son estomac noué.

Une affaire d'homicide comme celle-ci ne laisse jamais indemne.

« On y va ? » dit Hanna.

Elle se tourne vers le directeur de l'hôtel :

« Pouvez-vous nous montrer la chambre où a été trouvé le corps ? »

Lund se dirige vers l'escalier ajouré en pierre noire qui monte en ligne droite sur la gauche de la cheminée. En s'approchant, Daniel se rend compte à quel point celle-ci est imposante : de la taille d'une petite maison, elle se compose de plusieurs blocs asymétriques empilés jusqu'aux galeries du deuxième étage et se prolonge par un large conduit, lui aussi habillé de cuivre, qui s'élève à la verticale jusqu'au toit.

Emboîtant le pas au directeur, ils montent au sixième puis rejoignent l'extrémité du couloir où se trouve la suite Argent. Leurs collègues en uniforme sont déjà passés et ont posé le ruban de signalisation bleu et blanc devant la porte laissée entrouverte.

Hanna a quelques mètres d'avance. Lund dévisage Daniel avec, dans les yeux, une inquiétude nouvelle.

« Ce ruban est vraiment indispensable ? Ça va faire peur à nos clients…

– Où pourrons-nous vous trouver quand nous aurons terminé ? » rétorque Daniel en éludant la question.

Car il faudra attendre encore un bon moment avant d'espérer retirer le balisage.

« Présentez-vous à la réception, on m'appellera. »

Le directeur s'éloigne en direction des escaliers.

« Pas de trace d'effraction sur la porte, note Hanna dès que l'homme n'est plus à portée de voix. Personne ne semble s'être introduit par la force. »

Daniel opine du chef. C'est une observation primordiale, qui peut vouloir dire plusieurs choses : soit la victime connaissait le tueur et l'a laissé entrer volontairement, soit le coupable a lui-même ouvert la porte avec une carte d'accès – et pourrait donc faire partie du personnel de l'hôtel.

« Bon, on n'a plus qu'à attendre les techniciens… »

Les règles sur une scène de crime sont strictes : personne n'entre tant que la police scientifique n'a pas terminé son travail – à moins, bien sûr, que des vies soient en jeu. Il arrive hélas trop souvent que des traces biologiques se trouvent contaminées par le personnel d'urgence ou par des policiers négligents, ruinant ainsi toute possibilité d'un examen approfondi des lieux.

Glissant la tête par la porte ouverte, Daniel voit que le couloir d'entrée de la suite débouche sur un salon avec un canapé et une table basse, encadré de grandes baies vitrées. C'est tout ce qu'on peut apercevoir. Le corps a été retrouvé dans la chambre à coucher, invisible depuis le seuil.

Il espérait avoir un premier aperçu de la scène, mais rien à faire : Hanna a raison, il faut attendre l'arrivée de la scientifique.

« T'as vu ça ? » fait-il soudain, pointant un doigt vers le sol.

De grandes taches rouge sombre dessinent un motif irrégulier juste derrière la porte de la suite ; on distingue clairement la forme d'une empreinte de chaussure.

Lorsque Daniel se penche pour mieux voir, l'odeur du sang le prend à la gorge.

13

Aada Kuus sanglote, assise à même le sol en pierre dans l'obscurité du local de stockage. La pièce se trouve au premier sous-sol de l'hôtel, c'est là que l'on entrepose habituellement le linge et les réserves de fournitures : aujourd'hui, elle est presque vide. Aada a couru s'y réfugier, tout au fond, lorsqu'elle a vu la police arriver pour boucler la suite Argent. Elle avait besoin de rester seule, de se terrer loin des regards.

Elle est encore sous le choc, incapable de réfléchir. Elle tremble de tous ses membres depuis qu'elle a appris qu'un meurtre avait été commis pendant la nuit.

Il paraît que c'est Ivar, de la maintenance, qui a découvert le corps. Il va être interrogé par la police, comme tous les employés. Elle aussi, les enquêteurs voudront lui parler, lui demander ce qu'elle a vu.

Aada presse ses mains l'une contre l'autre, tentant d'en contenir les tremblements, mais c'est peine perdue : son corps tout entier en est secoué.

Elle sait qu'elle aurait dû donner l'alerte hier soir, lorsqu'elle a compris qu'il s'était passé quelque chose de terrible. Au lieu de cela, elle a pris ses jambes à son cou.

Elle est si bouleversée qu'elle n'ose plus se fier à ses propres souvenirs. A-t-elle vraiment vu un homme masqué sortir de la suite Argent, un couteau ensanglanté à la main ?

Et lui, l'a-t-il aperçue ?

Ça lui semble certain. Elle revoit son regard, ses yeux brûlants de haine.

Elle a passé la nuit à se retourner dans son lit, et quand elle est revenue travailler tout à l'heure, la scène qui l'attendait était pire encore que ce qu'elle aurait pu imaginer. Des policiers partout. Des collègues profondément ébranlés. Ils lui ont expliqué qu'une femme, la cliente de la suite Argent, avait été poignardée à mort.

Aada reprend haleine entre deux sanglots. Elle est partagée entre la honte de n'avoir rien fait et la terreur à l'idée que le meurtrier s'en prenne à elle à son tour… Elle sent les poils de ses bras se hérisser.

Une petite voix lui souffle d'aller trouver son patron pour lui raconter ce qu'elle a vu. Mais elle n'ose pas se manifester. Pourquoi écouterait-on quelqu'un comme elle, une étrangère qui parle à peine la langue ? Elle sait d'expérience qu'en Estonie, son pays d'origine, il ne fait pas bon faire confiance à la police. Et si c'était la même chose en Suède ?

Qui viendrait alors la protéger ?

14

Hanna et Daniel se sont installés au premier étage de l'hôtel dans une salle de réunion vide, dont les fenêtres donnent sur la dense forêt de conifères qui entoure le bâtiment. Ici aussi, le mobilier se déploie dans une palette de tons ocre, entre les chaises tapissées de tissu rouille et la moquette moutarde.

Daniel remarque que le soleil s'est caché derrière une chape de nuages : il fait sombre dehors, alors qu'on est encore en milieu de journée. Il va sans doute neiger.

Ce temps sinistre reflète son état d'esprit. Il peine à chasser de sa mémoire l'odeur rance de la suite Argent et l'idée que le corps d'une femme assassinée gît toujours là-bas, juste au bout du couloir.

En face d'eux, le directeur de l'hôtel, Espen Lund, ne parvient pas à rester immobile. Ses mains bougent sans cesse pour ajuster sa veste noire, triturer sa ceinture en cuir ou se gratter nerveusement le dos du poignet. Son regard hurle qu'il a mille choses à gérer, mais qu'il est incapable de savoir par où commencer.

Hanna, assise à côté de Daniel, a posé son bloc-notes sur la table.

« La suite va rester inaccessible encore longtemps ? demande Espen Lund, clairement nerveux. C'est très perturbant pour nos clients ; on aimerait pouvoir nettoyer et remettre l'endroit en état dès que possible.

– Je ne peux malheureusement pas vous répondre », dit Daniel.

Une scène de crime de cette envergure doit être examinée plusieurs fois – la police ne veut surtout pas qu'on vienne y faire le ménage.

« Nous vous tiendrons au courant dès que nous en saurons davantage », complète Hanna.

Le directeur n'a pas l'air plus rassuré.

« Nous voulons toutes les informations dont vous disposez sur la femme qui occupait la suite Argent, dit Daniel. Son nom, la durée de son séjour… Tout ce que vous avez. »

Espen Lund manipule du bout des doigts l'iPad placé devant lui.

« Elle s'appelait Charlotte Wretlind, annonce-t-il en fixant l'écran. Elle est arrivée vendredi et devait repartir après Pâques. La réservation a été faite au nom de son entreprise, SEG, Swedish Establishment Group, une société de promotion immobilière, si je ne m'abuse.

– Était-ce une cliente régulière ? demande Daniel.

– Oui, elle a fait de nombreux séjours chez nous. Je dirais sept ou huit en un an et demi. Son dernier remonte à février.

– Une habituée, donc, souligne Hanna.

– C'est elle qui portait le nouveau gros projet pour Storlien, poursuit Lund. Elle prévoyait de racheter le grand hôtel de montagne désaffecté pour le rénover. Vous avez peut-être lu l'article à ce sujet dans l'*Östersunds-Posten* il y a quelques semaines ? Son ambition était de remettre Storlien sur la carte, que la station redevienne aussi célèbre qu'elle l'était à son âge d'or, dans les années soixante et soixante-dix. »

Daniel fouille dans sa mémoire : oui, il a probablement vu passer l'information, mais sans s'y arrêter. Il échange un regard avec Hanna. La grande époque de Storlien est révolue depuis longtemps.

« Je ne sais pas si vous connaissez l'historique de l'endroit, ajoute le directeur de l'hôtel. Vous devez savoir, j'imagine, qu'au départ Åre n'était qu'un petit village. C'est Storlien qui était le principal centre touristique de la région ; c'est là qu'on venait skier. Le roi a son chalet de montagne dans les environs, ça a certainement contribué à la réputation de la station.

– Le roi et la reine s'y rendent généralement pour Pâques, il me semble, ajoute Hanna. Ils devraient y être en ce moment, non ?

– En effet. »

Lund fait défiler une page sur sa tablette ; Daniel se penche vers lui.

« Avez-vous d'autres éléments à nous communiquer sur le séjour de la victime au Copperhill ?

– Comme je vous l'ai dit, Charlotte Wretlind avait prévu de séjourner chez nous un peu plus d'une semaine. D'ailleurs, elle avait réservé l'une de nos plus belles salles de séminaire pour une conférence de presse qui devait se tenir cet après-midi même. C'est à cette occasion qu'elle comptait dévoiler ses plans grandioses pour ce nouvel hôtel de montagne. »

Daniel remarque les sourcils froncés d'Hanna. L'accent qu'a mis le directeur sur ces « plans grandioses » résonne étrangement. On y lirait presque une pointe de mépris.

Espen Lund leur apparaît soudain sous un autre jour.

« Ce projet suscitait-il la controverse ? demande Hanna.

– Comment dire…, répond Lund en se tortillant sur sa chaise. À Storlien, de nombreux résidents s'inquiètent des conséquences – de l'ampleur du chantier, déjà, et puis de l'aspect final du complexe. Ils ne veulent pas voir un deuxième Åre sortir de terre.

– Et pourquoi pas ? répond Hanna.

– Voyons, ce n'est un secret pour personne : beaucoup de gens pensent qu'Åre a été surexploité. On a construit des maisons à la pelle, et l'afflux de touristes est devenu énorme. Les gérants hôteliers comme moi ne peuvent que s'en réjouir, bien sûr, mais on voit bien que les infrastructures peinent à suivre. Regardez les embouteillages à la haute saison, ou le fonctionnement aléatoire des remontées mécaniques, les télésièges saturés, qui ferment sans cesse à cause de problèmes techniques, ça ne plaît pas aux vacanciers. »

Il détourne le regard et se gratte le cou, dessinant sur sa peau de fines marques roses. Daniel se demande si l'inquiétude de Lund est liée aux embouteillages ou à la concurrence.

« Si les gens viennent s'installer ici, c'est pour vivre différemment, poursuit le directeur de l'hôtel. Ils cherchent le calme, une vie moins stressante. Mais si on se met à remplir toute la région de touristes, il y aura des conséquences. Surtout lorsqu'on prend en compte la clientèle que visait manifestement Charlotte Wretlind – un segment très haut de gamme… Tout ça ne peut que créer des tensions.

– Et du côté de la direction du Copperhill, que pensait-on de ce projet ? l'interrompt Hanna. Votre équipe n'était pas inquiète à l'idée qu'un établissement rival puisse vous faire de l'ombre ? »

C'est précisément la question qui brûlait les lèvres de Daniel. Hanna a le chic pour formuler les choses sans paraître dure ni porter de jugement – une excellente manière d'amener ses interlocuteurs à baisser leur garde.

Il lui lance de la tête un petit signe d'encouragement, auquel elle répond par un sourire à peine perceptible.

« Pourquoi cette question ? marmonne Lund.

– Un nouvel hôtel de luxe en gestation à Storlien, à seulement une petite heure de route d'ici… Si j'ai bien compris, le projet était d'occuper le même marché de niche que vous ? sonde Hanna. Y a-t-il vraiment la place pour deux palaces dans un périmètre aussi restreint ?

– Très honnêtement, je n'y ai pas songé, lâche Lund avec dédain. Cette question me semble d'ailleurs tout à fait déplacée, dans ces circonstances abominables.

– Vous en êtes certain ? L'idée ne vous a jamais traversé l'esprit ? »

Lund évite le regard d'Hanna.

« Absolument pas », tranche-t-il en reportant son attention sur son iPad.

Mobile possible, griffonne Daniel dans son carnet. *Vérifier l'alibi d'Espen Lund.*

15

Pour essayer de soulager les tensions accumulées, Hanna tourne la tête à s'en faire craquer les cervicales.

« Les techniciens devraient avoir bientôt fini, non ? lance-t-elle à Daniel, toujours assis à ses côtés à la grande table. Carina et son équipe sont pourtant bien arrivés vers treize heures ! »

Cela fait déjà plusieurs heures qu'ils sont enfermés dans cette salle de réunion. Après leur entretien avec Espen Lund, ils ont reçu l'homme qui ce matin même a trouvé le cadavre. L'agent de maintenance leur a décrit d'une voix balbutiante son entrée dans la suite et sa découverte de Charlotte Wretlind sans vie, au pied du lit, baignant dans son sang.

Ils ont déjà récupéré bon nombre d'informations sur la victime, et la police de Stockholm a été chargée d'annoncer la terrible nouvelle à ses proches. L'associé de Charlotte, Henry Sylvester, serait déjà en route pour Åre. Ils attendent désormais l'annuaire du personnel, que le directeur de l'hôtel a promis de leur transmettre. Hanna aimerait se pencher en priorité sur les employés qui auraient pu avoir affaire à Charlotte pendant son séjour.

Une bonne âme vient de leur déposer un plateau de ravitaillement – un thermos de café fumant et une assiette de toasts salés. Hanna remplit sa tasse et porte immédiatement à ses lèvres le breuvage encore brûlant. Elle engloutit un toast au fromage si mécaniquement qu'elle aurait du mal à en déterminer le goût. Si seulement elle pouvait se dégourdir un peu les jambes, quitter cette pièce qui commence à sentir le renfermé… C'est dans la suite Argent qu'elle voudrait être, pour passer enfin en revue la scène de crime, s'en imprégner, examiner la victime de ses propres yeux.

Daniel lève le nez de son portable pour montrer l'écran à sa collègue :

« Les journaux du soir s'en donnent déjà à cœur joie ; ils en font tous leur une. Regarde ça : "Crime sanglant au Copperhill". »

Hanna s'étonne :

« C'est fou que ce soit sorti aussi vite… ça fait à peine quelques heures qu'on nous a appelés.

– Tu connais les journalistes ! Je ne vois pas comment ça aurait pu leur échapper. »

Daniel a raison, bien sûr. Un meurtre atroce dans un hôtel de luxe réputé, en pleine semaine de Pâques, est un événement qu'on peut difficilement dissimuler à la presse. Sans compter que les principaux journaux avaient déjà été conviés à la conférence prévue dans l'après-midi.

« On peut dire adieu à nos congés, soupire Hanna. Comment tu le prends ? »

Son collègue affiche un air dépité. Il doit s'inquiéter de la réaction d'Ida, qui a horreur qu'il fasse des heures sup. Ses horaires de travail – en particulier en période de grosses enquêtes – sont un sujet de dispute récurrent dans son couple, au point de mettre celui-ci en péril. Daniel s'en est plusieurs fois ouvert à Hanna pour lui demander conseil.

« Ida va faire la gueule, reconnaît-il en baissant la tête. J'avais promis de passer tout le pont auprès d'elle et d'Alice. »

Vivre avec un policier n'est pas rose tous les jours, songe Hanna, mais Daniel n'y peut rien. À quoi bon lui faire des reproches ? Ida ferait mieux d'en prendre son parti et de se réjouir que son compagnon ait choisi ce métier tellement essentiel.

Bien sûr, Hanna garde ses réflexions pour elle.

« Si on allait retrouver Carina ? » suggère-t-elle en avalant sa dernière bouchée de pain.

Tous deux s'engagent dans le couloir pour rejoindre le bâtiment principal : la suite Argent se trouve à l'autre bout du complexe, côté nord-ouest. Traversant la galerie qui surplombe l'immense atrium, Hanna aperçoit, en contrebas, un petit attroupement à la réception. Malgré la distance, l'agitation du groupe est palpable. Plusieurs clients semblent avoir bouclé leurs valises et s'apprêter à quitter l'établissement.

Qui aimerait fêter Pâques sur les lieux d'un crime aussi terrible ?

Pour le bien de l'enquête, Hanna aurait préféré que les vacanciers restent sur place, au moins le temps de les interroger. Mais si la police a bien des pouvoirs, elle ne peut pas entraver la liberté de circulation de toute la clientèle d'un hôtel. Ceux qui occupaient les chambres les plus proches de la suite Argent ont, eux, été priés de se tenir à disposition. Espérons qu'ils comprendront la gravité de la situation.

« On dirait bien que l'hôtel va se vider », lance-t-elle à Daniel.

Dans le hall d'entrée, le feu crépite toujours avec autant d'allégresse dans la cheminée monumentale décorée d'œufs de Pâques bariolés. Mais dans ces circonstances, l'ambiance chaleureuse soigneusement étudiée produirait presque l'effet inverse : le contraste est particulièrement macabre.

« Ça m'a l'air en bonne voie », répond Daniel.

Lorsqu'ils arrivent à la suite Argent, Hanna devine, par la porte grande ouverte, la silhouette de Carina qui s'affaire dans le salon avec quelques-uns de ses collègues. La technicienne en chef est équipée de sa tenue de protection blanche, dont la capuche dissimule son carré blond.

Carina les aperçoit à son tour et les rejoint sur le seuil.

« Vous voulez jeter un œil ? dit-elle. Je vous conseille de respirer un grand coup. »

Sans attendre de réponse, elle leur tend deux paires de surchaussures bleues ainsi que des combinaisons jetables.

Ce que découvrent Hanna et Daniel en entrant dans la chambre n'a plus rien de commun avec la femme d'affaires chic en veste sombre, au maquillage sophistiqué et à la chevelure blonde ondulée qu'ils ont vue sur leurs écrans plus tôt dans la journée.

Dès qu'Hanna aperçoit le corps à moitié nu gisant sur un enchevêtrement de draps gorgés de sang, elle comprend que cette image en rejoindra d'autres dans sa mémoire et viendra la hanter.

Charlotte Wretlind ressemble à une poupée de chiffon. Des pieds à la tête, son corps est lacéré de plaies profondes, comme si un forcené s'était acharné sur elle avec une longue lame. Son visage est un masque de cire aux yeux vitreux ouverts sur le néant, ses cheveux sont emmêlés et assombris par de larges plaques de sang séché.

« Quelle horreur, souffle Daniel, debout près d'elle.

– Effectivement, ce n'est pas beau à voir », reconnaît Carina.

D'instinct, Hanna pince les lèvres. L'odeur qui flotte dans la pièce est écœurante – un mélange d'hémoglobine et des autres émanations nauséabondes qui peuvent se dégager d'un cadavre mutilé. Malgré le masque, qui parvient heureusement à atténuer les pires effluves, elle sent les muscles de son estomac se contracter sous l'effet d'un puissant haut-le-cœur.

La violence masculine, songe-t-elle aussitôt.

Rien n'indique pourtant que le coupable soit un homme. Mais pour Hanna, qui a vu un nombre incalculable de femmes battues pendant sa carrière dans la police de Stockholm, l'association d'idées se fait d'instinct. Sans compter qu'il est rarissime que des actes d'une telle sauvagerie – en venir, dans un accès de rage, à poignarder quelqu'un jusqu'à le rendre méconnaissable – soient commis par des femmes…

Dans leur écrasante majorité, ce sont les hommes qui tuent, quel que soit le sexe de leur victime : les statistiques ne mentent pas et n'ont que faire de l'idéologie.

Charlotte Wretlind était d'assez grande stature – Hanna estime sa taille aux alentours d'un mètre soixante-quinze –, elle avait l'air sportive, à en juger par les muscles bien dessinés de ses bras.

Ces détails font aussi pencher la balance vers l'hypothèse d'un agresseur masculin : il a dû lui falloir une certaine force pour la maîtriser, à moins qu'il ne l'ait tuée dans son sommeil.

« Tu as une idée du déroulement des faits ? demande Daniel à Carina en reculant d'un pas, sans doute à cause de l'odeur.

« Étant donné sa tenue et la position du corps, l'attaque a vraisemblablement eu lieu alors qu'elle était au lit, répond Carina. Ça nous donne un aperçu de l'heure. Il faudra que vous jetiez un œil à l'ordinateur et au portable dans le salon pour savoir de quand date leur dernière utilisation. »

Hanna opine du chef. C'est une bonne nouvelle que les appareils de la victime soient toujours là : ça leur épargnera des recherches supplémentaires.

« Cause du décès ? »

La question paraît superflue, mais Hanna la pose tout de même, par acquit de conscience.

« Très probablement une hémorragie faisant suite à une trentaine de coups de couteau portés sur tout le corps », explique Carina, froidement factuelle.

Elle montre du doigt le cou de Charlotte Wretlind, où s'ouvre une plaie large et profonde. La lame a transpercé la peau, mettant à nu les tendons et les muscles.

« Ce coup-là lui a très probablement été fatal. Le médecin légiste devra bien sûr voir ça plus en détail, mais je pense qu'elle est morte assez rapidement après que sa trachée a été violemment entaillée. »

Bravant l'odeur, Hanna se penche pour mieux examiner les paumes de la victime. Elles sont blanches, indemnes.

« Je ne vois pas de lésions défensives, dit-elle. On peut supposer qu'elle dormait lorsqu'elle a été attaquée ?

– Dans le meilleur des cas, répond Carina. Mais la lampe de chevet est tombée au sol, ce qui peut suggérer qu'il y ait eu une forme de lutte.

– Ou que l'agresseur s'en soit emparé, complète Daniel.

– Tout à fait, abonde Carina. On peut aussi imaginer que la victime se soit réveillée en l'entendant entrer, et qu'en cherchant l'interrupteur à tâtons, elle ait renversé la lampe. »

Le corps est étendu sur le dos, avec pour seul vêtement une culotte en dentelle. Hanna cherche des yeux une chemise de nuit ou un tee-shirt que le tueur lui aurait arraché – en vain.

La position du sous-vêtement n'évoque, elle non plus, rien de suspect.

« Des signes de violence sexuelle ? » poursuit Hanna.

Carina fait une petite grimace.

« Rien de visible à l'œil nu, répond-elle. Il faudra voir ça avec le médecin légiste.

– Avez-vous pu isoler des empreintes de l'agresseur ? demande Daniel. Mais je vais peut-être un peu vite en besogne…

– On procède à la collecte d'indices, comme d'habitude, dit Carina. Effectivement, il est encore trop tôt pour en dire plus sur leur provenance.

– C'est vraiment abominable », murmure-t-il.

Hanna entend la respiration lourde de son collègue derrière le masque ; elle sait qu'ils ressentent la même frustration, le même malaise.

Il détourne le regard, secouant la tête.

« Je crois que je n'ai jamais vu une scène comme celle-là. »

À l'époque
Le 23 décembre 1973

Après ses premiers jours de travail, Monica a les pieds endoloris, mais elle ne s'est jamais sentie aussi exaltée.

L'hôtel est un vrai décor de conte de fées, avec son salon de coiffure, sa boulangerie, son bowling et sa piscine. Il peut accueillir jusqu'à cinq cents clients, et ses employés sont si nombreux que Monica serait bien incapable de se souvenir de tous leurs noms. L'un d'entre eux, Leffe, a été embauché rien que pour changer les ampoules. À quinze ans, il est encore plus jeune qu'elle.

Au Loft, où l'on se déhanche tous les soirs au son des musiciens, dix-sept hôtesses se relaient pour servir le café et le cognac.

Lorsque Monica rentre à la maison après sa journée de travail, sa tête vibre encore de toutes ces impressions, ces sensations qui se mêlent.

Chaque matin au réveil, elle n'a qu'une envie : y retourner.

Aujourd'hui, c'est l'après-midi du 23 décembre. En prévision du premier service, Monica plie les serviettes de table sous la supervision de Stina, une serveuse chevronnée, déjà vieille – elle a dépassé les quarante ans –, à la voix éraillée, témoin de son long passé de fumeuse. Stina lui montre patiemment comment former des fleurs de lys avec les grands carrés de lin. Ce n'est pas si simple, mais Monica commence à prendre la main.

Elle est enchantée de travailler ici, et ne peut s'empêcher d'écarquiller les yeux chaque fois qu'elle passe le seuil de la somptueuse salle de restaurant. Les lustres en cristal sont décorés de boules de Noël suspendues à des fils dorés ; d'élégantes bougies scintillent à chaque table. Le fastueux buffet que l'on y sert le soir surpasse tout ce qu'elle aurait pu imaginer : sur les plateaux s'aligne une succession de mets plus raffinés les uns que les autres, dont la simple vue la fait saliver.

Pour la première fois de sa vie, elle a goûté à un drôle de fruit vert venu de l'autre bout du monde, appelé « avocat ».

Pour elle, qui a été élevée à la viande et aux pommes de terre, l'univers dans lequel elle a plongé ressemble à un film hollywoodien. Peu importe qu'elle enchaîne dix heures de service ou qu'elle ait à peine le temps de manger. Elle est la plus jeune des serveuses et la seule débutante, mais ses collègues sont presque toutes gentilles et disposées à répondre à ses questions.

« On va bientôt passer aux choses sérieuses, fait Stina en déposant près d'elle une nouvelle fleur de lys pliée à la perfection.

– Comment ça ?

– Le train qui nous amène les familles des beaux quartiers de Stockholm est arrivé aujourd'hui. Tu vas voir. »

Stina lui décoche un clin d'œil.

« Si tu te tiens bien, tu auras droit à de très jolis pourboires à leur départ. Pense à faire de grands sourires aux messieurs et à être polie avec les dames, et tu toucheras le gros lot ! »

Elle toise Monica de haut en bas.

« Mais ravissante comme tu es, je ne me fais pas de souci pour toi. »

16

De retour dans la salle de réunion du Copperhill, assis seul face à la baie vitrée, Daniel fixe l'horizon en attendant Hanna, qui s'est éclipsée aux toilettes. L'image de la femme assassinée le hante.

Soucieux, il caresse du bout des doigts sa courte barbe. Cet homicide épouvantable va sans nul doute mobiliser toutes leurs maigres ressources. Il serait grand temps que Birgitta Grip, leur supérieure, prenne à bras-le-corps ce problème de personnel, qu'ils lui signalent pourtant depuis plus d'un an. Sans cela, la surcharge de travail risque bien de les mettre K-O.

Un grincement de porte interrompt Daniel dans sa rumination. Un homme d'une cinquantaine d'années est planté sur le seuil, vêtu d'un élégant manteau en poil de chameau ouvert sur un costume sombre. Il dégage un charisme incontestable.

L'inconnu passe la main droite dans son épaisse chevelure gris argenté.

« C'est vous qui êtes en charge de l'enquête ? demande-t-il avant que Daniel ait eu le temps d'ouvrir la bouche. Je me suis précipité ici dès que j'ai su, pour Charlotte. C'est inimaginable… Qui a pu faire une chose pareille ? Dans un hôtel comme celui-là ? »

Ses questions s'enchaînent si vite qu'il ne semble pas y attendre de réponse. Daniel se lève et fait quelques pas vers cet homme. Il est de la même taille que lui – autour d'un mètre quatre-vingts.

« Et vous êtes… ? » amorce-t-il, tâchant de masquer son irritation.

Il aurait apprécié que cet individu prenne la peine de frapper avant de débouler ainsi : Daniel aurait très bien pu se trouver en plein interrogatoire.

« Toutes mes excuses, se reprend l'étranger avec une profonde inspiration. Je suis sous le choc… Je m'appelle Henry Sylvester, je suis l'associé de Charlotte. »

Daniel se ressaisit : il se souvient que le partenaire d'affaires de la victime devait arriver aujourd'hui depuis Stockholm. Parfait, ils vont pouvoir se pencher sans plus attendre sur les activités de Charlotte Wretlind.

« Asseyez-vous, je vous en prie, dit Daniel en indiquant l'une des chaises.

– J'arrive tout droit de l'aéroport ; je venais de Stockholm pour assister à la conférence de presse, explique Sylvester en se délestant de sa mallette. Dans le taxi, j'ai reçu une alerte d'information, et puis j'ai appris ce qui s'était passé. »

Il s'interrompt, le souffle court.

« C'est affreux. »

Alors qu'il finit sa phrase, Hanna réapparaît à la porte ; elle dévisage Sylvester, qui vient se présenter à elle avec empressement.

« Ah, vous êtes là, à la bonne heure ! réplique-t-elle. Vous avez un moment à nous accorder ?

– Bien sûr. Je répondrai à toutes vos questions. »

Daniel examine Sylvester, qui s'installe à la table, face à eux. Son visage est pâle ; ses mains replacent nerveusement une mèche de cheveux.

« Puis-je voir Charlotte ? » ose-t-il d'une voix tremblante.

C'est une très mauvaise idée, aimerait lui expliquer Daniel. Même pour des enquêteurs chevronnés comme Hanna et lui, la vue de ce corps désarticulé, lacéré, est dure à encaisser. C'est une expérience qu'il préfère épargner à Sylvester :

« Malheureusement, c'est impossible pour le moment. Nos collègues de la police scientifique n'ont pas fini d'examiner la scène de crime. »

Hanna saisit la carafe d'eau et remplit un verre qu'elle place devant Sylvester.

« Vous étiez proche de Charlotte ? commence-t-elle.

– Charlotte et moi, nous nous connaissons depuis toujours. Nos pères étaient amis intimes et nos deux familles passaient beaucoup de temps ensemble. À une époque, nous allions à Storlien tous les ans pour y fêter Noël. »

Storlien, se dit Daniel. Le nom de ce patelin revient sans cesse.

« Pouvez-vous nous en dire plus sur votre projet d'hôtel ? demande-t-il. Nous avons cru comprendre que des sommes importantes devaient être investies dans sa rénovation. Vous étiez de la partie dès le départ ?

– Pas vraiment, hésite Sylvester. Pour être honnête, ce genre de montages immobiliers, ça n'est pas vraiment ma tasse de thé. Mais Charlotte était si enthousiaste qu'elle a fini par me persuader. Ça fait je ne sais combien d'années qu'elle mûrissait cette idée, mais elle a toujours peiné à trouver des financements. Et puis, une fois qu'elle s'est mis en tête que ma société devait entrer au capital, elle n'a plus voulu en démordre. »

Le regard de Daniel se pose sur l'imposante montre que Sylvester arbore au poignet. Il croit reconnaître une Patek Philippe : évidemment, pour un homme de ce milieu, ce genre d'accessoire de luxe fait partie du b.a.-ba.

Daniel veut se garder de porter un jugement à l'emporte-pièce, aussi tentant que ce soit. Ses années d'expérience lui ont enseigné que personne n'est ni tout noir ni tout blanc. Chacun évolue dans une sorte de zone grise, où les traits de caractère s'additionnent par strates pour former un tableau complexe dont la cohérence n'est que rarement visible au premier coup d'œil : on peut brutaliser les femmes et chouchouter les petits enfants. Ou diriger une bande criminelle tout en célébrant religieusement la fête des Mères…

« Dire non à Charlotte n'était pas facile, poursuit Sylvester. Pas quand elle s'était mis quelque chose d'aussi ambitieux en tête. Si vous aviez pu la rencontrer, vous auriez compris tout de suite. »

Il se tait et détourne le regard, comme s'il commençait seulement à prendre la mesure de la situation.

« Mon Dieu, laisse-t-il échapper d'une voix brisée. Tuée à coups de couteau, je n'arrive pas à y croire… »

Sylvester connaît le modus operandi, note Daniel. Cela dit, c'est le genre d'information qui fuite facilement. Le pauvre employé qui a découvert Charlotte ne se sera probablement pas contenté de décrire la scène au seul directeur du Copperhill : la nouvelle a dû se répandre comme une traînée de poudre.

Hanna se penche vers Sylvester.

« Votre associée avait l'air très attachée à l'hôtel de Storlien, dit-elle. Qu'avait-il de si important à ses yeux ? »

Sylvester marque une pause ; formant un V renversé de ses deux mains jointes, il presse le bout de ses doigts les uns contre les autres.

« Comment vous dire… Aujourd'hui, vous y voyez un établissement désaffecté des plus banals, j'imagine. Mais c'était tout autre chose à l'époque : pour l'enfant que j'étais, c'était comme fêter Noël dans le château de la Belle au bois dormant. Un endroit féerique auquel je rêvais tout le reste de l'année, la neige, les guirlandes lumineuses, les odeurs de safran, de clou de girofle, de cannelle… »

La nostalgie embue les yeux de Sylvester, submergé par ses souvenirs d'enfance. L'espace d'un instant, son visage s'adoucit et Daniel peut presque voir le petit garçon euphorique qui courait au pied du sapin pour déballer ses cadeaux.

« Pour moi, Noël n'a jamais été aussi beau qu'à l'époque où nous allions à Storlien, dit-il d'une voix émue. Et Charlotte y était pour beaucoup. »

« Je vois, dit Hanna avec douceur. Mais d'où est venue cette idée de reconstruire un hôtel flambant neuf à cet endroit ? J'ai cru comprendre que le bâtiment était vide depuis longtemps, et ça fait bien cinquante ans que la station de ski a perdu son aura.

– Je pense que Charlotte voulait réaliser un rêve, dit lentement Sylvester. Ou peut-être le rêve de son père.

– Il était donc si important à ses yeux ? »

Henry Sylvester se débarrasse de son lourd manteau et le pose sur la chaise à côté de lui.

« Charlotte était extrêmement attachée à son père, dit-il avec, dans la voix, un accent mélancolique. Elle cherchait constamment son approbation. Curt avait pour elle de vastes ambitions. Il voulait qu'elle crée quelque chose de grand qui lui appartienne en propre, qui lui survive. Il était lui-même entrepreneur, dans le secteur de la restauration, et avait des principes très arrêtés. À un moment, au fil de ses séjours à Storlien, l'idée de reprendre le grand hôtel a dû germer. Les années passant, il a plutôt été question d'ouvrir un nouvel établissement haut de gamme dans la région. Il n'a jamais pu aller au bout de son projet, mais le flambeau est passé à la génération suivante.

– Pouvez-vous m'en dire plus sur la relation qu'elle entretenait avec son père ? » le relance Hanna.

Sylvester avale une gorgée d'eau, comme s'il cherchait à temporiser.

« Je n'aime pas dire du mal des défunts. Mais Curt avait une personnalité… particulièrement dure. Il ne voyait pas ses enfants comme des individus indépendants, plutôt comme des extensions de lui-même. Cette attitude a laissé des traces sur sa fille, si je peux le formuler ainsi.

– Vous pouvez le formuler comme vous le souhaitez », rétorque Hanna.

Daniel griffonne quelques mots, les yeux sur son carnet, puis lève à nouveau le regard vers l'homme d'affaires.

« Pourriez-vous donner un exemple, une anecdote peut-être ?

– Par où commencer ? fait Sylvester, la mine résignée. Nos études, peut-être : Charlotte et moi les avons faites ensemble, à l'École d'économie de Stockholm. Au départ, elle n'était pas admise, son dossier était limite – c'est une filière extrêmement sélective. Elle a été placée sur liste d'attente puis acceptée in extremis. Dans l'intervalle, je l'ai vue proprement effondrée : elle savait que Curt n'approuverait aucune autre école que celle-là. Suivre des cours à l'université, c'était bon pour la plèbe ; pour sa famille, c'était l'établissement d'élite ou rien. Charlotte subissait une pression énorme, à la maison. »

Sylvester secoue la tête en évoquant ce souvenir.

« Son père pouvait être très drôle, je dois l'admettre. Et comme homme d'affaires, il était brillant. Il m'a même donné un vrai coup de pouce au début de ma carrière. Mais on aurait difficilement pu lui décerner le titre de Père de l'année. Il ressemblait plutôt au patriarche de *Succession*, si vous voyez le genre. »

Daniel hoche la tête. Il n'a jamais vu un traître épisode de cette série, mais il en connaît l'histoire dans les grandes lignes : celle d'une fratrie qui se démène pour obtenir l'approbation d'un géniteur au cœur de pierre.

La famille nucléaire n'est décidément pas le paradis, songe-t-il. Si c'était le cas, sa relation avec Ida ne serait probablement pas aussi compliquée…

Sylvester soupire, la tête dans une main.

« J'ai vraiment beaucoup de mal à encaisser tout ça…

– Et ses frères et sœurs ? » poursuit Daniel.

Sylvester lève à nouveau les yeux vers eux.

« Elle avait un frère cadet, qui est décédé il y a quelques années. Il a eu des problèmes d'alcool très jeune ; son foie a fini par lâcher. L'ambiance n'était pas vraiment à l'entraide, dans cette famille… »

L'homme d'affaires ne s'étend pas sur le sujet, mais il a dit le principal : grandir chez les Wretlind n'était pas une sinécure, en dépit des Noëls féeriques à la montagne.

Au regard éloquent d'Hanna, qui lui enjoint de changer de sujet, Daniel répond d'un signe de tête, se fiant à l'intuition de sa collègue.

« Qu'est-ce qui vous a finalement convaincu d'investir dans le projet de Charlotte ? demande-t-elle.

– Pour être honnête, j'étais probablement son dernier espoir. Je sais qu'elle avait tenté sa chance auprès d'autres investisseurs, mais qu'elle n'avait essuyé que des refus. Elle jurait que le projet avait tout pour être rentable, que je ne serais pas déçu. »

Sylvester se racle la gorge avant de poursuivre :

« Dans un premier temps, j'avais décliné. Et une fois embarqué, il y a bien eu des moments où j'ai regretté de ne pas avoir campé sur mes positions, vu les sommes en jeu. On a déjà largement dépassé le budget initial, alors que les travaux n'ont pas encore commencé.

– Et pourtant, vous vous êtes lancé, souligne Hanna.

– Je vous l'ai dit, Charlotte n'était pas du genre à baisser les bras devant un refus. J'ai probablement cédé à une forme de sentimentalisme, en souvenir de notre enfance. C'était une vraie tête de mule : une fois qu'elle avait pris sa décision, plus rien ne l'arrêtait, quel que soit le prix à payer.

– Comment les gens réagissaient-ils face à une telle attitude ? s'enquiert Hanna. Ça m'a l'air d'être le meilleur moyen de se faire des ennemis… »

La sonnerie du téléphone de Sylvester les interrompt. Il sort l'appareil de sa veste, y jette un bref coup d'œil et le repose sur la table en rejetant l'appel.

« Des ennemis ? » reprend-il.

Beaucoup de gens ont leurs détracteurs, se dit Daniel. Surtout ceux qui s'aventurent comme Charlotte dans un secteur aussi compétitif. Mais les inimitiés professionnelles débouchent rarement sur un homicide – et à plus forte raison, un homicide aussi effroyable.

Il scrute le visage impénétrable de Sylvester, plongé dans ses pensées. Malgré la brutalité de l'événement, l'homme semble garder la tête froide. Ses années dans les affaires lui ont sans doute appris à rester maître de ses émotions.

« Charlotte a eu un certain nombre d'accrochages, c'est sûr, explique Sylvester. Elle n'était pas vraiment du genre à ménager les gens. »

Hanna réagit :

« Pouvez-vous développer ? Connaissez-vous des personnes avec lesquelles elle aurait eu de tels “accrochages” ?

– La liste pourrait être longue, malheureusement.

– Pensez-vous à quelqu'un en particulier ? » insiste Hanna.

Sylvester se compose un imperceptible sourire.

« J'aurais du mal à vous donner des noms. N'est-ce pas justement ça que vous, les policiers, êtes censés découvrir ? »

Consultant sa montre, Daniel note qu'il est déjà près de dix-huit heures. Ils doivent retourner au poste pour faire un point sur la journée et échanger avec Östersund. Grip leur a envoyé un message pour demander au plus vite une réunion de débriefing.

« Et maintenant, lance Hanna, quid du projet Storlien ? C'est vous qui en reprenez les rênes ? »

L'investisseur range son téléphone dans sa poche.

« La force motrice de tout ça, c'était Charlotte, répond-il, la voix un peu lasse. Sa vision, son énergie.

– Cela voudrait dire qu'avec sa mort le projet tombe à l'eau ? insiste Hanna.

– Je ne peux pas me prononcer, il est bien trop tôt.

– Essayez tout de même de répondre, intervient Daniel. Vous pourriez donc désengager les sommes faramineuses que vous avez investies ? »

Une ride d'agacement se dessine sur le front de Sylvester.

« Je ne vois pas où vous voulez en venir, déclare-t-il d'un ton soudain tranchant. Vous insinuez que la mort de Charlotte pourrait m'être bénéfique ? »

17

Quelques instants plus tard, descendant les escaliers vers le lobby de l'hôtel, Daniel et Hanna sont aveuglés par un flash lumineux.

Daniel sursaute avant de s'immobiliser sur la dernière marche, Hanna quelques mètres devant lui. En balayant le hall du regard, il avise une petite grappe de photographes agglutinés devant la réception.

La conférence de presse de Charlotte… Les journalistes venus y assister rentreront avec des articles autrement plus sensationnels que prévu.

Un doigt se braque sur Daniel, puis un homme aux courts cheveux blonds, la petite trentaine, fond sur lui, talonné par un caméraman. Il tend son micro, marqué du logo d'une chaîne de télévision et monté sur une perche, sous le nez du policier.

« Que pouvez-vous nous dire sur le meurtre atroce qui s'est produit ici, au Copperhill ? » demande le journaliste.

Daniel élude la question d'un geste de la main :

« À ce stade de l'enquête, nous ne ferons aucun commentaire. »

L'objection ne semble en rien arrêter son interlocuteur.

« Une femme a été retrouvée morte, poignardée, dans l'une des chambres de l'hôtel, poursuit celui-ci sur le même ton insistant. Que sait-on de la situation ?

– Je suis désolé, je ne commenterai pas l'affaire. »

L'homme s'approche encore de quelques pas.

« Avez-vous identifié des suspects ? »

Entre-temps, comprenant que Daniel était de la police, d'autres journalistes se sont rués sur lui, brandissant leur micro, l'encerclant jusque sur les marches de l'escalier.

Il voudrait se dérober, mais il est cerné. Ils sont trop nombreux, forment une foule compacte. Le journaliste blond est si proche de lui que son haleine lui fouette le visage.

« Y a-t-il des témoins parmi les employés de l'hôtel ? »

La chaleur est suffocante, Daniel peine à respirer. Garder son sang-froid lui est si difficile qu'il finit par élever la voix :

« Fichez-moi la paix, à la fin ! J'ai dit que je ne ferais aucun commentaire ! » rugit-il, accompagnant sa sortie d'un grand moulinet du bras.

Ce mouvement spontané s'avère plus violent que prévu : sa main vient heurter la perche du micro, qui passe par-dessus la rampe de l'escalier et s'écrase sur le sol. Le volume sonore dans le hall monte d'un coup ; des éclats de voix affolées s'élèvent de la foule en contrebas.

« Vous êtes complètement fou ! » s'offusque le journaliste.

Tout d'un coup, émergeant de la masse, Hanna saisit Daniel par le bras avant de jouer des coudes pour l'extraire de la cohue.

« Pour de plus amples informations, merci de patienter jusqu'au point presse qui se tiendra tout à l'heure, lance-t-elle aux journalistes d'une voix ferme. Maintenant, si vous voulez bien nous excuser… »

Elle part en ligne droite, entraînant Daniel à l'air libre, pour ne s'arrêter qu'une dizaine de mètres après le sas d'entrée.

Vacillant sur ses jambes, Daniel inspire profondément. Quel soulagement d'être sorti de là !

Mais pourquoi diable a-t-il réagi si violemment ? Après plusieurs mois de thérapie, il pensait pourtant maîtriser ses émotions… Que ce soit chez lui ou au boulot, il ne s'était pas emporté une seule fois depuis l'an dernier.

« Ça va ? demande Hanna avec empathie.

– Oui, oui, ça va aller. »

À travers la baie vitrée, elle a un signe agacé à l'intention du journaliste toujours planté dans le hall.

« Quel malotru, celui-là, je n'en reviens pas : traiter la mort d'une femme comme un vulgaire scoop ! »

Daniel voit le reporter qui continue à les fixer. La colère, qui était en train de passer, gonfle à nouveau comme une vague. Son sang ne fait qu'un tour.

C'est alors qu'une évidence le frappe : cet homme ressemble à son père.

18

Daniel se gare sur le parking désert du commissariat d'Åre, rue Kurortsvägen, et Hanna sort avec lui du véhicule. Refermant la portière, elle aperçoit la Volkswagen blanche de Carina Grankvist qui s'engage à son tour sur l'aire de stationnement, signe que l'investigation de la scène de crime est déjà bouclée.

Une fois que Carina les a rejoints, ils gagnent ensemble la salle de réunion, où les attendent Anton Lundgren et Rafael Herrera – ou Raffe, comme tout le monde le surnomme.

Basés à l'unité de police judiciaire d'Åre, Anton et Raffe traitent au quotidien le tout-venant des infractions et des délits – vols, agressions et vandalisme –, mais lorsque la situation l'exige, en l'occurrence pour enquêter sur un homicide, ils sont mobilisés en renfort.

Tous deux sont assis à la longue table en bois, sur des chaises à l'assise en tissu rouge vif, une couleur qui détonne dans cette pièce d'un blanc immaculé. Le bâtiment abritait, il y a quelques années, l'hôpital d'Åre ; l'aménagement des lieux en porte encore les traces.

Hanna se laisse tomber sur un siège tandis que Raffe se connecte en visioconférence avec Östersund. Après un moment de flottement, le visage de leur supérieure, la commissaire de police Birgitta Grip, apparaît sur le grand écran de la salle de réunion, ainsi que celui de plusieurs enquêteurs de la section criminelle. Daniel et Hanna craignaient que leur équipe ne soit réduite comme peau de chagrin. La présence de ressources supplémentaires suggère que l'affaire est jugée prioritaire, quitte à laisser d'autres dossiers en souffrance.

Après les salutations d'usage, Grip souhaite entrer dans le vif du sujet :

« Hanna, Daniel, qui se lance ? »

Hanna ne parvient pas à réprimer un sursaut de satisfaction en entendant sa supérieure l'interpeller aussi naturellement. Daniel est membre de l'unité depuis bien plus longtemps qu'elle ; c'est même grâce à lui qu'elle a obtenu ce poste à Åre. Bien qu'ils n'aient que deux petites années d'écart, il passe pour le plus expérimenté. Mais après quinze mois de collaboration, Grip semble enfin la voir comme un membre à part entière de l'équipe. Une ressource précieuse.

Flattée, Hanna bombe le torse malgré elle. Cette femme d'expérience qui, à la soixantaine, dirige son unité d'une main assurée lui inspire un profond respect. Grip est originaire d'Östersund, et les conditions de travail dans cette région peu peuplée lui sont parfaitement familières. Elle se distingue par son intelligence et son équité, malgré un esprit très terre à terre.

C'est la première fois qu'Hanna est sous les ordres d'une femme, et pour elle l'expérience est indéniablement très positive. Son ex-patron, Manfred, qui l'avait mise à la porte sans ménagement de l'unité des violences intrafamiliales de la police de Stockholm, était d'un autre genre. Il avait sa petite cour de favoris et ne supportait pas qu'on le contredise ou qu'on le pousse dans ses retranchements. Grip, à l'inverse, encourage les opinions divergentes et invite volontiers ses équipes à faire preuve d'originalité dans leur analyse.

Hanna n'avait jamais vraiment réfléchi à la nécessité d'avoir des modèles féminins : cette question suscitait au mieux chez elle un haussement d'épaules. Pourtant, avec Grip, elle a pris conscience de l'enjeu : une femme compétente à la tête de l'unité lui permet de se sentir bien plus à l'aise dans son uniforme, plus forte et plus sûre d'elle – de devenir une meilleure enquêtrice, en somme.

C'est d'autant plus important dans une affaire comme celle-ci, où il est question d'une violence extrême exercée à l'encontre d'une femme.

« Toi ou moi ? fait Daniel à l'adresse d'Hanna.

– À toi l'honneur. »

Il n'y a pour Daniel aucun prestige à jouer le premier coup : ils se connaissent par cœur et Hanna sait qu'il n'est pas du genre à tirer la couverture à lui.

Daniel brosse le tableau à grands traits, décrivant le chaos qui régnait lorsqu'ils sont arrivés à l'hôtel le matin, leurs premières impressions sur la scène de crime, la brutalité de l'attaque, leurs échanges avec un personnel traumatisé.

« Hanna, tu as des choses à ajouter ? » demande-t-il.

Elle passe en revue ses notes. Daniel a résumé les entretiens réalisés au cours de la journée, sans oublier personne. Il n'a rien dit, en revanche, d'un mobile ou des éventuels suspects. Il est vrai qu'il est encore tôt pour évoquer ces sujets : à ce stade, ils disposent de trop peu d'éléments.

« Je crois que tu as dit l'essentiel, répond-elle.

– Très bien, merci, fait Grip avant de se tourner vers Carina, assise en face d'Hanna. Qu'est-ce que tu peux nous dire sur la scène de crime ? »

Carina commence par afficher à l'écran plusieurs photographies prises sur place. Dès la première, un gros plan du visage et du torse de Charlotte Wretlind, Anton plaque sa main sur sa bouche. Même les enquêteurs d'Östersund ont l'air secoués.

« C'est atroce, souffle Raffe.

– Oui, comme tu dis, reconnaît Carina. Personnellement, je n'ai jamais rien vu de tel. La dépouille est en route vers le centre médico-légal d'Umeå, mais on a pu déjà constater que Charlotte Wretlind a été poignardée plusieurs dizaines de fois, sur l'ensemble du corps. Le coup porté au niveau du cou était suffisant pour la tuer. »

Elle fait défiler de nouveaux clichés du cadavre et de la suite maculée de sang, tous plus pénibles à regarder les uns que les autres.

« Concernant l'auteur du crime, enchaîne Grip, est-ce que tu as une idée d'un profil ? Homme ou femme ?

– Nous avons relevé une empreinte partielle de chaussure. Le tueur semble avoir marché dans le sang de sa victime en sortant de la chambre et laissé une trace de semelle sur la moquette. Taille quarante-cinq, d'après nos mesures. Donc très probablement un homme. La force des coups de couteau, de même que leur nombre et leur profondeur, fait également pencher la balance en faveur de cette hypothèse – même si tout ça reste à confirmer par les légistes. »

Pour Hanna, le sexe de l'agresseur ne fait guère de doute : il lui a suffi d'apercevoir le corps méconnaissable de la victime.

Ils l'ont déjà constaté, Charlotte Wretlind ne présente aucune blessure défensive : cela peut s'expliquer par la supériorité physique du tueur ou, plus simplement, par l'incapacité de la victime de réagir. Autrement dit, un réflexe de sidération psychique, où l'on se trouve littéralement paralysé sous l'effet de la peur et du stress. Cette réaction n'est pas rare chez les femmes agressées – Hanna l'a déjà rencontrée dans plus d'une enquête.

« On aurait affaire à un homme qui chausse du quarante-cinq, résume Grip. Donc quelqu'un d'assez grand, probablement plutôt robuste. Autre chose ?

– Ses vêtements ont dû se retrouver tachés du sang de la victime. Il y a eu d'importantes projections dans toutes les directions ; on a vraiment repéré des traces dans toute la pièce. Pour poignarder quelqu'un de cette manière, il faut un contact rapproché, un corps-à-corps : il me semble impossible qu'il n'ait pas fini couvert de sang.

– En d'autres termes, difficile d'opérer une sortie discrète, dit Daniel en se balançant sur sa chaise. Si quelqu'un l'avait vu débouler ensanglanté de la suite Argent, il aurait clairement compris le problème.

– Le Copperhill est immense, renchérit Hanna, avec plus de quatre cents lits et cent vingt employés en haute saison. Il doit bien y avoir des témoins qui l'ont vu quitter les lieux.

– Et les caméras de surveillance ? intervient Raffe. Avec un peu de chance, il a peut-être été filmé ?

– On a posé la question au directeur de l'hôtel, répond Hanna. Les responsables de la sécurité sont en train de rassembler les enregistrements pour nous les envoyer au plus vite.

– Carina, que peux-tu nous dire de l'arme du crime ? poursuit Grip.

– C'est un couteau, clairement. À en juger par la forme et la taille des plaies, je miserais gros sur un couteau de chasse.

– Un couteau de chasse, répète Raffe. Nous voilà bien avancés… »

L'ironie de sa remarque n'a échappé à personne : dans le Jämtland, où le gibier abonde, la chasse est un passe-temps des plus banals. Ce genre de lame fait partie de l'équipement de base.

« Je n'ai fait que répondre à la question, rétorque la technicienne.

– Merci, Carina, dit Grip. C'est un bon début. »

Daniel croise les bras sur sa poitrine.

« Pour moi, il y a une forme d'amateurisme dans cet homicide. C'est trop brouillon. S'il avait eu l'unique objectif de tuer cette femme, il n'avait qu'à lui trancher la carotide. Au lieu de ça, il s'est acharné sur elle comme un fou furieux. »

Hanna acquiesce : tout, dans le mode opératoire, évoque un acte d'une profonde brutalité, depuis le nombre des plaies jusqu'au fait qu'on soit venu poignarder la victime au fond de son lit.

« J'ai l'impression qu'il n'avait pas seulement l'intention de tuer Charlotte Wretlind, argumente-t-elle. On dirait presque qu'il voulait lui faire payer quelque chose. La punir.

– Je partage ton impression, opine Grip en balayant de son front une mèche gris acier. Je propose qu'on jette un œil au passé de la victime. Que savons-nous d'elle ? »

Pendant qu'Hanna et Daniel étaient au Copperhill, Anton s'est penché sur le parcours de Charlotte Wretlind. Il baisse les yeux sur l'écran de l'ordinateur ouvert devant lui.

« J'ai lancé une recherche multicritère et épluché tous les fichiers, dit-il. Charlotte Wretlind n'avait aucun antécédent judiciaire et pas de casier. »

En bref, une honnête citoyenne, songe Hanna.

« Elle a renouvelé son passeport il y a six mois. Voilà à quoi elle ressemblait sur sa photo d'identité. »

L'image de Charlotte apparaît à l'écran, l'air sévère et professionnel, veste sombre sur un chemisier à lavallière.

« Autre chose ? relance Grip.

– Elle est née en 1965, poursuit Anton. Elle avait donc cinquante-six ans au moment de sa mort. Sa mère est atteinte de la maladie d'Alzheimer et vit dans un établissement spécialisé. Son père est décédé. Charlotte Wretlind s'est mariée à un certain Mats Rutberg à la fin des années quatre-vingt-dix, avant de divorcer quelques années plus tard, en 2000. Depuis, elle est célibataire et habite au numéro 7 de la très chic rue Tysta Gatan, dans le quartier d'Östermalm à Stockholm.

– Des enfants ? demande Raffe, resserrant sa queue-de-cheval brune – son signe distinctif.

– Un fils, né en 1997, répond Anton. Filip Rutberg Wretlind. Domicilié rue Banérgatan, dans le même quartier que sa mère. Il a entrepris des études dans différentes directions, notamment à l'École royale polytechnique et à l'université de Stockholm, mais il a toujours fini par décrocher avant le diplôme. En ce moment, il semble surtout être à la dérive.

– On l'a mis au courant ? demande Grip.

– Oui, répond Anton. La police de Stockholm s'en est chargée.

– Et l'ex-mari ?

– On va aussi le contacter. Il vit à l'étranger, apparemment.

– Que savons-nous de la situation financière et professionnelle de la victime avant le projet Storlien ? demande Daniel.

– Charlotte Wretlind a travaillé pendant un bon moment pour une société de capital-risque qui a pignon sur rue, IQP, dont elle était associée, explique Anton. En tout état de cause, elle avait une excellente situation financière. Elle était propriétaire d'un deux cents mètres carrés dans les beaux quartiers de la capitale, d'une résidence secondaire dans l'archipel de Stockholm et d'un appartement à Majorque. Il y a trois ans, elle a quitté l'entreprise pour monter sa propre société, le Swedish Establishment Group, dont elle était directrice générale et présidente du conseil d'administration.

– C'est cette société, SEG, qui était aux commandes du chantier à Storlien, ajoute Hanna. C'est ce que nous a expliqué Henry Sylvester, l'associé de Charlotte.

– Exactement, confirme Anton. L'entreprise compte cinq employés ; son siège est lui aussi à Östermalm.

– Que sait-on de la santé financière de SEG ? demande Daniel.

– Je vais me pencher sur la question », répond Raffe.

Hanna se souvient que Raffe s'était chargé du volet économique de leur précédente enquête, sur le meurtre du skieur Johan Andersson. Raffe lui a raconté qu'il avait suivi l'an passé une formation de gestion d'entreprise à distance. Jamais Hanna ne se serait lancée dans un projet aussi rébarbatif ! Peut-être son collègue avait-il besoin de se changer les idées ?

D'après ce qu'elle a cru comprendre, Raffe et sa compagne Nilla ont longtemps essayé de fonder une famille, en vain. Hanna a rencontré Nilla plusieurs fois : une jeune femme d'une trentaine d'années, adorable, excellente pâtissière de surcroît. Elle enseigne dans une école maternelle à Kall, où ils vivent tous les deux.

Et après tout, peut-être Raffe nourrit-il une passion brûlante pour la gestion d'entreprise.

Hanna songe à Daniel. Il lui avait confié qu'Ida était tombée enceinte après seulement quelques mois de relation. Ce n'était pas prévu au programme et, à l'époque, ils n'étaient même pas sûrs de garder le bébé. Raffe et Nilla, qui sont en couple depuis des années, doivent lutter pour devenir parents alors que d'autres y parviennent sans même le vouloir…

La vie se déroule rarement comme on l'avait imaginé, se dit Hanna. De son côté, avec ses trente-six ans et son célibat – détail que sa génitrice ne manque jamais de lui rappeler –, la perspective de rencontrer quelqu'un et de devenir mère à son tour s'amenuise.

Cette pensée est plus douloureuse qu'elle ne l'aurait cru…

La voix de Daniel la ramène brusquement à la réalité.

« Un point très important à souligner : la porte de la suite ne présente aucune trace d'effraction. Ça peut vouloir dire que la victime a elle-même laissé entrer l'agresseur. Mais le fait qu'elle ne soit vêtue que d'une culotte quand on l'a trouvée tendrait plutôt à invalider cette hypothèse. »

Hanna repense à Henry Sylvester. Cet associé qui connaît Charlotte depuis l'enfance et qui vient d'échapper de justesse à un investissement risqué de plusieurs dizaines de millions de couronnes, au bas mot. S'il était venu frapper à sa porte tard dans la nuit, Charlotte lui aurait sûrement ouvert…

Se peut-il qu'il soit impliqué ? D'après ses dires, il n'a atterri à Åre que cet après-midi. Hier, il était encore à Stockholm.

Hanna griffonne une note : *Vérifier son alibi.* Si elle imagine mal l'élégant homme d'affaires brandissant lui-même le couteau, l'hypothèse n'est tout de même pas à exclure.

« Profites-en pour jeter un coup d'œil à Sylvester, dit-elle à Raffe. Qu'on ait aussi une idée de l'état des comptes de son entreprise. »

Grip s'éclaircit la gorge et ramène la discussion au personnel de l'hôtel :

« On pourrait aussi avoir affaire à un employé, qui aurait déverrouillé la porte avec un passe.

– Oui, c'est tout à fait plausible, dit Daniel. Il faudra identifier les cartes d'accès utilisées hier pour ouvrir la suite. Et dresser l'inventaire du personnel. »

Les derniers mots de Daniel arrachent à Grip un soupir éloquent – la collecte d'informations est un travail terriblement chronophage.

La commissaire répartit ensuite les tâches : tous les employés de l'hôtel en service au cours des dernières vingt-quatre heures devront être interrogés individuellement ; deux jeunes enquêteurs d'Östersund s'en chargeront. Chaque membre du personnel devra en outre faire l'objet d'une vérification d'antécédents. À la grande déception d'Hanna, cette mission échoit à l'un de ses collègues d'Östersund, Nisse Sundbom, un officier de police qui ne l'a jamais particulièrement impressionnée. Ce vétéran de l'unité est loin de briller par son zèle.

« A-t-on le moindre élément suggérant que le meurtrier puisse réitérer son acte, s'en prendre à d'autres clients ? interroge Grip. Si tel est le cas, il faudrait envisager de fermer l'établissement. »

Hanna croise le regard préoccupé de sa supérieure ; l'image du corps mutilé de Charlotte lui revient en mémoire. L'idée que cette boucherie puisse être l'œuvre d'un tueur en série lâché dans la nature a de quoi effrayer.

« À mon sens, la victime a été visée personnellement, avance Daniel. Elle n'a pas l'air d'avoir été choisie au hasard. »

Hanna partage l'avis de son collègue. Son intuition lui dit que la mort de Charlotte Wretlind n'est pas simplement le fruit d'une coïncidence funeste.

Une autre idée – une troisième hypothèse – lui traverse alors l'esprit.

Et si la brutalité extrême de ce crime n'était là que pour créer un écran de fumée, un leurre, pour les entraîner, ses collègues et elle, sur une fausse piste ? Et si l'on voulait justement qu'ils se mettent sur la trace d'un tueur fou, alors qu'il s'agirait en réalité d'un assassinat commandité ?

Ce qui a toutes les apparences de la violence la plus acharnée pourrait être tout autre chose : un plan pour lancer la police dans la mauvaise direction.

19

Installé à la table de la cuisine dans la maison de son enfance, Anton repose ses couverts de part et d'autre de son assiette vide. La villa de ses parents ne se trouve qu'à dix petites minutes de son propre appartement à Duved. Il a dû s'arracher à contrecœur du commissariat en pleine effervescence, mais c'est pour la bonne cause – ce soir, son père fête ses soixante-sept ans.

La culpabilité le ronge. Vu la situation, il devrait donner la priorité au travail, et non à sa vie personnelle.

« On va passer au café et au dessert ! » annonce Susanne, sa mère, désignant l'imposant gâteau à la crème qui les attend sur le plan de travail de la cuisine.

Ils viennent de terminer un copieux ragoût d'élan accompagné de riz. Åke, son père, apprécie tout particulièrement les plats qui tiennent au corps. Rien d'étonnant pour un ex-lieutenant-colonel qui a quitté l'armée voilà deux ans.

« Il a l'air délicieux », dit Anton en se levant pour débarrasser.

Il donne un coup de main à sa mère pour ranger les assiettes dans le lave-vaisselle, avant de sortir trois tasses à café. Fidèle à lui-même, le patriarche reste à sa place, droit comme un piquet, sans lever le petit doigt.

Ce n'est pas à son âge qu'on pourra le changer, répète souvent sa mère quand Anton lui fait remarquer que c'est toujours elle qui s'occupe de la cuisine et du ménage, bien qu'elle travaille encore à temps plein comme assistante dentaire. Maintenant que son père est à la retraite, il serait cependant naturel qu'il contribue plus largement aux tâches domestiques.

Ce n'est pourtant pas le soir de son anniversaire qu'il faut jouer les trouble-fêtes en lui adressant des reproches. Anton sait combien sa mère tient à ce que tout le monde reste en bons termes. Elle a horreur des disputes qui ternissent les repas de famille – ce qui n'arrive hélas que trop souvent. Mais Anton ne supporte plus d'être traité comme un vulgaire sous-fifre par son père qui, de son côté, estime que son fils ne lui témoigne pas assez de respect.

Physiquement, Anton a hérité d'Åke sa taille modeste, sa carrure athlétique et ses cheveux, qu'il coupe ras comme lui. En termes de personnalité, pourtant, père et fils ne sauraient être plus différents : là où Anton est consciencieux, prudent, parfois sur la réserve, son paternel affiche une nature dominatrice, pétrie de certitudes. Le fils attend toujours son tour pour s'exprimer, quand le père n'éprouve aucun scrupule à couper la parole.

Susanne sert le café avant de poser sur la table le gâteau d'anniversaire. Ils se remettent à discuter de banalités, puis de Karro, la sœur d'Anton, et de ses deux enfants. Wilda, l'aînée, est grippée, raison pour laquelle la petite famille leur a fait faux bond ce soir – au grand regret d'Anton, qui les aime beaucoup.

Et avec cette nouvelle affaire, il n'aura guère le temps de les voir à Pâques.

« Ça ne serait pas le moment de te caser, toi aussi, et de fonder ta propre famille ? lance son père en ajustant le col de son épaisse chemise à carreaux. Tu ne rajeunis pas, tu sais. Regarde comme Karro est épanouie depuis que les enfants sont là ! L'horloge tourne, mon garçon. »

Anton se raidit sur sa chaise. C'est précisément le genre de conversation qu'il essaie à tout prix d'éviter avec ses parents. Malgré ses trente-quatre ans bien tassés, il n'a toujours pas fait son coming-out ; personne de son entourage n'est au courant. À sa connaissance, aucun collègue de la police ne sait qu'il aime les hommes.

Et c'est mieux comme ça. Chaque fois qu'il s'est posé la question, la même conclusion s'est imposée à lui : il préfère se taire, faire profil bas, plutôt que tenter une sortie du placard hasardeuse. Il n'a aucune envie de devenir le « pédé de service » au boulot, celui qui met les mecs mal à l'aise dans les vestiaires ou au sauna.

Les RH peuvent bien faire leurs grands laïus sur l'inclusion et l'égalité de traitement, il ne faut pas se voiler la face : la police suédoise reste largement imprégnée de valeurs conservatrices, voire réactionnaires. Il y a encore trop peu de personnes ouvertement homosexuelles dans les forces de l'ordre, quoi qu'en disent les directives internes. À plus forte raison en dehors des grandes villes.

« Passer tes journées entre ton boulot, la salle de sport et ton saxophone, ça n'est pas sérieux, insiste son père. Il faut aussi penser à l'avenir. Tu comptes vraiment rester célibataire toute ta vie ? »

Anton ravale un commentaire exaspéré. C'est typique de son vieux d'en remettre une couche sur le saxo. Il est entièrement dépourvu d'oreille musicale : les heures que son fils a passées à répéter dans sa chambre, dans l'enfance, ont surtout été une source de conflit. Heureusement, son père, qui a servi pendant de longues années à la garnison de Boden, était souvent absent durant la semaine.

Anton s'apprête à ouvrir la bouche, quand sa mère coupe court au débat d'un signe de la main :

« Laisse-le vivre ! Il finira par trouver chaussure à son pied. Ce n'est pas notre rôle de l'embêter avec ça : il est adulte, il vit sa vie. »

Anton lui adresse un regard reconnaissant. Il n'arrive pas à savoir si elle essaie délibérément de lui éviter ce sujet crispant ou si elle commence à perdre patience devant les remarques condescendantes de son mari.

Il n'a pas la force de s'embarquer une nouvelle fois dans cette discussion, surtout ce soir. La journée a été longue et éprouvante. Demain, Anton prévoit d'être au bureau de bonne heure pour compenser son départ précipité de tout à l'heure.

« Délicieux, ce gâteau ! » lance-t-il pour changer de sujet.

Ses pensées glissent malgré lui vers Carl, l'homme qu'il a rencontré l'année dernière lors d'une de ses rares incursions au Bygget, la boîte la plus en vue d'Åre. Anton n'a toujours pas tourné la page : il garde encore le souvenir brûlant des quelques nuits passées avec lui, des moments qui l'ont littéralement chamboulé. C'était quelque chose d'inédit, d'inexplicable ; pour la première fois, il avait envie de franchir le cap et de s'afficher en public avec un garçon.

Évidemment, l'histoire a capoté, et entièrement par sa faute.

D'abord, l'enquête en cours lui avait mis des bâtons dans les roues, puis les jours avaient filé et il n'avait plus osé agir. Il avait fait le mort, sans vraiment savoir si c'était par peur d'être rejeté ou s'il était, au fond, trop lâche pour s'assumer ouvertement.

Au cours de l'année écoulée, il lui est arrivé d'apercevoir Carl en ville, sans jamais trouver le courage d'aller le saluer.

« Bon, je ne vais pas trop tarder, moi. »

Il recule sa chaise, désireux de prendre l'air pour apaiser les fourmillements qui ont envahi son corps.

« Ah ben bravo ! maugrée Susanne à l'adresse de son mari. Tu vois bien que tu le fais fuir, avec tes questions. »

Åke grogne dans sa barbe une phrase inaudible en se resservant une part de gâteau. Il est clair que la retraite ne lui réussit pas : il passe ses journées à rouspéter et s'emporte pour un oui ou pour un non. Il gagnerait à se trouver un passe-temps. Mais ce n'est pas le problème d'Anton : pour le moment, celui-ci a vraiment d'autres chats à fouetter.

Il aimerait juste rentrer chez lui, empoigner son saxo et laisser la musique effacer doucement le souvenir de Carl.

20

Au bruit d'une clé tournant dans la serrure, Ida lève les yeux de sa tablette.

Elle est assise dans le canapé, devant la télévision allumée, mais son attention a été happée par les intenses échanges en ligne sur l'homicide au couteau du Copperhill. Sous les articles traitant de l'affaire, la section commentaires compte déjà des centaines de messages, au ton souvent très alarmiste. Certains avancent même qu'il s'agirait d'un crime rituel.

C'est monstrueux.

Quelques instants plus tard, Daniel apparaît dans l'embrasure de la porte du salon. Il a l'air vidé, les yeux cernés, les cheveux hirsutes. Un peu plus tôt dans la journée, il lui a envoyé un bref SMS pour l'informer de la nouvelle enquête. Le reste, elle l'a lu elle-même.

« Salut, mon cœur, fait-elle avec un signe de la main. Alors, tu tiens le coup ? »

Daniel caresse sa courte barbe aux beaux reflets roux. Il s'approche d'elle et l'embrasse sur le front.

« Désolé de rentrer aussi tard. Alice est couchée ? »

Il est presque vingt et une heures : évidemment qu'elle est couchée.

« Oui, répond Ida en essayant de ne pas paraître sèche. Elle s'est écroulée à huit heures et demie, comme d'habitude. »

Son conjoint jette un coup d'œil à la cuisine.

« Il reste un truc à grignoter ?
– La moitié d'un petit pot pour bébé. »

Daniel paraît déçu, comme s'il espérait qu'elle lui aurait laissé une assiette à réchauffer.

« Tu as mangé quoi, toi ?
– Comme tu allais rentrer tard, je n'ai pas eu le courage de cuisiner. Je me suis juste fait un thé et une tartine. »

À s'entendre parler, Ida a un peu honte de sa paresse. Mais elle a dû partir du boulot en courant pour récupérer Alice à la crèche, à cause des heures supplémentaires de Daniel. Tout est devenu tellement stressant, d'un seul coup.

Lorsqu'ils se sont rencontrés, elle était monitrice de ski et guide de montagne – un travail qu'elle aimait passionnément. Au retour de son congé parental, elle a cherché un poste aux horaires plus réguliers, compatible avec une vie de jeune maman : elle est maintenant chargée d'administration dans une entreprise locale. Bien loin du job de ses rêves. Elle qui a horreur de la routine, cette vie lui paraît parfois d'un ennui mortel.

« Je vais me préparer quelque chose, alors, fait Daniel en se dirigeant vers la cuisine. Je mange en vitesse et je reviens. »

Ida sent poindre la mauvaise conscience en le voyant quitter le salon. C'est vrai, elle aurait probablement dû concocter un plat rapide et en laisser pour son retour. Mais ce qui est fait est fait – et après tout, elle n'avait ni l'énergie ni l'envie de fournir cet effort.

Parfois, elle se demande ce qui se passe entre eux.

Elle se souvient encore du sentiment explosif aux premiers temps de leur relation. Ils étaient fous l'un de l'autre. Tout son corps tressaillait en le voyant arriver, même s'il ne s'était absenté que quelques minutes. Ils pouvaient passer leur journée à faire l'amour.

C'était il y a trois ans seulement – presque hier, en somme.

Aujourd'hui, lorsqu'il franchit la porte, elle n'éprouve plus rien. Sans compter que leurs conversations tournent presque toujours autour d'Alice ou de sujets pratiques : qui doit récupérer la petite à la crèche, quel est le programme du week-end…

Daniel a déjà abordé une ou deux fois, du bout des lèvres, la question d'un deuxième enfant, mais Ida ne veut pas en entendre parler.

Elle se sent emprisonnée – une impression difficile à expliquer, plus encore à justifier. Elle s'efforce souvent de se raisonner, se dit qu'elle est plutôt bien lotie avec son adorable bout de chou et son mec attentionné. Daniel est déterminé à faire tenir leur relation ; pour Ida, il a même entamé une psychothérapie. Il lui a raconté la blessure qu'avait représentée pour lui l'absence de père, et combien il lui importait d'offrir à Alice une enfance différente de la sienne.

Ida fixe la tablette posée sur ses genoux.

Tout ne peut pas constamment tourner autour d'Alice, songe-t-elle en faisant défiler distraitement les commentaires qui s'accumulent.

Ida n'a que vingt-sept ans… Sa vie va-t-elle désormais se résumer à ça ?

21

Lorsqu'elle émerge enfin du commissariat après une journée de travail de quatorze heures, Hanna est surprise par l'éclat de la pleine lune au-dessus de sa tête. Tout le paysage est nimbé d'un voile argenté. De l'autre côté du lac Åresjön, elle aperçoit les sommets blancs, presque scintillants : le clair de lune est si intense qu'elle distingue même sa propre ombre sur la neige.

Hanna est happée par le spectacle. D'un coup, elle laisse filer les images du crime, le poids de l'enquête, pour regarder le ciel. Il est presque vingt-deux heures, elle est exténuée, mais la fraîcheur du dehors a soudain chassé la fatigue.

Elle reste quelques secondes le nez en l'air avant que la réalité ne la rattrape. Il est grand temps de rentrer : demain, elle doit être sur le pont aux aurores. Elle sait désormais qu'Henry Sylvester a un alibi solide pour la nuit de dimanche à lundi : plusieurs témoins ont attesté avoir dîné avec lui à Stockholm. En quittant le commissariat, elle venait tout juste de raccrocher après avoir parlé avec l'un d'eux.

Le clair de lune l'accompagne pendant son court trajet à pied jusqu'à Solbringen. La neige crisse sous ses chaussures dans les montées, et après un dernier virage, sa petite maison apparaît, enveloppée d'un halo irréel. Elle se découpe sur la masse dense et sombre de la forêt communale, et semble presque phosphorescente. Une jolie cabane en pain d'épice, rien qu'à elle.

À peine a-t-elle ouvert la porte d'entrée qu'elle est accueillie par les miaulements de Morris, qui vient s'enrouler amoureusement autour de ses jambes. Lydia est bien passée lui donner sa pâtée, pourtant ! Le matou paraît si exalté de la voir qu'elle se sent comme une souveraine se présentant devant sa cour.

Avant de se mettre au lit, il faut qu'elle fasse un tour sur les groupes Facebook d'Åre : on y a peut-être signalé la disparition d'un gros chat gris ? Même si, à vrai dire, une partie d'elle-même espère secrètement que personne ne se manifestera. Elle a déjà posté un message sur la page d'accueil de la police d'Åre et écumé le fichier de signalements d'animaux perdus, sans résultat.

À genoux sur le tapis du couloir, Hanna laisse Morris se frotter frénétiquement à elle avec des ronrons incessants, comme un adorable petit moteur. Lorsqu'elle passe la main sur sa tête, l'animal étire le cou, les yeux fermés, comme en extase.

Peu importe si ses vêtements se couvrent de poils de chat : c'est peu cher payé pour un tel accueil, infiniment plus agréable que de rentrer dans une maison déserte.

22

À vingt-trois heures passées, Tiina se tourne et se retourne dans son lit, incapable de dormir. Sa douleur lancinante à l'épaule l'empêche de trouver le repos dont elle aurait tant besoin.

En se positionnant sur le côté dans l'espoir d'apaiser les élancements, elle devine la silhouette d'Ogge, endormi près d'elle. Il est couché sur le dos et dans la pénombre, elle aperçoit quelques poils noirs dépassant de son large nez. De temps en temps, il émet un ronflement ; ça commence comme un raclement de gorge, qui remonte le long du palais pour s'achever dans un grognement rauque à travers sa bouche entrouverte.

Il a les mains tranquillement posées sur la couverture, le visage détendu, immobile – si serein qu'il en paraît presque aimable. Ses yeux, qui s'étrécissent souvent sous l'effet de la colère lorsqu'il a bu, sont paisiblement clos.

Les mouvements saccadés qui agitent ses paupières suggèrent qu'il est en train de rêver.

Il lui arrive de faire des cauchemars terribles quand des souvenirs d'enfance remontent à la surface. Ogge n'est pas enclin à parler de ces années-là, mais au fil du temps, Tiina l'a entendu évoquer par bribes des choses effroyables.

Au début de leur relation, elle avait tenté plusieurs fois de le persuader de voir un psy, quelqu'un qui l'aiderait à travailler sur son passé, mais cette simple suggestion l'avait mis dans un tel état qu'elle avait laissé tomber. Peu à peu, elle a complètement renoncé à aborder ce sujet. Pourtant, loin de s'atténuer, les blessures de son enfance ont l'air de plus en plus envahissantes.

Ces derniers temps, ses crises de colère se sont multipliées ; il s'est remis à boire. Elle le trouve parfois assis dans le salon, tard le soir, à ruminer on ne sait quelles pensées, le regard noir.

Avec un frisson, Tiina remonte la couverture sur elle. Ogge pousse un gémissement et prend une brusque inspiration, comme le râle d'un homme à l'agonie. Plusieurs secondes s'écoulent en silence avant qu'il n'expire à nouveau.

Par mesure de précaution, elle se décale légèrement vers le bord pour lui laisser de la place, bien qu'il occupe déjà plus de la moitié du lit.

Elle reste allongée, immobile, tentant de se détendre afin que la douleur passe et que le sommeil la gagne enfin.

MARDI 30 MARS

23

Les yeux mi-clos, Hanna se dirige d'un pas mal assuré vers la kitchenette du commissariat pour se servir un grand café à la machine. Elle est prise d'un bâillement irrépressible : six heures de sommeil ne suffisent décidément pas.

Il est bientôt huit heures et demie, l'heure du briefing du groupe SMP – l'équipe pluridisciplinaire spécialement mise sur pied pour l'affaire Charlotte Wretlind.

Hanna salue quelques collègues en uniforme marchant vers le parking puis s'empresse de rejoindre la salle de réunion, sa tasse à la main.

Daniel est déjà installé à la longue table, son visage s'illumine en l'apercevant. Comme toujours, la simple vue de son collègue met Hanna de meilleure humeur. Il porte sa tenue ordinaire – jean usé et pull ras du cou sur une chemise blanche – et a les cheveux en bataille, comme s'il s'était contenté d'y passer les doigts au saut du lit. Comme elle aimerait se pencher vers lui pour le recoiffer ! Elle réprime cette pensée intempestive aussi vite qu'elle lui est venue.

Daniel ne semble pas beaucoup plus en forme qu'elle, même s'il est loin du zombie recru de fatigue qu'il était l'année de la naissance d'Alice. Une image se dessine subrepticement dans l'esprit d'Hanna : Daniel et Ida, enlacés et souriants, leur fille serrée contre eux. Un tableau de la petite famille parfaite… Cette famille qui n'est pas la sienne.

On dirait que le destin, faute de mieux, lui a envoyé un chat.

Cette pensée lui apporte un peu de réconfort, même si Morris l'a tirée du sommeil une bonne dizaine de fois dans la nuit : ce coquin ne daigne dormir que dans le lit de sa nouvelle maîtresse – et si possible en plein sur sa poitrine. Hanna comprend enfin la mine de déterré qu'affiche Daniel chaque fois qu'Alice lui fait passer une mauvaise nuit.

« Tu es restée tard, hier soir ? demande-t-il quand Hanna s'installe à ses côtés.

– J'ai dû me mettre au lit vers minuit. J'ai vérifié l'alibi de Sylvester, d'ailleurs. C'est bon, plusieurs témoins m'ont confirmé qu'il était bien à Stockholm dimanche soir. »

La porte s'ouvre sur Raffe et Anton : la petite équipe est au complet. Anton a sous le bras une pile de feuilles imprimées. Raffe n'est pas non plus venu les mains vides : il pose devant eux une assiette de brownies préparés par Nilla.

« Allez, c'est parti », fait Daniel en lançant la visio avec Östersund, où les attendent leurs collaborateurs autour de Birgitta Grip et de la procureure.

Aujourd'hui encore, ils ne vont pas chômer. Ils ont rendez-vous cet après-midi avec le fils de Charlotte Wretlind, lequel doit arriver sous peu à Åre. Au préalable, ils doivent passer en revue les transcriptions des entretiens réalisés la veille avec les clients de l'hôtel. Hanna aimerait aussi faire un point avec Carina sur les relevés de la scène de crime et approfondir ses recherches sur la vie privée et le passé de la victime.

Elle tourne la tête vers le mur où sont affichées les photos du corps. Les traces de sang sur sa peau blanche, les yeux vides, écarquillés…

Hanna frissonne. Qui peut faire une chose pareille à l'un de ses semblables ?

24

À peine sortie de l'immeuble où loge le personnel, en route vers le Copperhill, Aada sent grossir la boule qu'elle a dans l'estomac. Elle doit se faire violence à chaque pas pour parcourir la distance de quelques centaines de mètres qui sépare les deux bâtisses.

Cette nuit, elle a rêvé qu'une silhouette sombre enfonçait la porte de son studio pour l'attaquer dans son sommeil. Elle n'a qu'une envie : rester tapie dans sa chambre… Mais elle n'ose pas se faire porter pâle.

La tête baissée face au vent glacial, frissonnante, elle se dirige vers le parking couvert où se trouve l'entrée du personnel. Le froid lui mord les joues.

Après mûre réflexion, elle a décidé de ne rien dire de ce qu'elle a vu.

La police arrêtera sûrement le coupable sans son aide, ça ne servira à rien d'intervenir dans l'enquête. Elle parle très mal le suédois, et son anglais n'est guère meilleur. Et puis elle ne saurait pas comment décrire ce qu'elle a vu dimanche. Elle ne peut pas risquer de s'exposer encore plus, et rien ne dit que la police sera disposée à la protéger.

Aada se souvient de toutes les fois où sa mère a tenté d'appeler à l'aide chez elle, à Maardu. La police n'a jamais daigné intervenir – il faut dire que son beau-père portait lui-même l'uniforme. Les autorités, leur avait-on dit, n'avaient pas à fourrer leur nez dans les histoires de couple : ces conflits se réglaient dans l'intimité. Le fait qu'il passe régulièrement sa femme à tabac n'y changeait rien. Les collègues du beau-père d'Aada avaient refusé d'intercéder, au point que sa mère, à force de coups, avait fini avec des lésions cérébrales permanentes.

Au sein de la police de la petite ville de Maardu, on se serrait les coudes, et l'esprit de corps passait avant le reste.

Qu'est-ce qui lui dit qu'il en irait autrement dans la police suédoise, qu'on n'y protège pas, là aussi, les hommes qui s'en prennent aux femmes ? Que se passerait-il si personne ne la croyait et que des rumeurs commençaient à circuler à son sujet ?

Elle pourrait perdre son emploi. Ou, plus terrifiant encore, le tueur pourrait apprendre qu'elle avait témoigné et la traquer à son tour. La voir comme une menace à éliminer.

S'approchant de l'entrée du personnel, Aada sort de sous son manteau sa carte magnétique, suspendue à un cordon qu'elle porte autour du cou. La petite porte de service jouxte l'accès réservé aux véhicules et donne directement sur le parking couvert de l'hôtel. Elle passe son badge devant le lecteur et pénètre dans le vaste local désert.

Quelques rares voitures sont garées sur les emplacements. L'espace bétonné est baigné d'un éclairage ténu : au sol, le revêtement noir absorbe toute la lumière.

Les murs écarlates semblent peints avec du sang.

Un nouveau frisson lui parcourt l'échine, et elle jette un regard par-dessus son épaule. Elle ne voit personne, ce qui ne calme en rien l'agitation de ses nerfs. Alarmée, elle continue vers les vestiaires, lorsqu'un grincement l'arrête net.

On aurait dit que la porte du personnel se rouvrait juste derrière elle.

Aada y jette un coup d'œil anxieux : toujours personne. Elle tente de scruter les recoins du parking, mais impossible de détecter le moindre mouvement dans la pénombre.

Le tueur n'a pas pu la voir clairement dimanche, tâche-t-elle de se rassurer. Ça n'a duré qu'une seconde, et elle était tapie dans l'embrasure de la porte.

Il ne peut pas savoir qui elle est.

Elle accélère la cadence, mais les bruits se rapprochent. Ce sont bel et bien des pas. Ils la suivent. Elle n'est plus seule dans le parking.

Aada reste figée, sans oser se retourner. Est-il à ses trousses ? Essaie-t-il de l'intimider ?

Son pouls s'emballe, elle sent ses paumes devenir moites.

À ce moment précis, la porte du vestiaire du personnel s'ouvre en grand, laissant sortir deux jeunes femmes en pleine conversation. Aada presse le pas pour se glisser dans l'entrebâillement.

Avant que la porte ne se referme, elle tourne une dernière fois la tête. Au fond du parking, une silhouette drapée d'une veste sombre s'éloigne vers la sortie, puis disparaît.

Elle en est absolument sûre désormais : il y avait bien quelqu'un. Quelqu'un qui l'a suivie.

25

Daniel traverse la place centrale d'Åre, Hanna à ses côtés. Après avoir avalé un hot-dog chacun en guise de repas, ils se dirigent d'un pas leste vers l'hôtel Åregården, où est descendu Filip Wretlind. Le fils de Charlotte est arrivé en avion dans la matinée. Vu les circonstances, on comprend aisément qu'il ait préféré dormir ailleurs qu'au Copperhill.

La neige est si aveuglante que Daniel regrette d'avoir laissé ses lunettes de soleil dans la voiture. La place est remplie de skieurs d'humeur joyeuse, installés en terrasse sous le grand soleil printanier. Ils déjeunent à l'extérieur du fait des restrictions sanitaires et une longue file d'attente s'est formée autour d'un bar éphémère. Les yeux de Daniel s'arrêtent sur un type accoutré d'un costume de poussin jaune vif, au casque orné de plumes assorties, qui patiente près d'une congénère coiffée d'oreilles de lapin en fausse fourrure.

Ici, l'homicide de la veille ne paraît pas préoccuper grand monde.

La pandémie non plus, d'ailleurs.

« Regarde-moi ces gogos, soupire Daniel en agitant le bras vers la foule.

– Ils sont jeunes, ils se croient invincibles.

– Je mets ma main à couper qu'ils sont tous de Stockholm », sourit Daniel.

Lui qui est né et a grandi à Sundsvall, sur la côte à trois cents kilomètres de là, se plaît à rappeler à Hanna son statut de Stockholmoise. En retour, elle n'hésite pas à le traiter de cul-terreux : c'est de bonne guerre. Mais s'ils aiment tous les deux beaucoup Åre, ils sont loin de porter les touristes dans leur cœur.

Daniel presse l'allure. Lorsqu'ils arrivent devant le porche vitré de l'hôtel Åregården, les portes automatiques s'ouvrent aussitôt. C'est à peu près le seul détail moderne de la façade : le reste – les boiseries foncées, les piliers qui flanquent l'entrée et les fenêtres à meneaux peintes en blanc et rouge vénitien – n'a nullement changé depuis cent vingt-cinq ans.

« Tu sais que c'est une femme qui a fait construire cet hôtel ? souligne Hanna. Elle devait avoir une sacrée poigne pour se lancer toute seule dans un projet pareil ! »

Daniel connaît lui aussi cette histoire, devenue un petit mythe local : c'est Kristina Hansson, venue de Scanie à la fin du XIXe siècle, qui a posé les fondations du tout premier hôtel d'Åre, à une époque où les femmes ne jouissaient pas encore du droit de vote.

« Charlotte Wretlind et elle auraient eu pas mal de choses à se dire, j'imagine, remarque Hanna. Elles avaient l'air de partager la même détermination. »

Il semble ne faire aucun doute, en effet, que Charlotte Wretlind était dotée d'un entêtement et d'une volonté à toute épreuve. Reste à savoir si ces traits de caractère ont eu un rôle à jouer, directement ou non, dans sa fin tragique…

Une fois dans le hall, Daniel cherche des yeux Filip : c'est ici qu'ils lui ont donné rendez-vous. Ce que doit traverser le fils de la victime lui semble à peine concevable. Comment trouve-t-on même la force de se lever le matin après une annonce aussi cruelle ?

La responsabilité de débusquer le tueur ne s'en fait que plus lourde et pèse sur le policier presque physiquement.

Il arrête son regard sur l'élan empaillé qui trône dans l'entrée. D'aussi loin qu'il s'en souvienne, il a toujours été là et n'a pas bougé d'un iota. L'animal le fixe en retour de son œil triste : on croirait presque qu'il déplore, lui aussi, la tragédie.

26

En apercevant Hanna et Daniel, un jeune homme au teint pâle se lève d'un des fauteuils clubs et s'avance vers eux. Avec ses joues rondes, son visage poupin et ses cheveux blonds sagement plaqués derrière les oreilles, Hanna lui donnerait bien moins que ses vingt-trois ans.

« Vous êtes de la police ? » demande-t-il.

Hanna acquiesce et Daniel tend la main pour le saluer. Filip Wretlind est bientôt rejoint par une jolie jeune femme de son âge aux longs cheveux châtain clair, qui le prend par le bras.

« Voici Emily, ma petite amie. Elle m'a accompagné quand j'ai appris que… enfin, que ma mère… »

Il laisse sa phrase en suspens, comme anesthésié.

Ses yeux sont rouges, sa peau fine est parcourue de reflets bleutés. Hanna remarque chez le garçon une sorte de tic oculaire – un clignement crispé des paupières, qu'il écarquille aussitôt.

Elle pose une main sur l'épaule de Filip.

« On s'installe ? » fait-elle d'une voix douce en indiquant la porte vers le salon Malmsten, à leur gauche.

Avec ses lambris sombres, son plafond mansardé aux poutres apparentes et ses grands fauteuils, c'est l'espace le plus élégant de l'hôtel. Hanna et Daniel sont tombés d'accord pour mener l'entretien dans ce lieu à l'ambiance feutrée, dans l'espoir de mettre Filip un peu plus à l'aise.

« Pouvons-nous vous demander d'attendre votre petit ami dans le lobby ? fait Daniel à l'intention d'Emily. Nous aimerions lui parler en tête à tête. »

La panique se lit aussitôt dans les yeux de Filip. Ses doigts cherchent ceux de la jeune fille ; il lui serre la main si fort qu'elle semble, par réflexe, vouloir la retirer.

« Je préférerais qu'elle reste avec moi, souffle-t-il.

– Dans ce cas, très bien », répond Daniel après avoir consulté Hanna du coin de l'œil.

Elle a réagi d'un hochement de tête. Ce n'est pas un interrogatoire à proprement parler : si cela lui fait du bien, rien n'empêche Filip d'avoir Emily à ses côtés.

Elle remarque qu'il porte de simples baskets aux pieds malgré la neige et les températures négatives.

Ils traversent le salon Malmsten presque vide et s'installent tout au fond de la pièce pour avoir un peu d'intimité. Un serveur entre aussitôt avec une carafe d'eau et quatre verres sur un plateau.

« Je vous présente toutes mes condoléances, dit Hanna à Filip. Ce que vous vivez doit être terriblement difficile. »

Le jeune homme reste d'abord muet, le regard oscillant entre les policiers et sa petite amie.

« J'ai du mal à réaliser », articule-t-il enfin.

Filip lève les yeux au plafond et déglutit.

« Je n'arrive pas à croire que maman… n'est plus là. Ça me paraît totalement irréel. Je suis là, à surveiller mon téléphone comme si j'attendais qu'elle m'envoie un message. »

Il pousse un soupir déchirant.

« C'est plus facile pour moi de me dire qu'elle est partie en voyage… mais c'est peut-être complètement idiot. Je suis désolé. »

Hanna veut lui assurer qu'il n'a pas à s'excuser, mais Daniel a déjà embrayé sur l'avancement de l'enquête, qu'il résume en prenant soin d'omettre les détails les plus sordides.

Filip ne lâche pas la main de son amie, serrée tout contre lui sur le canapé.

« Nous allons devoir vous poser quelques questions concernant votre mère, dit Hanna. N'hésitez pas à nous interrompre si c'est trop pénible pour vous.

– Non, j'y répondrai, bien sûr. Allez-y. Je ferai tout mon possible pour vous aider à retrouver… le meurtrier. »

Filip s'exprime avec une gestuelle presque forcée, comme s'il voulait se montrer fort pour sa mère, donner un semblant de sens au chaos qu'il traverse. On voit clairement à quel point il lutte pour rester à flot.

Hanna ressent de la compassion pour le jeune homme. Il n'a que vingt-trois ans : personne ne mérite de perdre un parent à cet âge, surtout d'une façon aussi brutale.

« Quand lui avez-vous parlé pour la dernière fois ? » commence-t-elle.

Filip réfléchit en frottant ses paumes sur le haut de son jean.

« Ça fait un moment… Deux semaines peut-être ?

– Vous vous téléphoniez plus souvent, d'habitude ?

– Non, on communiquait plutôt par écrit. »

Il extirpe son portable de sa poche et ouvre l'application de messagerie.

« Ses derniers messages datent de samedi, explique-t-il en tendant l'appareil aux enquêteurs.

À quelle heure vous atterrissez, lundi ? Je vous réserve un taxi pour Åre ?
Au fait, tu as bien envoyé le formulaire d'inscription pour septembre ? Bisous, maman

« Ce formulaire, de quoi s'agit-il ? demande Daniel.

– Elle voulait que je me ressaisisse, que j'arrête de traiter mes études par-dessus la jambe, explique Filip, embarrassé. J'étais inscrit en école d'ingénieurs, à Stockholm, mais j'ai lâché les cours en février. Ma mère insistait pour que je reprenne le cursus à la rentrée prochaine. Ou au moins que je m'inscrive ailleurs.

– Et depuis février, que faites-vous ? le relance Hanna.

– Pas grand-chose… des jeux vidéo, du sport. J'ai passé du temps avec Emily, et avec mes copains. »

Il baisse les yeux, l'air penaud.

« Quand on joue, on se met à vivre la nuit… et ça devient difficile de revenir à un rythme normal.

– Pourquoi avoir abandonné vos études ? » demande Daniel.

Filip lève à nouveau les yeux.

« J'avais zéro motivation. »

Il dit cela sur le ton de l'évidence. Est-ce à cause de son âge ? Hanna n'a qu'une grosse dizaine d'années de plus que lui, mais il lui paraît vivre dans un tout autre monde. Elle, pour sa part, a été habituée à serrer les dents – rien à voir avec le détachement que semble afficher la génération Z.

« C'est surtout ma mère qui me rêvait ingénieur, ajoute Filip. Je me suis inscrit dans cette école pour avoir la paix. Avant ça, j'avais fait un semestre en fac d'éco, mais c'était encore pire ; je ne me sentais pas du tout à ma place. De toute manière, c'était perdu d'avance puisque la prestigieuse École de commerce de Stockholm n'avait pas voulu de moi. Je n'allais pas pouvoir suivre le chemin de ma mère et de mon grand-père…

– Et votre père, qu'est-ce qu'il en pensait ? » demande Hanna.

Filip hausse les épaules.

« Je n'en sais rien. On ne se parle pas souvent. La dernière fois, c'était à Noël.

– Vous n'avez pas eu de contact avec votre père depuis trois mois ? » s'étonne Daniel.

Filip détourne le regard, comme s'il avait honte, et enchaîne :

« Mon père n'habite plus en Suède. Ça fait plus de dix ans qu'il s'est installé en France avec sa nouvelle femme. Ils vivent à Antibes. »

Après un petit silence, Hanna pose la question qui lui brûle les lèvres :

« Ça va peut-être vous paraître étrange, mais je dois vous le demander : y avait-il, à votre connaissance, des gens qui… n'appréciaient pas votre mère ? »

Elle a formulé la phrase de façon à éviter le mot « ennemis ». Le terme semble trop dramatique, elle ne voudrait pas effrayer plus encore ce pauvre garçon, déjà effondré par la perte du seul parent dont il était proche. Il y a quelque chose, chez lui, qui réveille son instinct de protection.

Filip pince les lèvres.

« Des gens qui la haïssaient, vous voulez dire ? »

Hanna voit poindre un tremblement aux commissures de ses lèvres. Son chagrin la frappe au cœur. Le fils de Charlotte a beau être né avec une cuillère en argent dans la bouche, sa vie n'a peut-être pas été de tout repos.

« Ma mère n'était pas… facile à aimer, dit-il d'une voix étouffée. Ce qui lui importait avant tout, c'était d'arriver à ses fins, et tant pis si ça rendait les gens tristes. »

Le mot « triste » semble incongru dans ce contexte. Il est probablement plus représentatif des sentiments de Filip vis-à-vis de sa mère que de la perception qu'avait d'elle son entourage.

« Je comprends, dit Hanna. Est-ce qu'à votre avis, certaines personnes auraient pu avoir du ressentiment à l'égard de votre mère au point d'en vouloir à sa vie ?

– Je ne sais pas. Je ne fréquentais pas du tout les gens avec qui elle travaillait. À part Henry.

– Henry Sylvester ?

– Oui. C'est mon parrain. »

Première nouvelle ! Hanna échange un regard avec Daniel : s'ils savaient que Charlotte et Henry étaient amis d'enfance, rien n'indiquait qu'elle avait fait de lui le parrain de son fils. Pourquoi ne l'a-t-il pas mentionné hier ?

Filip a profité du moment de flottement pour consulter son portable. Il le range, lorsqu'il remarque l'expression interrogative d'Hanna.

« Henry doit passer ici tout à l'heure, explique-t-il. Il nous invite à dîner, Emily et moi. »

Ils posent quelques dernières questions à Filip, mais le jeune homme n'a guère plus d'informations à leur donner. Il va être temps de conclure.

« Vous restez encore quelques jours à Åre ? demande Daniel.

– Oui, c'est ce qu'on avait prévu. »

Filip échange un regard avec Emily, comme pour se rassurer. Elle semble être son unique bouée de sauvetage.

« Et financièrement, comment ça se passe ? lance Hanna sur un coup de tête. Je veux dire, vous avez des économies ? L'Åregården est loin d'être l'hôtel le moins cher de la ville.

– Ça va, on a ce qu'il faut. »

Pour la première fois, Hanna voit Filip afficher un léger sourire. Un beau sourire, sincère, sans artifice. Ce garçon a l'air d'être quelqu'un de bien.

« Ma mère avait ses défauts, mais elle n'était pas radine. Elle m'avait ouvert un compte, j'ai de quoi voir venir. Et puis Henry aussi peut m'aider en cas de nécessité. C'est lui, d'ailleurs, qui a appelé pour nous avoir une chambre ici, alors que l'hôtel était archicomplet. Pour moi, c'était trop dur de dormir dans l'autre hôtel, celui où ma mère… »

Il déglutit. Nul besoin d'en dire plus, Hanna comprend.

« C'est très gentil de sa part », dit-elle pour lui épargner d'avoir à achever sa phrase.

À première vue, elle n'aurait pas imaginé que le businessman ferait preuve d'une telle prévenance.

Ils s'apprêtent à conclure quand Filip cherche leur regard, hésitant à parler.

« Je me demandais si je pouvais… la voir. »

Il tourne la tête et lève les yeux au plafond, comme s'il luttait contre les larmes.

Filip ignore manifestement que le corps de Charlotte a été envoyé à Umeå – pour un bon moment, désormais. Il peut s'écouler plusieurs semaines, voire plusieurs mois, avant que des funérailles soient possibles.

Ce n'est pas plus mal : il est préférable que le jeune homme garde un dernier souvenir de sa mère bien vivante.

« Je suis désolée, dit-elle. Votre maman n'est plus à Åre.

– Elle est à Umeå, précise Daniel, où l'on doit procéder à un examen médico-légal.

– D'accord », fait Filip d'une voix fluette.

Emily se blottit encore plus contre lui.

Hanna se surprend à être plus touchée qu'elle ne le devrait par le fils de Charlotte : elle sort sa carte de visite, qu'elle glisse dans la main du garçon.

« Tenez, dit-elle. Voici mon numéro de téléphone. Vous pouvez m'appeler quand vous voulez. »

À l'époque
Le 24 décembre 1973

À sept heures du soir, la salle de restaurant de l'hôtel bruisse de rires et de musique. Apportant un plateau de boissons, Monica s'avance vers la 12, la grande table ronde avec vue imprenable sur la montagne.

Huit personnes y sont attablées ; deux couples et leurs quatre enfants. D'habitude, les bambins ont droit à un service spécial en fin d'après-midi, mais pour le réveillon de Noël, ils dînent exceptionnellement avec les adultes.

Monica dispose les cocktails sur la table. Dry martini avec olive verte pour ces messieurs, rusty nail – Drambuie et whisky – pour les dames.

« Ah, enfin ! s'écrie la femme, attrapant sa boisson avec un petit rire affecté. Je suis assoiffée. »

Ses cheveux sont ramassés dans un élégant chignon ; sa robe en soie vert mousse a l'air de coûter les yeux de la tête. Monica remarque ses longs ongles vernis de rouge et l'or de l'alliance qui brille à sa main gauche.

« Skål ! fait-elle en levant son verre. À nos vacances idylliques ! »

Avec un sourire comblé, son époux sort de sa poche un magnifique briquet doré pour s'allumer une cigarette – il fume des Marlboro, des américaines !

Monica reste subjuguée par le personnage. Avec son smoking de parfait gentleman, c'est le sosie de Sean Connery. Bien qu'il ait au bas mot vingt ans de plus qu'elle, c'est l'homme le plus séduisant qu'elle ait jamais vu.

Comme s'il avait saisi son admiration béate, il lève les yeux et lâche avec une œillade rieuse, presque charmeuse :

« Le reste est peut-être aussi pour notre table, à moins que vous préfériez le garder pour vous ? »

Monica, confuse, se hâte de servir les enfants, qui se jettent avec joie sur leur bouteille de julmust, *le soda de Noël.*

« Mademoiselle est nouvelle dans l'établissement ? » lance l'élégant monsieur alors qu'elle est sur le point de partir.

Monica sent le rouge lui monter aux joues.

« C'est ma première semaine », bredouille-t-elle, le visage brûlant, sans oser regarder l'homme dans les yeux.

Il souffle un rond de fumée parfait qui s'élève lentement dans l'air.

« Vous êtes charmante. Je pense que vous allez vous plaire ici : vous verrez, c'est comme une grande famille. »

27

Sur le groupe Facebook d'Åre, aucun avis de recherche ne mentionne la disparition d'un chat gris-blanc. Debout à son bureau ergonomique du commissariat, Hanna vient d'écumer tous les groupes de la région avant de poster, en désespoir de cause, la photo de Morris assortie de ses coordonnées.

Cela fait à peine quelques jours que le félin a élu domicile chez elle, et elle s'est déjà habituée à sa présence. Finalement, elle ne verrait guère d'inconvénient à l'adopter pour de bon. Elle ne se pensait pas capable de se prendre ainsi d'affection pour une bête – sans doute la solitude lui pèse-t-elle plus qu'elle ne l'avait imaginé.

Hanna fait rouler la molette de sa souris. Elle a passé la dernière heure à recueillir des informations sur la vie privée de Charlotte Wretlind. Il est un peu plus de quatorze heures ; dans vingt minutes, elle est attendue à la prochaine réunion d'équipe. Dans l'intervalle, elle aimerait savoir ce qui se dit en ligne sur le projet Storlien.

Elle commence par une recherche sur Facebook… Bingo ! Un groupe public intitulé « Défendons Storlien », qui compte quelques centaines de membres, affiche en bannière une photo des bâtiments désaffectés du complexe hôtelier.

Hanna fait défiler les publications de la page, pour savoir ce qui se disait avant la mort de Charlotte. Les posts sont abondamment commentés : il est clair que le groupe est frontalement opposé à l'idée de voir sortir de terre ce nouvel établissement de luxe. On y dénonce l'agrandissement prévu du complexe existant sans aucune consultation des riverains, et la perspective angoissante d'un afflux de touristes étrangers. La rumeur veut même que les plus belles pistes de ski de la station soient privatisées pour l'usage exclusif de cette clientèle huppée.

En d'autres termes, le projet semble faire l'unanimité contre lui. Le ton de certains commentateurs est amer, d'autres emploient un vocabulaire étonnamment grossier. Hanna lit à plusieurs reprises qu'on s'apprête à cautionner un « viol » du lieu et de son identité, que les générations à venir jugeront avec sévérité. On raille le montant exorbitant des travaux en avançant des chiffres fantaisistes. Beaucoup d'internautes s'interrogent : pourquoi la commune n'intervient-elle pas pour stopper le projet avant qu'il ne soit trop tard ?

« On ne veut pas devenir un "Åre bis" ! » s'indigne un habitant.

Hanna clique sur un lien proposé par l'une des publications : un article de presse qui cite longuement Stefan Forsberg, ancien ministre de l'Agriculture. L'homme ne tarit pas d'éloges sur le projet, et pour cause : il y est apparemment impliqué en tant que conseiller. L'article est, bien sûr, copieusement critiqué par les membres du groupe, qui dénoncent « ces politiciens sur le retour reconvertis en lobbyistes payés des millions par le privé ».

Cette page est un vrai festival de préjugés, d'approximations et de noms d'oiseaux. Les publications les plus ordurières sont d'ailleurs celles qui récoltent le plus de likes.

Toute cette haine et cette méchanceté gratuite mettent Hanna très mal à l'aise. En ligne, les gens semblent ne plus avoir de retenue, comme s'ils oubliaient qu'ils s'en prennent à des personnes bien réelles, que des menaces verbales peuvent blesser ou terroriser.

Hanna parcourt encore une poignée de publications avant de fermer la fenêtre, écœurée. Ces imbéciles ne doivent même pas avoir conscience que leurs commentaires pourraient être passibles de poursuites s'il prenait à quelqu'un l'idée de porter plainte.

Elle lance une recherche d'images sur Stefan Forsberg, dont le nom ne lui est que vaguement familier : le visage d'un homme grisonnant apparaît à l'écran, menton carré, air sûr de lui, les yeux fixant l'objectif avec assurance. On l'imagine bien, en effet, en imposer dans le débat politique ou jouer de son charme comme lobbyiste grassement rémunéré.

Il devait littéralement crever l'écran du temps de sa carrière de ministre.

En continuant de faire défiler les résultats de recherche, Hanna lit, pêle-mêle, des informations sur son passé d'homme politique et sur sa nouvelle activité, autrement plus lucrative. Il travaille actuellement pour une agence de relations publiques du nom d'Excellens qui, d'après son site internet, se met au service d'entreprises qui ambitionnent « d'établir et maintenir de bonnes relations avec la société civile comme avec les décideurs ».

Basculant son poids d'une hanche sur l'autre, Hanna jette un coup d'œil rapide à sa montre. Encore cinq minutes avant la réunion.

Elle ouvre un nouvel onglet dans son navigateur et se rend sur le très populaire site Flashback.se. S'il héberge le forum de discussion le plus visité de Suède, ce dernier a une modération notoirement défaillante : on peut souvent y lire des spéculations farfelues, parfois à la frontière de l'éthique ou de la légalité, mais aussi certaines rumeurs qui ne manquent pas d'intérêt.

En tapant le nom de Charlotte Wretlind dans la barre de recherche, elle découvre aussitôt une poignée de posts franchement hostiles à la femme d'affaires décédée. Elle répète l'exercice avec Stefan Forsberg : les internautes évoquent surtout son action politique, mais l'un des fils de discussion le décrit comme un coureur de jupons patenté, qui passe son temps à batifoler derrière le dos de son épouse, magistrate de renom.

Hanna lance une nouvelle recherche en accolant les deux noms. Immédiatement, elle voit remonter plusieurs messages qui l'assurent : Charlotte Wretlind et Stefan Forsberg n'étaient pas simplement partenaires en affaires.

D'après les bruits qui courent en ligne, ils étaient surtout amants.

28

Quelques instants plus tard, Hanna file au pas de course vers la salle de réunion. À quatorze heures trente tapantes, elle est sur sa chaise aux côtés de Daniel, Anton et Raffe pour le point d'étape du groupe SMP.

À l'écran, Birgitta Grip introduit la séance en évoquant la conférence de presse de l'après-midi.

« En quelques mots, sachez que c'est l'hystérie totale chez les journalistes. On parle de cet homicide jusque dans les rédactions internationales : nos services de presse sont débordés. »

Hanna secoue la tête en repensant à la nuée de reporters de la veille venus s'agglutiner autour de Daniel comme des vautours jusque dans l'escalier de l'hôtel. Elle jette un œil à son collègue, mais celui-ci reste concentré sur le visage de Grip, qui a clos le sujet pour passer à celui de l'enquête : on évoque l'entrevue avec Filip Wretlind, les auditions des clients et des employés du Copperhill. Malheureusement, ces dernières n'ont guère fait émerger d'informations nouvelles. Personne, parmi les occupants des chambres du sixième, n'a vu ni entendu quoi que ce soit venant de la suite de la victime, cette nuit-là. Les enquêteurs doivent désormais interroger les clients de l'étage du dessous.

Hanna se prépare à relater ce qu'elle a lu sur le forum Flashback. Elle récapitule mentalement les informations dont ils disposent déjà sur la vie privée de Charlotte Wretlind. Depuis son divorce, en 1999, on ne lui connaît aucune nouvelle relation officiellement assumée : elle semble s'être consacrée à sa carrière et à l'éducation de son fils. Qu'elle ait été la maîtresse d'un homme marié – une personnalité publique, de surcroît – expliquerait que peu de chose ait filtré de sa vie amoureuse.

Henry Sylvester en sait peut-être plus à ce sujet… Ou même Filip, d'ailleurs.

« J'ai fait un petit tour sur Flashback, où quelques conjectures pourraient être fort instructives sur la vie privée de Charlotte Wretlind, commence Hanna, avant de décrire en détail la nature de ses trouvailles.

– Intéressant, en effet, ponctue Grip. On va demander aux collègues de Stockholm de vérifier tout de suite l'alibi de Stefan Forsberg. »

La commissaire poursuit sans attendre :

« Raffe, où en êtes-vous de votre côté ? Du nouveau concernant les finances du projet Storlien ?

– C'est un gros morceau, on n'en est vraiment qu'au début. Mais avec Anton, on a déjà trouvé plusieurs infos sur la victime et sur Henry Sylvester, son associé. »

D'un geste, il associe à ses propos son collègue, qui a aussi passé sa journée à examiner la situation économique de l'entreprise, et reprend son exposé après une petite pause satisfaite.

« La firme de Charlotte Wretlind, SEG, a contracté des emprunts massifs pour financer la construction du nouvel hôtel, qui est chapeautée par une société dédiée. En cas de pépin majeur, elle aurait perdu des sommes colossales.

– C'était donc crucial pour Charlotte Wretlind de mener ces travaux à bien, résume Daniel.

– Exactement, fait Anton en prenant la suite de son collègue. Qu'elle ait été prête à prendre personnellement un aussi gros risque financier, ça en dit long sur l'ampleur et la nature de son engagement.

– On pourrait même se demander jusqu'où elle aurait été pour que son projet voie le jour, spécule Hanna. Vu les montants en jeu…

– Tu veux dire que ça aurait pu motiver un assassinat ?

– Oui : il devait être assez périlleux de se mettre en travers de la route de Charlotte Wretlind. Et dans ce jeu dangereux, elle a dû se faire pas mal d'ennemis. »

Hanna scrute sur l'écran le visage de sa supérieure. En prenant son poste à Åre, elle avait eu du mal à se faire à toutes ces réunions virtuelles entre les différents bureaux… À présent, elle y est habituée – ça fait un an que toute la planète est en télétravail.

Le monde entier a suivi l'exemple de la police du Norrland, se dit-elle en souriant pour elle-même.

« Vous avez eu le temps de jeter un œil à l'entreprise d'Henry Sylvester ? demande Daniel.

– Oui, et ça a été instructif, confirme Raffe. La boîte s'appelle Pecunium AB. Elle investit depuis des années dans divers projets immobiliers un peu partout en Scandinavie, mais c'est la première fois qu'elle place des capitaux dans un hôtel. »

Cela colle avec ce qu'avait déclaré Sylvester au cours de leur entretien, note Hanna. Il ne s'était encore jamais embarqué dans le secteur hôtelier. Lorsqu'ils lui avaient demandé pourquoi il avait accepté la proposition de Charlotte, sa formulation l'avait frappée : parce qu'il n'était pas facile de lui dire non.

Mais est-ce suffisant pour expliquer qu'il ait fini par s'engager dans une aventure aussi risquée, en apparente contradiction avec sa stratégie d'entreprise ?

Et si Charlotte avait détenu une information compromettante qui l'aurait poussé à entrer au capital de l'hôtel plus ou moins sous la contrainte ?

Du peu qu'Hanna a lu sur lui, Sylvester a cinquante-cinq ans – quelques années de moins que la victime –, il est divorcé, avec trois grands fils d'une précédente union. Ces dix dernières années, il semble avoir pris l'habitude de fréquenter des femmes beaucoup plus jeunes, au profil souvent très similaire. La fortune qu'il a amassée lui a permis de s'offrir un appartement avec vue sur la baie de Stockholm dans l'avenue Strandvägen, l'une des plus prestigieuses de la capitale.

Si cette description d'Henry Sylvester a tout du cliché, un élément détonne pourtant : il a récemment déclaré qu'il comptait léguer la plus grande partie de son patrimoine à la fondation qu'il a créée pour la sauvegarde de la mer Baltique et la lutte contre la pollution marine.

Un millionnaire, certes, mais doté d'une certaine conscience politique et écologique.

À vrai dire, Hanna peine à se forger une image cohérente du personnage, qui paraît concentrer bon nombre de qualités contradictoires. Homme d'affaires à poigne d'un côté, philanthrope de l'autre. Apparemment disposé à coopérer à l'enquête, mais aussi terriblement secret : briser sa carapace a tout d'une gageure.

Il est également, semble-t-il, un parrain attentionné pour le jeune Filip, bien qu'il n'en ait pas dit un mot au cours de leur entretien.

Y aurait-il d'autres informations qu'il a choisi de garder pour lui ?

« Pour résumer, reprend Raffe, l'entreprise d'Henry Sylvester possède trente pour cent du consortium de Storlien, Charlotte vingt-cinq, et le reste est réparti entre divers petits investisseurs.

– On parle de quel genre de sommes ? demande Grip.

– Au total, entre trois cents et cinq cents millions de couronnes. »

Un souffle de sidération parcourt la pièce.

« Tu es sérieux ? s'exclame Hanna. C'est colossal ! Tout ça pour un hôtel à Storlien ? »

Raffe affiche un air fiérot, il a obtenu de ses collègues la réaction attendue.

« La vente du complexe a été annoncée dans la presse locale, ajoute Anton. Ça faisait un bon moment que les propriétaires essayaient de s'en débarrasser : ils ont bradé le tout pour seulement vingt millions.

– Dans mon souvenir, pourtant, l'hôtel était déjà parti pour une somme folle il y a une dizaine d'années, intervient Grip.

– Oui, tout à fait, plus de trois cents millions à l'époque, confirme Raffe. Mais il y a eu des rebondissements entretemps : le complexe a été racheté après trois ans par les vendeurs, parce que le nouveau propriétaire n'avait pas mis en œuvre les travaux et les investissements auxquels il s'était contractuellement engagé au moment de la transaction.

– Et il a ensuite été remis sur le marché pour seulement vingt millions ? résume Hanna.

– Affirmatif, fait Anton. Mais le plus important, ce n'est pas le prix d'achat : c'est tout ce qui vient s'y ajouter. C'est un projet titanesque. Rien que la démolition des bâtiments existants représente un budget monstre.

– La démolition ? s'étonne Daniel. Ils ne vont rien garder ? »

Raffe présente une photographie de l'hôtel de Storlien dans son état actuel. Cinq bâtiments rectangulaires, dans un paysage d'hiver. Hanna reconnaît l'image qui illustrait le groupe Facebook. La photo a été prise sous un beau ciel bleu et un soleil radieux, probablement destinée à montrer l'endroit sous son meilleur jour. Pourtant, l'aspect vieillot et fatigué saute aux yeux : le lieu sent à plein nez les années soixante.

« L'hôtel actuel se compose d'un bâtiment principal et de quatre annexes, poursuit Raffe. J'ai pris contact avec le gardien, qui m'a confirmé que le gros du complexe était dans un état de délabrement assez avancé : rien n'a bougé depuis les années soixante-dix, quatre-vingt. Je vous laisse imaginer le tableau. De la moquette mitée un peu partout, des lits escamotables complètement ringards, des salles de bains au carrelage brisé, et j'en passe. Tout, du sol au plafond, aurait été à rénover. »

Hanna est impressionnée par la somme d'informations que Raffe et Anton ont amassée en si peu de temps.

« Donc, en gros, autant tout dégager ?

– Apparemment, oui, fait Anton. Si j'ai bien compris, remettre ça à neuf serait bien plus coûteux que de tout casser pour repartir de zéro. Sans compter les ambitions de Charlotte en matière esthétique : elle a fait appel à un architecte étranger plutôt connu pour aimer le spectaculaire.

– La mairie nous a fait suivre le dossier de demande de permis de construire ; ça vaut vraiment le coup d'œil, abonde Raffe. Des baies vitrées gigantesques, des lignes brisées en veux-tu en voilà… Quand on a ce genre de vision, on ne s'embarrasse pas de l'existant. »

Anton sort de son sac une bouteille remplie d'un liquide vert. En inconditionnel de la salle de sport, il est aussi adepte des boissons protéinées, smoothies et autres breuvages faits maison. Une odeur peu ragoûtante de brocolis et d'épinards crus se répand dans la pièce dès qu'il dévisse le bouchon.

« Avec tout ça, j'ai du mal à comprendre qu'on leur ait délivré ce permis de construire, fait Daniel.

– On dirait qu'ils avaient pas mal de contacts dans la commune, poursuit Anton en prenant une gorgée de sa mixture. Le président de la commission d'urbanisme et d'aménagement du territoire, Bengt Hedin, aurait lui-même épaulé le projet. »

Hanna se souvient que l'élu devait intervenir lors de la conférence de presse de lundi : elle l'a lu le matin même.

« Je compte me pencher d'un peu plus près sur Hedin, justement, fait Anton en reposant la bouteille. Demain matin, je file à Järpen pour lui parler. »

Il est temps de passer à la suite. À l'écran, Grip feuillette une pile de papiers, avant de lever les yeux.

« Et les caméras de surveillance de l'hôtel, ça a donné quelque chose ? »

Un jeune collègue posté à Östersund secoue la tête :

« Eh non, malheureusement, fait-il avec un accent chantant de Dalécarlie. Il s'avère que l'hôtel n'avait installé presque aucune caméra, et les rares qui existaient n'étaient pas en état de marche. La direction avait voulu en placer au niveau de la sortie du personnel, il y a quelques années, mais ils n'y ont pas été autorisés pour des raisons de protection de la vie privée. »

Hanna soupire en silence. Elle comprend bien les arguments de ceux qui s'y opposent, mais en l'espèce, la présence ne serait-ce que d'une seule caméra leur aurait été d'une aide précieuse.

Elle demande la parole, puis relate ce qu'elle a lu sur le groupe Facebook.

« À creuser, donc, fait Grip. Je vais demander au service informatique de nous éplucher cette page, et de dégoter les coordonnées de son administrateur. »

Il est bientôt seize heures. Hanna commence à avoir les crocs, elle envie presque Anton de s'être prévu un en-cas. Le malheureux hot-dog qui lui a tenu lieu de déjeuner est déjà loin.

« Quelqu'un a encore un point à aborder ou on s'arrête là ? s'enquiert Grip.

– On a vérifié l'alibi d'Espen Lund, intervient une enquêtrice d'Östersund. Plusieurs témoins confirment qu'il était chez lui, à Undersåker, toute la soirée à partir de dix-sept heures. Il avait invité à dîner son beau-frère et sa belle-sœur, qui ne sont rentrés chez eux qu'après minuit. »

On peut le rayer de la liste, se dit Hanna. C'est déjà ça de pris.

« Donc, pour résumer, reprend Grip, on a dans la balance un projet d'hôtel hors de prix à la rentabilité douteuse, l'homicide de la personne qui défendait ce dossier corps et âme, un co-investisseur réticent et un potentiel amant caché. Et pour couronner le tout, de possibles irrégularités dans l'attribution du permis de construire. »

La commissaire regarde ses collaborateurs :

« On a fait le tour ? »

Chacun répond d'un petit hochement de tête, et la séance est levée.

Alors qu'Anton et Raffe quittent la pièce, Hanna reste plantée sur sa chaise, à cogiter sur l'implication d'Henry Sylvester dans le projet. Daniel la sort de ses ruminations :

« J'ai l'impression qu'un truc te chiffonne. J'ai tort ?

– Honnêtement, j'ai du mal à comprendre pourquoi Sylvester s'est engagé là-dedans. Les sommes sont ahurissantes : s'il était propriétaire de trente pour cent de l'entreprise, c'est faramineux, même si le gros du montant est financé par des prêts. »

Daniel s'appuie sur le coin de la table pour l'écouter dérouler son raisonnement.

« Une mise de plus de cent millions de couronnes, c'est énorme, même pour un homme d'affaires de son envergure. »

Il a l'air de comprendre où elle veut en venir.

« Que dirais-tu de refaire un tour au Copperhill ? Histoire de poser encore deux-trois questions à notre ami Sylvester. »

29

Cette fois, c'est une femme d'une trentaine d'années qui tient la réception du Copperhill. Lorsque Daniel demande à connaître le numéro de chambre d'Henry Sylvester, il se voit aussitôt prié de présenter sa carte. Celle-là n'est pas née de la dernière pluie, songe Hanna.

La réceptionniste l'assure : policiers ou pas, il lui faut l'accord de son supérieur pour transmettre des informations personnelles sur les clients. Cela prendra quelques minutes. En attendant, Hanna s'installe dans l'un des canapés disposés devant la cheminée.

Elle ne peut s'empêcher de lever les yeux vers la galerie du sixième étage, celui où dormait Charlotte. La vue sur cette dernière est interrompue par la spectaculaire paroi de cuivre, où se reflètent les rayons du soleil. Tout au fond de la coursive, la suite Argent est bien à l'abri des regards – un fait qui n'aura pas échappé à un membre du personnel.

Un homme d'âge mûr vêtu d'une chemise floquée du logo de l'hôtel s'approche d'Hanna d'un pas hésitant. À en croire son badge, il s'appelle Erik et est employé au service conciergerie.

« Excusez-moi, fait-il poliment, vous enquêtez bien sur ce qui s'est passé ?

– Absolument », répond Hanna en se redressant dans le canapé.

L'homme regarde derrière lui, comme s'il craignait qu'on l'entende.

« J'ai un peu hésité à vous en parler, mais... il s'est passé quelque chose, dimanche. Vous devriez peut-être être mise au courant. »

Hanna se lève pour être à la hauteur de son interlocuteur, dont le front est couvert de sueur. De quoi a-t-il donc été témoin ?

« Dites-moi, je vous en prie », l'encourage-t-elle.

Erik déglutit et se lance :

« Eh bien, je voudrais vous parler d'un collègue qui travaille à la réception : je l'ai vu se disputer assez violemment avec la femme qui a été assassinée le soir même. »

Hanna est tout ouïe. Une dispute entre Charlotte et un employé de l'hôtel : voilà qui est intéressant.

« Vous connaissez le nom de cette personne ? »

L'homme a l'air mal à l'aise, comme déchiré entre la volonté d'aider la police et la loyauté envers son collègue.

« Il s'appelle Paul Lehto, il travaille ici depuis plusieurs années. Mais vous le saviez peut-être déjà ? » ajoute-t-il, espérant sans doute une réponse positive.

Hanna secoue la tête en sondant sa mémoire. Elle a lu tous les procès-verbaux des entretiens avec le personnel, et le nom de Paul Lehto n'y était pas mentionné.

« Que s'est-il passé ? Pouvez-vous m'en dire plus ? »

Erik change de pied d'appui, semblant vouloir repousser le moment de parler.

« Eh bien, c'était vraiment la panique à la réception, ce dimanche. La tempête avait causé de gros retards dans les transports, et les gens sont tous arrivés en même temps. La femme – celle qui a été tuée – a essayé de passer devant tout le monde dans la queue et ça a créé une scène. Je ne saurais pas vous décrire précisément ce qui s'est déroulé, mais c'était très gênant à voir : Paul et elle se sont mis à hurler, à se traiter de tous les noms devant les autres clients. Vous pouvez demander à Iris, elle était là elle aussi, ce soir-là. »

Erik laisse échapper un soupir, comme soulagé d'avoir fait son devoir.

Du coin de l'œil, Hanna voit Daniel s'approcher. Erik, qui l'a remarqué lui aussi, fait un pas de côté.

« Je dois y aller, souffle-t-il. S'il vous plaît, ne dites à personne que c'est moi qui vous ai raconté ça. Je ne voudrais pas m'attirer des ennuis. Mais je voulais que vous le sachiez. »

Avant qu'Hanna ait pu lui demander de rester, l'homme disparaît par une porte latérale qui se referme derrière lui.

Daniel arrive à sa hauteur :

« Henry Sylvester n'est pas ici, ils l'ont surclassé dans la Villa, un peu plus bas. On y va ? »

Hanna a toujours le regard rivé sur la porte par laquelle a filé Erik.

« Tu as vu ce type ? Il vient de me dire que Charlotte Wretlind a eu un gros accrochage avec un réceptionniste, dimanche. Un certain Paul Lehto. »

Daniel lui lance un regard intrigué.

« Ah, intéressant !

– Ça m'étonnerait fort qu'il affabule. Il chuchotait presque pour que personne ne nous entende, ça devait être une confidence difficile. »

Daniel sort son portable.

« Je fais suivre ça à Anton, il faut mettre la main tout de suite sur ce Paul Lehto ! »

Les yeux sur son message, il poursuit :

« Dis donc, tu as bien fait d'aller te poser toute seule, comme ça. Tu as eu le nez creux. Ça a dû l'encourager à venir te parler. »

Hanna lui jette un regard en biais, hésitant à prendre ça pour un compliment.

« On fait quoi, maintenant ?

– On file à la Villa, où s'est installé Sylvester.

– La Villa ?

– Oui, c'est un chalet privé, réservé aux clients VIP… Il faut ressortir et suivre la route sur trois cents mètres. »

Devant l'hôtel, un renne lumineux en taille réelle garde l'entrée. Un couple flanqué de deux enfants charge des sacs dans le coffre de sa voiture garée au plus près du porche. La famille vient manifestement de faire son check-out ; Hanna saisit au vol des bribes de conversation entre les deux parents.

Ils parlent du crime. L'angoisse est palpable dans la voix de la mère.

Alors qu'ils longent d'un pas pressé les voitures alignées sur le parking de l'hôtel, devant le bâtiment, Daniel dérape soudain dans la neige. D'instinct, Hanna tend le bras pour le rattraper dans sa chute.

« Oh là, merci ! » dit-il en reprenant son équilibre.

D'ici au sommet du pic Förberget, on embrasse du regard la vallée de l'Åredalen, que le soleil de l'après-midi baigne d'une lumière dorée. Les pentes scintillent de tons chauds ; l'air est presque tiède, bien qu'on soit encore en mars.

Hanna pourrait rester comme ça indéfiniment, debout aux côtés de Daniel, à regarder l'horizon.

« Allez ! » fait-il en la distançant.

Après encore une centaine de mètres, ils voient apparaître, sur leur gauche, un imposant chalet en bois gris.

La Villa, où Henry Sylvester a posé ses valises.

30

Le chalet VIP jouit d'une vue extraordinaire sur la vallée. Daniel avait déjà entendu parler de cette annexe de l'hôtel, mais il était loin d'avoir pris la mesure de son luxe. Ce n'est qu'en se postant devant la bâtisse, partiellement dissimulée par d'élégants murs d'ardoise, qu'il en saisit la superficie.

« Bon sang, fait Hanna en levant les yeux au ciel. À côté de ça, la maison de Lydia, c'est un cabanon de jardin. »

Daniel est passé plusieurs fois voir Hanna lorsqu'elle habitait dans le magnifique chalet de sa sœur, à Sadeln : effectivement, malgré son confort incontestable, il fait pâle figure à côté de la Villa.

Ils gravissent les marches en pierre et frappent à la porte, à côté de laquelle est disposé un arrangement floral d'inspiration japonaise – un bouquet de troncs de bouleau piqués dans un pot en béton grand comme un homme.

Bien que peu impressionnable, Daniel a le souffle coupé en découvrant l'intérieur.

Le rez-de-chaussée se compose d'un unique espace ouvert, dominé par une spectaculaire cheminée de trois mètres de haut habillée de dalles d'ardoise. Au plafond, des lustres design éclairent le vaste coin salon : deux longs canapés et plusieurs fauteuils aux tons bruns. Un peu plus loin, une grande table semble pouvoir accueillir une douzaine de convives.

« Que puis-je faire pour vous ? » demande Henry Sylvester après les avoir invités à se défaire de leurs manteaux.

Il a troqué son costume sombre de la veille contre un polo en cachemire clair et un vieux jean. Hanna et Daniel l'ont apparemment interrompu en pleine séance de travail : sur le marbre noir de la table se trouve un ordinateur portable allumé ainsi qu'une pile de feuilles en désordre. Daniel aperçoit, sur l'une d'elles, un grand logo assorti des mots « Sauvons la Baltique » – selon toute vraisemblance, le nom de la fondation qu'avait évoquée Hanna.

« Nous aimerions vous poser quelques questions supplémentaires », explique-t-il.

Sylvester se tourne vers la cuisine américaine. De style industriel, tout en verre, acier poli et surfaces noires, l'endroit semble clairement équipé pour faire les choses en grand, avec cave à vin électrique, four double et lave-vaisselle à deux tiroirs.

« Je peux vous offrir quelque chose à boire ? La machine à espresso fait un café divin. Ou un verre de rouge, peut-être ? J'ai une bonne bouteille de bordeaux à température.

– Ça ira, je vous remercie. Nous sommes en service. »

Ce commentaire est superflu, Sylvester le sait aussi bien que lui. Leur proposer un verre de vin s'apparente plus à une démonstration de force. Daniel s'oblige à mettre de côté son agacement ; il ne faut pas que leur échange avec le financier se trouve affecté par ses préjugés.

« Venez, installons-nous ici », fait l'homme en prenant les devants.

Daniel se laisse tomber sur le canapé le plus proche de lui. Hanna le rejoint et engage les hostilités :

« Pourriez-vous nous parler un peu plus en détail de Charlotte ? Quelle femme, quelle amie était-elle ? »

Sylvester laisse flotter son regard dans la pièce avant de répondre. Il semble s'être arrêté sur la fenêtre panoramique donnant sur les pistes enneigées d'Åre, qui scintillent vers le nord-ouest.

« Pour être tout à fait honnête, je ne saurais pas vraiment vous dire à quel point je la connaissais, commence-t-il. Parfois, je me dis que personne ne savait qui elle était vraiment.

– J'ai appris que vous étiez le parrain de Filip », dit Hanna.

Le visage de Sylvester s'adoucit.

« Oui, c'est un garçon que j'aime beaucoup.

– Pourquoi n'avoir pas mentionné qu'il était votre filleul ?

– Vous ne m'avez pas posé la question. »

Daniel s'agace de cette réponse élusive. Ils n'ont pas le temps pour ce genre de petits raffinements rhétoriques.

« Vous connaissiez Charlotte depuis plus de cinquante ans, vous étiez le parrain de son fils... Vous deviez être proches.

– Oui, certes. Mais Charlotte était une personne complexe, qui s'ouvrait très peu. Je doute que beaucoup de gens aient réussi à briser sa carapace. C'était quelqu'un d'extrêmement intègre, mais qui accordait difficilement sa confiance.

– D'où lui venait ce caractère, à votre avis ? » fait Hanna.

Sylvester croise les jambes. On entend un crépitement sec depuis le foyer de la cheminée. Daniel remarque des piles de bûches placées de part et d'autre de l'âtre et qui sont du plus bel effet.

« Je dirais que c'était probablement une question de survie. Les femmes de sa génération qui ont osé s'aventurer dans le milieu ultra-compétitif du capital-risque en ont vu de toutes les couleurs. C'était bien avant tous ces débats dans le sillage de "MeToo" : les échanges étaient agressifs, parfois carrément misogynes. Charlotte a dû se battre bec et ongles pour se faire respecter, et à l'époque, le seul moyen d'y arriver était de se comporter comme ses collègues masculins – voire de se montrer encore plus dure.

– Ça n'a pas l'air d'un environnement professionnel très épanouissant, fait remarquer Hanna.

– Je ne vous le fais pas dire. Tous ceux qui sont passés par ce genre de boîte le confirmeraient. Mais pour les rares qui parviennent à se hisser au sommet, le jeu en vaut la chandelle, il faut bien l'avouer : en tant qu'associé d'une grande société de capital-risque, on peut gagner des sommes astronomiques, dont le commun des mortels ne saurait rêver. Mais voilà, pour arriver là-haut, c'est une lutte à mort – et on ne compte plus ceux qui y ont laissé des plumes.

– En gros, vous nous dites que Charlotte a dû vendre son âme pour parvenir à ses fins ? fait Daniel. C'est comme ça qu'il faut vous comprendre ?

– C'est une manière de voir les choses.

– Et vous ? remarque Hanna. Vous avez suivi la même trajectoire ?

– Aïe. »

Sylvester cligne des yeux.

« Je ne prétendrais pas que je me suis comporté comme un enfant de chœur dans les affaires, loin de là. Mais il me semble tout de même que l'âge m'a rendu meilleur. Et j'ai peut-être racheté un tant soit peu mes fautes passées en faisant don des sommes qui me paraissent superflues. »

Daniel lui lance un regard dubitatif, mais Sylvester semble sincère : rien n'indique qu'il soit en train de les mener en bateau.

« Que savez-vous de la relation entre Charlotte et Stefan Forsberg ? demande Hanna.

– Ils se connaissaient depuis longtemps, répond Sylvester. Charlotte l'a engagé comme conseiller pour le consortium de Storlien. Les contacts qu'il a hérités de sa carrière politique lui ont été précieux. »

La réponse se tient. Daniel voit pourtant à la mine d'Hanna qu'elle n'entend pas s'en satisfaire.

« Savez-vous s'ils entretenaient une relation plus intime ? s'enquiert-elle. Une liaison ?

– Vous n'y allez pas par quatre chemins, sourit Sylvester.

– Étaient-ils amants ?

– Je préfère ne pas me prononcer là-dessus. »

L'homme d'affaires se lève et se dirige vers la cuisine.

« Vous êtes sûrs de ne pas vouloir un café, ou quelque chose à boire ? »

Daniel fait signe que non.

À vrai dire, un espresso fraîchement moulu n'aurait pas été pour lui déplaire, mais Daniel y résiste à dessein. Il y a quelque chose dans l'attitude de cet homme, dans son manque flagrant d'humilité, qui lui tape sur le système : Sylvester paraît convaincu d'appartenir à l'élite, de graviter dans un cercle dont il exclut implicitement ses interlocuteurs. Pas question d'entrer dans son petit jeu.

La machine à espresso émet un gargouillement sonore, puis Sylvester les rejoint dans le canapé, une minuscule tasse argentée à la main. Il trempe les lèvres dans son breuvage avant de le reposer sur la table basse.

L'odeur est divine. Daniel y décèle les arômes floraux d'un cru d'exception. Il a toujours été exigeant en matière de café – ses gènes italiens, sans doute.

« Vous n'avez pas la moindre idée de la nature de la relation entre Charlotte et Forsberg ? s'entête Hanna.

– Toute déclaration de ma part ne serait que conjecture. »

Ils n'en tireront rien de plus. Daniel tente de faire signe à Hanna de lâcher l'affaire. Elle semble l'avoir compris et se laisse retomber contre les coussins du canapé.

« Nous aimerions en savoir plus sur votre implication dans l'entreprise chargée du projet Storlien, dit-il. Nous avons cru comprendre que vous y aviez investi presque à contrecœur, et des sommes considérables avec ça. Qu'est-ce qui vous a réellement convaincu de vous associer à Charlotte ?

– Je vous l'ai déjà expliqué : c'était très difficile de lui dire non.

– J'ai du mal à croire qu'un homme d'affaires aussi averti que vous soit prêt à perdre des millions simplement parce qu'il ne sait pas dire non à une femme », le pique Hanna.

Le ton qu'elle a employé est un rien provocateur : une pointe d'irritation se lit dans l'œil de Sylvester, avant de se dissiper aussitôt.

« Il arrive parfois qu'on fasse des choses… en souvenir du bon vieux temps, comme on dit, riposte-t-il.

– Épargnez-nous ce cliché, je vous en prie, fait Hanna, le poussant dans ses retranchements. Je n'en crois pas un mot.

Je pense plutôt que Charlotte vous avait sous sa coupe. Qu'en dites-vous ? »

Daniel étudie la réaction de Sylvester. Hanna a un don pour dénicher le point faible de ses interlocuteurs ; elle sait quand il faut y aller en douceur et quand on peut s'autoriser un peu de poigne.

Pourtant, la question est osée.

Quand bien même Charlotte aurait exercé une quelconque emprise sur son associé, il n'aurait aucune raison de le reconnaître maintenant qu'elle n'est plus de ce monde…

Pendant une seconde, Sylvester reste interdit.

« Vous vous perdez en suppositions, finit-il par répondre.

– Voyez-le comme ça, mais vous avez tout intérêt à coopérer avec la police. Comprendre ce qui vous a réellement motivé à investir d'aussi grosses sommes nous permettra de clore le chapitre de l'enquête qui vous concerne : s'il n'est pas question de chantage, nous pourrons exclure l'hypothèse que vous ayez eu intérêt à vous débarrasser de votre associée.

– Dites donc, vous n'y allez pas de main morte, vous. »

Il jette à Hanna un regard équivoque et porte la tasse à ses lèvres, puis reprend, d'un ton plus sec :

« Sachez que si mes employés étaient venus me déranger dans mon bureau pour me parler de cette manière, je les aurais sortis manu militari.

– Mais nous ne sommes pas vos employés. »

Hanna n'entend pas céder. Daniel sent ses muscles se tendre. Il sait déjà que l'obstination de sa collègue est à double tranchant : si elle a bien souvent profité aux investigations, cette manière de procéder a pu la mener droit au désastre.

Une fois, elle a même frôlé la mort. Mais ça ne lui a manifestement pas servi de leçon : tel un animal en chasse, Hanna s'accroche à sa proie et refuse de lâcher prise.

La manœuvre pourrait avoir l'effet escompté, car Sylvester semble tout à coup s'adoucir. Peut-être se reconnaît-il dans ce caractère entêté ? À moins qu'il ne soit sous le charme.

Daniel se met à observer sa collègue du point de vue de l'homme qu'ils interrogent. Les yeux bruns d'Hanna, d'une expressivité folle, captent l'attention comme un aimant – ces yeux que l'on peut voir passer d'un coup de l'empathie profonde à la réflexion absorbée.

Elle a un vrai don pour percevoir en un éclair tout ce qui l'entoure – et puis il y a son rire, qui a quelque chose de contagieux… Au début de leur collaboration, Daniel ne l'a pas entendu souvent. Mais au fil de l'année écoulée, Hanna s'est peu à peu apaisée. Lorsqu'elle a obtenu un poste fixe, puis un logement à son nom, il l'a vue s'épanouir.

Sylvester repose sa tasse. Le tintement sur la table ramène Daniel à la réalité – il s'était égaré dans ses pensées. Mais l'attention de son interlocuteur semble entièrement concentrée sur Hanna.

« Par pure hypothèse, dit Sylvester en se caressant le menton, à supposer que Charlotte m'ait effectivement fait chanter pour me contraindre à investir dans le projet, sur quelle base l'aurait-elle fait ? Avez-vous une théorie en la matière ? »

Hanna fixe son interlocuteur avec un sourire que, dans un autre contexte, Daniel aurait presque décrit comme séducteur.

Il n'aime pas ça, mais Hanna est libre de choisir la tactique qu'elle souhaite. Tant qu'elle lui permet de récolter des informations qui font avancer l'enquête, il n'a pas son mot à dire.

« Plusieurs scénarios me viennent en tête, oui.

– Dites-m'en un.

– Fraude fiscale, par exemple ? »

Sylvester a un petit rire.

« Jamais de la vie : je paie assez bien mes comptables et mes avocats fiscalistes pour rester dans les clous.

– Des affaires de mœurs, peut-être, suggère Hanna. Recours à la prostitution ?

– Fringant comme je suis ? Ne m'insultez pas, je vous en prie : ai-je l'air d'avoir besoin de payer une femme pour me tenir compagnie ? »

Son ton est plus amusé qu'indigné : il semble prendre plaisir à cette joute verbale.

Daniel a la désagréable impression de voir se dérouler devant ses yeux une scène dont il lui manque la clé, comme s'il regardait un film en couleur diffusé en noir et blanc : les nuances lui échappent complètement.

Pourquoi Sylvester ne veut-il pas simplement en venir au fait ? S'il a des informations importantes à leur transmettre, qu'il crache le morceau !

« Il s'agissait d'un échange de bons procédés ? poursuit Hanna. Charlotte avait peut-être quelque chose qui vous intéressait, et inversement ?

– Hélas non », sourit Sylvester de ses dents blanches et parfaitement alignées.

Il se met à l'aise dans le canapé ; c'est à son tour de lancer à Hanna un regard de défi, comme s'il voulait la tester.

Daniel sent l'irritation grandir. L'heure tourne, ils ne vont pas passer toute la soirée à bavasser.

Hanna semble elle aussi contrariée par cette conversation qui tourne en rond. Daniel soupçonne sa collègue de vouloir changer de stratégie, et en effet :

« Je vais aborder l'affaire différemment, fait-elle avec une gravité nouvelle. À votre connaissance, y a-t-il quelque chose dans ce projet hôtelier qui aurait pu mettre Charlotte en danger ? Qui pourrait être lié à sa mort ? »

Sylvester ne sourit plus. L'atmosphère dans la pièce n'est plus la même.

« Je vous rappelle que nous enquêtons sur un homicide, intervient Daniel pour souligner le sérieux de la situation. Toutes les informations dont vous disposez peuvent nous être précieuses, j'espère que vous en êtes conscient.

– Je le sais parfaitement : ce n'est pas un jeu. »

Le regard de Sylvester est devenu froid.

« Une de mes plus vieilles amies vient d'être tuée ; je fais de mon mieux pour épauler son fils. Et je dois essuyer les conséquences désastreuses de ce drame pour notre projet immobilier commun. Pour qui me prenez-vous ? »

Il se lève, visiblement ébranlé.

« Je dois malheureusement retourner à mon travail, j'ai beaucoup à faire. Merci d'être passés. »

Hanna, prise de court par ce revirement abrupt, se tourne vers Daniel avec un regard éberlué.

« Si vous savez quoi que ce soit, vous devez coopérer avec nous », répète Daniel.

Sylvester se dirige déjà vers la porte d'entrée.

« Je vous prie de m'excuser, dit-il par-dessus son épaule. J'ai une importante réunion Teams qui va bientôt commencer.

– On ne peut pas le forcer, murmure Hanna, d'une voix si basse que Daniel doit presque lire sur ses lèvres.

– Je sais bien. »

Il se lève à contrecœur et suit Sylvester vers le vestibule.

« Mais là, tout de suite, ça m'arrangerait bien de le faire. »

Daniel dévisage l'homme d'affaires un long moment avant de quitter la Villa. Son intuition n'en est que renforcée : de toute évidence, Sylvester leur cache quelque chose.

31

Il va être temps de rentrer, se dit Hanna en bâillant. Il est plus de vingt heures, elle est la dernière au commissariat, et Morris doit se demander ce qu'elle fabrique.

Elle a consacré une heure à lire ses mails en retard et à transcrire l'interrogatoire d'Henry Sylvester. Malgré tout, cet échange n'aura pas été entièrement inutile – même si elle ne s'attendait pas à ce qu'il y coupe court aussi brusquement, juste au moment où ils semblaient commencer à s'entendre. Cet homme la laisse décidément perplexe. Et Daniel l'a pris en grippe : ça ne fait pas le moindre doute.

Après un dernier coup d'œil à ses notes, elle éteint son ordinateur et saisit son manteau. En entendant sonner son téléphone, elle répond sans même regarder le nom qui s'affiche à l'écran.

« Hanna Ahlander.

– Oui, bonsoir, c'est Filip. »

Elle reste plantée là, son vêtement à la main. Le fils de Charlotte a une voix triste, abattue, cette voix d'enfant perdu qu'il avait déjà tout à l'heure. Est-ce qu'il s'est passé quelque chose pour qu'il l'appelle ainsi le soir ? S'il avait simplement besoin de parler, il se serait sans doute tourné vers son parrain.

« Bonsoir ! répond-elle. Comment allez-vous ?

– Bof. »

Puis un silence au bout du fil.

« Ce n'est pas la grande forme », ajoute-t-il.

Ce pauvre garçon lui fend le cœur. Il faudrait qu'il voie un psychologue qui puisse l'accompagner le plus vite possible dans son travail de deuil. Le meurtre d'un proche est toujours un profond traumatisme. Hanna aimerait pouvoir le réconforter un peu, mais ce n'est pas son rôle.

« Vous avez parlé avec votre père ? commence-t-elle, à tâtons.

– Non. »

Il a balayé la question d'un ton las. Hanna prend note de vérifier que la police de Stockholm a bien pu joindre Mats Rutberg, qu'il soit au moins mis au courant.

Qu'il puisse être là pour son fils.

Filip ne dit toujours rien.

« Vous vouliez discuter de quelque chose en particulier ? reprend Hanna. Est-ce que je peux vous aider ?

– Euh… Oui, je voulais vous demander un truc.

– Allez-y, je vous en prie !

– Il y a une journaliste qui vient de m'appeler, elle bosse pour un magazine people. Elle aimerait m'interviewer au sujet de maman. »

Hanna lève les yeux au ciel. Il ne manquait plus que ça. Filip vient à peine de perdre sa mère, de la pire des manières, et ces rapaces veulent exposer son malheur aux regards de tout le pays.

« Je ne sais pas trop quoi faire, continue le garçon. L'idée, c'était que je parle d'elle avec mes mots à moi, comme un dernier hommage. »

Les médias n'ont qu'une seule raison de vous contacter, aimerait-elle lui expliquer : vendre et faire du clic. Mais dit comme ça, c'est sans doute un peu trop brutal.

« Qu'est-ce que ça vous inspire ? formule-t-elle plus diplomatiquement. Vous seriez à l'aise de parler de votre mère en public ?

– Oui, je crois. Mais j'ai peur de dire quelque chose de bête. J'aimerais vraiment… honorer sa mémoire.

– C'est très louable de penser comme ça. »

Nouveau silence.

« Je sais qu'elle m'adorait, reprend Filip, la voix tremblante. Elle n'était juste pas très douée pour… le montrer.

– Qu'est-ce que vous voulez dire ? fait Hanna avec douceur.

– On n'arrêtait pas de se prendre la tête à propos de mon avenir. Elle voulait que je fasse de grandes études, comme elle. Que je fasse carrière dans la finance ou un autre domaine élitiste où on gagne beaucoup d'argent, avec une belle carte de visite et une réputation. »

La description que fait Filip de sa relation à sa mère lui est étrangement familière – comme un écho à ses propres tensions avec ses parents. Ils lui ont sans cesse rebattu les oreilles avec cette idée d'avoir un métier « prestigieux », comprendre médecin ou avocate. La décision d'Hanna d'entrer dans la police n'a jamais été particulièrement bien reçue par ses géniteurs.

Mais elle, au moins, avait Lydia pour la soutenir dans ses choix de vie. Le pauvre Filip a l'air si seul…

« Et vous, qu'est-ce qui vous tenterait ? demande Hanna. Qu'est-ce qui vous fait rêver ?

– Pas de faire comme elle, en tout cas. »

La réponse est si soudaine qu'Hanna sent sa gorge se nouer. Elle se rassoit sur sa chaise, changeant son téléphone de main.

« Je ne voudrais pas paraître ingrat, poursuit Filip. Ma mère a fait carrière, elle a très bien gagné sa vie, mais quand j'étais petit, elle n'était jamais à la maison. J'ai littéralement été élevé par des jeunes filles au pair. Quand elle rentrait le soir, elle était fatiguée et voulait qu'on la laisse tranquille. Je faisais beaucoup de basket au lycée, mais en trois ans, elle a dû venir à deux ou trois matchs, grand maximum. »

Il prend une profonde inspiration, sa voix se raffermit.

« Si Emily et moi on a des enfants un jour, je veux passer le plus de temps possible avec eux. Je veux un boulot où on finit à dix-sept heures pour rentrer dîner en famille. C'est peut-être dur de dire ça, mais je ne veux pas que ma vie ressemble à la sienne. Même si elle a accompli beaucoup de choses.

– Et vous vous disputiez à ce sujet ?

– Ouais. »

L'élocution de Filip s'est d'un coup emballée, comme s'il devait à tout prix faire comprendre les raisons de sa discorde avec Charlotte.

« Le truc, c'est que pour elle le plus important était de tout faire comme son père. Elle parlait de lui constamment : il fallait suivre ses traces, perpétuer l'héritage. Même après sa mort, elle se tuait encore à la tâche pour se montrer à la hauteur. Et pour elle, c'était évident que j'allais marcher dans ses pas. La troisième génération, tout ça… si vous voyez ce que je veux dire. »

Il laisse échapper un rire triste.

« Évidemment, ça a complètement foiré. »

Hanna voit sa propre mère devant elle. Les regards de reproche permanents, la litanie de réprimandes, année après année. Ce sentiment de ne jamais être à la hauteur des attentes parentales.

« Chacun doit pouvoir faire ses propres choix, explique-t-elle. Vos parents n'ont pas à décider pour vous ce que vous devez faire de votre avenir. C'est votre vie, pas la leur. »

En parlant, elle s'aperçoit que sa remarque s'adresse aussi bien à elle-même qu'à Filip. On ne peut pas modeler son existence selon les désirs des autres. Ça ne rend personne heureux.

Dans l'appareil, une voix féminine surgit en fond. C'est le timbre d'Emily – elle demande à Filip de raccrocher, ils ont réservé une table quelque part.

« Alors à votre avis, je leur réponds quoi pour l'interview ? »

Hanna hésite. Il serait évidemment plus sage de sa part de décliner. Le seul but de la journaliste est probablement de faire pleurer dans les chaumières. Et s'il regrette ensuite de l'avoir fait, il n'en ira que plus mal.

Mais il est adulte : c'est à lui de faire ses propres choix.

« Vous pourriez peut-être attendre un peu, prendre le temps de la réflexion avant de lui répondre. Ça ne peut pas être si pressé, fait-elle en se retenant d'en dire plus. Mais évidemment, la décision n'appartient qu'à vous. »

32

En sortant avec Zelda pour sa promenade de l'après-midi, Tiina est surprise par la douceur de l'air. La chienne fait des bonds euphoriques à ses côtés, la précédant sur le chemin qui mène au sentier forestier, leur circuit habituel.

L'idée que ses filles aient refusé de venir pour Pâques lui fait monter les larmes aux yeux. Elle vient juste de raccrocher d'avec Andrea ; ses mots lui ont fait mal : « On ne veut plus jouer à ça. »

Elles ne mettront pas un pied chez leur mère tant qu'Ogge sera là : elles n'ont plus la force de subir ses sautes d'humeur et ses problèmes d'alcool. Au fond, Tiina ne fait que se mentir à elle-même en espérant que ça s'améliore, que naisse un jour entre son mari et ses deux filles une relation saine, aimante.

Il n'a pas eu une existence facile, se répète-t-elle comme un mantra. Ogge n'a pas eu la chance de grandir, comme elles, dans un foyer stable. Son père n'a jamais fait partie de sa vie, il ne l'a même jamais rencontré, et dans la famille d'accueil où Ogge a été placé, les méthodes « éducatives » seraient aujourd'hui décrites comme de la maltraitance pure et simple.

Tiina s'engage sur le petit chemin qui serpente entre les arbres. La neige crisse sous ses pas. Au début du mois de mars, les températures clémentes ont grignoté la couche de neige, mais ces dernières semaines ont été rudes, avec de nouvelles giboulées et des épisodes de gel.

Aujourd'hui, le dégel a repris.

Ses filles lui manquent tant… Elle pourrait peut-être prendre le train pour les rejoindre le dimanche de Pâques ? Que risque-t-elle à dire à Ogge qu'elle aimerait aller les voir quelques jours ?

Mais la simple idée d'aborder ce sujet la met dans tous ses états. Au moindre désaccord, une vague d'anxiété la prend à la gorge.

Hier soir, il n'a même pas eu à hausser la voix pour qu'elle sente son estomac se nouer.

Tiina enfonce le menton dans sa grosse écharpe et presse le pas pour rejoindre Zelda, occupée à renifler des pistes intéressantes. Elle n'a jamais vraiment su mettre des mots sur ce qui l'effraie tant dans les colères d'Ogge, mais l'angoisse la transperce comme une lame glacée dès qu'elle le sent d'humeur belliqueuse, qu'elle voit au fond de ses yeux cette expression qui la fige.

Pourtant, Ogge ne l'a jamais frappée. Il n'a jamais eu de gestes violents, ni avec elle ni avec les filles. Il est même doux avec les enfants et déborde d'amour pour sa petite chienne.

Pourtant, un seul de ses regards peut réduire Tiina au silence.

Parfois, elle se demande s'il n'a pas hérité ce comportement des années passées dans cette horrible famille d'accueil : on apprend à se taire sur un simple regard, quand les coups de ceinture peuvent pleuvoir n'importe quand.

Et s'il était en train de reproduire à son tour ce même schéma ?

Tiina s'explique difficilement comment ils en sont arrivés là. Les humeurs d'Ogge la paralysent de plus en plus, son agressivité latente, juste sous la surface, menaçant d'exploser à tout moment. C'est encore pire quand il a un coup dans le nez : elle a alors l'impression de partager son quotidien avec une grenade dégoupillée, comme si la catastrophe était toujours imminente, charriant avec elle les horreurs de son passé.

Après quinze ans de vie commune, elle regrette d'avoir été aussi conciliante au début de leur relation. Elle aurait dû poser ses conditions, exiger qu'il entame une thérapie pour mieux gérer ses accès de rage. Ne pas tolérer qu'il calme ainsi ses angoisses par l'alcool.

À l'époque, elle était folle de lui et bien naïve ; elle imaginait que l'amour qu'elle lui témoignait suffirait pour le guérir. Mais ç'a été tout le contraire : il n'a fait que se renfermer toujours plus, à ressasser son amertume.

Zelda galope vers elle, un bâton entre les dents. Ogge ferait n'importe quoi pour cette bête. Parfois, quand ça va très mal entre eux, Tiina se demande si son mari n'est pas plus attaché à la chienne qu'à elle.

Elle lui tapote la tête en la complimentant avant de la voir disparaître à nouveau entre les arbres.

Tiina aimerait être plus forte. Elle a souvent voulu poser des limites, mais n'y est jamais parvenue. Chaque fois, les mots qu'elle s'apprête à dire restent coincés au fond de sa gorge.

Elle se bride sans cesse, de crainte de voir Ogge sortir de ses gonds.

33

Devant les flammes dorées qui crépitent dans la cheminée, Hanna s'octroie un moment de repos, allongée, portable à la main, dans son canapé gris flambant neuf.

Il est vingt et une heures trente, la journée a été longue. La conversation avec Filip lui a sapé le moral et les images du corps lacéré de Charlotte Wretlind continuent de la hanter. Elle s'apprête à faire un tour sur les sites des principaux journaux pour voir ce qui s'y dit de l'homicide, quand Morris, posté au pied du canapé, émet un miaulement sonore. Une seconde plus tard, c'est sur la cage thoracique de sa nouvelle maîtresse qu'il est campé.

Le gros matou lui piétine les côtes pour se mettre à son aise. Manger et se faire dorloter, voilà tout ce que Morris semble vouloir faire de ses journées. C'est un animal puissant, doté d'une volonté plus puissante encore, qui paraît avoir décidé de n'en faire qu'à sa tête. Ce qu'Hanna en pense n'entre nullement en ligne de compte.

Elle se voit contrainte d'user d'un peu de force pour le déloger afin de pouvoir à nouveau respirer.

« Morris, franchement… », marmonne-t-elle en se contorsionnant pour pouvoir apercevoir l'écran de son téléphone.

Morris, imperturbable, ronronne de plus belle. Après quelques jours de cohabitation, la maison entière est couverte de poils gris clair, tout comme les vêtements d'Hanna.

Mais il faudra s'y faire : il est probablement le seul compagnon qu'elle arrivera à se dégoter avant un bon moment. Sa relation avec Christian s'est soldée par un désastre, et tant qu'elle aura des sentiments pour Daniel, elle ne risque pas de rencontrer quelqu'un.

Lorsque son portable se met à sonner, Hanna tente de se redresser pour répondre. Morris lui lance un regard de reproche.

Le mot « Maman » s'affiche à l'écran. Hanna se demande d'abord – en dépit du bon sens – si sa mère l'appelle pour remonter le moral de sa fille seule et déprimée. L'hypothèse est bien peu probable : elle ne lui a jamais vraiment apporté ce genre de soutien affectif.

À contrecœur, Hanna décroche.

« Salut, toi ! fait une voix enjouée. Ça fait un moment que tu n'as pas donné de nouvelles. »

Leur dernier échange remonte à trois semaines. Mais à vrai dire, Hanna s'en accommodait bien. Les reproches incessants, les remarques appuyées sur son célibat, sur l'horloge biologique qui tourne lui donnent envie de fuir les conversations avec ses parents comme la peste.

Ils vivent sur la Costa del Sol, en Espagne, où ils coulent une retraite insouciante.

« Oui, désolée, marmonne-t-elle, aussitôt sur la défensive. Ç'a été un peu dur au boulot.

– Lydia m'a dit que vous aviez dîné ensemble, avant-hier. »

Le sous-entendu est évident : *Ah, ça, tu as du temps à consacrer à ta sœur.*

Hanna connaît par cœur cette tendance qu'a sa mère à la culpabiliser. Son talent pour toucher son but à tous les coups confine à la perfection.

« Et vous, quoi de neuf ? élude Hanna. Ça y est, vous avez récolté des citrons ? »

Sa mère mord à l'hameçon et s'embarque dans une description des citronniers en pots qu'ils ont installés sur la terrasse. Hanna perd le fil. Leur relation est une blessure à vif, depuis le commencement. Elle a toujours été la petite dernière à problèmes, celle qui a tout raté aux yeux de sa mère.

C'est sans doute pour ça que Filip l'a tellement touchée. Lorsqu'il a décrit son rapport à Charlotte, elle s'est tout de suite reconnue dans cette expérience de susciter en permanence la déception de ceux qui vous ont élevé. Elle sait exactement ce que ça fait d'échouer à satisfaire les attentes.

Que Filip et sa mère aient apparemment été en d'assez mauvais termes juste avant sa mort doit être pour lui un véritable crève-cœur.

Tout à coup, Morris se lève et balaie le visage d'Hanna de sa longue queue touffue. Elle est prise d'une salve d'éternuements.

« Qu'est-ce qui t'arrive, tu es malade ? s'exclame sa mère au bout du fil.

– C'est rien, pardon. C'est juste le chat.

– Tu as pris un chat ?

– Pas tout à fait. »

Hanna s'efforce de lui expliquer que c'est Morris qui l'a choisie plutôt que l'inverse.

« Enfin, Hanna, fait sa mère avec un soupir désapprobateur, tu ne vas tout de même pas prendre un chat au lieu de fonder une famille ! Je ne comprends pas ta manière de penser. »

C'est typique de sa part, de tout interpréter de travers. Hanna n'a ni la force ni la patience de poursuivre cette conversation. Elle parvient néanmoins à mettre fin à l'échange sans qu'aucune des deux n'ait élevé la voix.

Elle repousse ensuite Morris, qui l'étouffe.

« J'étais là avant toi », marmonne-t-elle, sans qu'il semble s'en inquiéter le moins du monde.

Mais elle se sent déjà un peu mieux quand il frotte son museau contre sa joue comme s'il comprenait son besoin de réconfort.

MERCREDI 31 MARS

34

Deux jours seulement se sont écoulés depuis la mort de Charlotte Wretlind, mais Daniel se sent déjà au bout du rouleau. Les premières quarante-huit heures sont toujours les plus critiques, et les journées ont été intenses – remplies d'interrogatoires sommaires ou fouillés, de contrôles d'antécédents, de reconstitutions cartographiques des allées et venues autour de la victime et de recherche active de l'arme du crime.

C'est à ça que ressemblent les prémices d'une enquête pour homicide, et passé le premier rush d'adrénaline, les effets commencent à se faire sentir. Le manque de sommeil devient patent, le corps souffre d'être en état d'alerte et de devoir jongler constamment entre mille informations.

On est miné par le sentiment qu'il faudrait en faire plus, se dédoubler pour être partout à la fois.

Daniel aimerait s'installer à demeure au commissariat pour gagner du temps, mais c'est exclu. Il doit penser à Ida et Alice. Quand il est rentré chez lui à vingt et une heures, la veille au soir, l'accueil d'Ida a été glacial.

Le voilà avec ses collègues dans la salle de réunion pour leur désormais traditionnel point d'équipe de sept heures et demie. Aujourd'hui, la procureure va participer à la réunion en ligne, tout comme le légiste d'Umeå, qui a réussi, contre toute attente, à pratiquer l'autopsie en un temps record.

Une heure plus tard, le médecin légiste, un jeune remplaçant rasé de près que Daniel n'a encore jamais rencontré, a terminé de passer en revue les résultats de l'autopsie.

Il a confirmé que le décès de Charlotte Wretlind a été directement provoqué par un violent coup de couteau qui lui a tranché net la trachée. Les autres blessures auraient sans doute suffi à la tuer, a-t-il assuré. La victime n'avait aucune chance de s'en sortir : face à une brutalité pareille, l'intention de donner la mort ne fait guère de doute.

Le médecin a ensuite décrit en détail les autres lésions, en étayant son propos par des photographies si pénibles qu'aucune des personnes présentes n'a plus touché aux petits pains que Raffe avait apportés.

D'après les conclusions de l'examen, le décès est survenu autour de minuit, dans la nuit de dimanche à lundi.

Le légiste a aussitôt quitté la visio : l'unité de médecine légale d'Umeå est sérieusement surchargée. Que l'autopsie ait pu être réalisée dans de tels délais tient tout bonnement du miracle, et Daniel comprend que Grip a dû les harceler pour faire passer leur dossier sur le haut de la pile.

Il jette un œil à sa montre. Dès qu'ils en auront fini, il doit refaire un tour au Copperhill pour tenter de mettre la main sur Paul Lehto : la confirmation d'une dispute entre lui et Charlotte Wretlind pourrait s'avérer décisive pour l'enquête.

Hier soir, après leur passage chez Sylvester, ils ont demandé à la réception à rencontrer ce Paul, mais l'homme était apparemment en arrêt maladie… Il faut absolument qu'ils lui parlent aujourd'hui, quand bien même il serait au fond de son lit.

« On nous a signalé un fait hautement intéressant », intervient Hanna, comme si elle venait de lire dans les pensées de Daniel. Elle relate à l'assistance la scène que lui a décrite l'employé du Copperhill.

« Il faut suivre ça de très près, fait Grip. Un réceptionniste avait clairement la possibilité d'accéder à la suite Argent.

– Est-ce qu'on en sait plus sur la manière dont le tueur a pénétré dans la suite ? demande Daniel. La porte ne présentait aucun signe d'effraction, et rien n'indique que Charlotte ait fait entrer la personne. »

Il a longuement ruminé la question, qui a déjà été soulevée plusieurs fois.

« Toutes les entrées et sorties ont été tracées : l'hôtel nous a fourni l'historique des badges de ses employés. D'après ces informations, Charlotte et les agents d'entretien sont les seuls à avoir utilisé leur carte d'accès avant le meurtre. »

Carina sort le nez de ses papiers. Elle est à Östersund aujourd'hui ; elle a l'air fatiguée. En temps normal, c'est une personne positive, pleine d'énergie, mais là, ses traits sont tendus, crispés. Elle est probablement aussi secouée que ses collègues par les images de l'autopsie.

« Nous avons relevé des empreintes digitales inconnues sur l'interrupteur à carte placé dans l'entrée de la suite, dit-elle, vous savez, le boîtier où l'on glisse son badge pour allumer la lumière. »

Daniel s'attache à visualiser les lieux. L'interrupteur se trouve sur le mur à gauche en entrant, à environ un mètre du sol. Ce type d'installation est devenu la norme dans la plupart des hôtels, pour limiter le gaspillage d'électricité. Il demande à Carina de développer.

« Les empreintes n'appartiennent ni à la victime, ni aux femmes de chambre qui, selon les informations qu'on nous a données, sont entrées dans la suite Argent. Ça peut évidemment s'expliquer par le fait que la surface n'ait pas été nettoyée entre deux clients.

– Ou que notre homme y ait mis les doigts, coupe Hanna.

– Voilà, confirme Carina.

– Il a pu pénétrer dans la suite pour voler la carte, fait Hanna, réfléchissant à voix haute. Supposons que Charlotte ait laissé la sienne dans le boîtier ; il aurait pu mettre la main dessus en son absence. Si une femme de chambre avait ouvert la porte, par exemple… »

Daniel passe en revue le scénario.

« Il faut vérifier ça avec l'hôtel, voir si l'une de leurs cartes a disparu. »

Il a toute une série de questions à poser lorsqu'ils retourneront au Copperhill. Outre le sujet des cartes d'accès, il doit examiner les issues – comprendre comment le tueur s'y est pris pour quitter les lieux sans se faire remarquer.

Daniel se tortille sur sa chaise. Ça fait une heure et demie qu'ils sont là. Il a un tas de choses à faire, il faut conclure. Assis en face de lui, Anton a l'air tout aussi impatient. Les bras croisés, il agite frénétiquement un genou. Il a déjà déclaré qu'il devait filer à Järpen, où se trouve la mairie de la commune d'Åre, pour parler avec Bengt Hedin dès la fin de la réunion.

« Une dernière chose, fait Raffe. Nous avons reçu le témoignage du client qui occupait la suite du cinquième étage, directement sous celle de Charlotte – un père de famille, qui était encore debout. Il a déclaré avoir entendu un bruit sourd provenant du dessus, aux alentours de minuit. Peut-être aussi un cri étouffé, mais sans certitude absolue sur ce point. Sur le moment, il s'est dit que quelqu'un avait fait tomber quelque chose au sol dans la chambre du dessus. Il n'a rien entendu d'autre et s'est endormi peu après.

– Ça conforterait l'estimation du légiste sur l'heure de la mort », constate Grip.

Minuit, donc. Daniel est pris d'un malaise diffus. L'agression a probablement eu lieu alors que la victime dormait.

Elle est allée se coucher en s'imaginant bien en sécurité dans son lit. C'est là que l'assassin a fait irruption.

35

En se garant devant l'entrée du Copperhill, Hanna constate que le nombre de voitures a largement diminué depuis la veille, ce qui n'est guère surprenant : l'homicide a dû entraîner dans son sillage des annulations en série.

Avec un tueur dans la nature, les gens s'imaginent le pire ; et les événements d'Åre font désormais les gros titres dans tout le pays.

Hanna sent la pression monter : elle sait qu'on attend de la police qu'elle trouve le coupable au plus vite. Mais à ce stade de l'enquête, ils ne peuvent pas le sortir de leur chapeau. L'important est de ne pas se laisser dépasser et de traiter chaque chose en son temps.

Quand Hanna et Daniel pénètrent dans le lobby, seuls quelques rares clients sont installés dans les canapés tendus de velours chocolat.

Espen Lund discute avec une employée à la réception. Il s'interrompt aussitôt en voyant arriver les deux enquêteurs.

Hanna ne s'embarrasse pas de préliminaires :

« Nous aurions une ou deux questions concernant vos cartes d'accès, fait-elle. Nous aimerions aussi vérifier quelques informations et parler avec l'un de vos réceptionnistes. »

Espen Lund regarde autour de lui, visiblement gêné. Il écarte une mèche de son front puis répond d'une voix étranglée :

« Pourrions-nous nous installer un peu à l'écart ? Je vous saurais gré d'être un peu plus discrets. »

Il fait signe à un homme massif occupé à placer des valises sur un chariot à bagages, un peu plus loin. Hanna le reconnaît : c'est lui qui est venu lui parler de Paul Lehto hier.

Elle tente de capter son regard, mais l'homme détourne les yeux à dessein. Il est probablement inquiet d'avoir dévoilé des informations sensibles sur un de ses collègues, et réticent à l'idée d'être à nouveau interrogé, devant son responsable.

Hanna le conçoit sans mal.

« Erik, fait Espen Lund. Sais-tu si la salle de conférences C4 est occupée ?

– Non, elle est libre jusqu'à midi.

– Merci. On va la prendre alors. »

À la suite du directeur, ils gravissent un large escalier menant à l'ouest du bâtiment. Lund ouvre une porte donnant sur une salle spacieuse où sont disposées des rangées de chaises, face à une estrade.

« C'est ici que devait se tenir la conférence de presse de Charlotte Wretlind », explique-t-il.

Hanna comprend pourquoi elle avait demandé cette salle. Les fenêtres encadrent à la perfection le paysage enneigé du Jämtland : un tableau en nuances de blanc, une vaste composition de neige, d'immobilité silencieuse prise dans le givre.

Le soleil printanier crée une auréole de feu autour de la vallée de l'Åredalen qui s'étend à perte de vue.

« Pourquoi Charlotte tenait-elle à rencontrer la presse ici, dans votre hôtel ? interroge Hanna en s'adossant au mur, bras croisés. Est-ce que ça ne revient pas à… fraterniser avec l'ennemi ? »

Elle avait tenté de sonder Espen Lund sur la question lors de leur première entrevue, mais il l'avait éludée. L'homme fronce les sourcils, comme si cette suggestion le heurtait.

« Vous insinuez encore que les plans de Charlotte auraient représenté une menace pour notre établissement ? »

Il souffle sèchement par le nez, ce qu'Hanna choisit d'interpréter comme un signe d'orgueil plutôt que de mépris.

« Vous êtes-vous rendus à Storlien ? demande Lund.

– Pas encore, fait Daniel en s'installant sur une chaise, dos à la fenêtre. Nous n'avons pas trouvé le temps.

– Quand vous irez, vous comprendrez pourquoi Charlotte Wretlind a préféré ne pas y convoquer les journalistes. L'état de l'hôtel est tout bonnement effrayant. À sa place, j'aurais fait de même. En les conviant ici, elle a sans doute voulu montrer aux médias qu'on peut faire des merveilles en termes d'architecture en s'intégrant parfaitement dans l'environnement. C'est bien plus vendeur que de les amener visiter un manoir hanté. »

Espen Lund ne cache pas sa fierté de diriger un lieu pareil.

« Ça ne vous a pas gêné que Charlotte utilise précisément vos locaux pour dévoiler ses plans ? » insiste Daniel.

Pour la première fois, Lund esquisse un sourire.

« J'ai vu ça comme une forme de publicité en ma faveur. Même si les journalistes partaient d'ici avec les mots de Charlotte, ce serait bien l'image de *notre* hôtel qui leur resterait en tête. »

Le directeur poursuit d'un ton qui n'a rien d'innocent :

« L'expérience de la montagne que nous proposons est sans égale. »

L'argument de Lund paraît plutôt crédible. Hanna ne peut pas s'empêcher, pourtant, de se demander s'il est vraiment aussi insouciant qu'il en a l'air. Si Charlotte avait pu mener à bien son projet, il aurait risqué à terme une perte de revenus non négligeable. Quoi qu'il prétende, un directeur d'hôtel doit forcément entretenir quelque appréhension face à une concurrence nouvelle.

Mais ce n'est peut-être pas sur lui qu'ils doivent concentrer leurs efforts. Espen Lund a un alibi solide, les collègues d'Östersund l'ont confirmé hier. Qu'importe l'impression désagréable qu'il dégage, il ne fait plus partie des suspects.

C'est Paul Lehto qui les intéresse désormais, ce réceptionniste qui, outre sa position idéale pour subtiliser n'importe quelle carte d'accès, avait manifestement une dent contre la victime.

36

Filip a cinq minutes de retard. Pris d'un malaise diffus, il descend l'escalier de son hôtel pour retrouver la reporter qui a demandé à l'interviewer. Elle avait l'air si empressée et empathique au téléphone hier soir, elle a dit tant de bien de sa mère qu'il n'a pas réussi à décliner sa proposition.

Pourtant, quelque chose s'est noué au creux de son estomac. Il balaie le lobby du regard. C'est la première fois de sa vie qu'il parle à un journaliste, il veut à tout prix que ça se passe bien.

Il fait ça pour sa mère.

Il aurait peut-être été sage de demander à Henry ce qu'il en pensait, mais Filip n'a pas osé le déranger pour si peu. Son parrain a tant à faire maintenant que son associée n'est plus là : en plus de ses propres affaires, il est accaparé par ce projet d'hôtel.

Filip doit se débrouiller seul. S'il avait consulté Henry, celui-ci lui aurait probablement répondu que la décision lui appartenait ; Henry a déjà pris tant de choses en main…

Une femme blonde au lissage parfait s'avance vers Filip.

« Bonjour, fait-elle. Je suis Bella. Merci infiniment d'avoir accepté de me rencontrer. »

Filip s'efforce de sourire. Sans cesser de parler, la journaliste le conduit vers une table sous la véranda, derrière la réception, où les attendent deux tasses de café et une carafe d'eau. La femme s'installe et pose son portable devant lui.

« C'est bon pour vous si j'enregistre ? » lance-t-elle en passant, sur le ton de l'évidence.

La question ne fait qu'accentuer le malaise de Filip, mais il faut croire que c'est ainsi que se fait une interview.

« Oui, oui, bien sûr », bredouille-t-il.

Pour le moment, il a surtout peur de s'effondrer lorsqu'ils aborderont les circonstances de la mort de sa mère. Il lui suffit d'y penser une seconde pour se sentir étouffer de chagrin.

Ce qui importe, c'est que sa mère soit fière de lui. Elle n'est plus là, bien sûr, mais il veut pouvoir parler de toutes les belles choses qu'elle a faites, chasser l'image de femme d'affaires intraitable qu'elle avait dans les médias.

Sa mère l'aimait plus que tout – ça, il n'en a jamais douté, même au plus fort de leurs désaccords.

« Je veux que vous me disiez tout sur votre maman », commence Bella.

Elle se penche vers Filip et pose une main sur son genou. La lumière du plafonnier se reflète sur ses longs ongles vernis de rose.

« Ne vous inquiétez pas, dit-elle d'une voix douce. Tout ce que je veux, c'est faire un bel article sur vous deux. Vous pouvez me faire confiance. »

37

En une vingtaine de minutes d'entrevue dans la grande salle de conférences, Espen Lund a décrit par le menu le protocole d'utilisation des badges par le personnel.

Hanna a tout pris en note. D'après les dires de Lund, seule l'équipe de direction a accès à tous les espaces ; les autres employés ont des autorisations différentes selon leurs tâches respectives. Le logiciel de l'hôtel permet de visualiser les allées et venues de chacun. Les cartes magnétiques des clients – une par occupant de chaque chambre – sont pour leur part activées au moment du check-in.

Hanna tourne la tête vers la fenêtre et fixe le soleil déjà haut dans le ciel au-dessus de l'Åreskutan. La journée promet d'être belle, comme souvent pendant les vacances de Pâques. Il ne fait que quelques degrés en dessous de zéro. Le tire-fesses au pied de l'hôtel est ouvert et une famille chaussée de skis s'apprête à partir à l'assaut des pistes. La plus jeune des deux enfants est si petite qu'on peine à comprendre comment elle parvient à tenir debout ; elle patine pourtant avec enthousiasme vers son père, bras tendus.

Hanna replonge le nez dans ses notes.

« Un client seul qui réserve toute une suite, comme Charlotte Wretlind, reçoit donc une unique carte d'accès ? »

Lund passe la main sur son double menton.

« Dans ce cas, il est possible d'en demander une seconde.

– Par conséquent, elle aurait pu laisser l'une des cartes en permanence dans le boîtier pour ne plus avoir à s'en soucier ? Même lorsqu'elle était sortie de sa suite ? »

Lund hoche la tête.

« Tout à fait. Beaucoup de clients le font ; il faut dire que c'est plus pratique. »

Hanna se tourne vers Daniel pour dérouler son raisonnement. Les femmes de chambre interrogées ont confirmé que la suite était bien vide lorsqu'elles sont passées faire le ménage, dimanche.

« D'expérience, j'ai constaté que le personnel d'entretien laisse parfois les portes entrebâillées en faisant les chambres. Est-ce qu'une personne extérieure aurait pu profiter de ce genre d'occasion pour subtiliser la carte de la victime ? »

Cela signifierait aussi que le tueur, s'il travaillait bien à l'hôtel, n'aurait pas eu besoin d'ouvrir la porte avec sa propre carte. Impossible alors de le tracer par ce moyen.

Daniel se penche vers Lund.

« Pourriez-vous me dire si l'on a fourni plus de deux cartes pour la suite Argent ? »

Lund sort aussitôt son portable et appelle un numéro interne. Ses ongles, rongés presque jusqu'au sang, forment de petites demi-lunes sur ses doigts enflés.

Après une courte conversation, il les dévisage en hochant la tête :

« Vous avez raison. La cliente est descendue à la réception dimanche en disant que sa seconde carte n'était plus dans le boîtier où elle l'avait laissée. Elle a demandé qu'on lui en donne une nouvelle, ce qui a été fait. Mais c'est curieux, je ne vois pas de trace d'une demande de désactivation pour la carte perdue. Il a dû y avoir un bug, ou un oubli. »

Hanna voit dans les yeux de Daniel qu'il pense la même chose qu'elle : ils viennent très probablement d'apprendre comment le tueur s'est introduit dans la suite.

« Le meurtrier pourrait donc être n'importe quelle personne qui se trouvait dans l'hôtel ce week-end, résume Daniel. Aussi bien un client qu'un membre du personnel. »

Hanna voit le directeur blêmir. Elle repense à l'altercation avec Paul Lehto : il faut impérativement qu'ils lui mettent le grappin dessus.

« Nous devons à tout prix interroger un de vos collaborateurs, un réceptionniste, enchaîne-t-elle. C'est extrêmement urgent. »

38

Le planning d'Aada prévoit qu'elle fasse les chambres du quatrième, ce mercredi. C'est un soulagement de ne pas avoir été envoyée au sixième, où se trouve la suite Argent. Elle aimerait ne plus jamais y mettre les pieds... Elle enfile en vitesse son uniforme puis appelle l'ascenseur du personnel pour commencer sa journée.

À chaque étage, il y a une pièce où sont entreposés les chariots de ménage et les stocks de savon, shampooing et autres articles d'hygiène à réapprovisionner dans les salles de bains.

Aada jette un regard autour d'elle avant de poser la main sur la poignée de la porte de la réserve. Tout son corps est tendu. Elle a le sentiment d'être suivie, même si elle n'a pas revu cette silhouette glaçante entraperçue dans le parking. Dans trois heures, son service sera terminé. Elle pourra alors retourner dans sa chambre, s'enfermer à clé et enfin souffler...

Elle fait quelques pas entre les rayonnages puis tend le bras vers l'étagère en hauteur où sont empilées les serviettes propres.

Soudain, la porte se ferme d'un coup sec. L'ampoule s'éteint : noir complet.

Le temps s'arrête.

Aada voudrait crier, mais n'ose pas. C'est *lui*, il l'a retrouvée. Elle est prisonnière. Impossible de sortir. Et depuis cette pièce isolée, personne n'entendra ses appels à l'aide.

Jamais elle n'aurait dû entrer dans cette souricière.

L'obscurité ajoute à sa panique. Elle fait un pas en avant, sa tête heurte violemment une étagère. Elle vacille, mais parvient à se rattraper à un meuble.

Près d'elle, elle entend une respiration. À seulement quelques mètres.

Aada manque d'air, ne réussit à émettre qu'un gémissement terrifié.

D'un coup, la lumière se rallume. Sur le pas de la porte apparaît le visage interloqué de sa collègue Sussie.

Aada la fixe, bouche ouverte, figée dans une posture de défense, les mains sur la poitrine, paralysée par la terreur.

Pas un son ne sort de sa gorge nouée.

« Oh non, je t'ai fait peur ? s'écrie Sussie. Je suis vraiment désolée ! J'ai appuyé sur l'interrupteur sans le vouloir et la porte a claqué en même temps. »

Sussie a dix ans de plus qu'Aada. Ça fait un moment qu'elle travaille à l'hôtel, elle est responsable des plannings.

Aada secoue la tête et tente de bredouiller quelques mots dans son suédois plus qu'hésitant, avant de renoncer pour l'anglais.

« Non, non, ça va. Mais j'ai cru que… Le tueur…

– Oh, ma pauvre, répond Sussie. Je comprends, on est tous sous le choc. C'est normal après ce qui s'est passé. »

Aada force un sourire vacillant :

« Exactement.

– Au fait, tu as été entendue par la police ? poursuit sa collègue. Moi, ils m'ont interrogée pendant une heure entière, alors que je n'étais même pas en service ce week-end. »

Aada ne sait pas quoi répondre. Elle n'ose pas reconnaître qu'elle a volontairement esquivé la police. Si ses supérieurs s'en aperçoivent, ils vont peut-être se mettre en colère.

« Je dois aller travailler maintenant », bredouille-t-elle, tête basse, en disposant en vitesse les dernières fournitures sur son chariot.

Elle sort de la réserve, les yeux brûlants de larmes.

39

Pendant que le directeur de l'hôtel tente de mettre la main sur Paul Lehto, Hanna et Daniel sont retournés devant la suite Argent.

Daniel se place dos au seuil pour observer les lieux. Face à lui, la porte coupe-feu qui sépare de la coursive donnant sur l'atrium le tronçon de couloir où se trouvent les trois dernières chambres. La suite porte le numéro 632. À gauche, de part et d'autre du couloir, se trouvent les chambres 633 et 631, qui ont toutes deux été vidées de leurs occupants le temps des relevés techniques.

C'est comme un monde à part, ici, se dit Daniel. Les murs lambrissés couleur rouille forment une sorte de caverne à l'ambiance feutrée. Les appliques murales diffusent des teintes chaudes ; une moquette gris graphite étouffe le moindre bruit de pas.

Le tueur a laissé derrière lui une empreinte sanglante dans le couloir, juste devant la suite. Mais les traces s'estompent au bout de quelques mètres. Les techniciens eux-mêmes n'ont pas su déterminer par où il a pu prendre la fuite.

Hanna, le front plissé par la réflexion, arpente le couloir en caressant le lambris du bout des doigts.

Où l'homme est-il donc passé après son crime ?

Daniel rejoint Hanna près de la porte coupe-feu, puis tous deux débouchent sur la coursive. Au bout de quelques mètres, Daniel s'arrête net pour examiner le vaste espace ouvert face à lui : à sa droite, l'escalier qui descend à la réception. Droit devant, de larges passerelles en bois qui relient entre elles, à chaque étage, les larges coursives, où des fauteuils et des tables hautes sont disposés afin de permettre aux clients de s'installer pour bavarder, travailler, ou simplement contempler le paysage à travers l'immense mur de verre exposé au sud.

De là où ils se trouvent, on a une vue plongeante sur les espaces communs du rez-de-chaussée.

Hanna montre du doigt l'ascenseur des clients, à une vingtaine de mètres d'eux, dont la façade en acier brillant contraste nettement avec le bois des portes des chambres. L'ascenseur du personnel, que leur avait montré Lund, est situé dix mètres plus loin. Pour l'emprunter, les employés ont besoin d'un badge spécial.

« J'ai du mal à imaginer qu'il ait pris l'ascenseur, fait-elle. S'il avait utilisé celui du personnel, on aurait pu le tracer grâce à son badge, il devait en être conscient. On sait aussi qu'il était vraisemblablement couvert de sang. Il n'aurait pas eu le cran de monter dans un ascenseur où quelqu'un pouvait entrer à tout moment.

– Et il peut difficilement être descendu par le grand escalier », poursuit Daniel.

Il regarde à nouveau autour de lui. À gauche de la porte coupe-feu, un canapé en velours prune. À côté, il remarque une autre porte, dénuée de numéro : elle se fond si bien dans le mur qu'il n'y avait jusqu'alors pas prêté attention.

« Tu as vu ça ? »

Ils rejoignent cette issue très discrète. Un extincteur rouge vif est suspendu près de la poignée : c'est peut-être ce qui avait détourné leur attention.

Ils se trouvent ici dans une sorte de renfoncement, caché derrière la paroi en cuivre qui s'élève du rez-de-chaussée jusqu'à la charpente. Personne ne peut les voir depuis la réception ou les autres coursives.

Ils sont à l'abri des regards indiscrets.

« Tu crois qu'elle est fermée à clé ? » demande Hanna.

Daniel actionne la poignée : la porte s'ouvre sur une étroite cage d'escalier en colimaçon qui semble descendre jusqu'au rez-de-chaussée. Un escalier de service.

« Je crois qu'on a trouvé comment il s'est volatilisé… »

40

Devant le télésiège VM8, le centre névralgique du domaine skiable d'Åre, la file d'attente est quasiment inexistante. Dans un élégant dérapage, Ida ralentit et se laisse glisser jusqu'au portique d'accès.

Il y a étonnamment peu de touristes pour une aussi belle journée, en pleine semaine de Pâques, elle n'en revient pas d'avoir autant de chance. Alice est à la crèche, et c'est sa grand-mère qui ira la chercher cet après-midi. En d'autres termes, Ida va pouvoir s'offrir plusieurs heures de tranquillité sur les pistes.

Daniel ne pouvait pas l'accompagner, bien sûr : à quoi bon lui proposer ? L'enquête sur ce meurtre à l'hôtel lui bouffe tout son temps. Comme d'habitude, il est dévoré par son travail ; c'est à peine s'il remarque encore qu'il a une compagne et une fille.

Mais ça ne fait rien, finalement : partir skier en solitaire ne la gêne pas, c'est même plutôt agréable. Ida peine à se souvenir de la dernière fois où elle a pu prendre du temps pour elle. Le week-end, elle a toujours quelque chose à faire avec Daniel et Alice. Et malgré tous ses efforts pour ne pas perdre le contact avec ses amies, elle doit bien reconnaître qu'elle les voit de moins en moins.

Cette occasion est un luxe rare.

Ida lève le bras pour valider son forfait magnétique, glissé dans une poche spécifique sur sa manche, et passe le portique jusqu'au point d'embarquement. Le télésiège vacille sous le poids des skieurs tandis qu'elle s'installe sur la place la plus à gauche.

Mars et avril sont les meilleurs mois pour profiter d'Åre. Les journées sont longues, le temps est doux et la neige encore bonne. Aujourd'hui, le soleil est haut dans un ciel sans nuage. C'est un plaisir de profiter du grand air.

Avant de devenir mère, elle faisait souvent le « huit à huit », comme beaucoup de skieurs avertis. En d'autres termes, arriver à huit heures pile au bas du VM8, qui ouvre une heure plus tôt que le reste des remontées mécaniques du domaine. Cela permet d'être presque seul sur les pistes et, avec un peu de chance, d'être le premier à se lancer à l'assaut d'une neige encore vierge.

Mais ça, ce n'est plus qu'un lointain souvenir.

Ida sent le soleil dans son dos ; elle tourne la tête pour laisser les rayons réchauffer sa joue gauche. Les paupières closes, elle profite de la sensation. La tiédeur de l'air l'incite à descendre un peu la fermeture éclair de sa veste.

« Ida ? fait une voix d'homme. C'est toi ? »

Elle rouvre les yeux et se tourne vers son voisin de siège, engoncé dans une doudoune oversize couleur sable. Un casque gris foncé et un masque de ski au verre teinté lui mangent les deux tiers du visage.

Ce n'est que lorsqu'il retire son masque qu'elle le reconnaît.

« Eh, Gustav ! s'écrie-t-elle. Ça alors ! »

Il sourit, l'air ravi :

« Ça fait un bail ! Comment tu vas ? »

Ida lui rend son sourire.

Gustav a lui aussi travaillé plusieurs années comme moniteur de ski, ils ont longtemps été collègues. Elle a entendu dire qu'il était maintenant guide de montagne auprès d'une des meilleures agences d'Åre – le métier rêvé. Partir avec des groupes de skieurs aguerris en randonnée d'une journée, ou descendre l'Åreskutan par le versant est, loin des pistes balisées… Si les horaires avaient été compatibles avec sa vie de jeune maman, elle aurait postulé sans hésiter.

« Ma foi, tout roule ! » répond-elle en se redressant pour voir le visage de Gustav avec un peu plus de recul.

Il est toujours aussi beau qu'à l'époque.

« On m'a dit que tu avais eu un bébé. C'est dingue ! »

Ida opine du chef.

« Une petite fille, oui, Alice. Elle va avoir un an et demi. »

Elle s'apprête à sortir son portable pour lui montrer à quoi elle ressemble, mais réprime son geste qui lui paraît soudain ridicule. Pourquoi Gustav voudrait-il voir défiler des photos de bébé ? C'est sans doute le cadet de ses soucis.

« On n'aurait pas cru ça de toi, fait-il, tout sourire. Tu étais plutôt un oiseau de nuit ? »

Ida ne sait pas trop quoi penser de cette remarque. Un silence plane. Leur nacelle approche lentement de la fin du télésiège, sur un plateau situé à huit cent quarante-trois mètres d'altitude. De là, elle comptait enchaîner sur Gondolen, la télécabine qui monte jusqu'à l'Åreskutan.

Ça fait une éternité qu'elle ne l'a pas empruntée. À vrai dire, ça fait une éternité qu'elle n'a pas même chaussé ses skis.

« Tu es toute seule ou tu retrouves des gens là-haut ? »

Ida secoue la tête.

« Non, je skie en solo.

– Je peux te tenir compagnie ? En tout bien tout honneur, promis. »

Il accompagne sa proposition d'un clin d'œil malicieux. Ida ne peut retenir un éclat de rire : ça y est, l'atmosphère est redevenue légère, comme au bon vieux temps. Gustav et elle ont le même âge ; il y a toujours eu entre eux un soupçon de flirt – ils se sont même embrassés une fois ou deux, en soirée…

C'était avant Daniel, avant sa grossesse.

La mine taquine de son voisin la met de meilleure humeur, elle se sent plus jeune, à nouveau insouciante. Comme la femme qu'elle était avant de devenir mère.

En y repensant, elle se félicite d'avoir laissé à la maison son vieux blouson de ski élimé pour étrenner la veste noir et blanc achetée en solde à Noël – celle que Daniel trouvait hors de prix.

La neige scintille sous le soleil de la mi-saison. Les imposants épicéas qui bordent le trajet du télésiège étalent leurs branches d'un beau vert foncé, moucheté de poudreuse. Dans un vallon baigné de soleil, un petit ruisseau a pris vie et dévale la pente en un joyeux gazouillis.

Le siège survole lentement la pente raide où démarre la piste Lundsrappet, l'une des préférées d'Ida. Lorsqu'ils débouchent sur le plateau, le départ de Gondolen se dessine sur la gauche.

Là non plus, la file d'attente n'a rien d'insurmontable. Ida rassemble ses bâtons et se prépare à retrouver la terre ferme.

« Alors, tu en dis quoi ? » la relance Gustav avec un petit coup de coude.

Comment refuser face à un tel regard ?

« Pourquoi pas ? répond-elle avec un franc sourire. Allez, c'est parti ! »

41

Installé à son bureau de la mairie, à Järpen, Bengt Hedin est arraché à ses dossiers par la sonnerie de son téléphone. Quand il se penche pour saisir le portable posé devant lui, son siège émet son éternel grincement. Depuis le temps, il s'est habitué à ce bruit discordant qui fait immanquablement réagir les visiteurs.

Il s'agit de prêcher par l'exemple – en s'abstenant de remplacer ce fauteuil, il fait passer un message important : ici, on gère les deniers de la commune en bon père de famille.

Avant de répondre, Bengt jette un œil à l'affichage : c'est Musse, de l'accueil. Que lui veut-il ? Il est bientôt onze heures et il n'a rien dans son agenda avant le début d'après-midi.

« Bonjour, monsieur Hedin. J'ai devant moi un agent de police qui demande à vous parler. »

Il lui faut quelques secondes pour que les mots s'impriment, et puis ça le frappe comme une gifle : Storlien et Charlotte Wretlind…

« Un agent de police ? balbutie Bengt.

– Pourriez-vous venir à l'accueil pour le faire monter ? »

Tempête sous un crâne. Bengt pose la main sur son front, tâchant de se ressaisir. Ils ne peuvent pas avoir déjà découvert ce qui se tramait : ça ne fait que deux jours que Charlotte a été retrouvée morte dans sa suite, et il a pris toutes les précautions possibles.

Ils ne vont pas l'arrêter.

Mais s'ils avaient des éléments à charge ?

Sa bouche est si sèche qu'il peine à articuler une réponse. Des gouttes de sueur se forment sur sa nuque tandis qu'il passe mentalement en revue, à toute vitesse, ses derniers virements bancaires.

Peut-on les tracer facilement ? La police peut-elle s'introduire dans son ordinateur et découvrir ce qu'il a manigancé ?

Cette perspective le fait transpirer de plus belle.

Bengt scanne la pièce du regard, comme si la solution se cachait dans un recoin. Dans sa main, le téléphone devient moite.

Il faut qu'il trouve quelque chose, et vite.

La haine qu'il ressent envers Charlotte brûle comme jamais – sa mort n'a rien changé. Maudit fantôme ! Il ne sera donc jamais débarrassé de cette sorcière ?

« Allô ? fait Musse dans son oreille. Vous m'entendez ?

– Oui, répond Bengt d'une voix rauque. J'arrive tout de suite. »

42

Les pas d'Hanna résonnent dans l'étroite cage d'escalier. Daniel sur ses talons, elle descend à vive allure vers la sortie de secours. À intervalles réguliers, ils se retrouvent dans le noir et Hanna est contrainte d'agiter les bras pour activer le capteur de mouvement paresseux qui régit l'éclairage.

Ils auraient dû se pencher dès lundi sur le chemin pris par le tueur au lieu d'attendre plusieurs jours, se dit-elle, s'en mordant les doigts. Mais dès que la nouvelle du meurtre s'est ébruitée, l'hôtel a plongé dans le chaos – du monde partout, des clients hystériques courant en tous sens…

Et puis il y avait Carina, que leur présence importunait. Elle a tout fait pour les chasser de la scène de crime, déjà contaminée par l'agent de maintenance puis par plusieurs membres du personnel qui s'étaient aventurés dans la suite avant l'arrivée de la police.

Sur le moment, s'installer dans la salle de réunion pour entendre les témoins clés leur avait semblé une priorité absolue. Plutôt que de s'éterniser sur les lieux, la meilleure chose à faire était de se constituer aussi vite que possible une image claire des circonstances du drame. Et puis, le temps a filé sans qu'ils aient une minute à eux.

Il faut bien l'avouer, ils n'ont pas fait les choses dans les règles. Mais impossible de revenir en arrière…

« On aurait dû commencer par ça, remarque Daniel, comme en écho aux reproches que se fait Hanna.

– À qui le dis-tu. On a merdé. »

Ils atteignent enfin le rez-de-chaussée, quand l'ampoule s'éteint à nouveau. Daniel s'est figé quelques marches au-dessus d'elle, la main sur la rampe. Une odeur de bois de cèdre et de cuir, peut-être son huile à barbe, chatouille les narines d'Hanna. Quelque chose de primitif monte brusquement en elle ; elle aimerait que la lumière reste éteinte et que tout s'arrête. Elle aimerait rester ici dans le noir avec Daniel.

Elle désire tant l'avoir pour elle que c'en est douloureux.

Et puis le sens du devoir reprend le dessus : Hanna fait des moulinets avec les bras et les lampes se rallument, révélant un large espace où sont alignées plusieurs portes.

Daniel ouvre la première, qui donne sur une salle de sport équipée de tapis de course et de vélos. Un sexagénaire athlétique, affairé sur un rameur, les dévisage avec des yeux ronds.

La porte suivante mène à un espace qu'Hanna reconnaît comme l'un des salons de l'hôtel. Au fond, on distingue une grande table de billard tapissée de vert.

Elle s'avance vers la troisième porte, un peu plus à l'écart. En actionnant la poignée, elle découvre un vaste parking faiblement éclairé.

À coup sûr, c'est par là qu'il s'est enfui.

Le tueur a probablement déboulé ici dimanche, gonflé d'adrénaline. Peut-être même avec l'arme du crime encore à la main.

Hanna reste immobile devant l'accès au parking.

Qu'est-ce qu'on peut avoir dans la tête après avoir commis une atrocité pareille ? Le tueur pensait-il encore à ce qu'il venait de faire, ou était-il tout à sa fuite ?

Daniel a déjà traversé le parking pour se poster devant la sortie : un portail commandé pour les véhicules et une petite porte latérale pour les piétons. Il fait signe à Hanna de le suivre.

« Il n'y a pas de lecteur de carte ici, constate-t-il. Il suffit de pousser la barre pour sortir. »

Il joint le geste à la parole ; Hanna lui emboîte le pas. Respirer l'air frais du dehors lui fait du bien, loin de l'ambiance sinistre qui règne à l'intérieur.

« Je crois qu'on a trouvé, dit Daniel. Il faut faire venir quelqu'un de la brigade canine, qu'il passe en revue la cage d'escalier et tout le parking. Même si ça fait plusieurs jours, on arrivera peut-être à retracer l'itinéraire du tueur.

– Je m'en charge », fait Hanna.

Elle enfouit le menton dans son écharpe. Ils ont déjà une théorie crédible sur la façon dont l'homme s'est introduit dans la suite de Charlotte. Maintenant, ils savent probablement par où il a filé après son méfait.

Pourtant, ils ne sont pas au bout de leurs peines : ils n'ont toujours ni suspect, ni motif, ni arme du crime.

« C'est là qu'on aurait aimé avoir des caméras de surveillance en état de marche..., soupire Daniel en montrant du doigt un support fixé au-dessus de l'entrée du parking. Ça nous aurait sauvés. »

Derrière Hanna, la porte se referme en claquant, verrouillée de l'extérieur. Juste à côté, sur le mur, un lecteur de carte en métal : si l'on peut sortir sans badge, il en faut un pour entrer.

Un assassin qui se rend chez sa victime l'arme à la main arriverait-il par l'entrée principale, au risque d'être aperçu dans le lobby ?

« Il faut demander le fichier de tous les badges qui ont servi ici dimanche », affirme-t-elle, avant de développer son hypothèse.

Il lui paraît très peu probable que le tueur soit un client de l'hôtel. Pour cela, il lui aurait fallu s'enregistrer, donner son nom, présenter une carte bancaire. Puis effectuer le check-out avant de commettre son crime, ou, au contraire, traverser l'hôtel, les vêtements couverts de sang, pour regagner sa chambre.

Le risque d'être aperçu et identifié semble trop grand.

Il reste deux scénarios : soit le coupable travaille au Copperhill, soit il s'est fait aider par un employé pour pénétrer sur les lieux.

S'ils veulent démasquer le tueur, ils vont devoir passer le personnel au crible.

43

La neige est d'un blanc aveuglant sous le soleil au zénith. À bout de souffle, Ida ne parvient pas à retenir un sourire radieux devant le spectacle qui s'offre à elle.

Gustav et elle ont dû marcher un bon moment, skis à l'épaule, pour accéder au point culminant de la station. D'ici, la vue sur les crêtes alentour est époustouflante.

Un monde à part, fait de poudreuse vierge et de pentes immaculées.

Ida perçoit dans toutes les fibres de son corps à quel point elle adore ça. Et combien ça lui a manqué de dominer ainsi les sommets, ivre d'adrénaline. L'impression de liberté est monumentale. Il y a longtemps qu'elle ne s'est pas sentie aussi vivante.

À quelques mètres d'elle, Gustav ajuste son masque, semblant partager son euphorie.

« Quelle vue de dingue, sérieux ! » sourit-il.

Ida laisse échapper un éclat de rire.

Ceux qui ne skient pas ne comprendront jamais l'extase de flotter sur une mer de poudreuse en freeride. C'est une sensation unique, presque orgasmique. Ida, qui a grandi à Åre, connaît ça par cœur. Elle ne se lassera pourtant jamais de la bouffée de plaisir qui l'envahit lorsqu'elle chausse ses skis au sommet et s'apprête à s'élancer en hors-piste dans une neige fraîchement tombée.

Elle balaie l'horizon du regard. Çà et là, la neige s'élève en hautes congères parcourues de nervures. Le vent, qui souffle presque en continu ici, a sculpté d'étranges formations dans le paysage.

Il n'est pas rare que les remontées mécaniques soient fermées à cette altitude, à cause de trop fortes rafales. Mais aujourd'hui, c'est le calme plat. Pas la moindre brise sur le versant.

Appuyée sur ses bâtons, elle parcourt du regard la combe qui l'attend. Ici, la descente est plus raide encore que celle du ravin de l'ouest, l'une de ses préférées, déjà presque verticale. En se penchant en avant, la pente paraît quasiment concave. Un peu plus et elle pourrait perdre l'équilibre.

« C'est parti ? » crie Gustav.

Ida hoche la tête en glissant doucement vers le bord du précipice. Elle n'a rien à faire pour prendre de la vitesse : il suffit d'accompagner le mouvement des spatules, qui fendent sans peine l'épais manteau neigeux.

Au bout de quelques instants, son corps a trouvé la cadence, comme d'instinct. Il se balance avec souplesse et régularité le long du versant presque à pic, dans un mouvement de slalom. Son buste reste parfaitement vertical, son visage face à la pente. Ce sont les jambes qui font tout le travail, muscles en tension des chevilles aux hanches, genoux fléchis à chaque nouveau virage.

Du coin de l'œil, elle voit qu'ils godillent en parallèle, projetant de part et d'autre de grandes gerbes de neige. Gustav descend au même rythme qu'elle, légèrement à sa droite.

Elle n'a pas perdu la forme.

Ils approchent d'une barre rocheuse où la pente débouche sur un petit ravin. La couche de neige est mince, exposant la roche à certains endroits. Impossible de continuer ici, ils doivent bifurquer et partir un peu en biais pour poursuivre leur descente.

Gustav s'arrête le premier dans un joli dérapage qui soulève un nuage de poudre blanche. Dressé sur ses bâtons, il lance à Ida un regard comblé.

« Ça, c'était de la très belle peuf ! »

Ida affiche un sourire jusqu'aux oreilles. Ses quadriceps flageolent sous l'effort, les muscles de ses jambes sont raides.

Elle se sent presque ivre.

« C'est tellement bon ! » s'écrie-t-elle.

Gustav montre du doigt le raidillon qui se poursuit vers la gauche. Une petite partie est à l'ombre, le reste scintille sous un franc soleil. Aussi intact que ce qu'ils viennent de dévaler.

« Prête pour la suite ? »

Ida lève un bâton enthousiaste dans sa direction.

« Toujours ! »

44

Anton traverse le couloir pour sortir de la mairie, habité par un sentiment de malaise diffus.

La conversation avec Bengt Hedin n'a pas été des plus plaisantes : l'élu s'est montré laconique, à la limite du désagréable, et a tout fait pour minimiser ses connexions avec Charlotte Wretlind.

Peut-être craint-il tout simplement de voir son nom apparaître dans les articles sur ce meurtre sordide, ce qui lui donnerait mauvaise presse. Anton a néanmoins l'intuition que ça va au-delà : si ça n'était qu'une question d'image, pourquoi Hedin aurait-il nié toute implication dans la conférence de presse que Charlotte avait planifiée ? C'est curieux qu'il ait menti sur ce point, alors même que le communiqué sorti avant l'événement avait déjà officialisé sa présence. Face à Anton, il n'a admis que du bout des lèvres avoir un rapport avec ce projet d'hôtel.

Sans compter qu'Hedin suait à grosses gouttes. Anton sait bien que ça ne prouve rien, mais il a bien vu les perles brillantes se former sur le front de l'édile. Et puis il y avait sa manière de prononcer le nom de Charlotte, avec une nuance d'aversion – de dégoût, presque.

Son expérience lui dit que l'élu est sur des charbons ardents : Anton compte bien creuser cette piste.

Profondément plongé dans ses pensées, il franchit la porte vitrée, la main dans la poche à la recherche de ses clés de voiture, lorsqu'il entre en collision avec quelqu'un.

Il lève la tête, interdit.

C'est Carl.

Sa surprise est telle qu'il le fixe sans rien dire, les yeux écarquillés.

Carl est le premier à se ressaisir :

« Tiens, qu'est-ce que tu fais ici ? »

Anton lui répond du tac au tac, sans réfléchir :

« J'avais rendez-vous avec Bengt Hedin. Et toi ?

– Ben, tu sais, je bosse ici. Je reviens de ma pause déj. »

Le regard d'Anton vacille. Quel idiot – il savait que Carl bossait pour le service du développement économique de la commune d'Åre, mais ne s'était jamais posé la question de son lieu de travail. Il semble logique pourtant que son bureau soit dans les locaux de la mairie, à Järpen.

Mais peut-être Anton a-t-il été guidé par son inconscient ? Ce qui expliquerait son empressement à se porter volontaire pour venir jusqu'ici…

Tout déboussolé, il tâche de se ressaisir, en vain.

Carl n'a pas changé. D'une beauté renversante, avec ses traits réguliers et son épaisse tignasse blonde – qu'il a laissée pousser depuis l'an dernier.

Un épi se dessine à la naissance du front ; Anton est pris d'un irrésistible désir de plonger la main dans les cheveux de Carl pour repousser cette mèche rebelle. S'excuser pour sa maladresse, lui dire qu'il aimerait tout reprendre de zéro, qu'il a passé l'année à souhaiter renouer avec lui, mais que la peur du rejet l'a arrêté. Puis l'attirer contre lui et sentir la douceur de ses lèvres contre les siennes.

Ah, si seulement ils pouvaient être ensemble de nouveau ! Cuisiner côte à côte, s'endormir l'un contre l'autre et se réveiller le matin un sourire béat aux lèvres…

« Ça va, toi, sinon ? » demande Carl d'une voix douce.

La question arrache Anton à ses rêveries.

Carl ouvre la fermeture éclair de sa doudoune, comme si sa promenade dans l'air glacial lui avait donné chaud. Dans un flash-back, Anton se souvient que Carl portait déjà cette veste bleu foncé le soir de leur première rencontre, quand il l'avait suivi jusque dans son lit après cette soirée mémorable au Bygget. C'était à la fin février, il y a un peu plus d'un an.

Contre toute attente, Carl s'était révélé un témoin de premier plan dans l'enquête sur le meurtre de son meilleur ami, qui s'était hélas achevée dans un nouveau drame. Pendant les investigations, Anton avait dû s'interdire tout contact avec Carl.

Les choses avaient été tellement compliquées.

« Ma foi, oui, bredouille Anton. Au top ! »

Le portable de Carl émet une sonnerie stridente. Alors que celui-ci jette un œil rapide sur l'écran, Anton a le temps de lire un prénom masculin.

Son petit ami ?

Sans surprise, Carl a dû tourner la page…

« Excuse-moi, fait-il. Il faut vraiment que je prenne cet appel. »

Il lance à Anton un sourire navré et s'éloigne vers les bureaux avec un signe de la main.

La porte battante se referme derrière lui.

Anton, le cœur lourd, le regarde disparaître.

45

Hanna est accoudée au comptoir de la réception du Copperhill. Deux bougies parfumées dans des photophores répandent d'agréables notes de musc et de fleur de lin. À quelques mètres, Daniel est en train d'interroger Iris, la jeune réceptionniste, au sujet de Paul Lehto.

Ils n'ont toujours pas réussi à le voir. Il a apparemment été arrêté quelques jours par son médecin, mais ça n'explique pas pour autant qu'il ne réponde pas au téléphone ; il semble injoignable.

L'absence de Lehto, qui tombe à point nommé, n'en est que plus suspecte.

« Vous avez vu votre collègue se disputer avec Charlotte Wretlind ce dimanche, commence Daniel. Pouvez-vous nous en dire plus ? »

Iris relate avec ses mots le déroulement des événements, qui semble cohérent avec le récit du concierge.

« Paul était en furie, explique-t-elle avec une petite moue. Il a jeté son masque et s'est mis à hurler sur cette pauvre femme. Les clients étaient choqués, ce n'était vraiment pas pro.

– Avez-vous fait remonter cet incident ? demande Daniel.

– J'avoue que non, fait Iris avec un haussement d'épaules contrit. Mais je me dis que j'aurais dû… »

Elle tire sur la manche de son uniforme ; la question l'embarrasse, aucun doute.

« Je n'étais pas très à l'aise avec lui, ajoute-t-elle. Paul est quelqu'un de très colérique, je ne voulais pas me le mettre à dos. Depuis le temps, c'est presque un miracle qu'il n'ait pas encore été mis dehors. »

À l'issue de son témoignage, Daniel et Hanna partent s'installer dans les fauteuils face à la cheminée.

« On dirait qu'il a vraiment fait un esclandre dimanche, constate Hanna. On décide quoi ? Cueillir Lehto chez lui ?

– Pourquoi pas ? »

Hanna sort son portable pour donner les instructions : une patrouille doit se rendre chez Lehto et l'emmener au poste pour un interrogatoire.

Elle a à peine terminé qu'elle reçoit un SMS : il s'agit de la brigade canine qu'elle a demandée en renfort.

« Ils nous envoient un maître-chien, indique-t-elle à Daniel. C'est Jarmo, il sera là dans une heure. »

Jarmo Mäkinen vit à Järpen ; il a l'avantage d'être assez proche d'Åre : la plupart de ses homologues sont basés à Östersund ou plus loin encore, à Stömsund, ou même à Sveg. Si la chance leur sourit, il pourra valider leur hypothèse sur l'itinéraire du meurtrier.

Le feu crépite dans l'âtre, avec de hautes flammes rouge orangé aux reflets violacés. Il est déjà près de quatorze heures.

« Que dirais-tu de déjeuner, en l'attendant ? » suggère Hanna.

De la main, elle indique la bibliothèque du rez-de-chaussée, qui fait également restaurant. Il reste une table libre juste à côté de la fenêtre, avec vue plongeante sur la vallée.

« Bonne idée ! répond Daniel en se levant. Allons-y. »

Ils s'installent et commandent chacun un « hamburger gourmet » avec des frites. Hanna tique un peu en voyant le prix du plat, mais il faudra faire avec.

Elle continue à réfléchir sur les informations fournies par la réceptionniste, selon laquelle la dispute était sérieuse : Paul ne se contrôlait plus, elle paraissait même en avoir peur.

Est-ce simplement une coïncidence si Charlotte Wretlind a été tuée quelques heures seulement après cet accrochage public ?

« Tu crois que Lehto est notre homme ? demande-t-elle. J'aimerais comparer ses empreintes avec celles que Carina a trouvées sur le boîtier dans la suite.

– Pour le moment, c'est notre piste la plus probante, admet Daniel.

– Sa collègue n'avait pas grand-chose de positif à dire de lui. »

La serveuse apparaît avec leurs commandes, coupant court à la discussion.

« Allez, essayons de profiter de notre repas, fait Daniel. Ça a l'air délicieux ! »

Il parle d'une voix chaude, son sourire creusant les pattes-d'oie charmantes qu'il a au coin des yeux.

Le temps d'un instant, Hanna oublie l'enquête et toutes ses horreurs pour rendre à Daniel son sourire.

À l'époque
Le 25 décembre 1973

Le groupe de musiciens vient de jouer une série de tubes disco qui ont enflammé la piste de danse. Le Loft, situé juste au-dessus du restaurant, est plein à craquer de clients qui profitent de la musique autour d'un café ou d'un cognac après le dîner de Noël.

Monica n'a jamais vu autant de belles toilettes : elle ne sait pas où donner de la tête. La chanteuse du groupe porte une robe fourreau fuchsia ornée de sequins qui vient sûrement tout droit de Paris. Enfiler une pièce pareille, être au centre de l'attention, admirée de toutes parts… Monica donnerait tout ce qu'elle a pour vivre ça, ne serait-ce qu'un jour dans sa vie.

Ce soir, elle a pris au pied levé le service de nuit au bar, situé un demi-palier plus haut que le Loft et qui jouit d'une vue imprenable sur le paysage. Il est aussi réputé pour son plafond peint de fresques stylisées inspirées des sagas vikings.

Elle court du comptoir aux tables avec des plateaux chargés de verres de cocktail et de tasses de café. L'humeur est à la fête ; les parfums des dames se mêlent à la fumée des cigares et des cigarettes. Il fait moins vingt-deux dehors, mais ici, l'ambiance est fiévreuse.

« Mademoiselle ! lance une voix venue d'une des tables rondes. Mon petit ! »

Elle tourne la tête dans sa direction : c'est le monsieur si élégant qu'elle a servi au dîner du réveillon, celui qui ressemble à Sean Connery. Il est attablé avec son compagnon de la veille, mais leurs épouses n'ont pas l'air de les avoir accompagnés.

Elles sont peut-être restées s'occuper des enfants.

Monica s'avance vers la table.

« Vous désirez ? » demande-t-elle poliment, en retenant une révérence.

L'homme lui lance un sourire si charmant qu'elle sent ses genoux ployer. Elle a vraiment l'impression que James Bond en personne s'adresse à elle.

« J'ai bien peur que nous ayons une urgence, fait-il en indiquant son verre à cognac vide.

– Ces messieurs reprendront la même chose ?

– Oui, deux Martell. Six centilitres. »

Il dévisage Monica de la tête aux pieds, d'un regard qui fait monter le rouge aux joues de la jeune fille.

« À moins que vous n'ayez d'autres petites friandises à nous proposer ? »

Son ami rit de bon cœur de sa plaisanterie. Mais le sosie de Sean Connery la regarde comme jamais personne ne l'a regardée.

Comme on regarderait une belle fille, digne d'intérêt et d'admiration, aussi belle que cette chanteuse qui rayonne sur l'estrade dans sa robe scintillante, pied de micro à la main.

Comme on regarderait une élégante, à sa place parmi toutes ces élégantes.

« Vous êtes ravissante », fait-il en baissant la voix pour qu'elle seule puisse l'entendre.

Monica attrape les verres vides pour cacher son trouble. En se penchant au-dessus de la table, elle sent les doigts de l'homme frôler très légèrement le contour de son sein.

Le geste est si bref qu'elle a à peine le temps de comprendre ce qui lui arrive.

« Deux Martell », répète-t-elle avant de s'enfuir vers le bar.

46

Quand Anton revient au commissariat, vers quatorze heures, il n'y croise presque personne : la plupart des bureaux sont vides, tout comme le coin cuisine, où il se serait attendu à tomber sur ses collègues en uniforme.

Il est encore chamboulé par sa rencontre avec Carl. Tous les sentiments qu'il avait si soigneusement tenté de réprimer au cours de l'année sont revenus en force.

Pourquoi ne peut-il pas simplement l'oublier ?

Pendant tout le trajet du retour, il voyait son beau visage, rêvant de pouvoir le toucher, au point d'être tenté de repartir lui courir après.

Quel idiot !

À quoi bon s'attarder sur le passé ? Carl a manifestement tourné la page, et Anton devrait en faire autant.

Mais c'est si difficile…

Il se défait de son manteau et retrouve Raffe dans la salle de réunion, qui compulse d'un air concentré des tas de documents étalés sur toute la longueur de la table. Raffe se gratte le nez, qu'il a légèrement tordu, souvenir d'un atterrissage raté lors d'une compétition de snowboard. À l'époque, il faisait partie des jeunes espoirs de la discipline et concourait dans l'équipe nationale junior. Anton l'a vu quelquefois, encore récemment, enchaîner les figures au Snow Park d'Åre : de quoi donner le tournis.

Lui, le surf, ça n'est pas vraiment son truc.

« Salut, fait-il. Alors, ça avance ?

– Je suis en train d'éplucher les comptes du Copperhill. L'établissement est en grosse difficulté, depuis l'année dernière.

– Comme tout le secteur hôtelier, j'imagine… Mais est-ce qu'il risquait vraiment de se faire couler par la concurrence ? Est-ce que quelqu'un aurait été prêt à commettre un meurtre pour stopper la construction d'un palace à Storlien ? »

Raffe sourit.

« Entre nous, répond-il, je n'y crois pas vraiment, à cette piste. C'est Hanna qui tenait à ce qu'on se penche sur leurs finances. »

Il tend les deux bras devant lui pour s'étirer, puis poursuit ses exercices en faisant craquer les articulations de ses doigts.

« Et toi, ça s'est passé comment, ton rencart à la mairie ? »

La question laisse Anton interdit. Comment Raffe aurait-il pu savoir, pour sa rencontre inopinée avec Carl ? A-t-il deviné qu'il le fréquentait l'an dernier, malgré toutes ses précautions ?

Après quelques secondes de perplexité, il percute enfin que son collègue veut parler de son entretien avec Bengt Hedin, qui, étrangement, lui était complètement sorti de la tête.

Il faut vraiment qu'il soigne sa paranoïa ! Raffe n'a aucune raison d'être au courant de l'échec de sa vie amoureuse…

Essayant de se concentrer, il commence à dérouler ses pensées :

« Je crois que l'attribution du permis de construire à Charlotte Wretlind ne s'est pas faite sans heurts. Tout ça me semble vraiment opaque. Hedin ne s'est pas montré très coopératif, il avait plutôt l'air dans ses petits souliers. »

Raffe met de côté son ordinateur portable pour se concentrer sur leur échange.

« Qu'est-ce que tu veux dire ? »

Anton s'installe face à son collègue et tente de synthétiser les conclusions qu'il a tirées de l'entretien. Il n'arrive pas à se défaire de l'impression que quelque chose ne tourne pas rond.

« C'était très dur d'obtenir de vraies réponses, résume-t-il. Le type était sur la défensive, il n'arrêtait pas d'enchaîner les platitudes : les perspectives d'avenir pour la commune, l'importance de créer des emplois à Storlien… »

Tout ce discours paraissait presque appris par cœur. Comme s'il n'y croyait pas vraiment lui-même.

« J'ai regardé ce qui s'était passé au moment de la première mise en vente du bien, en 2011, poursuit-il. La commune avait posé des conditions assez drastiques en matière de conservation de l'existant, de travaux autorisés… Il était hors de question de tout démolir, à l'époque. À vrai dire, ça m'étonnerait que la commission d'urbanisme ait radicalement changé d'avis depuis. Je pencherais même plutôt pour l'évolution inverse, dans le sens d'une plus grande préservation du patrimoine culturel.

– Tu penses qu'il y aurait eu des irrégularités dans l'attribution ?

– Ça ne me surprendrait pas. »

Hedin cache quelque chose, Anton en est presque certain : ses paroles creuses, sa voix tendue, ses mouvements frénétiques, son menton en l'air, la sueur qui perlait sur son front… Tout dans ce tableau sonnait faux. C'est sans doute son instinct de flic qui parle, mais il n'a pas cru un mot de son récit.

Les yeux au plafond, Anton réfléchit. L'ombre grise d'une toile d'araignée s'étend depuis l'un des néons.

Hedin siège au conseil municipal depuis un bon moment ; il a l'habitude d'imposer ses vues, de se faire obéir. À l'instar de Charlotte Wretlind. Tout ce qu'ils ont découvert sur elle jusqu'à présent signale une personnalité d'une détermination rare : une femme prête à tout, quitte à écraser ses semblables pour arriver à ses fins.

« Hedin comme Wretlind étaient des gens de pouvoir, dit-il. Ils ont pu trouver un intérêt mutuel à travailler ensemble

– du moins au début. Charlotte voulait à tout prix construire cet hôtel. Ils ont peut-être conclu une sorte d'accord ? »

Ce ne sont que des spéculations, évidemment : aucun élément concret ne vient corroborer cette hypothèse. Mais l'insistance d'Hedin à minimiser son rôle dans la conférence de presse lui semble hautement suspecte.

« Tu crois qu'il y aurait eu corruption ? Que Charlotte Wretlind aurait soudoyé le conseiller municipal, et que l'affaire aurait mal tourné ? »

Anton dévisage son collègue, les yeux plissés d'attention.

« Il est trop tôt pour le dire, mais… ce scénario ne me paraît pas improbable.

– S'il se confirme, conclut Raffe, Hedin aurait eu un motif clair pour se débarrasser d'elle… »

47

Une bonne heure plus tard, Jarmo, le maître-chien, apparaît dans le lobby, emmitouflé dans une épaisse veste noire, bonnet en laine sur les oreilles. Il tient au bout d'une longe Molly, son berger malinois à la robe fauve, une chienne remarquablement bien dressée.

« Vous avez fait vite ! Merci beaucoup », s'exclame Hanna, tandis que Daniel gratouille la bête derrière l'oreille.

Ils montent jusqu'au sixième étage, où Hanna indique à Jarmo la suite Argent et l'escalier de service. C'est alors à lui et à Molly de prendre le relais. La chienne se met en alerte, oreilles dressées, concentrée sur sa mission. Comme à chaque fois, Hanna est fascinée par le travail des chiens renifleurs. Elle a beau savoir que les canidés ont un odorat surdéveloppé – deux cent vingt millions de récepteurs olfactifs contre cinq millions chez les humains –, cela reste impressionnant à observer. Molly, qui a appris à repérer des traces de sang ou des objets portant la signature olfactive de victimes, est ici dans son élément.

Daniel et Hanna suivent la chienne et son maître de loin pour ne pas les gêner dans leur travail, mais doivent accélérer la cadence quand l'animal s'engouffre dans la cage d'escalier pour descendre droit vers le rez-de-chaussée.

Arrivée en bas, Molly marque clairement l'arrêt devant la porte du parking, ignorant les deux autres. Hanna sent son pouls s'emballer ; Daniel hoche la tête. On dirait bien que leur hypothèse tient la route : c'est par là que s'est enfui le tueur après le meurtre.

Dès qu'on lui ouvre le passage, Molly s'y précipite, s'arrête un instant à mi-chemin dans le parking, puis se dirige vers la porte piétonne et jappe jusqu'à ce que Jarmo vienne la pousser. Sans l'ombre d'une hésitation, la chienne s'élance vers l'aire de stationnement devant l'entrée principale de l'hôtel. Le meurtrier aurait-il malgré tout cherché à y retourner ? L'animal contourne alors le bâtiment pour rejoindre un autre parking extérieur situé en contrebas, au niveau du local à skis en sous-sol.

Molly tire sur sa longe, de plus en plus excitée ; Jarmo peine à la suivre. La chienne dépasse les quelques voitures garées là avant de gravir le talus sur lequel débouche le téléski du Copperhill.

« Elle nous emmène où, comme ça ? halète Hanna, Daniel sur ses talons.

– Aucune idée. »

On entend un nouveau jappement, puis Molly fonce vers une futaie d'épicéas. Elle contourne le dernier pylône du téléski puis file à nouveau tout droit.

« Daniel, viens voir ! »

Hanna n'a pas pu retenir son cri. La chienne a débusqué des traces dans la neige : en s'en approchant, Hanna découvre les sillons caractéristiques laissés par les patins d'une motoneige. À côté, de larges empreintes de pas. Serait-ce du quarante-cinq, la pointure de l'assaillant ?

Les traces du véhicule s'engouffrent dans la forêt : on dirait qu'il a fait route vers le nord-ouest.

Molly n'entend pas lâcher sa piste : encore une fois, elle trotte sans s'arrêter, jusqu'à tendre sa longe. Il devient de plus en plus difficile de la suivre sans s'enfoncer dans le manteau neigeux qui s'épaissit.

Ils continuent à cheminer dans le bois, cent mètres, puis deux cents, veillant en permanence à ne pas mettre les pieds dans les traces de la motoneige, pour ne pas risquer de détruire de preuves.

Soudain, la chienne aboie – elle semble avoir une intention claire dans la voix, dont le timbre, aux oreilles d'Hanna, paraît presque triomphant. La longe détendue est retombée au sol. Bien que les empreintes du scooter continuent à filer tout droit, Molly a marqué l'arrêt près du tronc d'un gros arbre.

À ses pieds, on voit que la neige a été retournée.

« Qu'est-ce qu'elle a trouvé ? » souffle Hanna, hors d'haleine.

À genoux, Daniel entreprend de creuser.

Molly ne bouge pas d'un iota, tandis que Jarmo observe la scène.

« Yes ! » s'écrie tout à coup Daniel, en arrêtant son geste.

Au fond du trou, on commence à distinguer un objet oblong ; Daniel gratte délicatement la neige avec ses gants pour le déloger.

Hanna plisse les yeux dans la lumière crue. Devant eux, un couteau de chasse, dont la lame en biseau parfaitement affûtée étincelle dans les rayons du soleil. Le manche doublé de cuir semble bruni par endroits – par une substance carmin qui contraste fortement avec le blanc de la neige.

Des traces de sang séché.

48

En entrant dans le vestiaire pour se changer après son service, Aada tombe sur deux jeunes collègues qui discutent sur le banc. C'est un intense soulagement de ne pas se retrouver seule dans ce local au sous-sol, à l'écart. Personne ne pourra lui faire de mal si elle n'est pas isolée.

Elle a passé la journée à surveiller ses arrières. Ses nerfs sont à vif ; la tension montait d'un cran chaque fois qu'elle devait entrer dans une chambre pour y faire le ménage. À la simple idée que quelqu'un puisse l'y attendre, la boule dans son estomac pesait comme du plomb.

Aada salue ses collègues et commence à se déshabiller. Elle les reconnaît, ce sont deux filles du coin qui ont grandi dans le Jämtland et vivent à Åre. Des amies de longue date, ça se voit. Leur discussion est animée – Aada peine à suivre, mais croit comprendre qu'elles parlent de la femme assassinée dans la suite Argent.

Un frisson lui parcourt le corps. Elle est prise d'un vertige qui la force à s'asseoir.

La plus âgée des deux, Liv, se tourne vers elle pour lui dire quelque chose, mais elle s'est exprimée si vite qu'Aada n'a rien saisi. Sa collègue répète la question en anglais.

« On parlait de cet horrible meurtre, fait-elle. Tu as entendu qu'on soupçonne le tueur de faire partie du personnel ? »

Aada se sent vaciller. Elle revoit l'homme sortir de la suite en courant, l'imagine à ses trousses.

« C'est flippant, non ? Ça donne envie de rester enfermée chez soi.

– Les flics sont revenus cet après-midi, pour faire des recherches avec un chien policier ; on aurait dit un berger allemand », poursuit sa collègue.

Elle parle vite, avec excitation, les yeux brillants.

« Je les ai vus, ils étaient trois à courir après le chien. »

Elles s'interrompent aussitôt quand quelqu'un pousse la porte du vestiaire. C'est Sussie, la responsable du planning ; la jeune femme balaie la pièce du regard et s'arrête sur Aada.

« Ah, je te cherchais ! »

L'émotion envahit Aada : Sussie a-t-elle quelque chose à lui reprocher ?

« Je me demandais si tu accepterais de prendre des heures sup, ce soir. On a plein de monde en arrêt maladie, je galère pour boucler le planning. Alors j'ai pensé à toi.

– Des heures sup ?

– Oui, je pensais te mettre sur le service du soir, le même que celui que tu avais ce week-end. »

Aada déglutit. C'est pendant ce service, dimanche soir, qu'elle a entendu le cri désespéré depuis la salle de bains de la 633.

Si seulement elle avait prévenu la sécurité à ce moment-là…

Au lieu de ça, elle est restée sans rien faire. Une femme est morte, et maintenant Aada craint pour sa propre vie.

« Ce serait vraiment adorable de ta part. Je ne sais plus trop à qui demander. Et puis tu habites juste à côté. »

D'habitude, Aada accepte les heures supplémentaires, synonymes d'un confortable complément de revenus. Elle épargne la majeure partie de son salaire ; un jour, elle aimerait avoir un logement à elle. Mais le service du soir, ça veut dire terminer tard, bien après minuit. Rentrer seule, dans le noir.

Elle voudrait refuser, mais aucune excuse ne lui vient. Elle est incapable d'expliquer à Sussie à quel point elle est terrifiée.

« D'accord, laisse-t-elle échapper entre ses lèvres raides. Je prends.

– Oh, Aada t'es la meilleure ! s'exclame Sussie en joignant les mains, visiblement soulagée. Merci, vraiment, tu me sauves la vie. »

49

Anton s'apprête à se préparer un café dans la kitchenette du commissariat quand il voit le mail que vient de leur envoyer le service informatique d'Östersund. Ils ont fini d'inspecter le portable de Charlotte Wretlind et leur ont fait parvenir une liste de tous ses SMS.

Il parcourt le document en diagonale et s'arrête aussitôt sur les messages échangés avec Bengt Hedin. Ils ont tout l'air de confirmer la théorie qu'il avait vaguement formulée – c'est presque trop beau pour être vrai.

Ordinateur sous le bras, il rejoint Raffe, toujours installé dans la salle de réunion.

« Vise-moi ça ! » lance-t-il en ouvrant la liste des SMS.

Les messages reçus sont signalés en gris, les réponses de Charlotte Wretlind en bleu. Au-dessus de chaque SMS sont indiqués la date, le jour de la semaine et l'heure d'envoi.

Raffe lit les deux premiers, qui commencent par un message de l'élu local :

Vendredi 26 mars, 20:15 (Hedin)
Il faut qu'on reparle de l'achat du terrain. L'opposition nous harcèle de questions, je ne sais pas si ça pourra se faire.

Vendredi 26 mars, 20:17 (Charlotte)
C'est votre problème, pas le mien. La conférence de presse a lieu lundi, pas question de l'annuler.

« Ah oui, carrément, souffle Raffe.

– Attends, c'est pas fini, continue ! » s'exclame Anton en désignant les messages échangés le dimanche soir – celui du meurtre.

Dimanche 28 mars, 19:32 (Hedin)
Il faut annuler la vente du terrain. Je ne pourrai pas participer à la conférence de presse demain.

Dimanche 28 mars, 19:34 (Charlotte)
C'est trop tard pour reculer.

Dimanche 28 mars, 19:35 (Charlotte)
Toutes les sommes que vous avez empochées sont documentées. Si vous décidez de me gâcher la fête, je vous rendrai la pareille.

Dimanche 28 mars, 19:36 (Hedin)
C'est une menace ?

Dimanche 28 mars, 19:37 (Charlotte)
Je vous laisse libre de votre interprétation. À demain.

Raffe émet un petit sifflement à la lecture des messages. Anton expire lentement – son instinct ne lui avait donc pas menti : il sentait qu'il y avait quelque chose de louche chez cet Hedin. Il regrette toutefois de ne pas avoir eu connaissance de tout cela avant de passer à l'hôtel de ville : leur conversation aurait pris une tout autre tournure.

On peut même dire que la visite d'Anton a tenu lieu de signal : Hedin est maintenant averti que la police s'intéresse de près à son cas.

« C'est quoi, cette vente de terrain dont il parle ? demande Raffe.

– Je dois vérifier ça. Je reviens. »

Il va chercher dans son bureau les documents en lien avec le permis de construire – une liasse considérable. De retour dans la salle de réunion, il les dispose sur la table de façon qu'ils puissent les parcourir tous les deux.

Raffe est le premier à tiquer. Il pointe du doigt les plans d'ensemble du nouveau complexe hôtelier :

« Tiens, là, regarde. On dirait que le terrain n'était pas suffisant : l'emprise au sol du futur bâtiment est bien plus grande que pour l'actuel. Et même son orientation est différente. Pour construire selon ces plans-là, ils ont forcément dû acquérir du terrain.

– Tu crois que l'entreprise de Charlotte l'a acheté en dessous du prix du marché ?

– On se demande surtout comment ils ont eu le feu vert de la commune pour cette vente. Le conseil municipal est généralement assez frileux devant ce genre de cas, et là, on était face à un dossier particulièrement sensible, qui a carrément suscité une levée de boucliers chez les riverains. »

Anton étudie à nouveau les plans. Raffe a raison. On voit bien sur les schémas que la surface prévue dépasse de loin celle de l'hôtel historique.

Si leur théorie est correcte, Charlotte Wretlind serait donc parvenue à la fois à acquérir un terrain communal dans des conditions plus que douteuses et à obtenir un permis de construire qui n'aurait peut-être jamais dû être délivré.

Comment s'y est-elle donc prise ?

« Il faut qu'on retrouve ces transactions financières entre Wretlind et Hedin – elle lui a peut-être versé un dessous-de-table. Je pense que cela nous avancerait bien plus que d'éplucher les comptes du Copperhill. »

Raffe a déjà commencé à taper quelques notes.

« À lire les échanges de SMS en tout cas, il semble clair qu'Hedin a été payé pour soutenir Wretlind, poursuit Anton. Même s'il paraissait vouloir se retirer du deal.

– Oui, ça ne fait aucun doute, fait Raffe en levant les yeux de son écran. Mais comment on rattache cette affaire au meurtre, alors ? »

Anton peut imaginer plusieurs scénarios.

Bengt Hedin lui-même aurait-il pu se glisser dans l'hôtel dimanche pour attaquer Charlotte Wretlind ?

Certes, il était visiblement nerveux lors de leur rencontre, mais il ne lui est pas apparu comme un homme physiquement violent.

Plusieurs personnes pourraient-elles être impliquées dans cet assassinat ?

« Pour moi, c'est sûr qu'il est mouillé dans cette histoire, finit-il par lâcher. La seule question, comme tu dis, c'est de savoir comment… »

50

Le restaurant Timmerstugan, au pied du télésiège VM6, est des plus accueillants, avec sa vaste terrasse où l'on peut profiter d'un verre après sa journée de ski, ornée en cette période de décorations de Pâques multicolores.

Ida sent un pincement de culpabilité en s'installant à une table face à Gustav. Elle ferait mieux de rentrer à la maison pour relayer sa mère : elle lui avait promis d'être de retour à dix-sept heures au plus tard, et il est déjà moins le quart.

Mais elle n'a pas su résister au plaisir de se poser au soleil devant une blonde bien fraîche… Ces quelques heures sur les pistes ont été incroyables : ils ont enchaîné les descentes, en ont profité à fond, comme si c'était le dernier jour de la saison.

Son corps est épuisé, mais son cœur déborde d'énergie. Elle ne s'était pas autant amusée depuis une éternité.

« Eh ben, à la tienne ! fait Gustav en levant son verre. Je suis bien content de t'avoir croisée dans le télésiège, je remercie le destin ! »

Il termine sa phrase par un sourire contagieux. Il a retiré son casque, et ses larges boucles dorées retombent en cascade sur ses épaules, auréolant son visage. La chevelure de Gustav suscite depuis toujours la jalousie des filles – même Ida disait en plaisantant qu'elle prenait comme une insulte personnelle chacune de ses visites chez le coiffeur.

« Tu skies toujours aussi bien, toi, poursuit-il. Je suis impressionné par ta technique. Cette précision dans le mouvement ! »

Ida sent ses joues devenir écarlates. Enfant, comme beaucoup de gens du coin, elle ne manquait aucune compétition de descente, mais a tout arrêté à l'adolescence quand de nouveaux centres d'intérêt – les garçons ou les virées shopping, par exemple – ont pris le dessus. Elle n'a jamais vraiment eu cette rage de vaincre qui permet de faire passer l'entraînement avant tout le reste. Mais elle reconnaît, en effet, qu'elle n'a rien perdu de sa technique.

« Je dois avoir une bonne mémoire musculaire, j'imagine », bredouille-t-elle, le nez dans son verre.

Ces compliments inattendus la réchauffent. Elle a rarement l'impression qu'on l'admire.

Il ne fait aucun doute qu'elle plaît à Gustav – elle le voit dans ses yeux.

Le soleil tape encore fort. Il doit faire environ dix degrés, et des gouttes de neige fondue commencent à ruisseler des gouttières. Une petite centaine de mètres plus loin, le VM6 vient de fermer pour la journée. Sur Stjärnbacken, la piste qui fait face au restaurant, une poignée de skieurs terminent leur ultime descente.

Le DJ qui anime l'after-ski a changé de disque : les enceintes diffusent à présent « Jump », de Van Halen. En entendant l'introduction du morceau, Ida est prise d'une soudaine envie de bondir et de danser.

« Franchement, quel pied cette journée : à refaire ! » sourit Gustav.

Il lui adresse un clin d'œil – comme tout à l'heure quand il l'a reconnue sur le télésiège – et prend une grande gorgée de bière. Un peu de mousse lui reste à la commissure des lèvres. C'est mignon, et cela suscite en Ida un étrange émoi.

Gustav pose sa chope et lui attrape doucement la main, qu'il serre entre les siennes. Il frôle sa paume du bout des doigts, s'attardant sur la partie la plus sensible, au milieu.

C'est comme une étincelle ; une soudaine vague d'excitation parcourt d'un coup le corps d'Ida.

Il se penche vers elle, ne laissant qu'une dizaine de centimètres entre leurs deux visages. Il a les lèvres entrouvertes, les yeux dans les siens.

Mais qu'est-ce qu'elle fabrique ?

Ida retire sa main d'un coup sec, sort son téléphone et regarde l'heure avec ostentation, pour ne laisser aucune ambiguïté sur le sens de son geste.

« Je suis désolée, il faut que je file, s'excuse-t-elle, le souffle court.

– Je comprends. »

Un petit air de déception se dessine sur le visage de Gustav. Il ne paraît pas agacé, plutôt curieux, comme s'il n'était pas encore prêt à s'avouer vaincu.

Ida rassemble ses affaires en hâte, le casque et les gants de ski jetés sur le banc, ainsi que sa dorsale – celle qu'elle a promis à Daniel de toujours porter lorsqu'elle s'aventure en hors-piste.

La mauvaise conscience l'assaille.

« Merci, c'était vraiment génial », lance-t-elle en se levant de son siège.

Alors qu'elle va partir, Gustav l'arrête de la main.

« Au fait, fait-il avec un sourire désarmant, tu as toujours le même numéro ? »

Ida hésite ; elle devrait refuser. Ce qui vient d'avoir lieu ne doit pas se reproduire. Ils ont partagé un après-midi sympathique sans arrière-pensées, rien de plus. Maintenant, elle doit rentrer auprès d'Alice et de son compagnon.

Il ne s'est rien passé.

Et puis elle hoche tout de même la tête :

« Oui, le même ! »

51

Encore grisée par la découverte de ce qui ressemble fort à l'arme du crime, Hanna s'installe devant son ordinateur au commissariat.

Le couteau va être expertisé. C'est sans doute optimiste, mais elle croise les doigts pour que les techniciens parviennent à isoler les empreintes ou l'ADN du tueur.

Ce mystérieux Paul Lehto, qui s'obstine à ne pas répondre au téléphone, la tracasse, et pas qu'un peu : il faut poursuivre au plus vite la piste de son accrochage avec Charlotte Wretlind. D'autant qu'un nouveau témoin a désormais confirmé les faits, et qui plus est le caractère sanguin de l'intéressé.

Il commence à se faire tard, plus de six heures du soir, et Daniel vient tout juste de partir. Mais Hanna a décidé de passer encore quelques heures au bureau ; elle veut pouvoir creuser tranquillement les antécédents de Lehto.

Anton est resté lui aussi ; il ausculte les comptes de Charlotte Wretlind pour y déceler une éventuelle trace de Bengt Hedin.

Ce sont des éléments fort intéressants qu'ils ont dégotés, Raffe et lui, à son sujet : les suspicions de pots-de-vin, les échanges de textos découverts sur le téléphone de Charlotte Wretlind lui paraissent hautement incriminants.

Hanna attrape la souris et entre le nom de Paul Lehto dans la base de données nationale.

Elle déniche rapidement la photo de passeport d'un homme aux yeux comme deux fentes et aux sourcils broussailleux. Marié, cinquante-trois ans, domicilié à Krok, où il vit avec sa nouvelle compagne et ses enfants, Paul travaille à l'hôtel depuis son ouverture. Il possède un permis pour un Carl Gustaf 1900 calibre 30-06, l'un des fusils de chasse les plus répandus en Suède, ainsi qu'une motoneige immatriculée à son nom.

En poursuivant ses recherches, Hanna découvre qu'il s'est fait pincer lors d'un contrôle routier à la sortie d'Undersåker il y a quelques années, et a écopé d'une amende et d'un retrait de permis pour conduite en état d'ivresse.

Pesant contre le dossier de sa chaise, elle ouvre le premier tiroir de son bureau : si ses souvenirs sont bons, il doit rester une demi-tablette de chocolat là-dedans. Ça devrait l'aider à tenir quelques heures avant de rentrer chez elle et se faire un vrai repas.

Le chocolat est moins appétissant qu'elle l'avait espéré – il a commencé à blanchir par endroits –, mais il passe tout seul avec la tasse de café bien chaud qu'elle est allée se chercher à la machine.

En laissant les derniers carrés fondre dans sa bouche, elle retourne sur les journaux en ligne pour une rapide revue de presse : l'affaire fait toujours la une, mais pas trace de l'interview dont parlait Filip. Tant mieux : il a dû décliner la proposition.

Elle roule en boule l'emballage du chocolat et ouvre la page Facebook « Défendons Storlien ». Les contributions sont toujours aussi ordurières et n'ont pas l'air de s'être taries depuis le crime, au contraire. Comme on pouvait s'y attendre, ce sont des profils masculins qui signent les pires attaques : sous une publication concernant Charlotte, datée d'avant l'homicide, certains agitaient déjà des menaces de divers actes sexuels que, selon eux, la femme d'affaires aurait « cherchés ». « Elle n'attend que ça », croyait savoir un autre. Dans des commentaires plus récents, nombreux sont ceux qui se réjouissent de sa mort dans des termes tout aussi obscènes.

Hanna s'efforce de ne pas se laisser déborder par ces attaques triviales. Mais quelle plaie, ces types qui s'arrogent le droit d'attaquer une femme sur son apparence, la sexualiser ou la menacer de viol – ou pire, salir ainsi une victime d'homicide – simplement parce que ses opinions ou ses projets leur déplaisent. La plupart d'entre eux n'ont même pas le courage de donner leur véritable identité et utilisent des profils manifestement bidon.

Qui sont tous ces gens qui écrivent des horreurs pareilles ?

Même s'il commence à se faire tard, Hanna veut tenter sa chance auprès des gars de l'informatique, qui travaillent souvent jusqu'à pas d'heure. Elle tape le numéro de Nadim, à Östersund, qui lui a déjà donné des coups de main sur des affaires passées.

Elle a de la veine : une voix grave lui répond à l'autre bout du fil, et Hanna explique rapidement de quoi il retourne. Peut-il jeter un œil à quelques publications pendant qu'elle reste en ligne ?

« Commence par l'administrateur du groupe », ajoute-t-elle.

Elle entend le cliquetis des touches sur lesquelles Nadim pianote sans un mot.

« Je l'ai, fait-il. C'est une femme, elle s'appelle Annika Wäster. Elle a soixante ans, domiciliée à Storlien – c'est l'une des soixante-dix personnes environ qui y vivent à l'année. Elle a des enfants, plusieurs petits-enfants. »

Rien dans son profil ne suggère de propension à la violence. Si elle participe aux échanges, elle n'est pas non plus à l'origine des pires commentaires.

« Tu peux sortir l'identité des membres les plus actifs du groupe ? poursuit-elle.

– Ça marche. »

À nouveau, le bruit des touches.

« Tiens, tiens ! s'étonne-t-il. L'une des adresses IP est localisée à l'hôtel de ville de Järpen ! »

Hanna se lève d'un bond de sa chaise, soufflée.

« C'est pas vrai !

– Un anonyme qui se fait appeler Captain Storlien. De sexe masculin, à en croire les accords de ses phrases. »

Hanna fait défiler les publications jusqu'à repérer son pseudo. Un vrai poète : « Qu'on lui foute une balle dans le crâne, à cette connasse. » Sa dernière contribution, postée après l'annonce du meurtre : « Cette grosse pute a eu ce qu'elle méritait. »

Charmant.

« Tu penses pouvoir trouver son nom ?

– Je vais voir ce que je peux faire : il faut que je passe par le service informatique de la mairie.

– Ça marche. Tiens-moi au courant dès que tu as du nouveau. »

À peine Hanna a-t-elle raccroché qu'elle file rejoindre Anton dans son bureau, lui aussi penché sur son écran. Elle se laisse tomber sur le fauteuil réservé aux visiteurs et lui explique en vitesse ce qu'a découvert Nadim : il semblerait qu'une personne au sein de l'équipe municipale d'Åre soit particulièrement active dans ce fameux groupe.

« Tu penses que ça pourrait être Hedin ? » hasarde-t-elle.

Anton prend le temps de la réflexion. Hanna laisse vagabonder son regard dans le couloir plongé dans le noir. À cette heure, les ampoules sont pilotées par un capteur de mouvement ; la lumière dans son bureau, à quelques pas de celui d'Anton, s'est déjà éteinte depuis qu'elle en est sortie.

« Évidemment, ça peut aussi n'être qu'une pure coïncidence, ajoute-t-elle.

– Donc, pour résumer, Hedin serait embourbé dans une magouille de vente foncière et dans une fraude au permis de construire impliquant Charlotte, elle lui aurait envoyé des messages menaçants, mais l'inconnu qui balance des horreurs sur elle depuis la mairie n'aurait rien à voir avec lui ? » ironise-t-il, le front plissé.

Hanna aussi peine à croire à un tel hasard.

« Et si Hedin jouait double jeu ? suggère-t-elle. D'un côté, il empoche des pots-de-vin pour soutenir le projet, de l'autre il le sabote en postant des messages infamants sur les réseaux…

– Ça n'est pas impossible. Il ne paraissait pas porter Charlotte Wretlind dans son cœur. Et à en croire leurs échanges de SMS, elle menaçait clairement de l'exposer s'il ne lui obéissait pas au doigt et à l'œil. »

Hanna tente de faire le tri dans toutes ces informations.

« Tu penses qu'Hedin aurait pu orchestrer cet assassinat pour se couvrir ? Le premier SMS est parti le vendredi soir, elle a été tuée deux jours plus tard. C'est amplement suffisant pour tout préparer.

– Pas impossible. Quoi qu'il en soit, Hedin m'a l'air englué là-dedans d'une manière ou d'une autre. »

Au fil de la journée, la conviction que le meurtrier fait partie du personnel de l'hôtel n'a fait que grandir dans l'esprit d'Hanna. Mais l'auteur de l'attaque et celui qui l'a ourdie ne sont pas nécessairement une seule et même personne…

Commanditer un assassinat est un crime tout aussi grave que l'acte lui-même. Pour une somme suffisante, certains seraient prêts à tuer pour le compte d'autrui. Et Paul Lehto pourrait fort bien avoir ce profil…

« Qu'est-ce que tu penses de cette hypothèse ? lance-t-elle. Charlotte Wretlind arrose Hedin pour qu'il fasse passer en force le permis de construire et la vente foncière. Mais ça ne se déroule pas exactement comme prévu. Elle lui met la pression et, se sentant menacé, il utilise une partie du magot pour la mettre hors d'état de nuire. »

Par la fenêtre, Hanna regarde la nuit en train de tomber. Une voiture met les gaz et quitte le parking dans un crissement de pneus.

Hanna revoit en esprit la lame affûtée du couteau de chasse scintillant dans la neige.

Ils approchent peut-être de la solution : une tentative pour couvrir un méfait par un crime autrement plus grave…

52

Aada trébuche en sortant du parking désert de l'hôtel. Il n'est pas loin de minuit et demi, elle ne tient presque plus sur ses jambes. Elle ne souhaite qu'une chose, rentrer chez elle et s'effondrer sur son matelas.

Demain, elle ne reprend le travail qu'à midi. Si elle parvient à s'endormir plutôt que tourner et virer dans son lit, elle peut espérer s'offrir une bonne grasse matinée.

La nuit est sombre, le ciel alourdi par un amoncellement de nuages, lorsqu'elle s'achemine vers les logements du personnel. Un rideau de flocons duveteux lui barre la vue. La déneigeuse n'est pas encore passée.

Terrifiée de rentrer seule dans la nuit glaciale, Aada tente pourtant de se rassurer en songeant à la faible distance qu'elle doit parcourir. Ce n'est qu'un mauvais moment, dans quelques minutes elle sera en sécurité dans sa chambre fermée à double tour.

Malgré ses appréhensions, elle a réussi à surmonter son service du soir. Tout n'est peut-être pas si noir, finalement. Ça va aller, et elle arrivera à se tirer de ce mauvais pas…

Tout ce qu'elle veut, c'est se bâtir une nouvelle vie en Suède. Trouver sa place à un endroit où elle se sentira chez elle. Avec un peu de chance, rencontrer quelqu'un – un garçon attentionné, qui ne boive pas, ne soit pas violent.

Elle aimerait qu'il soit suédois. Les hommes d'ici ont l'air plus gentils que là d'où elle vient.

Et puis elle aimerait avoir des enfants – au moins un. Une petite fille, qui n'aurait pas à se coucher tous les soirs dans la peur d'un beau-père ivre et menaçant.

Une rafale glaciale balaie le paysage. Aada fourre les mains dans les poches de sa parka. Elle a oublié ses gants chez elle ; ses doigts sont gelés.

L'écho lointain d'une avalanche roule jusque dans la vallée pour disparaître à l'ouest. Aada sait que le service des pistes les déclenche afin de sécuriser le domaine skiable ; il n'empêche, les explosions sourdes lui donnent la chair de poule. Comme un mauvais présage. Elle repense aux histoires racontées par sa grand-mère, qui a vécu la guerre, l'invasion des Russes.

Elle presse l'allure, la tête rentrée dans les épaules. Le froid lui pique les joues.

Un bruit inattendu lui fait lever les yeux. On aurait dit une notification de portable, comme si quelqu'un se trouvait tout près d'elle.

Pourtant elle ne voit personne.

À bien y regarder, n'y aurait-il pas quelqu'un là-bas, au pied de l'escalier ? Elle n'a plus que cinquante mètres à faire avant le bâtiment du personnel, mais les tourbillons de neige lui brouillent la vue.

Aada plisse les yeux, et n'y voit pas plus clair pour autant.

Une ombre se détache dans l'obscurité.

Un homme à la forte carrure s'avance vers elle dans la nuit. Il fait trop sombre pour distinguer ses traits, mais Aada reste pétrifiée par ce qu'elle voit.

Elle reconnaît l'individu qui fond sur elle à grandes enjambées.

C'est lui. Il l'a retrouvée.

À l'époque
Le 26 décembre 1973

Il est minuit passé, et Monica est allongée, les yeux ouverts, dans le petit lit de sa chambre d'enfant au papier peint délavé. Après un énième service éreintant, elle ne devrait pas avoir de mal à trouver le sommeil, mais l'excitation qui s'est emparée d'elle l'en empêche.

Son cœur tambourine si fort que chaque battement semble faire vibrer tout son corps.

Elle n'arrive pas à se sortir Sean de la tête – c'est comme ça qu'elle l'appelle désormais. Au dernier service du soir, en salle, la grande table ronde se trouvait à nouveau dans son périmètre. Il était encore là, avec sa femme, ses deux enfants et leurs amis.

Aussi élégant que la première fois, costume bleu marine et cravate en soie.

Comme une star de cinéma.

Lorsque Monica est allée prendre leur commande, la nervosité l'a fait bégayer. Heureusement, la lueur tamisée des chandelles n'a pas révélé le rouge qui lui était monté aux joues.

Au moment même où il avait pénétré dans le restaurant, elle avait vu ses yeux se tourner immédiatement vers elle pour ne plus la lâcher. Au fil de ses allées et venues d'une table à l'autre, elle sentait constamment son regard lui brûler le dos.

Elle ne comprend toujours pas qu'un homme élégant et distingué comme lui puisse s'intéresser à une fille aussi insignifiante qu'elle. Elle a cru un instant se faire des idées, mais elle en est sûre désormais : il ne semblait avoir d'yeux que pour elle. Elle et lui sont comme deux aimants irrémédiablement attirés l'un par l'autre.

Lorsqu'elle a apporté le dessert, de magnifiques omelettes norvégiennes tout juste sorties du four, il l'a dévisagée d'un air mystérieux, presque affamé. Le sentiment de se trouver face à quelque chose d'étrange, à la fois dangereux et extraordinairement excitant, l'a aussitôt happée.

Monica a eu l'impression qu'ils étaient seuls dans la pièce. Ses poils se sont hérissés, ses mamelons ont durci.

En repensant à ce moment, elle sent quelque chose pulser dans son intimité – une sensation nouvelle, étrange, délicieuse.

Monica place alors fermement les mains sur la couverture. La pensée qui vient de naître dans son esprit est interdite. D'autant que cet homme est marié ; elle ne devrait pas convoiter ainsi l'époux d'une autre.

Malgré toute sa volonté, il lui est impossible de cesser de penser à Sean.

Sa main se dirige vers son bas-ventre, sans que Monica parvienne à retenir son geste.

Elle a lu dans les magazines des récits de coups de foudre où l'on sait dès le premier regard, dès la première seconde, que c'est la bonne personne.

Pourquoi n'y aurait-elle pas droit elle aussi ? Toutes ces histoires d'amour qu'elle a lues doivent bien avoir un fond de vérité...

Et Sean ne l'aurait jamais regardée de cette manière s'il n'avait pas à son égard des intentions sérieuses. C'est un gentleman, elle l'a vu dès le départ.

On ne peut pas contrôler ses sentiments.

Mais il est marié, se répète-t-elle. Elle ne peut s'empêcher, pourtant, de s'imaginer avec lui : elle se voit installée à ses côtés au restaurant, lors du Noël suivant, choyée par le personnel, au lieu de servir les convives.

Elle se figure sans peine dans une robe longue en soie, des diamants aux oreilles, une alliance scintillante à la main gauche.

Jamais il ne lui ferait de mal à dessein. Elle le sent tout au fond d'elle : ses intentions ne peuvent qu'être sincères.

53

Vers deux heures du matin, Daniel est réveillé en sursaut par les pleurs étouffés d'Alice. Profondément endormi, il errait en rêve au fin fond d'une forêt enneigée au sol jonché de couteaux ensanglantés.

Sans surprise, les événements de la journée le travaillent jusque dans son inconscient.

Cette nuit, c'est son tour de se lever. Daniel quitte péniblement le lit, avec l'impression d'avoir du sable plein les yeux. Quand il sort sa fille en pleurs de son lit à barreaux, il comprend aussitôt que sa couche est pleine. Il la change en pilote automatique, puis se traîne jusqu'à la cuisine pour lui faire un biberon.

S'il ne faut qu'un instant pour ouvrir la boîte de lait en poudre et préparer la mixture, l'attente devant le micro-ondes lui paraît une interminable torture.

Dès que ses lèvres se ferment autour de la tétine, Alice se calme. Le silence, enfin.

Daniel l'emmène jusqu'à la chambre à coucher et la dépose, sans bruit, au côté d'Ida dans le grand lit. Les pleurs de sa fille ne semblent pas l'avoir réveillée, cette fois-ci.

Allongé près de l'enfant, il la contemple dans la pénombre : le biberon serré fermement entre ses petites mains, les yeux mi-clos, elle tète comme si sa vie en dépendait. Une goutte de lait roule le long de son menton et finit sa course sur son pyjama.

Dans six mois, Alice aura l'âge qu'avait Daniel quand son père a décidé de sortir de sa vie.

Cet acte lui paraît toujours aussi inconcevable. Depuis plus d'un an qu'il voit sa psy, il n'a pas avancé sur ce point : il n'arrive ni à comprendre ni à pardonner ce que son père a fait.

Comment a-t-il pu abandonner aussi froidement sa compagne et leur petit garçon ? Ce jour-là, il n'est même pas rentré à la maison : il s'est contenté d'un coup de fil laconique pour annoncer sa décision, est repassé rassembler ses affaires en coup de vent avant de disparaître de leur vie.

Ce n'est qu'une fois installé à Umeå avec sa nouvelle femme qu'il a fini par les recontacter.

Daniel n'a jamais été loin d'Alice plus de vingt-quatre heures : en être séparé ne serait-ce qu'une semaine lui semble proprement inimaginable. Comment peut-on rester sans nouvelles de ses enfants pendant des mois, des années ?

Les souvenirs de ses visites à Umeå sont revenus le hanter et s'imposent à lui de manière de plus en plus intrusive : les séances de thérapie ont fait ressurgir, après plusieurs décennies, des événements qu'il avait réussi à enfouir au plus profond de lui.

Tout ce refoulé lui est revenu en pleine face – au pire moment, alors qu'il est entièrement accaparé par une enquête pour homicide.

Tout ça n'a aucun sens : il devrait s'inquiéter de son travail plutôt que de ruminer de vieux épisodes de son enfance… Mais rien à faire, ils refusent de repasser au second plan. Ses échanges avec Jovanka ont remué tant de choses qu'il regrette parfois que ces souvenirs soient sortis des limbes où il les avait cadenassés…

C'est peut-être pour ça qu'il a réagi si violemment face au journaliste qui l'a interpellé dans le hall de l'hôtel l'autre jour, avec ce ton cassant que prenait si souvent son père pour s'adresser à lui quand il était petit.

Cette sensation de ne jamais être le bienvenu, d'être de trop, de gêner, revient comme une vague.

Avec la nouvelle épouse de son père, il s'en souvient clairement, la différence de traitement entre les enfants était entièrement assumée : ses propres rejetons étaient choyés, tandis que Daniel restait constamment sur la touche. Ce n'était pas la faute de son frère et de sa sœur, bien sûr – ils étaient bien trop jeunes pour comprendre ce qui se tramait –, mais cette comparaison permanente l'a marqué au fer rouge. C'est sans doute pour cela qu'il a aussi coupé les ponts avec les autres enfants de son père.

Il porte encore comme un fardeau le sentiment de ne pas être à la hauteur.

Dans cette famille, sa présence était tolérée, et non désirée : il n'en a jamais été un membre à part entière.

Daniel se souvient de ces week-ends où, malgré ses fringales, il n'osait jamais prendre une collation entre les repas. Il craignait de mettre sa belle-mère en rogne s'il venait à ouvrir le réfrigérateur sans autorisation. La solution qu'il avait trouvée était de persuader sa demi-sœur d'aller demander une tartine : Daniel pouvait alors proposer de la lui préparer et en profiter pour s'en faire une discrètement.

« C'est une stratégie que vous avez mise au point pour faire face à une situation d'abus, lui a dit Jovanka. Vous avez été contraint d'inventer des outils pour survivre face à la carence affective qui vous était imposée. »

La colère contre cette marâtre ne s'est jamais estompée : il la blâme, elle, autant que son père, pour ce qu'il a subi.

J'étais tellement jeune ! voudrait-il lui crier au visage.

Alors que toi, tu étais adulte, responsable, quand tu as épousé mon père.

Ce n'était pas ma faute si j'étais déjà là. Comment as-tu pu être aussi froide, aussi cruelle ?

Daniel s'efforce de calmer sa respiration. Près de lui, Alice s'est endormie. Ses petits doigts ont libéré le biberon, qui a roulé sur le drap, et elle semble presque sourire dans son sommeil. À la fois en totale confiance et si vulnérable…

Daniel, lui, sait qu'il donnerait sa vie pour Alice, s'il le fallait. À l'inverse, son propre père a simplement tiré un trait sur sa relation avec son fils. Sans aucun état d'âme. En bientôt vingt-cinq ans, pas une fois il n'a essayé de reprendre contact avec Daniel – pas même lorsqu'il a appris le décès de la mère de celui-ci.

Daniel serre les mâchoires à s'en briser les dents. Il doit se faire violence pour respirer calmement.

Une fois devenu adulte, il a réalisé, c'est vrai, que son père avait sans doute mobilisé tout ce qu'il avait de force pour s'extraire de cette première union qui prenait l'eau. Il avait horreur des conflits dans le couple. Ne voulant pas mettre en péril une nouvelle relation, il s'est laissé marcher sur les pieds par sa deuxième femme au point de lui donner les pleins pouvoirs : pas une fois Daniel ne l'a vu prendre sa défense devant elle. Mais si Daniel peut comprendre ce qui l'a poussé à agir ainsi, l'enfant en lui est incapable de pardonner.

Il laisse sa tête retomber sur l'oreiller, cherche instinctivement la petite main d'Alice, qui se referme sur ses doigts. Sa peau est si douce. Il pose ses lèvres sur le front de sa fille et hume son parfum chaud, réconfortant.

Un sanglot monte dans sa gorge. Le même que celui qu'il étouffe lors de ses séances, assis dans le fauteuil face à Jovanka.

Il se demande encore pourquoi son père n'a pas su l'aimer davantage.

54

Aada reste figée devant la silhouette qui s'approche, menaçante, dans l'obscurité.

Le plus abominable de ses cauchemars se réalise.

Il l'a trouvée. Il va la massacrer à son tour.

Soudain, l'instinct de survie reprend le dessus. Il faut fuir, échapper à tout prix à cet inconnu qui s'apprête à fondre sur elle. Il est grand, solidement bâti ; face à lui, elle n'est qu'un petit oiseau frêle. Pourtant, la certitude de mourir si elle reste sur place lui donne un nouvel élan.

Il semble à deux doigts de la saisir, mais elle parvient à l'esquiver et détale dans la nuit.

Impossible de courir jusqu'à l'hôtel ; il la rattraperait en un rien de temps. Vouloir se réfugier dans le bâtiment du personnel serait tout aussi vain : l'homme lui barre la route ; et le temps qu'elle sorte son badge pour ouvrir la porte, il serait sur elle.

Poussée par la panique, elle se dirige tout droit vers la forêt. Entre les épicéas, larges et denses, elle pourra peut-être se cacher, le semer en attendant le lever du soleil. C'est sa seule chance.

Aada n'a jamais couru aussi vite. Poussée par l'adrénaline, elle jette un coup d'œil terrifié par-dessus son épaule – quelques dizaines de mètres seulement la séparent de son assaillant. La neige profonde entrave ses pas ; ses foulées deviennent plus lentes, maladroites. Plusieurs fois, ses bottes s'enfoncent et elle doit lutter pour se dégager.

L'effroi lui serre la gorge, l'empêche de respirer. Elle a déjà un violent point de côté ; elle ne pourra pas maintenir longtemps son avance.

Il la suit maintenant de si près qu'elle l'entend haleter juste dans son dos.

Il faut qu'elle accélère, qu'elle force ses jambes à soutenir le rythme, mais il est là, sur ses talons.

Du coin de l'œil, elle aperçoit la route. De jour, les voitures passent en nombre entre l'hôtel et l'E14. À cette heure-ci, pas un seul véhicule en vue.

Personne pour venir à son secours.

Aada hurle à pleins poumons en s'élançant vers la lisière noire de la forêt.

Elle y est presque, c'est peut-être sa dernière chance de lui échapper.

La neige qui tourbillonne lui brouille la vue ; ses larmes affolées achèvent de l'aveugler.

Au moment où elle atteint les premiers arbres, l'homme l'a rattrapée. Il saisit un pan de sa veste et la tire vers l'arrière.

Aada perd l'équilibre.

Elle tombe de tout son long, emportant l'agresseur dans sa chute. Elle reste un instant immobile, à plat ventre, le souffle coupé par le choc, vaguement consciente de la neige glacée qui lui lacère la joue.

Une odeur de sel.

Puis elle reprend ses esprits, se retourne dans la poudreuse et tente à nouveau de s'enfuir. Elle se met à ramper sur les coudes, pousse désespérément des deux pieds pour tenter de se redresser et reprendre sa course.

Il faut qu'elle y arrive.

Elle fait à peine quelques mètres, l'inconnu se jette à nouveau sur elle pour l'entraîner vers le sol.

Cette fois, Aada se débat.

Elle essaie de le frapper au visage, de lui griffer les yeux ; elle bat des mains et des pieds, multiplie les coups désordonnés, presque à l'aveuglette.

Soudain, elle sent un étau autour de son cou. L'homme a réussi à s'emparer de son écharpe et tire de toutes ses forces. Aada suffoque. Une douleur fulgurante lui transperce la nuque ; en un instant, tout l'air disparaît.

Elle est prise d'un vertige.

D'instinct, ses mains remontent vers sa gorge. Elle saisit l'écharpe, tente de donner du jeu au garrot qui lui comprime le larynx. Rien n'y fait – l'inconnu serre de plus en plus fort.

Elle n'arrivera pas à s'en libérer.

L'écharpe si douce que sa mère lui avait tricotée à Maardu est devenue la corde qui va la tuer.

Tout se met à tourner. Ses muscles ne répondent plus. Dans un dernier geste désespéré, Aada se griffe le cou tandis que la vie s'échappe de son corps.

Devant ses yeux, la pénombre se piquette de petits points rouges qui se diffusent et dansent dans l'air.

J'aurais dû parler à la police, a-t-elle le temps de se dire. *J'aurais dû tout raconter, demander leur protection.*

Elle ne veut pas mourir. Pas comme ça.

La dernière chose qu'elle voit, c'est le visage de l'homme tout près du sien.

Cette fois, ses yeux ne brûlent pas de haine comme dans le couloir de l'hôtel.

Ils la fixent avec une expression presque implorante.

Comme s'il voulait lui demander pardon.

55

Il fait nuit noire quand Tiina se réveille. Prise d'une envie pressante, elle monte aux toilettes à pas de loup. Ce n'est qu'à son retour sous la couette qu'elle s'aperçoit qu'Ogge n'est pas dans le lit.

Elle tourne la tête vers le cadran du réveil : bientôt une heure et demie. Qu'est-ce qu'il fait debout à cette heure-ci, la veille d'une journée de travail ?

Un bourdonnement monte alors de l'extérieur : un bruit de moteur, celui de la motoneige d'Ogge qui ralentit pour se garer.

Tiina ne comprend plus rien.

Elle se glisse hors du lit et rejoint la fenêtre : celle-ci donne sur le garage, une construction indépendante. En écartant doucement le store, elle aperçoit le faisceau des phares du véhicule, qu'Ogge est en train de mettre à l'abri.

Pourquoi est-il sorti comme ça au beau milieu de la nuit ? C'est incompréhensible : ils sont pourtant allés se coucher ensemble aux alentours de vingt-deux heures. Après le dîner, Ogge a juste bu un café en regardant le sport – au grand soulagement de Tiina, il n'avait pris que deux bières pendant le repas.

Dehors, elle entend le bruit sourd de la porte du garage qui se referme.

Puis celui de la porte d'entrée. Ogge va bientôt la rejoindre dans la chambre : elle se dépêche de se recoucher, qu'il ne voie pas qu'elle est réveillée.

Malgré sa carrure massive, il monte l'escalier d'un pas léger, presque en silence. C'est un chasseur, un vrai montagnard qui sait se faire discret pour traquer le tétras ou suivre un élan des heures entières…

Les yeux fermés, elle l'entend se déshabiller et se glisser sous les draps. Après seulement quelques minutes, sa respiration devient parfaitement régulière. Ogge a toujours eu la chance de pouvoir s'endormir en un instant, la tête à peine posée sur l'oreiller.

En chien de fusil, Tiina reste immobile. Elle n'a pas osé lui demander pourquoi il est sorti ainsi, au milieu de la nuit. Ça n'a pas de sens : qu'est-ce qu'il pouvait bien avoir à faire dehors à cette heure-là ?

C'est alors qu'elle percute.

Se pourrait-il qu'il ait une liaison ? Qu'il soit sorti rejoindre une autre femme pendant que Tiina dormait ?

Cette pensée la frappe comme un coup de poing au visage. Tout commence à faire sens : voilà pourquoi il s'est montré si étrange ces derniers temps, si colérique, irritable. Il a une maîtresse.

Tiina serre un pan du drap entre ses mains. C'est évident : pour avoir mis autant de temps à comprendre, elle doit être complètement bouchée – comme le dit si bien Ogge quand il a bu.

Son mari ne veut plus d'elle ; il rêve de refaire sa vie avec une femme plus intéressante. Probablement plus jeune et plus belle aussi, une femme dont le corps ne porte pas les traces de deux grossesses et d'un goût certain pour les sucreries.

Tiina hume l'air, à la recherche d'un parfum de femme inconnu – mais elle ne sent qu'une odeur de neige et d'essence.

Si Ogge est infidèle, cela expliquerait aussi cette étrange affaire de machine à laver : il craignait sans doute qu'elle surprenne les effluves d'une autre sur ses vêtements…

Pendant qu'elle dormait dimanche soir, il était ailleurs, dans les bras d'un nouvel amour.

Tiina fixe l'obscurité, les joues trempées de larmes.

C'est fini, Ogge va la quitter.

JEUDI 1er AVRIL
jeudi saint

56

Ils ont découvert l'arme du crime, c'est déjà une grande avancée, se dit Daniel en écoutant d'une oreille l'exposé d'Anton, qui résume devant les collègues d'Östersund les soupçons à l'encontre de Bengt Hedin.

Il s'efforce de se ragaillardir à cette idée, même s'il a clairement l'impression de ne pas en faire assez, que ce soit au bureau ou à la maison. Tous les souvenirs qui sont remontés à la surface cette nuit lui ont durablement sapé le moral.

Il est huit heures et quart, et Daniel a déjà terminé son deuxième café. Il lui a fallu un bon moment pour s'endormir après avoir recouché Alice. C'est peut-être le manque de sommeil qui parle, mais ce matin les photos du corps méconnaissable de Charlotte Wretlind lui paraissent plus insoutenables que jamais.

Daniel et Hanna ont déjà décrit les événements de la veille à leurs collègues – et la trouvaille décisive que leur a permise la brigade canine. En attendant les résultats de l'examen du couteau, Carina et son équipe ont analysé le lieu de la découverte, les traces de la motoneige et les empreintes de pas.

Le regard de Daniel glisse vers la fenêtre. Le soleil brille à nouveau allègrement après les légères chutes de neige de la nuit. Aujourd'hui, c'est jeudi saint : Åre va être bondé de touristes venus fêter Pâques.

Le déroulement de son propre week-end demeure entaché d'incertitude.

Élisabeth, sa belle-mère, les a invités à venir dîner chez elle à Järpen, samedi soir. Il n'ose même pas penser à la réaction d'Ida s'il devait avoir un contretemps lié à l'enquête. D'autant qu'il a déjà pris soin de l'avertir qu'il comptait travailler le lendemain, bien que ce soit férié.

Une fois n'est pas coutume, l'annonce n'a pas suscité chez elle l'agacement habituel. Il faut dire qu'elle ne s'est pas montrée très loquace hier soir. Elle s'est mise au lit de bonne heure, se disant exténuée après sa journée de ski.

Un petit coup de coude dans les côtes le fait sursauter. Il lance à Hanna un regard contrit ; parti dans ses pensées, il a totalement perdu le fil de la réunion. Sa collègue lui répond par un sourire imperceptible et un signe de tête en direction de l'écran, où le visage sérieux de Grip apparaît en plan serré.

« Nous nous sommes intéressés aux liens financiers entre Charlotte Wretlind et Bengt Hedin, commence Raffe avant de résumer l'état de leurs connaissances. Il nous faudrait un mandat pour examiner les comptes bancaires de celui-ci et ses échanges téléphoniques, si on peut convaincre Mme la procureure du bien-fondé de ce point. »

Cette dernière requête s'adresse à Grip. La procureure, seule habilitée à prendre la décision formelle, a dû être excusée. La commissaire hoche la tête :

« Je m'en charge après la réunion. »

Daniel a remarqué que Grip porte un tailleur noir au lieu de son éternel pull en laine – généralement le signe qu'elle va participer à une conférence de presse dans la journée. C'est un vrai soulagement d'être exempté de ce genre de tâche. Après sa première et unique intervention sur une estrade face aux journalistes – suite à la disparition d'Amanda, une jeune fille de dix-huit ans, le soir de la Sainte-Lucie à Åre –, Grip l'en a définitivement dispensé. Une décision prise d'un commun accord, tous deux ayant convenu que cet exercice était loin d'être son point fort.

Pour l'heure, Daniel espère que sa supérieure n'aura jamais vent de son malencontreux dérapage devant le journaliste dans le hall du Copperhill…

Anton demande la parole.

« Au vu des éléments, Hedin devrait être suspecté de corruption aggravée, fait-il. Et de nombreux éléments suggèrent une implication possible dans la mort de Charlotte Wretlind. »

Daniel remarque qu'Hanna et Anton échangent un rapide coup d'œil. Tous deux ont soulevé la possibilité que le meurtre de Charlotte ne soit pas l'œuvre d'un seul homme – que l'attaque ait été commise par un tueur à gages, sur ordre d'un tiers.

Ce ne serait pas une première, dans ce genre d'affaire de gros sous. Daniel a croisé plusieurs cas de ce genre du temps où il enquêtait sur le crime organisé à Göteborg. Ici, à Åre, ce type de faits semble autrement plus improbable – mais l'échange de SMS qu'Anton vient de leur montrer laisse peu de place au doute. Il semble aussi exister des liens troubles entre certains élus municipaux et des messages infamants postés sur le groupe Facebook « Défendons Storlien ». Reste à trouver les preuves qui relieraient Hedin à un hypothétique tueur à gages.

« Où en êtes-vous des contrôles d'antécédents concernant les employés de l'hôtel ? » demande Grip à l'intention de Nisse Sundbom.

Leur collègue se gratte la nuque, s'accordant, semble-t-il, un moment de réflexion. Il doit avoir le même âge que Grip – la soixantaine – mais, contrairement à elle, Nisse est plutôt du genre à se la couler douce. Daniel sait qu'Hanna ne porte pas vraiment dans son cœur cet adepte du minimum syndical proche de la retraite. « À Stockholm, ce type aurait sauté au bout de cinq minutes », avait-elle fulminé la dernière fois que Nisse avait joué avec ses nerfs.

« On est en train de passer en revue l'ensemble du personnel, répond-il, mais on parle quand même de cent vingt personnes ! C'est très long ; il faut en prendre son parti.

– Nous avons déjà spécifié que l'auteur de l'homicide était selon toute vraisemblance de sexe masculin, intervient Hanna. Peu de femmes ont une force physique suffisante pour causer ce genre de blessures. Ça réduit considérablement le nombre de suspects potentiels.

– Comme je l'ai dit, poursuit Nisse sans broncher, faire tous ces contrôles, ça prend du temps. Pour le moment, nous n'avons découvert que des petites infractions : excès de vitesse, déclarations d'impôts en retard… Et puis on a pas mal de travailleurs immigrés : on ne trouvera rien sur eux dans les registres suédois. Si on veut leurs antécédents, on va devoir contacter nos homologues à l'étranger.

– Pas de mis en cause pour agression ou faits de violence ? insiste Hanna. D'un point de vue purement statistique, s'il y a, disons, cinquante employés masculins, la probabilité est grande qu'une poignée d'entre eux aient déjà eu maille à partir avec les autorités pour des délits de ce genre. On peut commencer par ceux-là. »

Hanna connaît tous les chiffres sur le bout des doigts – surtout en matière de violences faites aux femmes. Daniel lui adresse un geste d'encouragement, auquel elle répond en levant discrètement les yeux au ciel.

« On va regarder ça », réplique leur collègue.

Même Grip a l'air de s'impatienter devant tant d'indolence. Elle lance à Nisse un regard agacé.

« Si vous trouvez quelque chose, faites-nous-en part immédiatement, riposte-t-elle sèchement. Cette affaire doit être votre priorité absolue. »

Cela faisait longtemps que Daniel n'avait pas vu sa supérieure aussi tendue, elle qui est d'habitude flegmatique. La hiérarchie policière la met d'évidence sous pression sur ce dossier.

Grip dévisage tous les participants à la réunion.

« Les médias sont obsédés par cette affaire ; le téléphone sonne non-stop. L'arrivée du week-end de Pâques n'arrange rien, sans parler de notre sous-effectif. Nous devons tous mettre les bouchées doubles pour faire avancer l'enquête. »

Elle a raison, bien sûr.

Il y a un tueur en liberté dans Åre. Et c'est à eux de le démasquer.

57

En sortant du parking du commissariat, la luminosité est telle qu'Hanna doit baisser le pare-soleil du siège passager.

Il flotte dans l'air comme un parfum de printemps. La neige a fondu sur la chaussée ; çà et là, des mottes de terre se font jour au milieu des congères. Les ruisseaux gelés par l'hiver ont repris vie et cascadent gaiement.

Un après-midi comme celui-ci, elle voudrait le passer à rêvasser dans un transat sur sa terrasse, un verre de rosé à la main. Pas à plancher sur une ignoble affaire d'homicide.

Elle vient à l'instant de discuter au téléphone avec Lydia ; sa sœur, qui n'est d'ordinaire pas du genre à se faire du souci, avait l'air particulièrement préoccupée.

L'incertitude pèse sur toute la région.

Daniel et Hanna sont en route pour le Copperhill ; on les a informés que Paul Lehto avait enfin refait surface. Remis sur pied, il doit reprendre le travail vers quatorze heures : c'est le moment de l'interroger.

Hanna pince les lèvres. Rien ne prouve que Lehto soit réellement impliqué dans l'affaire, mais il semble une importante pièce du puzzle.

Elle sort son portable pour jeter un œil aux titres des journaux. Ces derniers jours, les spéculations sont allées bon train.

Lorsqu'elle tape l'adresse du magazine people le plus en vue, elle découvre avec effarement, en haut de la page d'accueil, le visage triste de Filip.

Mince, il a finalement accepté de faire l'interview...

Elle regrette de ne pas l'en avoir plus fermement dissuadé. Filip est dans un moment très vulnérable de sa vie, où l'on peut facilement se laisser exploiter.

Sur la photo, on le voit poser devant l'entrée de son hôtel, il paraît totalement désarmé. Sa ressemblance avec Charlotte est frappante : les mêmes yeux, le même visage taillé au burin – bien qu'il ait, pour sa part, gardé les joues rondes de l'enfance.

La manchette est encore pire que ce qu'Hanna aurait pu craindre :

Filip, le fils unique de l'entrepreneuse assassinée : « Qui a tué ma mère ? »

Elle parcourt en diagonale le reportage, qui décrit dans un style sensationnaliste la relation compliquée entre Filip et Charlotte. La journaliste ose même affirmer que le garçon est venu jusqu'à Åre pour faire un dernier adieu à sa mère, mais que la police l'en a fermement empêché.

Ils racontent vraiment n'importe quoi, se dit Hanna en soupirant. La journaliste a réussi le double exploit de dénigrer la police et de livrer en pâture la douleur d'un jeune homme qui traverse un deuil particulièrement difficile.

Filip est une victime, au même titre que sa mère.

Le pire est peut-être l'angle adopté par l'article, qui met l'accent sur la dispute survenue entre Filip et sa mère juste avant le drame, au sujet de ses études. À l'en croire, la vie de Filip semble n'avoir aucune direction claire, aucun cap. La journaliste brosse le portrait d'un jeune homme timoré malgré ses privilèges, tandis que Charlotte apparaît comme une mère au cœur de pierre qui avait à l'égard de son fils des exigences démesurées.

Pour couronner le tout, l'article s'appesantit sur le meurtre jusque dans ses détails les plus sordides et s'indigne que la police n'ait pas encore arrêté de suspect.

Hanna en a un pincement au cœur.

Filip voulait faire cette interview pour honorer la mémoire de sa mère. Et voilà qu'il a involontairement aidé cette journaliste à les montrer, elle comme lui, sous un jour bien peu flatteur.

Il n'y a rien qu'Hanna puisse faire, sinon souhaiter que le jeune homme ne pose jamais les yeux sur ce torchon. Et que son parrain, Henry Sylvester, puisse l'aider au mieux à faire son deuil.

Filip a besoin d'un adulte responsable, empathique, pour le soutenir. Sylvester, se dit-elle, pourrait bien avoir ces qualités : lors de leur entrevue à la Villa, il lui est finalement apparu comme un homme aux valeurs plutôt saines, malgré son luxueux train de vie.

Sur un coup de tête, elle lui envoie un bref message pour évoquer cet affligeant reportage, en espérant qu'il pourra faire le nécessaire pour protéger son filleul. Filip en bave déjà assez comme ça.

Alors que Daniel s'apprête à bifurquer au niveau de la chocolaterie d'Åre, son portable retentit. C'est Grip. Hanna est agitée d'un mauvais pressentiment : leur réunion vient à peine de s'achever, pourvu qu'elle n'ait pas de mauvaise nouvelle à leur annoncer…

« Il y a eu un autre homicide au Copperhill », annonce la voix de Grip dans le haut-parleur.

Soufflée, Hanna accuse le coup. On ne pourrait imaginer pire nouvelle.

« On est en chemin, on arrive tout de suite », répond Daniel en s'arc-boutant sur l'accélérateur.

58

Ida sent la mauvaise conscience la ronger. C'est jeudi saint, un jour férié qu'elle passe seule avec Alice. Daniel a filé au poste tôt ce matin, alors qu'elle dormait encore.

Installée avec sa fille sur le tapis du salon, elle tente de se concentrer sur le jeu de construction, mais ses pensées fusent dans une tout autre direction. D'un geste distrait, elle empile des cubes colorés sous les yeux ravis d'Alice, qui attend que la tour soit suffisamment haute pour la détruire.

Ida pense à Gustav. À leur journée de ski d'hier, à cette sensation d'être libre, sans attaches. Comme dans sa vie d'avant.

Mais dans cette vie, elle n'aurait pas eu Alice auprès d'elle…

Ida secoue la tête. Comment peut-elle imaginer une chose pareille ? Elle est folle de sa fille, elle l'aime plus que tout au monde. Et pourtant, elle voit ressurgir ce moment, à la terrasse du Timmerstugan. Cette chaleur au creux du ventre quand Gustav lui a pris la main, lui a doucement caressé la paume.

« Oh, ça suffit ! » s'exclame-t-elle.

Alice la regarde d'un air ébahi, et ses grands yeux bleus s'embuent illico. Ida n'avait pas conscience d'avoir parlé aussi haut – et sur un ton aussi sec.

« Oh non, excuse-moi, mon amour ! se rattrape-t-elle aussitôt. Maman a dit une bêtise. »

Ida empile rapidement quatre cubes pour qu'Alice puisse les renverser et retrouver le sourire.

Un grand soleil entre par la fenêtre côté sud. En tendant le cou, Ida aperçoit le lac Åresjön. Sur le miroir gelé, on distingue des files de skieurs ; plus loin, une poignée de motoneiges semblent filer vers Duved.

Ça doit être royal de descendre l'Åreskutan aujourd'hui. Il a neigé cette nuit : plusieurs centimètres de poudreuse qui n'attendent que ça.

La sensation de la veille – la descente le long des pentes à pic – n'a pas quitté son corps : elle ferait n'importe quoi pour y retourner, là, tout de suite, au lieu perdre son temps à des jeux idiots…

Non, se dit-elle fermement à elle-même. Ça n'a pas de sens, tout ça. C'est injuste, aussi bien envers Alice qu'envers Daniel.

Ce qui est sûr, en revanche, c'est qu'elle a besoin de prendre l'air – rester enfermée toute la journée la rend folle. C'est toujours toute une aventure d'enfiler à Alice sa grosse combinaison et de sortir la poussette dans la neige, mais le jeu en vaut la chandelle.

Elle s'apprête à se lever quand, sur la table, son téléphone émet une notification.

Un SMS de Gustav.

Le pouls d'Ida s'accélère aussitôt. Le message provoque dans tout son corps une étrange effervescence.

Merci pour hier. Tu serais dispo pour prendre un café un de ces jours ?

59

Daniel roule aussi vite qu'il l'ose sur la route escarpée et sinueuse menant au Copperhill. Dans le dernier virage, il aperçoit des voitures de police et un cordon de sécurité.

Tout indique qu'ils sont face à une scène de crime. Les badauds qui se massent en grappe devant le ruban de signalisation bleu et blanc ne s'y sont pas trompés. Plusieurs d'entre eux, portable à la main, tentent de filmer ou photographier ce qu'ils peuvent. Daniel voit Hanna froncer les sourcils devant ce comportement d'un goût douteux, mais il n'y a pas grand-chose à faire pour les en empêcher. De nos jours, il n'est pas rare de voir les passants filmer les scènes de crime ou les accidents plutôt que d'intervenir. Les réseaux sociaux ont une méchante tendance à faire perdre aux gens leur décence…

Daniel monte garer la voiture sur le parking de l'hôtel, puis dévale la côte en toute hâte avec Hanna. Sur leur droite, ils voient se dessiner le chalet de Zlatan Ibrahimović, une luxueuse maison d'architecte que le footballeur a fait construire il y a quelques années.

Le lieu qui les intéresse se trouve juste de l'autre côté de la route : la bâtisse grise de trois étages où sont logés les employés. Ils marchent à pas pressés vers le cordon de police, à l'arrière du bâtiment, à la lisière d'une forêt de conifères.

L'un des policiers en uniforme que Daniel reconnaît, Jocke, leur fait signe d'approcher.

« C'est par là », fait-il en tendant le bras vers l'orée du bois.

Daniel sent son estomac se nouer en apercevant la silhouette étendue au pied d'un bosquet d'épicéas.

« Qui est-ce qui l'a trouvé ? demande Hanna.

– C'est cette dame, là-bas, avec le chien. »

Jocke désigne une femme installée à l'arrière d'une des voitures de police. Par la portière entrebâillée, elle tient en laisse un beau samoyède assis à l'extérieur, qui geint d'impatience. Son épaisse fourrure blanche semble presque se fondre dans la neige.

« Je lui ai proposé de se mettre au chaud en attendant votre arrivée, explique Jocke.

– On va lui parler, fait Daniel. Mais allons d'abord voir la victime. »

Ils poursuivent jusqu'au lieu où gît le cadavre. En arrivant à son niveau, Daniel est pris d'une immense sensation de vide devant ce qui fut une personne et qui a cessé pour toujours de parler ou de rire… C'est une toute jeune femme. Un peu recroquevillée sur le côté, les joues pâles et les yeux clos, elle a presque l'air d'une enfant. Les paumes de ses mains sont grandes ouvertes dans la neige, ses cheveux blonds s'étalent autour de son visage comme une auréole gelée.

Mais il n'y a rien de paisible dans cette vision d'horreur.

La doudoune de la jeune morte, entrouverte, révèle une partie de son cou. Son écharpe est fermement serrée autour de sa gorge : on s'en est servi pour l'étrangler.

« La cause de la mort semble assez évidente, dit Daniel en contournant le corps.

– On connaît son nom ? » demande Hanna.

La jeune femme a une joue à moitié enfouie dans la neige. Sous cet angle, on voit bien l'écharpe profondément enfoncée dans la peau. Hanna aperçoit, dans le col ouvert de son manteau, une carte magnétique au bout d'un cordon. Elle se met à genoux pour mieux voir le nom.

« Elle s'appelle Aada Kuus, fait-elle. On dirait bien qu'elle travaillait au Copperhill. »

Daniel observe les environs. L'hôtel est situé quelques centaines de mètres plus haut, vers la droite, du même côté de la route que le logement du personnel. Mais l'endroit où gît la jeune femme est à l'abri des regards : il est invisible depuis la route et il n'y a presque aucune fenêtre à l'arrière de l'immeuble d'habitation. Pas d'éclairage public non plus à cet endroit. L'entrée du logement du personnel étant située au bout du bâtiment, l'éclairage extérieur n'arrive pas jusqu'ici.

Il regarde à nouveau le cadavre.

Ici, dans cette futaie un peu à l'écart, personne ne pouvait l'entendre crier.

60

Après avoir examiné la scène de crime et entendu la malheureuse femme qui a découvert le corps, Hanna et Daniel remontent d'un pas vif vers l'hôtel. Espen Lund doit leur communiquer des informations sur cette nouvelle victime. Ils vont devoir encore repousser leur entretien avec Paul Lehto, pourtant prioritaire… Il faudrait essayer de le caser avant la fin de la journée, se dit Hanna.

Alors qu'ils approchent de l'entrée du Copperhill, ils tombent nez à nez avec une poignée de journalistes. Hanna aperçoit immédiatement le type de l'autre jour, ce reporter télé sans gêne : il s'extrait du groupe pour fondre vers Daniel en la bousculant au passage.

Il pense avoir flairé un scoop, ça se voit.

Il se comporte exactement comme le lundi précédent – s'être fait passer un savon par un flic ne paraît pas lui avoir servi de leçon.

Il apostrophe Daniel, une lueur presque fiévreuse dans les yeux :

« A-t-on affaire à un seul et même agresseur ? Y a-t-il eu un deuxième meurtre au couteau à Åre ? »

Daniel lève une main en signe de refus et tente de poursuivre sa marche vers l'entrée de l'hôtel. Mais l'homme se plante devant lui pour lui barrer la route.

« Allez, fait-il, donnez-nous au moins quelques éléments.

– Je n'ai rien à vous dire.

– S'agit-il du même tueur ? Auriez-vous pu prévoir ce deuxième crime ?

– Arrêtez ça, s'il vous plaît ! »

À sa manière de froncer les sourcils, à ses lèvres pincées, Hanna voit que Daniel commence sérieusement à perdre patience.

« Vous n'avez vraiment aucune idée de ce qui s'est passé ?

– Je ne ferai aucun commentaire ! »

Daniel tente de le contourner, mais le journaliste fait quelques pas de côté pour se planter de nouveau devant lui.

« Pourquoi n'a-t-on pas fermé le Copperhill dès le premier homicide ? »

Il s'obstine, malgré tous les signes indiquant qu'il ferait mieux d'abandonner. La situation menace de dégénérer.

Hanna sait qu'elle doit intervenir, ou Daniel s'en prendra physiquement au journaliste.

« Foutez-nous la paix ! rugit-il. Et laissez-nous bosser, merde ! »

Sentant le coup partir, Hanna a tout juste le temps de lui retenir le bras.

Ça ne devrait pas être son rôle de s'interposer ainsi – son collègue est un adulte responsable de ses actes. Mais elle sait jusqu'où sa colère peut le mener, pour l'avoir déjà vu sortir de ses gonds dans d'autres situations explosives. Même s'il semble s'être assagi depuis quelque temps.

« Appelez notre service de presse, il est là pour ça, siffle Hanna au journaliste. Si vous ne nous laissez pas tranquilles immédiatement, nos collègues se feront un plaisir de vous déloger. »

Elle parvient à attirer Daniel à l'écart pour couper court à cet échange tendu. Ils se postent devant l'entrée de l'hôtel, le temps qu'il recouvre ses esprits.

« Merci, fait Daniel après quelques secondes de silence.

– Qu'est-ce qui t'arrive ? lâche Hanna. Tu avais l'air à deux doigts de lui mettre une droite. »

Daniel semble aussi crispé que résigné. Hanna aimerait le serrer contre elle, mais se contente de poser une main réconfortante sur son bras.

« Je n'arrive pas vraiment à l'expliquer, finit-il par souffler. Ce type est d'un irrespect… On vient de découvrir le corps d'une femme étranglée à cent mètres d'ici. Et tout ce qui l'intéresse, c'est son petit scoop à la con… Ça m'a fichu hors de moi. »

Hanna comprend bien – elle aussi est secouée. Mais il lui semble que Daniel ne lui dit pas tout : n'y aurait-il pas derrière tout ça quelque chose de bien plus pénible, qu'il peine à lui avouer ?

« Ce journaliste…, commence-t-il en fourrant les mains dans ses poches sans croiser le regard d'Hanna. Il me rappelle énormément mon père.

– Ton père ? »

Hanna cherche ses yeux. Malgré leur proximité, Daniel ne lui a jamais vraiment parlé de cet homme. Elle a compris que sa mère était décédée dans un accident de la route, mais son père est toujours resté une figure diffuse. Tout ce qu'elle sait, c'est qu'il a disparu du tableau quand Daniel était petit.

« Il y avait quelque chose dans son apparence, explique Daniel d'un ton navré. Cette colère, c'est tellement bizarre ; elle est venue de nulle part et je n'ai pas réussi à la contrôler. »

Il donne un coup de pied dans un tas de neige, faisant virevolter des fragments blancs. « Putain ! »

Hanna le dévisage, compatissante. Ils devraient être à l'intérieur en train de travailler, mais il faut d'abord qu'il prenne le temps de se calmer.

« Je me serais cru plus professionnel que ça, s'exclame-t-il. Je vois une psy toutes les semaines depuis un an, et on dirait que ça ne m'a servi à rien. »

Hanna ne peut cacher son étonnement.

« Tu vois une psy ? Mais pourquoi tu ne m'en as jamais parlé ? »

Jamais elle ne s'en serait doutée. En dépit de sa stupeur, elle s'efforce de prendre un ton aussi empathique que possible.

Mais elle a rarement vu Daniel les mâchoires aussi crispées. Sous son masque de self-control, elle peut facilement imaginer la bataille qu'il mène pour contenir ses émotions. Daniel n'aime pas montrer ses faiblesses. Pourtant, elle devine le petit garçon triste derrière cet homme pour lequel elle éprouve tant d'affection.

Un peu plus loin, on entend les cliquetis du tire-fesses qui monte jusqu'à l'hôtel. Et le petit bruit métallique, toujours le même, de la perche venant frapper le câble de la remontée mécanique quand un skieur la lâche à l'arrivée.

« J'avais honte, j'imagine », soupire Daniel après un moment.

Il parle bas, en détournant le visage.

« Il n'y a aucune honte à avoir, proteste Hanna. Plein de gens suivent une thérapie, tu sais.

– Je n'en ai pas l'impression.

– Moi, j'ai eu un accompagnement psy l'an dernier.

– C'est différent, c'était pour un traumatisme que tu as vécu au travail. »

Elle lève les yeux au ciel devant l'absurdité de cette distinction.

« Tu sais ce que tu devrais faire ? lance-t-elle sans lui donner le temps de répondre. Demander un rendez-vous en urgence chez ta psy, pour lui raconter ce qui s'est passé aujourd'hui. Ça t'aidera à travailler là-dessus sans perdre des heures à ressasser.

– Impossible. La priorité, c'est l'enquête. Pense à la nouvelle victime…

– Appelle ta psy, je suis sérieuse. Si tu ne prends pas la question à bras-le-corps, ça va te miner, et ça affectera ton travail.

– Je n'ai pas le temps, objecte à nouveau Daniel d'une voix nettement moins convaincue.

– Fais-le, c'est important. Imagine si ça t'arrive encore et que cette fois tu perdes vraiment le contrôle… »

Elle fait un pas vers lui et lui donne une longue accolade. Les émotions débordent en elle quand elle le sent se détendre dans ses bras.

« Merci, murmure-t-il à son oreille. Merci de me comprendre si bien. »

61

Quand Espen Lund s'installe en face de Daniel et Hanna, il ne reste plus grand-chose de l'attitude professionnelle qu'il affichait les jours précédents. Son air hagard trahit un stress intense, et Daniel remarque sous son œil gauche un léger tic. Affaissé sur la chaise de la salle de conférences, le directeur de l'hôtel mordille l'ongle de son index.

Cela fait un peu plus d'une heure que le nouveau corps a été découvert.

Malgré les circonstances dramatiques, Daniel se sent étrangement calme. Parler à Hanna des séances de thérapie l'a soulagé d'un poids ; il a aussitôt suivi le conseil de sa collègue en envoyant un SMS à Jovanka pour tenter de caler une nouvelle séance dès que possible. Il tâchera de se libérer, même si le rythme de l'enquête promet hélas d'aller crescendo.

Il ne voudrait pas décevoir Hanna. Et au fond de lui, il sait bien qu'elle a raison : sa réaction face au journaliste est une alerte à prendre très au sérieux. Cette enquête l'affecte bien plus qu'il ne le pensait. Découvrir une nouvelle femme assassinée est un véritable cauchemar.

Espen Lund, le visage enfoui dans les mains, pousse des gémissements affligés ; il semble à deux doigts de s'effondrer.

« C'est abominable, c'est une catastrophe, se lamente-t-il. Nous allons devoir fermer l'hôtel, ce n'est plus possible. »

D'une voix presque suppliante, il ajoute :

« Êtes-vous certains qu'il s'agit d'un autre homicide ? Ça ne peut pas être un accident ?

– Je suis désolée, répond Hanna. Nous devons bien sûr attendre le rapport du médecin légiste, mais tout indique que cette jeune femme a très probablement été étranglée. »

Lund s'effondre devant eux, comme paralysé par l'ampleur du désastre. Son portable émet des notifications incessantes, mais il ne prend pas la peine de le consulter, ni même de le passer en silencieux. Peut-être est-il choqué au point de ne plus l'entendre.

Daniel ne peut que compatir, mais ils n'ont pas le choix : à ce stade, la priorité de l'enquête est de recueillir toutes les informations possibles sur la nouvelle victime.

« Et maintenant, comment faut-il procéder ? » fait Lund d'une voix brisée.

Daniel se demande s'il parle de l'enquête ou de la gestion de son hôtel.

« Qu'est-ce que je dois faire ? poursuit Lund. Est-ce qu'il faut renvoyer chez eux tous les clients et les employés, par précaution ? »

Daniel remarque des traces de couperose sur sa joue gauche, un réseau de minuscules vaisseaux rouges qui s'éparpillent sous la peau comme de fines toiles d'araignée.

« Vous devriez peut-être attendre un peu, conseille Hanna. Il faut d'abord que nous puissions entendre tous les employés logés dans le bâtiment du personnel. Certains peuvent avoir vu ou entendu quelque chose.

– Nous avons besoin de toutes les informations dont vous disposez sur la victime », poursuit Daniel.

Outre son nom, Aada Kuus, ils ont appris que la jeune femme avait vingt et un ans et qu'elle venait d'une petite ville d'Estonie nommée Maardu.

Cela faisait six mois qu'Aada travaillait comme femme de ménage au Copperhill ; elle était appréciée de ses collègues, bien que perçue comme timide et réservée et ne parlant pas bien suédois.

Personne parmi eux ne comprend ce qui a pu se passer. Qui aurait pu vouloir assassiner Aada ?

Ses vêtements étaient intacts : à première vue, le mobile du crime ne semble pas être sexuel. Difficile de ne pas faire le rapprochement, en revanche, avec l'homicide au couteau commis quelques jours plus tôt.

« Nous supposons que la mort d'Aada est liée à la première affaire, avance Hanna. Savez-vous s'il existe des liens entre les deux femmes ? Si elles se sont rencontrées ?

– Je n'ai aucun élément pour répondre à cette question.

– Vous savez peut-être si Aada a été chargée du ménage dans la suite Argent pendant le séjour de Charlotte Wretlind ? »

Lund semble confus, comme s'il avait du mal à mettre de l'ordre dans ses pensées et ses émotions.

« Avez-vous accès à son tableau de service ? fait Hanna. On peut commencer par là. »

Le directeur de l'hôtel saisit l'iPad posé sur la table et lance une recherche dans le système interne.

« Aada travaillait la nuit où Charlotte Wretlind a été assassinée, dit-il au bout d'un moment. Elle ne s'occupait pas de la suite Argent, mais d'autres chambres au même étage.

– D'après les données de son badge, pouvez-vous voir à quelle heure elle était dans chacune d'elles ? dit Daniel.

– Je ne peux pas le voir ici, il faut que je demande au service informatique. »

Sa voix s'est calmée ; il lui est sans doute plus facile de se concentrer maintenant qu'il a une tâche concrète à accomplir. Ce n'est pas la première personne en état de choc que rencontre Daniel : il sait d'expérience que chacun réagit à sa manière. Il n'y a pas de bonne ou de mauvaise réaction.

Lund a sorti son portable et parle à un employé du service informatique.

« Ils vont nous faire parvenir les données de son badge », dit-il après avoir raccroché.

Quelques minutes plus tard, on frappe à la porte : c'est un homme de grande taille, vêtu de l'uniforme de l'hôtel.

Daniel le reconnaît : c'est lui qui a parlé à Hanna de la dispute à la réception.

« Excusez-moi, dit l'homme à Lund. Le service informatique m'a demandé de vous apporter ceci. »

Il lui tend un petit paquet de feuilles imprimées. Le directeur de l'hôtel lui adresse un sourire reconnaissant ; avec un imperceptible signe de tête, l'employé disparaît par la porte.

Lund étale les feuilles sur la table avant de poser la main sur l'une d'entre elles :

« Ah. On voit ici qu'Aada a fait le ménage dans plusieurs chambres du sixième étage dans la soirée du dimanche. On peut savoir dans lesquelles elle est entrée, mais pas combien de temps elle y est restée, puisqu'on ne badge pas pour sortir. »

Lund pointe du doigt une liste de données.

« Elle a fait les chambres 650, 642 et 633, qui devaient toutes les trois accueillir des clients le lendemain matin. Elle a ensuite continué son service au cinquième étage.

– Laquelle de ces trois chambres est la plus proche de la suite Argent ? interroge Hanna.

– La 633. Elle est mitoyenne. »

Lund étudie le registre. Son visage a repris des couleurs.

« On dirait qu'Aada est retournée dans la 633 tard dans la soirée, à minuit six – juste après la fin de son service, qui se termine à minuit. Elle avait peut-être oublié quelque chose dans la chambre, ça arrive. »

Daniel réfléchit : minuit six, cela correspond peu ou prou à l'estimation du légiste quant à l'heure du décès de Charlotte.

Certes, une autopsie ne peut jamais déterminer le moment exact où la personne a rendu son dernier souffle : pour cela, il faut croiser les observations médicales avec d'autres éléments de preuve. Mais dans ce cas-ci, il y a un témoin : l'homme qui occupait la chambre juste au-dessous de la suite, qui a entendu un bruit à cette heure précise.

« Dans ce cas, Aada se trouvait vraisemblablement dans la chambre voisine à l'heure où Charlotte a été assassinée », résume Daniel.

Hanna hoche la tête.

« Si Aada a eu le malheur d'être au mauvais endroit au mauvais moment et a vu le tueur s'enfuir de la suite Argent, on tiendrait le mobile », abonde-t-elle.

« Savez-vous si Paul Letho aurait pu avoir accès au tableau de service d'Aada ? »

Pendant leur dernier entretien avec Espen Lund, ils lui avaient posé une série de questions sur Lehto. Le directeur, qui n'avait pas eu vent de la dispute entre l'employé et Charlotte Wretlind, avait été particulièrement affecté en l'apprenant.

Sa réaction est maintenant plus vive encore. Le doute au fond des yeux, il lance d'une voix enrouée :

« Vous pensez réellement que Lehto est impliqué dans la mort d'Aada ?

– Nous ne pouvons pas répondre à cette question, dit Hanna. Mais si Aada a été témoin de la fuite du tueur, elle était en danger : celui-ci a pu vouloir se débarrasser d'elle pour éviter qu'elle parle. »

Cette hypothèse est tout à fait plausible, songe Daniel. Mais ses implications sont effrayantes, car cela en dit long sur la personnalité du meurtrier. Ils ont affaire à un criminel qui ne tue pas seulement dans un accès de rage. Il a aussi suffisamment de sang-froid pour assassiner d'autres personnes s'il l'estime nécessaire.

Un homme prêt à tuer pour sauver sa peau.

62

Un coup à la porte force Bengt Hedin à détacher les yeux de l'écran de son ordinateur. Il a passé la journée terré dans son bureau, annulant toutes ses réunions et feignant d'être débordé.

Il aurait préféré rester chez lui, mais il ne voulait rien faire qui puisse être perçu comme suspect. Il s'est forcé à se rendre à la mairie ce matin, en tâchant de faire comme si rien ne s'était passé. Après la visite de ce flic hier, tout le monde doit se poser des questions – même s'il a fait de son mieux pour minimiser la chose à la pause café.

Dès le départ de l'enquêteur, Bengt s'était précipité sur Google pour savoir si la police avait vraiment le droit de consulter ses comptes sans son autorisation. Le texte de loi était alambiqué et difficile à interpréter. Il a fini par jeter l'éponge, essayant de se rassurer en se disant qu'il avait pris toutes les précautions possibles. Il n'a pas accepté de transferts d'argent ou de virements à destination de son compte personnel. Tout a été versé à la fondation familiale, qu'il est seul à gérer. Avec un peu de chance, les flics ne penseront pas à aller fouiller dans ces comptes-là.

Il se sent quand même tout drôle.

Il a déjà fait beaucoup pour brouiller les pistes, allant au-delà des limites qu'il n'aurait jamais cru outrepasser.

Il sent une montée d'adrénaline en repensant aux médias sans cesse sur son dos. Le nouveau meurtre au Copperhill fait les gros titres et les journalistes semblent en savoir beaucoup plus qu'ils ne le devraient.

Bengt a lu chaque article avec soin, à en avoir des sueurs froides. Comment ont-ils pu dénicher toutes ces informations ? Que fera-t-il s'ils remontent jusqu'à lui ?

Il se passe une main moite dans les cheveux. Chaque jour, il se sent un peu plus englué. Il a l'impression de marcher dans un marécage ; ses pieds ne font que s'enfoncer sans espoir d'en sortir.

On frappe à nouveau, puis la porte s'ouvre. Sa collègue du parti, Gunilla Nymark, apparaît dans l'embrasure.

« Tu as deux minutes ? » demande-t-elle en venant s'appuyer sur le bord de son bureau.

Il ne peut pas refuser : Gunilla occupe une place centrale dans le parti à l'échelon local ; elle est en poste depuis longtemps, il ne peut pas se permettre de susciter sa méfiance.

Aujourd'hui, l'inquiétude se lit au fond de ses yeux bleu clair. Elle le regarde d'un air suspicieux.

« J'ai entendu des bruits de couloir sur le dossier Storlien de Charlotte Wretlind, dit-elle. Des mauvaises langues assurent qu'il y a eu des irrégularités. Maintenant que le projet risque de tomber à l'eau à cause du meurtre, ils veulent profiter de l'occasion pour examiner la conformité du processus. »

Dès qu'il entend le nom de Charlotte, Bengt sent un reflux gastrique remonter dans son œsophage. La haine qu'il éprouve pour elle lui brûle littéralement la gorge.

Si Charlotte n'était pas venue le chercher, jamais il ne se serait retrouvé dans une galère pareille. Tout ça à cause de sa maudite proposition de « compensation financière » : elle l'a appâté en lui promettant une somme rondelette – plus d'une année de salaire – s'il s'arrangeait pour lui obtenir l'aval du conseil municipal pour l'achat du terrain et le permis de construire.

Après avoir travaillé toute sa vie au service de l'État, il méritait lui aussi sa récompense, avait-elle argué. Pourquoi avoir des scrupules alors que bien d'autres, à sa place, auraient sauté sur ce genre de petit arrangement ?

Elle lui avait assuré que la transaction serait sans risque. N'était-il pas temps pour lui aussi de profiter des avantages de son poste ?

Charlotte Wretlind l'a mené par le bout du nez avec son discours enjôleur. Elle l'a flatté, encouragé. Ce qu'elle disait était vrai : tant de soirées et de week-ends sacrifiés pour le bien de ses administrés, sans aucun remerciement...

Ensuite, tout s'est emballé.

Il y a eu les premières questions gênantes, puis les fonctionnaires lui ont mis des bâtons dans les roues. La perspective de la conférence de presse l'a fait paniquer : et si leur accord secret était révélé au grand jour ?

Il fallait qu'il se retire.

Elle a alors eu le culot de le menacer avec ses textos condescendants. C'était le coup de trop.

Charlotte a eu ce qu'elle méritait.

En entendant Gunilla se racler la gorge, Bengt se ressaisit, tâchant de chasser son amertume.

« Honnêtement, la transaction foncière et le permis de construire que tu as approuvés commencent sérieusement à faire tache. Il va falloir qu'on les commente d'une manière ou d'une autre, peut-être en sortant un communiqué. Histoire de limiter un peu la casse. »

Bengt se carre contre le dossier de sa chaise pour s'autoriser quelques secondes de réflexion supplémentaires. La situation est proprement catastrophique. Il est sur la sellette, ce n'est rien de moins que sa carrière politique qui est en jeu...

S'il veut survivre à ça, il faut qu'il se mette Gunilla dans la poche.

L'angoisse lui tord les boyaux.

La bouche pâteuse, il répond, tâtant le terrain :

« Tu as une idée de plan de bataille ? »

Il le sait : toujours commencer par démentir, c'est l'une des règles de base en politique. À défaut, si l'on fait suffisamment acte de contrition, on peut finir par être pardonné. Mais cela suppose de pouvoir jouer cartes sur table.

Il n'a pas cette possibilité, loin de là.

« À toi de te démerder, répond Gunilla, la main sur la poignée. Et sache que j'ai lu tout le dossier. Ça ne sent vraiment pas bon, Bengt. J'espère une idée lumineuse, tu m'as comprise ? »

Elle referme la porte derrière elle. Bengt reste assis, hagard.

Comment va-t-il se tirer de ce bourbier ?

63

Dans la salle de conférences, Daniel et Hanna attendent qu'Espen Lund revienne avec Paul Lehto, tout juste arrivé dans les locaux. Ils vont enfin pouvoir l'interroger.

Daniel remarque qu'Hanna commence à s'agiter et à tripoter frénétiquement son portable.

« Il faut qu'on pousse Lehto dans ses retranchements. »

Elle remet bruyamment une chaise en place, puis se dirige vers la fenêtre. Le front contre la vitre, elle ferme les yeux, comme pour rassembler ses forces. Daniel la comprend : lui aussi a beaucoup de mal à s'abstraire de l'atmosphère oppressante qu'a laissée la conversation avec le directeur de l'hôtel.

Plus ils en ont appris sur cette pauvre Aada Kuus, plus sa mort leur paraît tragique.

« Nous n'avons encore aucune preuve médico-légale qui relierait Lehto à l'une ou l'autre des scènes de crime, rappelle Daniel. Tout ce qu'on a sur lui, c'est cette grosse dispute le soir de l'homicide.

– Il était chasseur, apparemment, dit Hanna, on peut gager qu'il sait manier un couteau à dépecer. Il est propriétaire d'une motoneige et travaille à l'hôtel. Et on sait qu'il y a eu un conflit entre lui et Charlotte Wretlind dimanche. Deux témoins l'ont confirmé. »

C'est un faisceau d'indices, certes. Mais sans preuves concrètes, impossible de l'incriminer.

« Ça ne fait pas de lui un meurtrier pour autant », dit Daniel.

Avec un soupir, Hanna s'assied à nouveau à la table.

« Je sais bien, dit-elle. Je suis tellement frustrée. On a une nouvelle victime, qui a été tuée presque sous nos yeux. Si Lehto est l'assassin, en l'arrêtant à temps on aurait sauvé Aada Kuus… »

Ça avait aussi traversé l'esprit de Daniel.

Mais est-il vraisemblable qu'une banale dispute soit l'élément déclencheur du premier homicide : l'accrochage à la réception a-t-il vraiment pu mettre Paul dans un état de rage qui l'aurait poussé à monter, presque sans préméditation, jusqu'à la suite Argent pour poignarder une cliente ?

Et traquer ensuite Aada Kuus pour l'étrangler avec son écharpe ?

Cela paraît insensé. Mais Daniel a déjà vu passer des affaires où de simples broutilles ont été l'étincelle provoquant un déchaînement disproportionné de violence.

Les passions humaines les plus intimes – la colère, la haine, le désir – s'affranchissent bien souvent de la logique. Il n'est pas impossible que Lehto, profondément blessé dans son honneur, ait agi sous le coup de l'émotion, seul mobile probable, car par ailleurs aucun lien antérieur n'a été mis au jour entre lui et Charlotte Wretlind – si ce n'est d'hypothétiques contacts à la réception lors de ses séjours précédents au Copperhill.

On frappe à la porte ; Lehto se tient sur le seuil.

L'homme ressemble tout à fait à sa photo d'identité. Il a un corps trapu, et une ombre de repousse obscurcit son menton.

« Vous vouliez me parler, me dit Espen ?

– Oui, entrez, dit Daniel. Nous avons des questions à vous poser. »

Dès qu'il s'assoit, Hanna ne lâche plus Lehto des yeux :

« Pourquoi n'êtes-vous pas venu travailler ces derniers jours ? »

Daniel ne voit pas d'inconvénient à cette approche directe. À ce stade, il n'y a pas lieu de tourner autour du pot.

« J'étais malade, lance Paul, déjà sur la défensive. Espen ne vous l'a pas dit ?

– Nous avons essayé plusieurs fois de vous joindre. Pourquoi ne pas avoir répondu au téléphone ? » réplique Daniel.

Paul Lehto hausse les épaules ; Hanna ne cache pas son agacement devant tant de désinvolture.

« Une patrouille de police est venue frapper à votre porte, poursuit-elle. Mais personne n'a ouvert : vous avez une explication ?

– Ah bon ? Je devais dormir. »

Daniel dévisage Lehto : il n'a pas l'air très crédible. Mais il leur faut un peu plus que ça pour le suspecter pour de bon.

« Il semblerait qu'un conflit soit survenu dimanche entre Charlotte Wretlind et vous, poursuit-il.

– Des témoins oculaires nous ont décrit cette dispute, ajoute Hanna. Pouvez-vous nous expliquer de quoi il retournait ? »

Lehto se mord la lèvre inférieure au point de la faire quasiment disparaître.

Il élude par une question :

« Qui vous a raconté ça ?

– Ça n'a aucune importance, dit Daniel posément. Nous aimerions simplement entendre votre version des faits.

– C'est Iris ? C'est elle qui m'a balancé ?

– Répondez plutôt à la question, insiste Hanna. Votre collègue n'a rien à voir là-dedans. »

Lehto est furax – Daniel le voit à sa bouche pincée. Mais impossible de savoir si sa colère se dirige contre la réceptionniste ou les policiers qui lui font face.

Il garde quelques secondes le silence, puis inspire bruyamment par le nez.

« OK, dit-il enfin. Dimanche, la journée a été hyper intense. Toutes les arrivées ont été retardées à cause de cette grosse tempête. Un paquet de clients ont débarqué pile en même temps. J'ai essayé de faire les check-in aussi vite que j'ai pu, mais certains ne nous ont vraiment pas aidés. Ils ont passé leurs nerfs sur nous, à la réception – comme si on était responsables de la météo. »

Il semble particulièrement amer – Daniel se demande même pourquoi il travaille dans l'hôtellerie si les clients lui tapent à ce point sur le système.

« Ces Stockholmois, avec leur fric…, poursuit Lehto. Ils n'ont aucune considération. Ils pensent que tout leur est dû, qu'ils peuvent traiter les employés comme des moins-que-rien juste parce qu'ils ont les moyens de se payer un quatre étoiles. On est humains, nous aussi. Mais ça, ils paraissent l'oublier. »

Daniel est attentif à l'accent de Lehto : il semble originaire de l'extrême nord de la Suède, peut-être de Tornédalie, à la frontière de la Finlande.

Serait-ce la raison de son aversion pour les citadins, de sa colère larvée ?

« Et au milieu de ce souk, cette femme est venue se planter face à moi, poursuit-il. Elle est littéralement passée devant tous les clients qui attendaient leur chambre et a commencé à se plaindre de tout et n'importe quoi : du ménage mal fait, du manque de papier toilette… J'ai fait ce que j'ai pu pour la calmer, mais il fallait aussi que je m'occupe de ceux qui attendaient leur tour. Quand je lui ai demandé de patienter, elle s'est énervée encore plus. Ensuite… »

Lehto soupire.

« Que s'est-il passé ensuite ? relance Hanna.

– Un vase est tombé, une décoration de Pâques. Ce n'est pas moi qui l'avais mis là, mais c'est quand même moi qui me suis tout pris dans la figure. »

Paul Lehto secoue la tête, visiblement excédé par ce souvenir. Il est clair qu'il se sent injustement maltraité.

« C'était le bordel total ; et malgré ça, Charlotte Wretlind n'a pas voulu lâcher l'affaire. Elle critiquait tout ce que je faisais et menaçait de se plaindre au directeur. Une vraie folle, si vous voulez mon avis.

– Et alors, qu'est-ce que vous avez fait ? demande Hanna.
– J'ai essayé de la calmer du mieux que j'ai pu. J'ai peut-être un peu élevé la voix, mais c'est tout. Ce n'était pas une grosse "dispute", comme vous dites. »

Il lève les paumes pour souligner son innocence.

« Iris a sûrement exagéré. Ça lui arrive souvent, malheureusement. C'est le genre de personne qui adore répandre des ragots sur ses collègues. »

Paul Lehto ne semble pas avoir compris qu'Iris n'est pas la seule à avoir rapporté l'événement – l'homme du service conciergerie est le premier à en avoir parlé.

Il ne semble pas non plus voir le paradoxe qu'il y a à critiquer la tendance qu'a Iris à colporter des ragots, alors qu'il vient tout juste de l'accuser sans preuve.

Daniel décide de ne pas relever, au froncement de sourcils sceptique d'Hanna, il comprend qu'elle pense exactement comme lui.

« Et ensuite ? Continuez, dit-il.
– Charlotte Wretlind est devenue hystérique. Vu son comportement, elle devait être en pleine ménopause… Elle a dit que j'allais le regretter, et je ne sais plus quoi d'autre, avant de partir en courant. Sur le moment, je suis vite passé à autre chose parce que j'étais débordé. C'est seulement le lendemain, quand j'ai compris que c'était elle, la femme qui avait été retrouvée assassinée, que ça m'a assommé. Je me suis senti tellement mal que mon médecin m'a mis en arrêt.
– Que s'est-il passé juste après l'incident ? relance Daniel.
– Rien de spécial. J'ai continué à travailler.
– C'est donc la dernière fois que vous avez vu Charlotte Wretlind vivante ? précise Hanna.
– Oui, c'est ça. »

Hanna mordille le bout de son crayon.

« Êtes-vous entré dans la suite Argent durant le séjour de Charlotte Wretlind ? demande-t-elle.
– Non, jamais, répond Lehto.
– En êtes-vous absolument sûr ? insiste Daniel.
– Oui, absolument. »

Lehto tient ses mains serrées. Est-ce parce qu'il est stressé par l'interrogatoire, ou parce qu'il est en train de leur mentir ?

« Qu'avez-vous fait dans la soirée ? relance Hanna.

– J'ai fini mon service, je me suis changé et je suis rentré chez moi en voiture.

– À quelle heure avez-vous quitté l'hôtel ? fait Daniel.

– Voyons voir… J'ai fini vers onze heures du soir et je suis parti dans la foulée.

– Y a-t-il quelqu'un qui pourrait confirmer l'heure à laquelle vous êtes rentré ?

– Ma femme. Vous pouvez l'appeler si vous voulez.

– Elle était encore réveillée à cette heure-là ? » fait Hanna.

Lehto reste muet ; Hanna le laisse venir. Finalement, il lâche à contrecœur :

« Maintenant que vous le dites, elle devait dormir, oui.

– Personne ne peut donc attester que vous êtes rentré directement chez vous ? » résume Daniel.

Lehto ne dit rien. Un rayon de soleil entre dans la pièce ; par la baie vitrée, on voit de l'eau goutter du toit et des milliers de cristaux de glace scintiller dans la lumière de l'hiver finissant.

Les stalactites qui ornent la gouttière brillent en transparence. Par contraste, la pièce où ils se trouvent paraît encore plus sombre, avec son atmosphère confinée.

« Vous avez un permis de port d'arme : je suppose que vous chassez, dit Hanna. Nous nous demandions si vous possédiez un couteau de chasse. »

Daniel repense au poignard ensanglanté qu'ils ont trouvé dans la neige, la veille. Si seulement son analyse pouvait isoler ne serait-ce qu'une empreinte digitale, ce serait un énorme bond en avant pour l'enquête.

Et si cette empreinte appartenait à Paul Lehto, l'affaire serait pliée.

« C'est exact, répond Lehto, qui semble gêné par la question. Pourquoi ?

– Nous voudrions le voir », répond Hanna.

Lehto ouvre la bouche comme pour protester, mais se tait.

Hanna écrit quelques mots dans son carnet puis relève le regard.

« Est-ce que vous connaissiez bien Aada Kuus ? poursuit-elle.

– Qui ça ?

– La femme de chambre qui a été retrouvée morte ce matin, derrière le bâtiment du personnel.

– Quoi ? Il y a eu un autre meurtre ? » s'exclame Lehto.

Tandis qu'Hanna lui dit quelques mots de la tragique nouvelle, Daniel essaie de déchiffrer son expression. Lehto semble surpris, mais il est difficile de savoir s'il s'agit d'une émotion authentique ou s'il est simplement bon acteur.

Daniel a mené de nombreux interrogatoires dans sa carrière, et cet homme fait partie des plus difficiles à percer.

« Vous la connaissiez ? » redemande-t-il.

Lehto secoue la tête. Du couloir derrière la porte monte un bruit d'aspirateur.

« Non. Aucune idée.

– Vous en êtes bien sûr ? insiste Hanna.

– Certain. »

Son ton est véhément : Lehto semble vouloir convaincre ses interlocuteurs – et peut-être lui-même, par la même occasion – qu'il dit la vérité.

« Nous aimerions savoir où vous étiez la nuit dernière, demande Daniel.

– J'étais chez moi. À Krok.

– Avec votre femme ? dit Hanna.

– Oui, absolument. Vous pouvez lui demander si vous ne me croyez pas.

– Vous y étiez toute la soirée ? dit Daniel. Vous n'êtes pas sorti du tout ?

– Si, pour promener le chien. Ça a pris quoi, une demi-heure ? »

Lehto essuie ce qui ressemble à une goutte de sueur sur son front. Daniel aurait bien aimé avoir une serviette à lui tendre, pour la garder ensuite – et comparer son ADN avec les traces biologiques recueillies par Carina…

« Vous me soupçonnez, c'est ça ? » dit-il d'une voix rauque.

Daniel regarde Hanna du coin de l'œil. Ils sont sur le fil : s'ils le pressent davantage, Lehto risque de couper court à l'interrogatoire pour réclamer un avocat.

« Nous aimerions prélever votre ADN, si vous êtes d'accord, répond-il d'une voix neutre.

– Pourquoi ?

– C'est une opération de routine, explique Hanna. Ça nous permettra d'exclure que vous soyez passé dans la suite Argent où Charlotte Wretlind a été retrouvée lundi matin. »

Ou à l'endroit où Aada Kuus a été étranglée aujourd'hui, complète Daniel en pensée.

Quelque chose de dur luit dans les yeux de Lehto. Il est loin d'être un imbécile, ça se voit.

« Non, lance-t-il en se levant de sa chaise. Avant d'accepter quoi que ce soit, je veux parler à un avocat. »

À l'époque
Le 28 décembre 1973

En fin d'après-midi, on a envoyé Monica chercher des nappes propres dans la réserve. Elle se dirige vers le sous-sol, où se trouve la buanderie, retenant un petit frisson en pénétrant dans l'étroite cage d'escalier. On lui a raconté qu'ici, dans les années cinquante, une jeune fille s'était brisé le cou après avoir été poussée du haut des marches.

Il paraît que depuis lors son malheureux fantôme erre toujours dans les couloirs...

Alors que Monica passe devant le bar du personnel, où se tiennent les réunions des employés une fois par semaine, la porte s'ouvre. La jeune fille est arrêtée dans sa course par une voix grave qui murmure son nom. Sean se dresse tout à coup devant elle.

Elle écarquille les yeux : que fait-il ici ?

Avant qu'elle puisse poser la question, il fait un pas vers elle et l'entraîne par le bras.

« Viens », dit-il en la faisant entrer dans le local vide. La lumière est éteinte ; pas une seule personne en vue.

Sean referme rapidement la porte derrière eux et tourne le verrou. Puis il se jette sur elle, si violemment que son dos vient heurter le grand piano. La bouche de Sean cherche la sienne, sa langue se fraie un chemin entre ses lèvres et il l'embrasse avec une telle force qu'elle en a le souffle coupé.

C'est une sensation nouvelle, étrange, au parfum d'interdit. Mais une sensation merveilleuse...

Haletante, Monica pousse un gémissement en se laissant emporter.

La bouche de Sean a le goût de la fumée de cigarette et du tabac à chiquer. Il se presse contre son corps, elle a l'impression d'être dans un rêve…

À la fin de ce long baiser, il recule d'un pas, pantelant.

« Tu me rends fou, s'exclame-t-il. Je n'en peux plus. Il faut que tu sois à moi. »

Monica n'est pas tout à fait certaine de ce qu'il entend par là, mais elle ne veut pas que ce moment se termine. C'est comme dans les livres… Elle n'arrive toujours pas à croire qu'elle puisse susciter un si puissant désir chez un homme aussi beau.

« Qu'est-ce que tu fais de moi, jeune demoiselle ? » susurre Sean d'une voix rauque.

Il prend le visage de Monica dans ses mains et le scrute fixement, comme s'il voulait l'imprimer à jamais dans sa mémoire.

« Tu m'as ensorcelé, tu le sais ? »

Puis il l'embrasse avec fougue. Sa main se glisse sous son chemisier, sous le tissu de son soutien-gorge. Monica se raidit, mais Sean ne semble pas le remarquer.

Un bruit retentit depuis le couloir ; elle se dégage de l'étreinte.

Si jamais on la surprend avec un client, elle va se faire renvoyer.

« Je dois y aller, murmure-t-elle. Quelqu'un pourrait venir. »

Mais en voyant le visage de Sean, le désespoir dans ses yeux sombres, elle fond d'amour. Tout s'est passé si vite…

Une évidence s'impose à elle : elle l'aime. Ils s'aiment. Ils sont faits l'un pour l'autre. Même si lui est déjà marié et a des enfants, le destin s'apprête enfin à les réunir, envers et contre tout.

« Il faut que je te revoie, murmure-t-il à son oreille. Bientôt. Je trouverai un moyen. »

Monica hoche la tête sans un mot, rajuste ses vêtements et s'éclipse, le cœur au bord de l'explosion.

64

Un briefing exceptionnel a été fixé au commissariat à quinze heures trente.

En passant la porte de la salle de réunion avec quelques minutes d'avance, Hanna découvre, une fois n'est pas coutume, Birgitta Grip en chair et en os, qui déboutonne son épais manteau. Si les autres enquêteurs d'Östersund doivent comme d'habitude les rejoindre en visio, la commissaire a fait un crochet par Åre après une entrevue, à Järpen, avec le conseil municipal.

Hanna s'installe en face de sa supérieure en attendant l'arrivée du reste de l'équipe.

« Alors, tu tiens le coup ? » demande Grip en posant son manteau.

Hanna ne compte pas affecter un air détaché. L'image du corps sans vie d'Aada Kuus abandonné dans la neige est omniprésente dans sa tête.

Comment ne pas rapprocher cette découverte de celle du cadavre de la petite Amanda, à peine majeure, il y a un peu plus d'un an ? Les deux victimes avaient quasiment le même âge…

La mort d'une personne aussi jeune est particulièrement cruelle.

« C'est dur, reconnaît-elle. La journée a été très éprouvante. Cette nouvelle victime… je vis ça comme un échec. Je ne peux pas m'empêcher de penser qu'on aurait pu éviter ce crime.

– Je comprends. Ce genre de scène, on ne s'y habitue jamais. »

De longues années d'expérience se reflètent dans ses yeux fatigués, marqués. Hanna lit dans le regard de Grip un mélange de tristesse et de cynisme, mais sans le moindre soupçon de résignation.

Grip est le genre de flic qui ne cède jamais devant l'adversité, tout en ayant bien peu d'illusions. Elle n'est qu'à quelques années de la retraite – elle fait partie de la tranche d'âge autorisée à partir dès soixante-cinq ans –, mais Hanna espère que sa patronne poursuivra sa carrière jusqu'à la limite légale.

« Hanna, je tenais à te dire que ta présence dans l'unité est précieuse, annonce Grip de but en blanc, gratifiant Hanna d'un rare sourire. Tu as apporté à l'équipe ta vision du monde et ton expérience unique. C'est inestimable, même pour une vieille routière de la police comme moi. Tu bosses très bien ; on est vraiment ravis de t'avoir parmi nous. »

Hanna sent ses joues s'échauffer. Peu habituée aux compliments, elle se trouve bien en peine d'y répondre. Surtout venant d'une patronne plus inquiète d'avancer sur les affaires en cours, avec un grand souci du détail, que de caresser ses équipes dans le sens du poil.

Alors que le silence commence à devenir gênant, Raffe fait une arrivée fracassante en posant sur la table un énorme œuf de Pâques en carton rempli de friandises et de chocolats. Si les couleurs festives s'accordent assez mal avec la situation, l'attention n'en reste pas moins touchante.

« Nilla est passée avec ça, explique-t-il en s'asseyant à côté d'Hanna. Allez-y, servez-vous ! »

Hanna éprouve un sentiment de gratitude à l'égard de la compagne de Raffe : son corps réclamait du sucre pour un regain d'énergie.

Anton et Daniel s'installent à leur tour pour commencer la réunion, alors que les collègues d'Östersund viennent d'apparaître à l'écran.

Grip range son portable et ouvre le bal :

« On vit une semaine de Pâques particulièrement pénible ; comme vous le savez, il y a eu un nouvel homicide en lien avec le Copperhill. Les proches de la victime ont-ils été informés ?

– La police estonienne est prévenue, répond Anton. Nous n'avons pas réussi à obtenir les coordonnées de ses proches : Aada n'avait pas de contact avec son père, et sa mère est en maison de repos.

– Ah, navrée de l'apprendre, dit Grip. Carina, tu prends la suite ? »

Elle regarde la technicienne en train de s'installer.

Hanna profite du temps mort pour attraper une poignée de bonbons.

« Nous avons procédé à un examen approfondi du site où a été découvert le corps, commence Carina. Malheureusement, nous n'avons pas trouvé grand-chose, comme souvent en extérieur. Pas non plus de traces de fluides corporels. »

Elle indique le mur où sont épinglées les photos de la nouvelle scène de crime, à côté de celles de Charlotte Wretlind.

« On n'a pas trouvé d'empreintes de pas directes de l'agresseur, poursuit-elle. Il a pas mal neigé cette nuit – elles ont dû être recouvertes. Et la neige autour de la victime était déjà largement piétinée à notre arrivée. Tout laisse à penser que l'assassin s'est enfui en direction de la route principale, qui passe à une centaine de mètres de là. Dans l'autre direction, côté forêt, la couche de neige était intacte. »

Hanna écoute sa collègue en mâchonnant. Elle voit clairement la déception dans les yeux de Daniel devant ces informations plus que parcellaires.

« Le corps est en route pour Umeå afin d'être autopsié, conclut Carina. Pour rappel, Aada Kuus était petite et menue ; elle ne mesurait qu'un mètre soixante-deux. À supposer qu'il s'agisse du même agresseur que pour Charlotte

– quelqu'un d'assez puissant, au vu des blessures qu'il lui a infligées –, alors la nouvelle victime n'avait probablement aucune chance. La victime a sans doute été assassinée là où on a trouvé le corps. Je n'ai en tout cas rien noté qui puisse suggérer le contraire.

– Et la personne qui l'a découverte, a-t-elle dit quelque chose ? demande Raffe. Une femme avec un chien, c'est bien ça ?

– Nous lui avons parlé, répond Daniel. Elle n'a guère fait plus que donner l'alerte. C'est son chien qui a repéré le corps pendant leur promenade. En s'approchant, elle a tout de suite compris.

– On peut se demander pourquoi le tueur a choisi de laisser la victime sur place, poursuit Grip. Il n'a même pas essayé de dissimuler son crime. »

Pour Hanna, ça n'a rien d'étonnant :

« Peut-être parce qu'il voyait Aada comme un simple problème à régler ? Une fois morte, ça ne changeait pas grand-chose pour lui qu'on retrouve son corps.

– Ça reste quand même assez audacieux, de ne même pas essayer de cacher sa victime », souligne Anton.

Hanna revoit le visage renfrogné de Paul Lehto. Serait-ce lui qui a abandonné le corps d'Aada Kuus dans la neige ?

Et quel rôle joue Bengt Hedin dans cette histoire ?

Hanna demande la parole. Pour étayer son propos, elle relate les conclusions de leur conversation avec Espen Lund : l'hypothèse selon laquelle Aada Kuus aurait été le témoin oculaire du premier homicide.

« Supposons qu'elle ait eu le malheur de croiser l'agresseur au moment où il s'enfuyait de la suite Argent. Il risquait qu'elle le dénonce : voilà un motif évident pour vouloir se débarrasser d'elle. Une fois le crime commis, sa priorité était probablement de quitter les lieux avant d'être découvert.

– Mais Aada Kuus a bien été interrogée ? fait Grip. Elle n'a rien dit de ce qu'elle avait vu ?

– Malheureusement, on dirait bien qu'elle n'a pas été entendue, dit Anton en feuilletant une liste. Les collègues chargés de l'interrogatoire du personnel ont apparemment essayé de la contacter, en vain.

– Il y a encore beaucoup de membres du personnel qui sont passés entre les mailles du filet ? » demande Hanna.

Anton hoche la tête, le nez dans ses feuilles.

« Quelques-uns.

– Il faut s'en occuper fissa », dit Grip.

Hanna jette un œil à sa patronne. Cela fait tout drôle de la voir à Åre. La commissaire a du charisme, même à distance, mais ici, elle en impose vraiment.

Elle se tourne vers Hanna et Daniel.

« Savons-nous quand Aada Kuus a été vue en vie pour la dernière fois ?

– Hier soir, répond Hanna, reprenant les informations fournies par l'hôtel. Elle a enchaîné deux services pour terminer à minuit. Selon le système informatique de l'hôtel, sa carte a été utilisée pour la dernière fois dans la chambre 343, à minuit moins dix. »

Hanna baisse les yeux sur ses notes.

« Son badge n'a pas servi pour ouvrir le bâtiment du personnel. En d'autres termes, elle a été étranglée sur le chemin du retour.

– Le tueur s'était mis en embuscade devant chez elle, donc ? fait Raffe.

– On dirait bien, oui.

– Entre les deux bâtiments, il n'y a que quelques centaines de mètres, ajoute Daniel. Si l'homme connaissait les horaires d'Aada Kuus et savait où elle habitait, il a très bien pu se poster là et l'attendre dans le noir. »

Hanna essaie de se figurer la scène.

La jeune femme a terminé sa journée, il est minuit. Elle quitte le vestiaire, sort par le parking et passe la porte de service. Puis elle marche tout droit dans la neige vers le bâtiment du personnel.

Son attention est probablement dirigée ailleurs. La journée a été longue. Elle n'a peut-être même pas le temps d'apercevoir son agresseur avant qu'il se jette sur elle.

Et là, c'est trop tard.

Hanna tourne la tête vers Daniel, se demandant s'il ressent la même frustration qu'elle.

« Qui avait connaissance de l'emploi du temps d'Aada Kuus ? » demande Anton.

Hanna consulte ses notes.

« D'après le directeur de l'hôtel, il y a trois services fixes pour le personnel de ménage. Il suffisait d'avoir cette information pour déduire qu'elle rentrerait chez elle peu après minuit, si elle était du soir. »

Depuis la rue, le bruit sourd de la déneigeuse raclant la chaussée lui fait lever les yeux.

« Venons-en au mode opératoire, dit Grip. Coups de couteau pour le premier homicide, strangulation pour le second. Pourrait-ce être le signe qu'on a affaire à deux meurtriers différents ? »

Hanna s'est posé la même question. En toute hypothèse, des modes opératoires aussi dissemblables pourraient suggérer la présence de deux agresseurs. Mais cette théorie lui semble difficile à accepter : quelle est la probabilité que deux tueurs agissent à quelques jours d'intervalle dans un périmètre aussi restreint ?

On note en outre certaines similitudes dans le mode opératoire : les deux meurtres supposent un contact étroit entre le tueur et la victime.

Ce n'est pas aussi courant qu'on pourrait le croire. Un corps-à-corps mortel suscite chez la plupart des gens une répugnance instinctive : pour se débarrasser de quelqu'un, il est bien plus facile, psychologiquement, d'user d'une arme à feu.

Une personne capable de poignarder une femme dans son sommeil, d'une multitude de coups de surcroît, devrait vraisemblablement pouvoir en étrangler une deuxième.

Surtout si celle-ci a été témoin du premier crime…

« Je pencherais pour un seul et même individu », soutient Daniel avant qu'Hanna ait pu ouvrir la bouche.

Les grands esprits se rencontrent ! Elle lui adresse un sourire complice. C'est l'une des choses qu'elle préfère chez Daniel : elle et lui arrivent bien souvent à une conclusion commune – même s'ils empruntent parfois des chemins différents, non sans débats.

Cette fois, il déroule exactement le même argumentaire qu'Hanna.

Grip écoute l'exposé de Daniel, bras croisés, puis reste quelques instants silencieuse, comme s'il lui fallait achever un raisonnement.

« J'achète, finit-elle par déclarer en griffonnant quelques mots sur son carnet. Et pour le reste, on en est où ? On a avancé sur cette histoire de groupe Facebook ? »

Hanna résume ce qu'a découvert Nadim, du service informatique. Il n'est toujours pas revenu vers elle au sujet de cette mystérieuse adresse IP localisée à l'hôtel de ville de Järpen, d'ailleurs. Il faut qu'elle pense à le relancer.

« Si l'adresse IP devait remonter jusqu'à Bengt Hedin, ça nous ferait un beau suspect, lance Anton avec un regard appuyé en direction d'Hanna.

– Au fait, nos homologues de Stockholm ont vérifié l'alibi de l'amant présumé de Charlotte, Stefan Forsberg, ajoute Grip. Il est en Scanie avec sa famille depuis le début de la semaine : on peut aussi le rayer de la liste. »

Hanna note l'information. Ils sont libres maintenant de concentrer toute leur énergie sur Lehto et Hedin.

L'homme politique avait apparemment autant de raisons que Paul Lehto de vouloir se débarrasser de Charlotte. Mais si Hedin est réellement le cerveau de l'assassinat, quelqu'un l'a forcément aidé – en lui donnant accès à l'hôtel, ou, plus probablement, en commettant les crimes à sa place.

Tous les éléments de l'enquête, à commencer par l'usage d'un badge d'accès, suggèrent l'implication d'un salarié.

Si ce n'est pas Lehto, de qui peut-il s'agir ?

Pour une fois, son intuition reste muette.

« Où en est l'examen des liens financiers entre Charlotte Wretlind et Bengt Hedin ? les interroge Grip. À ce sujet, j'ai demandé à la procureure d'approuver sa mise sur écoute téléphonique ; ça suit son cours. »

Raffe lève la tête.

« On a trouvé quelques infos intéressantes, répond-il. En analysant les différentes transactions impliquant Charlotte Wretlind, on a constaté que des sommes importantes avaient été transférées sur des comptes assez suspects, sans lien apparent avec le projet Storlien.

– Ça pourrait être des dessous-de-table, enchaîne Anton. Mais il nous reste à creuser encore un peu si on veut relier Hedin à ces transferts. »

Grip rassemble les feuilles posées en désordre devant elle.

« Il faut qu'on se concentre sur Hedin et Lehto dans les jours qui viennent, résume-t-elle. Je sais que Pâques approche, mais on doit tenir le rythme. Nous devons connaître tous les liens possibles entre les deux hommes et les victimes.

– On poursuit la vérification des antécédents du reste du personnel ? s'enquiert Nisse depuis Östersund. Compte tenu de ce que vous avez dit sur Paul Lehto, ça reste une priorité ? »

Sans surprise, ce tire-au-flanc est très loin d'avoir terminé, se dit Hanna.

« Oui, bien sûr, continuez, répond Grip. On ne va pas abandonner les autres pistes pour autant.

– Entendu », dit Nisse, sa voix dénotant une certaine réticence.

Il n'a pas l'air de vouloir passer à la vitesse supérieure, il est pourtant sur cette tâche depuis plusieurs jours.

Hanna sent une montée de stress à l'idée que son je-m'en-foutisme leur fasse rater une information capitale. Lehto n'est peut-être pas le seul employé à surveiller de près.

Avec deux victimes, il n'est pas question de se relâcher. Au contraire.

65

Plus un bruit dans les couloirs de la mairie. Bengt Hedin n'a pas quitté son bureau ; il voit par la fenêtre le soleil disparaître derrière l'horizon et un ciel rose se refléter dans les vitres du bâtiment d'en face. Mais il n'a d'yeux que pour les ombres noires qui s'apprêtent à fondre sur lui.

Le menton dans les mains, il pèse de tout son poids sur le bureau tandis que ses pensées s'emballent. Tout le monde est sur son dos à lui réclamer des comptes, jusqu'aux membres du parti.

Comment va-t-il se sortir de ce merdier ?

Tous ses collègues sont rentrés chez eux pour fêter Pâques ; Bengt, lui, fait des heures sup enfermé dans son bureau. Demain est un jour férié, Dieu merci : a priori ce grand pont de quatre jours lui permettra de souffler un peu.

Son échange avec Gunilla Nymark l'a méchamment retourné.

S'il prend le problème à bras-le-corps, on peut penser qu'elle le laissera tranquille. Mais le parti a exigé qu'il se dégage de tout ce qui touche au projet Storlien. Il faut qu'il avance une explication crédible quant à sa gestion du dossier Charlotte Wretlind qui puisse justifier l'apparent passe-droit dont elle a bénéficié dans le processus d'attribution.

Il ne peut pas faire autrement s'il veut que Gunilla Nymark lui lâche un peu la grappe.

Il doit procéder à un grand ménage. Faire disparaître tout ce qui peut le relier à Charlotte Wretlind et à son foutu projet d'hôtel.

Il ne s'en fait pas trop pour le fric, qui devrait être intraçable, mais le reste ? Les textos qu'il a été assez con pour envoyer, et toutes les traces numériques qu'on laisse désormais derrière soi…

Et puis il y a cette enquête policière sur les deux homicides à l'hôtel.

Une douleur aiguë lui serre d'un coup l'estomac et lui brûle le gosier. Bengt ferme les yeux ; si seulement il pouvait boire quelque chose de fort, un anesthésiant qui lui ferait oublier la réalité…

Il n'a pas d'alcool au bureau, malheureusement, mais il peut s'y prendre autrement.

En trois clics, il se rend sur l'un des sites pornos qu'il consulte le plus souvent.

Cette fois, il fait son choix parmi ce qu'il y a de plus violent – un défilé de vidéos d'hommes brutalisant des femmes jusqu'à les faire hurler et pleurer de douleur.

Alors qu'il lance l'une d'elles, ses yeux tombent sur le cadre posé sur son bureau – un cliché de son épouse, sourire réjoui sur le visage. Il devrait lui envoyer un message pour lui expliquer qu'il sera en retard, mais il n'en a aucune envie. La photo a été prise sur une piste de ski de fond, sous un soleil radieux. C'était il y a plus de dix ans – à l'époque, elle avait quinze kilos en moins et pas un seul cheveu blanc.

La dernière chose dont il ait envie, c'est de rentrer chez bobonne pour entendre ses jérémiades.

De frustration, il tape du poing sur l'accoudoir. Il aimerait n'avoir jamais croisé la route de Charlotte Wretlind. Elle méritait de mourir – sa disparition, au moins, est une excellente chose.

Mais même depuis la morgue, elle arrive encore à lui pourrir la vie.

Bengt pousse le volume de l'ordinateur à fond – peu importe si quelqu'un l'entend. Les bruits de la grosse brute qui fouette jusqu'au sang la femme ligotée le soulagent aussitôt.

Il savoure chaque coup qui claque sur la peau nue.

66

Compte tenu de la charge de l'enquête, il ne semble toujours pas raisonnable à Daniel de prendre sur son temps pour voir Jovanka. Mais les mots d'Hanna lui sont restés en tête.

Il ne pourrait plus la regarder dans les yeux s'il annulait le rendez-vous, maintenant que sa psy s'est arrangée pour trouver un créneau.

La réaction qu'il a eue tout à l'heure lui fait franchement peur ; il ne pensait pas que la pression l'affecterait autant. Il était convaincu d'avoir enfin appris à maîtriser ses sautes d'humeur, mais cette tête de mule de journaliste a failli lui faire péter les plombs.

Il ne peut pas continuer comme ça.

Il ne veut pas.

Jovanka adresse à Daniel un sourire chaleureux lorsqu'il pénètre dans son cabinet à dix-huit heures sonnantes. Elle est déjà installée dans son fauteuil en tissu gris. En face, un siège similaire, de couleur bleue – c'est là que Daniel s'assoit habituellement.

Sur la table basse qui les sépare, une boîte de mouchoirs en papier a été posée à portée de main.

Daniel espère qu'il n'aura pas à y toucher durant l'heure qui vient.

« Comment vous sentez-vous, aujourd'hui ? »

C'est la phrase qu'elle utilise toujours en guise d'introduction.

Daniel a fini par s'y faire. Le début de la séance est toujours laborieux, il lui faut généralement plusieurs minutes pour se mettre dans le bain. La première fois, il n'a presque pas réussi à décrocher un mot pendant une demi-heure.

« Merci de me recevoir comme ça, au pied levé, bredouille-t-il avant de se lancer. Je travaille en ce moment sur l'homicide du Copperhill – vous êtes au courant, j'imagine. L'enquête est très intense. Aujourd'hui, on a découvert un deuxième corps, une femme, près de l'hôtel. Avec ma collègue, on venait tout juste de quitter la scène de crime et… »

Daniel rassemble ses forces pour exprimer ce qui lui pèse.

« Il s'est passé quelque chose juste après, fait-il d'une voix sèche. Quelque chose que j'aurais dû savoir gérer. Mais j'étais très affecté et j'avais passé une sale nuit ; je me suis retourné dans mon lit jusqu'à pas d'heure à ressasser des vieux souvenirs d'enfance…

– Alors, que s'est-il passé ? » s'enquiert Jovanka avec sa douceur habituelle.

Mettre des mots sur l'événement est un exercice pénible, mais Daniel finit par décrire les faits – la vague de rage causée par l'agressivité de ce journaliste qui lui rappelait tant son père.

Ce moment où il s'est vu à deux doigts de le frapper, alors même que la violence est totalement contraire à ses valeurs.

Il n'ose même pas penser aux conséquences que cela aurait pu avoir sur sa carrière.

« Je vois, dit sobrement Jovanka. Qu'avez-vous ressenti, à ce moment-là ?

– De la rage, de la confusion, admet Daniel. Si ma collègue ne s'était pas interposée, je ne sais pas ce qui se serait passé. C'est elle, d'ailleurs, qui a insisté pour que je vous contacte. »

Il peine à croiser le regard de Jovanka.

« J'ai eu très, très honte, après ça. »

Il y a quelques secondes de silence, mais elles ne sont pas gênantes – comme si Jovanka voulait lui laisser le temps de digérer ce qu'il vient de lui raconter.

« Lundi, nous avons parlé de votre colère vis-à-vis de votre père, finit-elle par constater. Votre impression d'avoir été rejeté. Vous m'avez dit qu'il ne s'occupait pas bien de vous quand vous lui rendiez visite à Umeå. Que vous ressentiez souvent de la colère, mais que vous n'osiez pas l'exprimer. Cette colère, vous la reteniez. »

Daniel ne se souvient pas tout à fait des mots qu'il avait utilisés – seulement que cette heure avait été très éprouvante, qu'il en était sorti vidé.

« Y a-t-il un événement particulier que vous pourriez me raconter, un fait qui vous aurait marqué au point de vous revenir en mémoire ? » poursuit Jovanka.

Daniel peine à rester en place ; il sent le malaise grandir. Il ne veut pas convoquer ces émotions-là, elles sont trop douloureuses, trop difficiles à verbaliser.

La rancœur se ravive, tel un serpent rampant au creux de son estomac.

« Essayez de m'en parler, l'encourage Jovanka. Je pense que ça vous fera du bien. »

Daniel ferme les yeux. Il se rappelle combien il se sentait indésirable à Umeå, et le soulagement qu'il éprouvait quand venait le moment de rentrer chez sa mère, à Sundsvall, où il se savait aimé, en sécurité.

Il réagit encore vivement lorsqu'il entend les gens parler de familles recomposées comme de quelque chose de joyeux ou de positif. En Suède, on parle même de « papa bonus » ou de « maman bonus » – lui, pour sa part, n'a jamais considéré sa belle-mère comme autre chose que la seconde femme de son père.

La méchante marâtre, comme dans les contes.

Sous l'œil encourageant de Jovanka, il cherche dans sa mémoire un souvenir concret à raconter. Il aimerait surtout se lever et partir, mais le regard de sa psy l'en empêche.

« Quand ma demi-sœur est née, commence Daniel d'une voix hésitante, ils m'ont pris ma chambre.

– Votre chambre ? »

Il revoit sa chambre d'enfant à Umeå. Une chambre claire, lumineuse, mitoyenne avec celle de son père et de sa nouvelle femme. Mais en y retournant juste après la naissance du bébé, tout avait changé. La pièce avait été repeinte en rose, son lit n'était plus là. À la place, il y avait un berceau contre le mur et une table à langer blanche sous la fenêtre.

Tous ses jouets avaient disparu.

« Ma chambre était devenue celle du bébé, explique-t-il.

– Où dormiez-vous alors ?

– Au grenier. »

Jovanka a une moue interrogative.

Le souvenir est encore douloureux, Daniel s'en rend compte. Il aura trente-huit ans en septembre : ça va faire presque trente ans que c'est arrivé et ça lui fait toujours mal.

Il n'arrive pas à déterminer s'il ressent de la honte face à sa propre réaction, ou si c'est le petit garçon en lui qui revit le sentiment confus d'avoir été ainsi trahi par son père.

« Il m'a dit de le suivre, puis il a ouvert la porte de l'escalier qui menait là-haut. »

Daniel se souvient de la raideur des marches et du froid – comme si la chaleur de la maison s'arrêtait au palier.

« À cet étage, il y avait deux pièces, explique-t-il. La première, juste après l'escalier, c'était le bureau de mon père. Il fallait ensuite prendre un couloir étroit et passer le grenier à proprement parler. On arrivait alors à une autre petite pièce ; c'est là qu'ils avaient mis toutes mes affaires. »

Daniel ferme à nouveau les yeux.

Des détails lui reviennent. Son père qui lui annonce qu'il est maintenant assez grand pour pouvoir dormir tout seul là-haut – une aventure, dit-il, quelque chose d'excitant.

Daniel se souvient d'avoir fixé la lucarne crasseuse, si haute qu'il ne voyait qu'un bout de ciel à travers.

À un moment, son père s'est tu, sans lâcher Daniel du regard, guettant sa réaction. Un merci, peut-être, ou une exclamation de joie devant les meubles Ikea tout neufs disposés là.

Daniel n'était encore qu'un enfant, mais il se rendait bien compte que son père s'attendait à des remerciements.

Son cœur se fend. Il n'avait que huit ans !

Il s'est planté devant lui, voulant lui demander quoi faire s'il avait envie d'aller aux toilettes au milieu de la nuit. Pour atteindre l'escalier, il fallait traverser ce couloir sombre et effrayant.

Mais les mots lui sont restés dans la gorge ; il n'a pas osé protester.

Il était incapable de dire à son père qu'il était terrifié à l'idée de dormir seul là-haut. Il éprouvait de la colère, de la tristesse, le tout mêlé à la peur de lui avouer tout ça.

La première nuit, il avait fait pipi au lit.

« Décrivez-moi ce que vous avez ressenti à ce moment-là », dit Jovanka, ramenant Daniel au moment présent.

Il baisse la tête, regarde ses genoux. Une grosse boule s'est formée dans sa gorge. Il jette un coup d'œil à la boîte sombre d'où sort un mouchoir, se retenant de tendre la main pour l'attraper.

« Ne vous inquiétez pas, Daniel, dit Jovanka. Ici, vous pouvez tout me confier, sans jugement. »

Quand Daniel ouvre la bouche, sa voix ressemble à celle, haut perchée, du petit garçon qu'il était.

« Je le détestais, murmure-t-il. Elle aussi. Je les détestais tous les deux. Je voulais qu'ils meurent.

– Et quels sont vos sentiments à ce sujet, maintenant que tant d'années ont passé ? »

Daniel essaie de faire le tri dans ce qu'il ressent. Tout ça lui semble enchevêtré comme un sac de nœuds, difficile à mettre en mots. Il a l'impression d'avoir au fond de la poitrine une pierre tranchante.

« Quels sont aujourd'hui les sentiments de l'adulte Daniel ? répète Jovanka.

– Comment peut-on faire ça à un enfant ? parvient-il à sortir. Leur manière de m'exclure de leur vie était tellement évidente. C'était cruel, sans cœur ! »

Et c'est la plus grande crainte de Daniel : répéter les erreurs de son père.

« Si un jour je faisais la même chose à Alice ?

– Je ne pense pas que vous ayez à vous inquiéter à ce sujet, rétorque Jovanka. C'est pour cela que vous êtes venu me voir. Pour faire un travail sur ce qui vous pèse, ce qui vous affecte encore aujourd'hui, dans votre vie privée et professionnelle. »

Elle penche la tête, lui offre un regard plein de chaleur et d'empathie.

« Il est tout à fait naturel que vous ayez gardé beaucoup de colère face à ce qui s'est passé, et que vous ressentiez une profonde frustration. Vous n'étiez qu'un enfant à l'époque : il n'y a rien d'étonnant à ce que vous n'ayez pas osé exprimer votre colère. »

Elle marque une pause, comme pour lui donner l'occasion d'attraper un mouchoir, puis reprend :

« Vous êtes un adulte, maintenant. Personne ne peut plus vous faire vivre ça. Vous avez tous les droits du monde d'être en colère, mais vous avez vous-même la capacité de décider si et quand vous voulez l'être. »

Les larmes montent aux yeux de Daniel. Il lui adresse un timide sourire, puis tend la main pour prendre un Kleenex.

Quelque chose en lui s'est dénoué.

De fait, il se sent mieux.

67

Le supermarché de Duved est presque vide quand Anton s'y engouffre cinq minutes avant la fermeture. Il saisit une barquette de blancs de poulet et quelques légumes racines pour faire un gratin, ainsi que deux briques de lait, qu'il empile dans son panier.

Alors qu'il s'apprête à rejoindre la caisse, il s'arrête net. On dirait Carl, là-bas, en train de poser ses achats sur le tapis roulant. Il est en compagnie d'un jeune homme presque aussi beau que lui.

Ça doit être son nouveau mec. Ils vont très bien ensemble, d'ailleurs, avec leurs traits ciselés et leurs épais cheveux blonds.

Face à cet apollon, autant déclarer forfait tout de suite. Pourquoi Carl voudrait-il de lui s'il peut faire tomber un canon pareil dans ses filets ?

D'un pas, Anton se réfugie derrière les rayonnages de chips. Il ne veut surtout pas croiser Carl. Ils ont beau vivre dans le même petit village, Anton est parvenu à l'éviter depuis un an. Or, voilà qu'il manque de le croiser au supermarché le lendemain de leur rencontre embarrassante devant l'hôtel de ville.

Le destin a donc décidé de s'acharner sur lui ?

Les secondes passent et Anton réfléchit aux options qui s'offrent à lui. Il peut poser le panier et sortir discrètement par la porte d'entrée – mais il devra alors renoncer à son gratin ce soir. Ou alors rester caché jusqu'à ce que Carl et son copain s'en aillent.

Deux options aussi pitoyables l'une que l'autre.

Il jette un nouveau coup d'œil prudent vers les caisses. À son grand soulagement, il voit que Carl s'apprête à passer les portes automatiques. Anton ne semble pas avoir été repéré.

C'est… une bonne nouvelle ?

Il attend encore une longue minute avant de rejoindre la caisse. Ses courses réglées, une fois dans la rue, il ne peut s'empêcher de chercher Carl du regard.

Évidemment, lui et son mec ont disparu de son champ de vision : ils doivent déjà être presque arrivés chez eux.

Paradoxalement, il ressent une grosse pointe de déception.

Son sac de courses à la main, il poursuit sa marche jusqu'à son appartement.

Tout à l'heure, son estomac criait famine, mais lorsqu'il allume la lumière dans l'entrée, il n'a plus aucun appétit. Il va poser ses courses sur le plan de travail de la cuisine et reste planté là.

Est-ce que c'est vraiment comme ça qu'il compte passer sa vie ? Aller comme un zombie du travail à son lit vide, volontairement coupé de ses émotions parce qu'il n'ose pas être sincère sur ce qu'il ressent ni pour qui il le ressent ?

D'un coup, sa lâcheté, son incapacité à prendre son existence en main lui font horreur.

Son regard se pose sur l'un des placards de la cuisine, où est rangée une bouteille de vodka à moitié pleine. Anton n'a pas l'habitude de se tourner vers l'alcool pour résoudre ses problèmes ; il boit sans doute moins que la moyenne des gens de son âge. Mais ce soir, c'est tentant – si ce n'est qu'il doit être au poste demain matin à la première heure et peut difficilement se permettre d'arriver avec la gueule de bois.

Après une minute d'hésitation, il se rend au salon, là où il range ses saxos. La musique a toujours été son plus grand réconfort – depuis ses premiers cours au conservatoire municipal, tout gosse. C'est là qu'il se réfugie lorsqu'il a besoin de s'échapper dans la pénombre pour se perdre dans les accords mélancoliques du jazz.

Il a déjà manqué la répétition de mardi dernier à cause du boulot. Avec son groupe, ils se retrouvent régulièrement pour faire un bœuf – pour Anton, c'est souvent le meilleur moment de la semaine. Mais cette fois-ci, l'enquête a pris le dessus, il n'y peut rien.

Il fait alors les gestes qui lui sont si familiers : il sort son saxophone alto et passe le cordon autour de son cou, puis il caresse du bout des doigts les clés de laiton brillantes. C'est son jardin secret, il n'y a que là qu'il peut libérer toutes les émotions qu'il garde pour lui.

Alors que s'élève le solo langoureux de « If I should lose you », il s'imagine devant lui le beau visage de Carl.

Le rêve d'une autre vie s'anime dans la suavité des notes. Elles dessinent à petites touches le tableau de ce à quoi il aspire – une existence paisible à deux, qui lui semble inaccessible.

Tout ça n'est pas pour lui…

Mais la solitude lui pèse tant.

68

Lorsque Bengt Hedin se réveille, la nuit est tombée.

Il est allé s'allonger sur le canapé après un long moment passé en ligne, puis a dû s'assoupir. C'est le bruit d'une notification qui l'a tiré de son sommeil. Un SMS de sa femme, qui se demande où il est passé.

Bengt lit le message en diagonale. Quelle conne, celle-là. Il traverse la pire crise de sa vie et elle voudrait que tout soit comme d'habitude.

Il range son portable. Si seulement elle pouvait arrêter de lui casser les bonbons. L'idée de rentrer chez lui le rebute : elle va encore le questionner, insister pour qu'il raconte ce qui le tracasse, lui conseiller de s'exprimer davantage.

Elle a même suggéré qu'il aille voir un psy. Mieux vaut entendre ça que d'être sourd.

Il préfère de loin dormir au bureau, ou à la cabane de chasse d'Ullådalen. Là, au moins, il peut être entièrement seul – il n'y a que là qu'il arrive à réfléchir correctement. Il devrait peut-être passer son week-end de Pâques là-bas le temps de monter un plan de bataille.

Avec un grognement, il se redresse à en faire craquer sa nuque, raide et douloureuse après cette sieste improvisée. Mais au moins, il n'a plus sommeil.

Bengt retourne s'installer devant son ordinateur : en ouvrant les pages des magazines people, il est immédiatement accueilli par des photos de Charlotte et de cette femme de chambre qui l'a suivie dans la tombe. Plus il en lit, plus ça le dégoûte. Le reportage pathétique sur le fils de Charlotte est la cerise sur le gâteau. Le garçon pose devant l'hôtel Åregården, les yeux larmoyants, comme s'il cherchait la compassion du monde entier.

Comme s'il était le plus à plaindre.

Il serait temps de grandir, gamin. S'il y a une justice, tu mérites de payer pour ce que ta mère a fait.

Bengt ferme la fenêtre et réfléchit. Le porno, ça suffit pour aujourd'hui. Sur Facebook, il ouvre la page du groupe « Défendons Storlien ». Les publications s'y sont faites rares, ces derniers jours. Il n'a pas eu le temps ou l'énergie d'écrire quoi que ce soit de neuf, mais il se sent à nouveau tenté.

Ses doigts courent sur le clavier ; il laisse libre cours à sa furie et lâche des mots plus orduriers et enragés que jamais.

Il se vide de toute sa haine. C'est cathartique, presque enivrant. Chaque injure qu'il tape le soulage un peu plus.

VENDREDI 2 AVRIL
vendredi saint

69

Il est sept heures du matin, en ce vendredi saint, quand Hanna se connecte à son ordinateur pro ; elle a décidé de passer au crible la liste des employés de l'hôtel qui ont emprunté l'entrée du personnel dimanche dernier.

Elle est la première arrivée au poste aujourd'hui. Le silence qui règne dans le couloir est bienvenu après les allées et venues intenses de ces derniers jours. Demain, elle doit dîner chez Lydia pour Pâques. Si l'enquête lui laisse un moment de répit, bien sûr.

Un chatouillement dans le nez lui tire un éternuement – son pull est recouvert de poils de chat gris-blanc. Morris dort maintenant dans son lit pour de bon : elle s'y est très vite faite, ainsi qu'à la sensation réconfortante de le serrer contre elle après une longue journée de travail.

Personne ne s'est encore manifesté pour le récupérer.

Elle examine la liste que lui a transmise l'administration du Copperhill. Paul Lehto y figure, de même que le directeur Espen Lund, ainsi qu'Aada Kuus, la seconde victime.

Lehto a présenté son badge à treize heures quarante-cinq le dimanche, Espen est arrivé à seize heures, et Aada à dix-sept heures cinquante-cinq.

Hanna trempe les lèvres dans le café qu'elle vient de prendre au distributeur, dans lequel elle a ajouté une copieuse dose de lait – elle n'a jamais aimé le café noir.

En posant la tasse, elle repense aux vérifications d'antécédents dont a été chargé Nisse, à Östersund. Elle n'a absolument pas confiance en sa rigueur, et préférerait de loin s'en charger elle-même. Mais avant ça, elle doit se pencher sur les conclusions de la police scientifique sur l'homicide de la veille.

Une bonne heure plus tard, son portable retentit – un numéro inconnu.

« Bonjour, Henry Sylvester à l'appareil. Je ne vous dérange pas ? Je me suis permis de vous appeler, j'espère que je ne vous réveille pas. »

Hanna fronce les sourcils. En effet, il est très matinal.

« Je voulais simplement vous remercier pour votre message d'hier, au sujet de l'article, dit-il. C'est vraiment gentil de votre part de vous inquiéter pour Filip. »

Rétrospectivement, Hanna se dit qu'elle est peut-être allée trop loin en envoyant ce SMS. Elle l'a fait spontanément, sans réfléchir : Filip semblait tellement perdu, ça a dû titiller son instinct de protection. Il a vraiment besoin d'un adulte pour le soutenir.

Hanna le sait, elle devrait tenir ses distances : en tant qu'enquêtrice, son rôle n'est pas de faire dans le social. Mais les tourments de Filip lui fendent le cœur… Et il n'est pas la première personne pour qui elle se sera un peu trop prise d'affection dans sa carrière.

« Comment va-t-il ? s'enquiert-elle.

– Couci-couça. Je vais le ramener à Stockholm dimanche.

– Je comprends. »

Hanna repense au meurtre d'Aada Kuus : ç'a dû être terrible pour Filip d'apprendre qu'une autre femme avait été tuée quelques jours après sa mère, et presque au même endroit.

« Ça lui fera sans doute du bien de prendre un peu le large, s'éloigner de tout ça. Ce nouvel homicide a dû le remuer, j'imagine ?

– Oui, profondément. »

Un silence au bout du fil.

« Votre engagement dans cette enquête est admirable, poursuit Henry, semblant reconnaissant. C'est rare, les policiers aussi investis.

– J'essaie de faire mon travail correctement, c'est tout. »

Hanna jette un œil à la liste posée sous son nez. Il faut vraiment qu'elle s'y remette.

« Et comment avancent les investigations ? la relance Henry. Avez-vous des suspects ? »

Il doit pourtant savoir qu'il est inutile de poser cette question : on ne commente pas une enquête en cours.

« Ça suit son chemin, répond-elle laconiquement. Merci d'avoir appelé, en tout cas. Prenez bien soin de votre filleul et saluez-le de ma part.

– Je n'y manquerai pas. »

Alors qu'elle va raccrocher, Hanna se ravise.

« Au fait, ajoute-t-elle. Si vous pensez à quoi que ce soit, à un détail qui pourrait nous être utile, n'hésitez pas à me rappeler. »

Ce n'est que plusieurs heures plus tard qu'Hanna, le dos endolori, lâche la souris de son ordinateur. Il est bientôt dix heures, un nouveau point d'étape les attend – décalé pour cause de jour férié.

Daniel est déjà sur le pas de la porte.

« On y va ? »

Ses cheveux sont en pétard, comme s'il venait juste d'enlever son bonnet. Quelques flocons de neige scintillent encore dans sa barbe brune.

Il semble avoir bien plus d'énergie qu'hier.

Hanna est heureuse qu'il lui ait parlé de la thérapie qu'il avait entamée, qu'il lui ait accordé cette confiance.

« J'ai vu ma psy, hier, fait-il sans qu'elle lui pose la question. Tu avais clairement raison, je devais traiter ça en priorité. Je gère très mal la pression ; on dirait qu'elle fait ressortir ce qu'il y a de pire en moi. »

Il lui lance un sourire à la fois reconnaissant et gêné.

« Tu m'as vraiment ouvert les yeux. Je me sens beaucoup mieux, maintenant. »

Elle aussi, tellement heureuse d'avoir pu l'aider.

70

La rue qui descend vers le centre-ville est si escarpée qu'Ida doit fermement retenir la poussette pour l'empêcher de dévaler la pente.

C'est un café, c'est tout, se dit-elle pour se rassurer. Elle ne fait rien d'interdit en passant une petite demi-heure à bavarder avec Gustav. De toute façon, elle avait prévu de sortir avec Alice : elles ont toutes les deux besoin de prendre l'air.

Daniel n'est pas à la maison aujourd'hui. Il est encore parti aux aurores et rentrera sans doute tard, accaparé qu'il est par l'affaire du Copperhill.

Ce qui s'est passé est atroce ; Ida ne peut que compatir avec les proches des victimes. Mais elle voit surtout ressurgir un motif qui ne lui est que trop familier : dès que Daniel se trouve entraîné dans une grosse enquête, plus rien ne compte à ses yeux. Cette fois-ci, pourtant, elle ne ressent aucune irritation. C'est étrange, mais elle vit presque comme un soulagement qu'ils ne fassent que se croiser.

Peut-être parce que ses pensées sont occupées par Gustav…

Ida traverse l'E14 par le tunnel piétonnier et débouche sur la place centrale. Elle prend à gauche, longe l'hôtel Åregården et la vieille église pour rejoindre quelques centaines de mètres plus loin la boulangerie d'Åre, qui fait aussi salon de thé et où ils se sont donné rendez-vous.

Pendant les quelques minutes que dure le trajet, Alice a eu le temps de s'assoupir, au grand soulagement d'Ida. Elle sera plus à l'aise face à Gustav si la petite est endormie.

Elle franchit péniblement le seuil de la boulangerie avec son encombrante poussette puis regarde autour d'elle. Sur le comptoir, près de la caisse, sont alignés des lapins de Pâques en chocolat et des œufs pralinés de toutes les tailles. En tournant la tête, elle aperçoit Gustav, déjà installé à une table d'angle, devant la baie vitrée.

Il a une classe folle avec ses cheveux bouclés qui frôlent ses épaules…

Il porte sa tenue de ski, comme s'il s'apprêtait à sortir sur les pistes, sans doute accompagner un groupe de touristes, se dit Ida. Une vague d'envie et de nostalgie l'envahit. Quelle chance il a d'être ainsi libre, sans attaches, de pouvoir filer sur un coup de tête pour des randonnées de plusieurs jours sans se soucier de rien…

Gustav s'illumine en apercevant Ida ; il se lève aussitôt et vient à sa rencontre pour l'aider à manœuvrer la poussette entre les tables.

« Alors voilà ta fille ? dit-il en se penchant vers Alice. Elle est à croquer ! »

Ida sent une vague de fierté maternelle la traverser : Alice ressemble à une poupée avec ses joues roses, ses longs cils et l'adorable combinaison que mamie Elisabeth lui a offerte pour Noël.

« Je l'ai bien réussie, tu as vu ? » sourit-elle en garant la poussette hors du passage, afin que sa fille puisse dormir tranquille.

Ils commandent deux cappuccinos et Ida y ajoute un sandwich au fromage. Elle n'a presque rien avalé au petit déjeuner ; la nervosité lui a coupé l'appétit.

C'est juste un café, se dit-elle pour la énième fois.

« Tu pars skier, après ? demande-t-elle, indiquant d'un geste de la tête la tenue de Gustav.

– Ouais ! J'emmène un groupe. On a rendez-vous dans une heure au pied du VM8. »

Il lui lance un clin d'œil.

« Tu te joins à nous ? »

Ida lui adresse une grimace navrée.

« Avec Alice, ça risque d'être difficile.

– Quoi, tu ne lui as pas encore appris à skier ? »

Gustav part d'un beau rire qui révèle ses dents blanches, puis redevient sérieux.

« Au fait, ces deux meurtres au Copperhill, quelle angoisse ! C'est ton mec qui est sur l'enquête, non ? »

Cette question la gêne ; Ida ne veut pas parler de ça avec lui.

Ni des crimes ni de Daniel.

« Ils ont arrêté des suspects ? »

Ida se fend d'une réponse évasive :

« Apparemment, ça serait le même tueur. »

Gustav a relevé les manches de son sous-vêtement thermique, dévoilant un tatouage sur l'un de ses avant-bras. Une inscription dans un alphabet qu'Ida ne reconnaît pas.

« Qu'est-ce que ça veut dire ? demande-t-elle pour changer de sujet.

– C'est le mot "neige" en népalais. Je l'ai fait faire chez un petit tatoueur à Katmandou.

– C'est dingue, tu es allé au Népal ?

– Oui, juste avant la pandémie – on a eu du bol, sur ce coup-là. Avec une bande de potes, on a fait un tour d'Asie à l'automne 2019. On a même fait un crochet par le Bhoutan. C'est tellement beau ! Je te conseille vraiment d'y aller. »

Ida hoche la tête. Elle sait bien que ça ne risque pas d'arriver, mais l'enthousiasme de Gustav est contagieux ; elle est impressionnée tant par son voyage dans l'Himalaya que par son tatouage.

Elle imagine mal Daniel inscrire quoi que ce soit sur son corps. Il est beaucoup trop raisonnable pour ça.

« J'ai hésité jusqu'au bout entre ce tatouage-là et un petit "Snow addict", explique Gustav, mais je ne regrette pas mon choix.

– Franchement, j'adore, fait Ida, résistant à l'impulsion de tendre la main pour toucher sa peau.

– Je me disais bien que tu étais une femme de goût », dit Gustav en souriant.

Ils éclatent tous deux d'un rire joyeux ; Ida se souvient maintenant du plaisir qu'elle avait à le côtoyer. Gustav est presque toujours de bonne humeur et prend la vie avec insouciance – comme elle, à l'époque où ils travaillaient ensemble.

Tout le contraire de Daniel.

Elle repousse cette pensée négative, un peu honteuse d'oser le comparer à Gustav.

« La descente qu'on a faite l'autre jour, quel kif ultime ! s'exclame celui-ci. La neige était juste parfaite. Et franchement, avec ta technique, c'est un plaisir de te voir skier.

– Tu parles, c'est toi qui as un niveau de malade ! »

Ida s'efforce de garder un ton léger, même si l'attraction entre eux est si forte qu'elle devient presque palpable.

Elle ne peut s'empêcher de se demander ce que ça ferait de l'embrasser. Ce serait si simple, l'affaire d'un instant. Ils l'ont déjà fait d'ailleurs, bien avant qu'elle ne rencontre Daniel. À l'époque où elle pouvait se permettre de boire un verre de trop et de voir la vie comme un grand jeu.

À cette époque, Gustav aurait peut-être voulu quelque chose de plus sérieux avec elle. Mais de son côté, Ida n'avait aucune envie de se caser.

S'ils s'étaient mis en couple, à quoi aurait ressemblé sa vie ?

Alice ne serait pas là…

La pensée lui fait presque mal : Ida est incapable d'imaginer une vie sans elle. Elle mord dans son sandwich pour cacher la confusion de ses sentiments. C'est un café, rien d'autre, se répète-t-elle une énième fois.

Gustav doit partir dans vingt minutes ; alors elle retournera à l'appartement et cuisinera pour Alice. Ce soir, Daniel rentrera du travail et ils dîneront tous les deux.

Et tout redeviendra comme avant.

71

Le noyau dur de l'équipe – Daniel, Hanna, Raffe et Anton – s'est réuni dans la salle de conférences. Daniel a tout juste eu le temps de prendre un café ce matin ; pour la première fois depuis longtemps il a eu droit à une longue nuit sans cauchemar.

Grâce à Jovanka, sans doute.

Paul Lehto est le premier sujet du jour. Hanna vient de préciser l'heure à laquelle il est passé par l'entrée du personnel, le dimanche de l'homicide.

« Commençons par vérifier si son alibi tient la route, propose Daniel. Ensuite, il faudra se pencher sur son passé pour se faire une image un peu plus claire du personnage. Je ne serais pas contre l'interroger une nouvelle fois – il pourra venir avec son avocat, comme il l'a réclamé.

– Il faut aussi qu'on parle à sa femme, ajoute Hanna. J'ai essayé de l'appeler hier, et encore ce matin : pas de réponse.

– Et l'autopsie d'Aada Kuus, ça en est où ? demande Raffe. Quelqu'un a des nouvelles ?

– Un vendredi saint, ça m'étonnerait, note Anton.

– Je ne pense pas qu'on puisse espérer quoi que ce soit avant la semaine prochaine, au mieux, regrette Daniel. Les vacances de Pâques nous mettent un peu dedans. »

Hanna lui lance un regard frustré.

« Ça me dépasse que tous les collègues s'octroient tranquillement un week-end de quatre jours, alors que nous, on bûche sans s'arrêter.

– Tu sais ce que c'est... », lui répond-il en poussant un soupir.

Il partage son point de vue, mais ils n'y peuvent rien. La plupart de leurs collègues, hors police d'intervention ou personnel de garde, ont des horaires de bureau ou, à défaut, un emploi du temps fixé à l'avance. Il est presque impossible de demander à d'autres unités de faire des heures supplémentaires, même quand eux, de leur côté, sont sur le pont jour et nuit.

« On en revient au fait ? reprend Anton en toquant doucement sur la table. J'ai passé en revue les entretiens avec les employés hébergés dans le bâtiment du personnel.

– Ça a donné quelque chose ? demande Hanna.

– On a une jeune femme de Scanie, serveuse au Copperhill, qui affirme avoir entendu depuis sa chambre une motoneige démarrer, un peu après minuit mercredi soir.

– Une motoneige... », répète Daniel en passant la main dans sa barbe taillée de près, râpeuse contre ses doigts.

« Peu après minuit, ça colle avec l'heure à laquelle Aada Kuus rentrait chez elle après son service, note Raffe.

– Exactement, répond Anton. Et tout semble indiquer que l'assassin de Charlotte Wretlind s'est enfui dimanche soir à bord d'une motoneige. Ça pourrait n'être qu'une coïncidence...

– Ou pas », complète Daniel.

Paul Lehto a très bien pu rentrer chez lui en voiture dimanche soir, comme il l'a affirmé, et revenir en motoneige à minuit le mercredi suivant étrangler sa collègue, un témoin gênant.

Le portable d'Hanna émet un bip ; elle fixe l'écran quelques instants.

« Regardez ce que Nadim a trouvé ! s'exclame-t-elle en leur montrant le téléphone. Ces messages injurieux sur le groupe Facebook, devinez à quoi correspond l'adresse IP d'où ils ont été postés ? »

Elle s'autorise une courte pause oratoire.

« L'ordinateur pro de Bengt Hedin.

– Tiens, pourquoi ça ne me surprend pas du tout ? fait Anton. Ce type est flippant, il a bien le profil du cyberharceleur.

– On demande un petit mandat de perquisition pour fouiller son PC ? demande Raffe.

– C'est encore un peu tôt, je crois », objecte Anton.

Hanna a commencé à rassembler ses papiers.

« Occupez-vous de tout ça, dit-elle en jetant un rapide coup d'œil à Daniel. Nous, il faut qu'on file si on veut être à l'heure à notre rendez-vous. »

Daniel constate qu'en effet il est temps d'y aller : ils doivent rencontrer le gardien de l'ancien hôtel de Storlien, qui va leur faire visiter les lieux. Vu l'implication de Charlotte et la polarisation que suscitait son projet auprès de certains riverains, ils veulent voir ça de leurs propres yeux.

Storlien est à un peu moins d'une heure de route. Hanna n'y a jamais mis les pieds et Daniel lui-même connaît assez mal l'endroit.

« Faites gaffe aux esprits qui rôdent, lance Raffe, semblant ne plaisanter qu'à moitié. Il paraît que les couloirs sont hantés. »

Daniel, depuis le pas de la porte, lui adresse un regard interrogateur :

« De quoi tu parles ?

– Tu sais, toutes ces vieilles histoires qu'on raconte sur l'hôtel. Ça ne te dit rien ? »

Daniel secoue la tête. Il est trop rationnel pour prêter attention à ce genre de légendes.

Mais Anton, qui a grandi à Åre, affiche une expression méfiante :

« C'est vrai, cet endroit m'a toujours filé la chair de poule. »

72

Depuis la voiture, Hanna contemple la forêt enneigée qui borde la route.

Il va leur falloir une cinquantaine de minutes pour rejoindre Storlien depuis le poste de police. C'est la dernière ville avant la frontière norvégienne, qui croise l'E14 quelques kilomètres plus loin.

Les lieux réveillent chez Hanna de bien sombres souvenirs.

Ils viennent de dépasser le lac Gevsjön et Tångböle, le hameau où a été retrouvé le corps du skieur Johan Andersson, il y a un peu plus d'un an. L'enquête, éreintante, s'était soldée par une tragédie. Hanna en voit encore le dénouement dans ses cauchemars – ce coup de feu fatal tiré sous ses yeux sans qu'elle ait le temps d'intervenir.

C'est cet événement qui lui a fait prendre conscience de ce qu'elle éprouvait pour Daniel. Alors qu'elle se sentait sombrer, il était devenu sa bouée de sauvetage. Il avait été là pour elle, et ne l'avait jamais lâchée.

Hanna sent son portable vibrer dans sa poche : c'est Filip Wretlind.

« Bonjour Filip, dit-elle. Comment allez-vous ?

– Ça va moyen. »

Sa respiration est hachée, sa voix se brise.

« Vous avez vu l'article sur ma mère ? »

Hanna hésite à avouer qu'elle a bien pris connaissance de ce papier consternant. Elle aimerait dire non pour l'épargner, mais rechigne à lui mentir.

« Je l'ai lu, oui.

– Ils ont le droit de faire ça ? »

Filip est au bord des larmes.

« Cette journaliste, elle a déformé tout ce que je lui ai dit. Ce n'est pas du tout comme ça que j'ai formulé les choses. Là, on a l'impression qu'on passait notre temps à nous disputer au sujet de mes études. Que ma mère ne se souciait pas de moi. C'est faux : je sais bien qu'elle m'aimait. C'est juste qu'elle était toujours débordée de travail. »

Dans le combiné, Hanna entend le bruit sourd d'une voiture qui démarre. Filip doit être à l'extérieur, peut-être sur la place devant son hôtel.

« Je n'aurais jamais dû accepter cette interview, poursuit-il. Et je ne suis pas un gosse de riche pourri gâté comme elle le sous-entend, comme si on m'avait donné tout ce que je désirais ! Avec cette interview, je voulais montrer à quel point ma mère était généreuse, que les gens ne croient pas qu'elle était juste obsédée par l'argent. »

Il s'arrête, renifle bruyamment.

« Je comprends, Filip. »

Hanna ne sait pas quoi dire.

La conduite de Daniel est sportive ; le paysage défile à toute vitesse. Ils viennent tout juste de dépasser Enafors. À leur gauche se dessinent la petite route qui mène à Handöl et les sommets de Snasahögarna.

Encore un quart d'heure avant Storlien.

« S'il y a quoi que ce soit que je puisse faire, n'hésitez pas, dit-elle, tout en entendant combien sa phrase paraît oiseuse. Malheureusement, ce genre de pratiques n'est pas rare. »

Elle essaie de trouver des paroles réconfortantes. Il semble vain de lui conseiller de saisir le médiateur de la presse : au mieux, celui-ci prononcera une sanction dans six à douze mois. Elle tente une parole rassurante :

« L'article a dû passer relativement inaperçu. Vous savez, les gens ne lisent plus vraiment la presse people.

– Mais bien sûr que si ! »

La tristesse de Filip semble avoir laissé place à la colère.

« Tous les clients de notre hôtel l'ont lu. Ils viennent me voir pour m'en parler, ils me reconnaissent. Ils veulent que je leur raconte le meurtre, ils me demandent comment je le vis. »

Hanna est démunie. Elle marmonne quelques phrases creuses, promet à Filip qu'elle va étudier les recours possibles.

« En tout cas, sachez que je suis là si jamais vous avez besoin d'aide », répète-t-elle avant de mettre fin à l'appel.

Il y avait longtemps qu'elle ne s'était pas sentie aussi mal à l'aise.

73

Quelques instants plus tard, Daniel quitte la route principale et franchit l'un des rares ronds-points de la région. Les voilà arrivés à Storlien.

Sur la gauche, ils dépassent le centre commercial où se pressent les Norvégiens frontaliers, qui profitent des prix suédois et du taux de change favorable pour faire leurs courses en gros. Il y a même un immense magasin de bonbons en vrac – une spécialité scandinave –, où les clients se servent dans des seaux.

« Je crois que j'aperçois l'hôtel », lance Hanna en pointant du doigt une bâtisse ocre rouge qui s'élève sur le flanc d'une colline.

Daniel ralentit à l'approche du bâtiment ; il n'y est jamais entré : les rares fois où il est passé dans les environs, c'était pour faire du ski de fond avec Ida. Il engage la voiture dans une allée en pente puis se gare devant une extension crépie de blanc où se trouve l'accès à l'hôtel.

L'endroit a l'air abandonné. Fantomatique – Raffe avait raison.

« C'est fou, non, tous les rêves, toutes les crispations que cet endroit a pu susciter ? » fait Hanna depuis le siège passager.

Daniel contemple le bâtiment qui se dresse devant eux. Il est pris d'un sentiment inattendu de mélancolie : ces murs vétustes donnent une impression presque palpable d'un âge d'or révolu. Difficile d'imaginer l'endroit sortir un jour de son long sommeil, telle la princesse dans *La Belle au bois dormant* : on dirait au contraire qu'il ne reviendra plus jamais à la vie.

« On a du mal à croire que c'était un établissement renommé, dit-il. Le bâtiment n'est même pas particulièrement beau.

– À l'époque, c'était le comble du chic, répond Hanna en détachant sa ceinture. Mais là, franchement, ça fout le cafard… »

Daniel n'aurait pas dit mieux.

« Et malgré ça, les gens sont vent debout à l'idée de voir disparaître cette ruine, ajoute Hanna. Charlotte Wretlind a déclenché un tollé en annonçant sa démolition. »

Daniel a beau scruter le décor, il ne voit qu'une sinistre structure d'acier et de bois aux ouvertures clouées de planches. Deux femmes viennent pourtant d'être tuées, et tous les indices convergent vers cet hôtel.

C'est probablement l'une des clés de l'enquête, mais comment comprendre qu'on ait pu tuer pour cet endroit ?

74

Anton a passé sa matinée à examiner les entretiens menés avec les employés hébergés dans le bâtiment où vivait Aada Kuus.

C'est sa priorité absolue.

En parallèle, il aimerait se pencher d'un peu plus près sur les activités de Bengt Hedin. Que les messages offensants sur Facebook proviennent de son adresse IP est une découverte accablante. Mais il leur faut beaucoup plus que ça pour prouver que c'est bien l'élu municipal qui se cache, avec Lehto – ou un autre employé de l'hôtel –, derrière les deux homicides.

Après s'être concertés, Raffe et Anton ont décidé d'attendre avant de le mettre au pied du mur. Les éléments qu'ils ont contre lui sont lourds, mais insuffisants pour le placer en garde à vue.

Ils préfèrent prendre le temps de monter un dossier plus solide.

Concernant ses faits et gestes de la nuit de dimanche à lundi, Hedin a affirmé être resté très tard au bureau avant de rentrer chez lui, ce que pouvait confirmer son épouse. Mais l'alibi tient difficilement la route : Anton a eu Mme Hedin au téléphone et, tout en assurant que son mari était bien rentré, elle a admis dans la même phrase qu'elle était « probablement » déjà endormie. Rebelote pour la nuit de mercredi.

C'est presque mot pour mot ce qu'a déclaré Lehto concernant la soirée de dimanche. Lui aussi a prétendu que sa femme pourrait témoigner de sa présence, avant d'admettre qu'elle était déjà au lit.

Anton continue à parcourir les procès-verbaux à l'écran, mais peine à trouver la concentration qu'il faudrait, tant son esprit est occupé ailleurs. Il pense à Carl…

Et une idée commence à émerger : s'il le recontactait pour lui soutirer quelques informations au sujet d'Hedin ? Après tout, ils travaillent tous les deux pour la mairie, dans les mêmes locaux. Avec un peu de chance, Carl aura vu ou entendu quelque chose qui pourrait aider Anton dans son enquête.

Ce serait normal en tout cas de lui poser la question, sans que cela paraisse suspect ou gênant.

Au fond, Anton se rend bien compte que c'est surtout un prétexte pour reprendre contact avec son ancien amant, mais peu importe. Tant qu'il restera dans le cadre de ses fonctions, personne n'aura rien à y redire – pas même Carl, qui sait déjà, puisqu'il l'a croisé sur les lieux, à Järpen, qu'Anton a affaire avec la municipalité.

Même si Anton l'a aperçu avec un autre, Carl lui manque terriblement.

Un petit coup de fil, ce n'est pas la mort. Tant qu'il ne se fait pas trop de faux espoirs.

Il sort son portable et cherche le numéro de Carl, des papillons dans le ventre.

Puis il prend une grande inspiration et lance l'appel.

75

« On y va ? » dit Hanna à Daniel en ouvrant la portière de son côté.

Alors qu'ils sortent de la voiture, un homme vêtu d'une salopette élimée leur fait un signe de la main. Ça doit être Leffe, le gardien qui doit leur faire visiter les lieux. Il semble proche de la retraite ; des mèches grises dépassent de sa casquette bleu nuit, bien enfoncée sur ses oreilles.

« C'est vous, les policiers qui voulaient me voir ? »

Hanna hoche la tête ; Leffe désigne une porte de service à la vitre dépolie, à une quinzaine de mètres de ce qui semblait être l'entrée.

« On va passer par ici, la porte principale a été condamnée pour garder la chaleur. »

Leffe les conduit dans le lobby de l'ancien hôtel et actionne un interrupteur : ils découvrent un escalier en bois orné de rampes élégamment ouvragées et décoré d'un tapis rouge fixé aux marches par des tringles en laiton.

Hanna s'imagine sans peine les clients de jadis peuplant le hall dans leurs vêtements chics, verres de cocktail à la main.

« Au moins, c'est plus beau à l'intérieur », lui dit Daniel à l'oreille.

Leffe leur montre la grande salle de restaurant du premier, puis leur fait gravir un étage pour accéder au « Loft » : dans cet espace, explique-t-il, étaient organisées des soirées dansantes animées par des musiciens. À un bout de la salle, une estrade pour l'orchestre ; de l'autre côté, une demi-volée de marches plus haut, c'est le bar, très réputé à l'époque, avec son élégant comptoir noir et ses grandes chaises au dos en rotin. Des groupes de sièges en bois sombre ornés de dorures sont disposés face à la baie vitrée, qui révèle une vue imprenable.

« C'est ici que les clients montaient après le dîner pour boire le café et le cognac », précise Leffe avec un soupçon de nostalgie dans la voix.

Hanna s'arrête devant l'ouverture.

Contrairement au bourg d'Åre, situé à flanc de montagne et dont presque toutes les maisons ont vue sur le lac, l'hôtel de Storlien offre un vaste panorama sur le paysage alentour : un plateau doucement vallonné quasiment vierge de constructions humaines ; ce ne sont pas les hauts sommets, mais les troncs blancs des bouleaux qui attirent l'œil, s'étendant jusqu'aux montagnes norvégiennes que l'on aperçoit au loin, vers l'ouest.

Ici, on se trouve juste à la limite des arbres : une centaine de mètres plus haut, c'est la toundra qui commence.

« C'est très paisible », constate Daniel en admirant la vue sous leurs yeux.

Hanna acquiesce. On laisse aisément le regard s'attarder sur les sommets en pente douce et se perdre dans la nature au milieu du blanc.

« C'est celles-là, les fresques qui ont suscité une levée de boucliers ? » demande Daniel en désignant le plafond.

Il a vu, comme Hanna, les publications sur Facebook qui s'alarmaient de la destruction d'« œuvres inestimables » si le bâtiment venait à être démoli.

Hanna lève la tête. En les examinant plus attentivement, elle reconnaît que ces peintures sont impressionnantes, pleines de couleurs et de fantaisie. Elles représentent des animaux de toutes sortes – des rennes, des élans et des chiens –, plus loin, on voit des drakkars vikings, ainsi que des Inuits et des Samis en costume traditionnel.

« Oui, et je comprends que les gens s'insurgent, dit Leffe. Tout ça va disparaître si le projet de démolition se concrétise.

– Sur un groupe Facebook local, je suis tombée sur des messages particulièrement haineux et agressifs à ce sujet ; est-ce que ce n'est pas un peu excessif ? » demande Hanna.

Leffe semble gêné ; il déplace de quelques centimètres un tabouret de bar situé dans le passage.

« Je les ai lus, moi aussi, je vois de quel groupe vous voulez parler ; ces gens exagèrent, lâche-t-il finalement. Mais l'hôtel fait partie de notre patrimoine, il a été édifié dans les années trente, ces peintures ont traversé les générations. »

Il lève le regard au-dessus du bar, où se dessine un coucher de soleil bariolé.

« Ce n'est pas parce qu'une chose est nouvelle qu'elle est forcément bonne, murmure-t-il.

– Connaissez-vous des membres de ce groupe ? demande Hanna. J'y ai lu des commentaires vraiment violents, menaçants. Certains mériteraient même des poursuites pour cyberharcèlement. »

Leffe reste muet devant cette question. Le regard fuyant, il enfonce les mains dans ses poches et se balance sur ses pieds.

« Je connais peut-être une ou deux personnes qui postent sur ce groupe, mais…

– C'est aussi votre cas ? » l'interrompt Daniel.

À la manière dont Leffe secoue la tête, Hanna se dit qu'il pourrait bien avoir lui-même rédigé certains de ces messages.

Elle lève à nouveau les yeux. Il est vrai que ces fresques dégagent un charme indéniable : elles convoquent une époque révolue et des épisodes mythiques de l'histoire scandinave…

Mais ça ne justifie rien.

À l'époque
Le 30 décembre 1973

Monica s'est enfermée dans les toilettes du personnel pour avoir un moment à elle. Un frisson la parcourt lorsqu'elle déplie le billet qu'elle a reçu ce matin.

Sean l'a glissé discrètement dans sa main au petit déjeuner. Elle le relit pour la centième fois, le cœur battant.

RETROUVEZ-MOI DEMAIN À QUATORZE HEURES, CHAMBRE 505.

Depuis leur entrevue, l'autre jour, elle est sur un petit nuage. Elle n'arrive à penser à rien d'autre qu'à lui.

Elle l'aime, et il l'aime en retour.

Derrière la fenêtre, les flocons de neige dansent doucement dans l'air. Il est bientôt deux heures de l'après-midi. Même s'il fait encore bien en dessous de zéro, la plupart des clients sont partis skier.

Monica presse le billet contre ses lèvres en fermant les yeux. Elle croit y déceler un très léger parfum, celui de l'après-rasage de Sean…

Elle est restée éveillée toute la nuit à imaginer l'avenir qui s'offre à eux.

Elle devine pourquoi il veut la voir en privé : pour lui déclarer sa flamme, lui avouer que c'est avec elle qu'il désire vivre. Qu'il va divorcer pour refaire sa vie avec Monica.

Elle devrait avoir honte de briser ainsi leur mariage. Au lieu de ça, son sang palpite dans ses veines.

Sa nouvelle vie va enfin commencer : elle va partir d'ici, découvrir autre chose. Sean va lui offrir tous les bijoux et les vêtements dont elle a toujours rêvé. Elle vivra avec lui à Stockholm, et plus jamais ses parents ne pourront décider à sa place ce qu'elle peut faire ou dire…

Les minutes ont passé sans qu'elle s'en rende compte.

Monica déverrouille la porte des toilettes. Elle se lave soigneusement les mains et sort en courant, la tête pleine de beaux rêves.

Ses désirs les plus fous sont sur le point de se réaliser.

Elle est la femme la plus heureuse du monde.

76

Plus ils arpentent les couloirs, plus l'hôtel abandonné leur paraît fantomatique.

Les pas d'Hanna font grincer les lattes du parquet. Les quatre annexes sont reliées au bâtiment principal par des galeries faiblement éclairées qui lui semblent interminables. Sans Leffe pour la guider, elle se serait perdue depuis longtemps.

Elle suit de près les pas du gardien qui lui ouvre la voie. Daniel a dû s'excuser pour prendre un appel : il est resté dans le lobby, téléphone vissé à l'oreille.

Leffe ouvre la porte de ce qui semble être une chambre familiale. Hanna aperçoit une table verte et deux fauteuils à barreaux assortis, ainsi que deux lits simples disposés en L, aux couvre-lits également verts – le tout sur une surface d'une quinzaine de mètres carrés. Les lits sont surmontés de sortes d'armoires murales tout en longueur, peintes dans la même teinte. Le gardien saisit fermement l'une d'elles et la déplie d'un geste pour révéler, sous les yeux d'Hanna, un lit escamotable.

Cela lui rappelle les wagons-lits des anciens trains de nuit, avec leurs couchettes rabattables. Ce système lui paraît sans prétention, loin d'être luxueux – mais l'impression était sans doute différente à l'époque.

« Là, c'est la salle de bains », explique-t-il.

Elle découvre une baignoire jaune moutarde contre un mur carrelé de noir. La faïence du lavabo est fissurée, et mieux vaut ne pas soulever le couvercle des toilettes, la prévient Leffe.

« Tout ça mériterait une bonne grosse rénovation, soupire-t-il. Il y a probablement aussi de l'amiante dans les murs. Mais ce serait quand même bien dommage de tout démolir. »

Ils sortent de la chambre, gravissent une nouvelle volée de marches pour déboucher sur un autre couloir. L'homme s'arrête et pointe le doigt sur un numéro de chambre : les chiffres 712 inscrits sur le cadre d'une porte à hauteur d'yeux.

« Les femmes de chambre n'osaient jamais entrer ici toutes seules », dit-il.

Hanna a du mal à comprendre s'il plaisante ou s'il est sérieux – mais au ton de sa voix, elle pencherait plutôt pour la seconde hypothèse.

« Elles insistaient toujours pour y aller à deux. Il y en a même une qui demandait à son mari de l'accompagner. Il restait assis sur une chaise à la regarder pendant qu'elle faisait le ménage.

– Qu'est-ce que vous insinuez ? L'hôtel serait hanté ? » s'étonne Hanna.

Cette histoire lui paraît absurde, mais Leffe ne semble en rien plaisanter.

Hanna sent un certain malaise la gagner. Sans compter que Raffe a lui-même évoqué ces rumeurs, tout à l'heure, avant leur départ.

« En tout cas, personne n'osait s'aventurer seul dans la chambre 712… »

Après avoir regagné le rez-de-chaussée, ils longent un nouveau couloir pour s'arrêter devant une porte en tôle. Le gardien l'entrouvre doucement, révélant un escalier aux marches usées et dont la peinture blanche s'écaille par endroits sur les murs.

« Ces marches mènent à ce qui était à l'époque le bar du personnel, au sous-sol. »

Il marque une pause, jetant un regard mélancolique sur l'escalier qui s'engouffre dans les ténèbres.

« On raconte qu'une très jeune employée est tombée tout en bas. C'était juste après la guerre. On l'avait poussée ; la chute lui a brisé la nuque. »

Encore une histoire sordide. Mais qu'est-ce que c'est que cet endroit ?

« Vous voulez dire qu'elle en est morte ?

– Oui, malheureusement, tuée sur le coup. » Leffe hésite, avant de poursuivre : « Mais on croirait parfois qu'elle n'a jamais vraiment quitté les lieux… Il m'est arrivé, en haut de cet escalier, de me dire que… ce n'était pas raisonnable de descendre. »

Hanna ne sait plus quoi penser. Elle n'a jamais été particulièrement superstitieuse – elle ne croit ni aux esprits ni à un dieu quelconque. Mais en observant Leffe avec ses rides et sa barbe naissante, elle voit le visage d'un homme on ne peut plus sérieux.

Il tire sur les bretelles de sa salopette.

« Une fois, j'ai amené mon chien ici, et il a refusé d'entrer. Refusé net ! Alors j'ai fini par m'en aller. »

Il lâche la porte qu'il tenait encore entrouverte. Elle se referme dans un grincement interminable.

« Vous connaissez son nom, à cette jeune fille ? » demande Hanna.

Leffe secoue la tête.

« C'était bien avant mon époque. Moi, je suis né en 1958.

– Depuis combien de temps travaillez-vous ici ?

– Depuis les années soixante-dix. »

Il sourit d'un air penaud.

« Pour tout vous dire, j'ai passé toute ma vie ici. Et maintenant, je suis sur le point de prendre ma retraite. J'avais quinze ans quand j'ai été embauché. Ma mission, à l'époque, c'était de changer les ampoules : je ne faisais que ça de mes journées. »

Hanna passe un index sur le mur. La surface est un peu rugueuse sous la peau ; une tache d'humidité s'étend dans un coin.

On entend quelque part le bruit d'un robinet qui goutte.

Les histoires de Leffe attisent sa curiosité tout autant qu'une certaine gêne.

« Est-ce que vous auriez connaissance d'autres événements notables qui se seraient produits ici ? demande-t-elle. Des crimes, par exemple ?

– Pourquoi ça ?

– Ça pourrait m'être utile. »

Leffe a fait demi-tour et commence à revenir sur ses pas pour regagner le lobby. Des ombres dansent sur les murs abîmés.

« Il y a eu une affaire qui a fait grand bruit au début des années soixante-dix, lance-t-il par-dessus son épaule. Une toute jeune serveuse avait été violée par un client. Je m'en souviens, c'était à Noël 1973, je venais juste de prendre mon poste.

– Que lui est-il arrivé ?

– Elle avait flirté d'un peu trop près avec lui, paraît-il. Elle l'aurait aguiché... La pauvre petite était très naïve. Et il lui est arrivé malheur. »

Leffe marque une pause. Lorsqu'il reprend, sa voix est si ténue qu'Hanna l'entend à peine :

« Les gens ont dû dire qu'elle l'avait bien cherché... »

Ce n'est guère surprenant. À cette époque plus encore qu'aujourd'hui, les enquêtes pour viol s'intéressaient rarement au comportement de l'auteur des faits, préférant rejeter la responsabilité sur celui de la victime. Les interrogatoires de police s'attardaient toujours sur la tenue vestimentaire de la femme, se demandant si elle était « provocante » ou « osée ». Sa conduite supposément séductrice, le nombre de ses partenaires sexuels passés, tout cela jouait systématiquement en sa défaveur.

Cette jeune femme s'était-elle vraiment refusée à lui assez fermement pour qu'il comprenne qu'elle ne voulait pas coucher avec lui ? Voilà la question qu'on se posait.

Le genre de cliché qui persiste hélas encore aujourd'hui...

« C'était une autre époque, malheureusement…, dit Leffe, marchant toujours devant elle.

– Oui et non », soupire Hanna.

Elle en sait quelque chose : elle a elle-même subi un viol, mais a renoncé à dénoncer son agresseur. À l'époque, elle n'avait pas eu la force de se rendre au commissariat et de subir un interrogatoire de ce genre. Ni de risquer de se voir salie devant un tribunal.

Avec le recul, elle se dit qu'elle a eu tort ; elle aurait dû porter plainte, se défendre. Mais elle était si jeune, elle n'avait que vingt et un ans, et l'agresseur, le patron du bar où elle travaillait, à Barcelone, avait deux fois son âge. Sa sœur Lydia avait sauté dans un avion pour la ramener en Suède et s'était assurée qu'elle soit bien entourée pour surmonter le choc et le traumatisme.

C'est après cette agression qu'elle avait décidé de s'inscrire à l'école de police.

« Comment l'affaire s'est-elle terminée ? demande Hanna. Il y a eu des poursuites judiciaires ? »

Leffe s'immobilise, une main sur la rampe.

« Ça m'étonnerait. On l'a mise à la porte, il me semble. Et toute cette histoire a été étouffée.

– Vous la connaissiez bien ?

– Pas vraiment, non. Je n'étais qu'un petit boutonneux chargé des basses besognes, je me promenais toute la journée en bleu de travail. Mais je me souviens très bien d'elle : elle était jolie comme un cœur, toute menue, avec les yeux soulignés de noir et de beaux cheveux longs coiffés à la mode de l'époque, avec la raie au milieu. »

Il laisse échapper un petit rire mélancolique.

« Elle ne m'a probablement jamais remarqué. »

Ils sont arrivés à un nouvel escalier, recouvert d'une moquette usée jusqu'à la corde. Leffe fait quelques pas, puis se retourne.

D'une voix triste, il ajoute :

« Je pense que cette histoire l'a détruite. »

77

Devant les lavabos des toilettes des hommes, Anton fixe son reflet dans le miroir. Quelle idée à la con d'avoir contacté Carl ! Il s'en mord les doigts. Il lui a d'abord fallu une éternité pour trouver la force de passer l'appel. Et puis rien, un coup d'épée dans l'eau : il est tombé sur sa boîte vocale, et au lieu de laisser un message, il a lâchement raccroché.

Au premier obstacle, tout son courage s'est volatilisé. Tant pis, il ira chercher ailleurs les informations sur Bengt Hedin.

Frustré, il s'asperge le visage d'eau froide pour tenter de se ressaisir. À quoi bon rêver ? Depuis le temps, il devrait savoir que cette histoire est vouée à l'échec.

Il éteint la lumière et ferme la porte des sanitaires. Le couloir désert est plongé dans le silence ; Raffe est rentré retrouver Nilla il y a peu, Hanna et Daniel ne sont pas encore revenus de Storlien.

Alors qu'il pénètre dans son bureau, son portable retentit. Son cœur bondit dans sa poitrine en voyant le nom s'afficher à l'écran. *Carl.*

Parviendra-t-il à répondre ? Il y a une minute, il s'était résigné à l'idée de ne plus le revoir.

Rien que d'entendre sa voix sur le répondeur l'a fait flageoler sur ses jambes. Et puis les sentiments de honte étaient revenus, d'avoir à ce point gâché ce qui était né entre eux deux l'année dernière.

Malgré tout, il se lance.

« Allô ?

– Salut, Anton, c'est Carl. Tu as essayé de me joindre ? »

Anton panique. Comment expliquer qu'il n'ait pas laissé de message ? Il pourrait marmonner une excuse, dire que c'était un appel involontaire, avant de s'empresser de raccrocher.

Carl a tourné la page : à quoi bon se torturer ainsi ?

« Tu avais quelque chose à me dire ? » demande Carl.

Le son de sa voix réveille un sentiment enfoui. Anton y reconnaît la chaleur de leurs conversations sur l'oreiller, avant de s'endormir.

L'idée de couper court à l'appel s'envole d'elle-même – et avec elle, le prétexte qu'il avait échafaudé au sujet de Bengt Hedin.

La vérité est simple. Il veut être avec Carl.

« Je voulais te demander si on pouvait se voir, toi et moi, fait-il d'une voix mal assurée. Il y a un truc dont j'aimerais te parler. »

78

Quand Hanna a regagné le poste de police, il était déjà dix-sept heures. Installée à son bureau avec une poignée de bonbons, elle vient tout juste d'avoir l'épouse de Paul Lehto au téléphone : celle-ci a confirmé que son mari était malade, comme il l'avait lui-même affirmé. D'après elle, il s'était senti mal dès le lundi matin et avait dû rester à la maison quelques jours. Elle a aussi réitéré ce qu'elle avait dit précédemment : il était bien chez lui les soirs des deux homicides.

À quel point Hanna peut-elle se fier à l'alibi de Lehto ? Beaucoup de femmes n'hésiteraient pas à mentir pour protéger leur partenaire, surtout dans une affaire comme celle-ci. Déjà, en ne précisant pas qu'elle dormait, cette femme leur a caché une partie de la vérité…

Hanna a déjà vérifié les antécédents de Lehto et cherché son nom dans tous les registres accessibles. À part deux contraventions pour conduite en état d'ivresse, il n'y a rien. Rien qui laisse supposer qu'il puisse être un meurtrier.

Une idée lui vient soudain à l'esprit : elle n'a pas pensé aux archives communales d'Östersund, qui regroupent l'ensemble des enquêtes criminelles et des rapports de police du comté. Tout ce que la police détient concernant un même individu s'y trouve archivé. Dans les registres informatiques, les données doivent être effacées passé un certain délai – c'est une obligation légale. Mais dans les archives communales, elles restent accessibles sans limitation de temps.

Il est sans doute vain d'espérer avoir quelqu'un un vendredi saint en fin d'après-midi, mais ça ne coûte rien d'essayer. Hanna compose le numéro en priant pour que tout le bureau ne soit pas en congé. Elle a de la chance : une assistante nommée Cilla est sur le pont.

Hanna lui dicte en vitesse le numéro national d'identité de Paul Lehto et demande à voir tout ce qui le concerne.

Dix minutes plus tard, Cilla la rappelle :

« J'ai trouvé une vieille affaire qui ne doit plus être consultable dans le système. Je vous l'envoie tout de suite. »

Hanna ouvre sa boîte de réception et doit lire le document deux fois pour en réaliser l'importance. Bon sang ! Si Nisse n'avait pas traité sa tâche par-dessus la jambe, il leur aurait déterré cela depuis longtemps.

Elle imprime les pages et se rend dans le bureau de Daniel. Son collègue est si concentré sur son écran qu'elle doit toquer à la porte pour qu'il s'aperçoive de sa présence.

« Regarde ça ! » lance-t-elle en lui tendant le document.

Il parcourt le texte en diagonale.

« Drôlement intéressant… »

Hanna s'assoit sur le fauteuil visiteur et étend les jambes.

« N'est-ce pas ? Ça nous confirme que Paul Lehto a un rapport, disons… conflictuel avec les femmes. »

Elle reprend le document, qui révèle que seize ans plus tôt Paul Lehto avait harcelé son ex-femme au point qu'elle s'était vu délivrer une ordonnance de protection.

En d'autres termes, il avait interdiction de se trouver à proximité du domicile ou du lieu de travail de son ex-épouse, ainsi que de plusieurs endroits où elle se rendait régulièrement.

Ce n'était pas une mesure que la justice prenait à la légère.

De toute évidence, Lehto avait maltraité son ex. Il n'était bien sûr pas allé le raconter spontanément à la police. Il ne l'avait probablement pas non plus révélé à son employeur :

ce n'est pas le genre de faits d'armes qu'on inscrit sur son CV.

« Il était sous surveillance électronique ? » demande Daniel.

Hanna parcourt le texte.

En cas de violation d'une précédente ordonnance de protection, la loi autorise une surveillance sous la forme d'un bracelet anti-rapprochement à la cheville. Évidemment, cela n'empêche pas la personne d'envoyer des centaines de SMS à sa victime ou de la harceler sur les réseaux sociaux, ce qui arrive hélas trop souvent. C'est néanmoins un outil précieux pour empêcher un rapprochement physique.

« Non, répond-elle. Je n'en ai pas l'impression. »

Hanna pense savoir pourquoi : la loi sur les ordonnances de protection a été renforcée à plusieurs reprises ; il y a seize ans, elle était encore assez peu contraignante. Les bracelets anti-rapprochement n'étaient pas aussi répandus qu'aujourd'hui.

Le regard d'Hanna tombe sur le mur de la salle de conférences, en face du bureau de Daniel, où sont affichées les photos des deux victimes.

Un homme capable de molester son ex-femme pourrait très bien s'en prendre à d'autres. Ce qu'ils viennent de découvrir atteste une misogynie certaine.

Qu'en est-il de l'épouse actuelle de Lehto ? Aurait-il exercé sur elle aussi des violences, physiques ou psychologiques ?

Les statistiques sont formelles : les faits de violence sont rarement isolés, et les hommes qui les commettent sont souvent des récidivistes. La valeur de l'alibi de Lehto est potentiellement mise à mal par ces nouvelles informations : on peut imaginer que son épouse, sous emprise, n'ait pas osé contredire sa version des faits. Cela expliquerait qu'elle n'ait pas osé mentionner qu'elle dormait quand il est rentré.

Daniel fait tourner sa chaise de bureau avec un grincement.

« Pas de plaintes pour coups et blessures contre Lehto ? demande-t-il.

– Non, rien à part cette interdiction de contact. »

Évidemment, l'absence de plainte ne garantit en rien l'absence de violence : on peut imaginer que l'ex-femme de Lehto n'ait pas osé le dénoncer, ou n'en ait pas eu la force.

Hanna sait qu'elle tend à tirer des conclusions hâtives sur les hommes violents, mais elle a vu tant de cas de ce genre… Elle connaît beaucoup trop de femmes qui, fatalistes, ont abandonné la lutte et renoncé à l'idée de voir leurs agresseurs condamnés. Obtenir ne serait-ce qu'une ordonnance de protection exige déjà une bonne dose de courage pour une femme sous le joug d'un compagnon maltraitant. Poursuivre la lutte jusqu'au procès, avec ce que cela implique de témoignages et de contre-interrogatoires – et d'insinuations infamantes de l'avocat de la défense –, peut représenter une épreuve insurmontable, même avec la meilleure assistance juridique.

« Qu'est-ce qu'on fait ? dit Hanna. Tu penses qu'on doit l'interroger à nouveau ? »

Daniel prend le temps de réfléchir. Dans ce genre de moments, sa réaction est toujours la même, Hanna l'a remarqué – son regard devient flou et il se met à se frotter le pouce droit d'un air absent.

« On attend, lâche-t-il enfin. On n'a toujours pas établi de lien clair entre lui et Charlotte Wretlind qui puisse vraiment expliquer ce qui s'est passé dimanche. Par ailleurs, il nous faut encore des preuves que Lehto était en contact avec Hedin, si l'on part de l'hypothèse qu'ils ont agi de concert.

– Anton et Raffe sont sur le coup », dit Hanna, avant d'être happée par un bâillement irrépressible.

La journée a une nouvelle fois été longue ; elle commence à fatiguer, même si elle n'est pas encore prête à plier bagage.

Daniel regarde l'horloge sur le mur derrière eux :

« Moi, il faut que j'y aille. J'ai promis à Ida de rentrer tôt aujourd'hui. J'aimerais au moins être à l'heure pour le dîner. »

Il enfile sa veste et sort dans le couloir.

« Toi aussi, tu devrais rentrer. On n'a pas soufflé de la journée.

– Ça va aller. »

Daniel a un petit sourire navré.

« Ce n'est pas facile pour Ida, tu sais ; elle n'a aucune idée de ce que c'est que de bosser à la police, à quel point ça te bouffe. »

Hanna se concentre sur les feuilles qu'elle tient à la main.

« Arrête de te justifier, dit-elle sans croiser son regard. On est vendredi saint, après tout. »

Elle essaie de se composer un sourire, même si elle ne supporte pas quand il fait ça – prétexter que c'est à cause d'Ida et d'Alice qu'il doit rentrer chez lui.

Plutôt que de se plaindre auprès d'Hanna des contraintes de sa vie de famille, il pourrait lui dire, tout simplement, qu'il a suffisamment bossé pour la journée.

Elle ne veut pas être traitée comme la bonne copine compréhensive, ça lui renvoie sa solitude en pleine face.

Une célibataire pathétique qui n'a rien de mieux à faire que de rester au bureau jusqu'à pas d'heure un jour férié.

79

Au moment où Emily et lui quittent l'hôtel, Filip aperçoit un homme en veste grise qui fume sur le trottoir d'en face.

Ça lui donne furieusement envie d'en griller une – mais il faut qu'il résiste à la tentation : il a promis à Emily d'essayer d'arrêter.

Ce soir, ils vont dîner au Supper, un restaurant aux influences latino-américaines : c'est elle qui a réservé, histoire de lui changer les idées, qu'il se sorte un peu de la tête ce reportage indécent sur sa mère. Filip a passé la journée prostré dans sa chambre à broyer du noir, terrassé par la colère et la honte.

« Attends-moi ! s'écrie Emily en essayant de le rattraper sur la chaussée glissante. Tu marches trop vite. »

Il ralentit et l'attire contre lui pour l'embrasser sur le front. Ils sont ensemble depuis le lycée, et son amour est aussi fort qu'aux premiers jours. La famille d'Emily l'a rapidement adopté, il dort chez elle régulièrement.

Ses parents à elle sont toujours mariés. Dans cette famille, personne ne parle argent ou business à table. Sa mère est prof de maths et son père fonctionnaire au ministère du Travail.

« Tu as du mérite de me supporter », dit-il en lui donnant un nouveau baiser.

Emily sourit et, pendant un instant, tout semble redevenir normal. Il s'arrête et l'embrasse au beau milieu de la rue, plus rien d'autre n'existe. Il aimerait simplement se cacher en elle et oublier toutes les horreurs des jours passés.

Une voiture arrive en klaxonnant et ils se réfugient sur le trottoir, main dans la main.

Quand ils s'engagent dans la rue Mörviksvägen, il aperçoit du coin de l'œil une silhouette sombre qui prend la même direction. On dirait l'homme qui fumait devant l'hôtel, tout à l'heure.

Comme s'il les avait suivis.

Filip tourne la tête pour en avoir le cœur net, mais la silhouette a disparu. Ça doit encore être un journaliste qui veut fourrer son nez dans sa vie.

« Viens », fait-il en pressant le pas, Emily derrière lui.

On ne l'y reprendra pas, à se laisser embobiner par un autre de ces imbéciles.

80

Morris se jette sur Hanna à l'instant même où elle franchit le seuil.

Ses miaulements lourds de reproche attisent sa mauvaise conscience ; elle sait pourtant que Lydia et les enfants sont passés s'occuper de lui dans la journée. Les gamins étaient ravis à l'idée d'aller câliner le nouveau chat de leur tante.

Elle se baisse pour le prendre dans ses bras en lui murmurant des excuses. Elle a encore la tête pleine de l'enquête. Hedin, Lehto, les femmes assassinées – tout s'enchevêtre en un inextricable sac de nœuds. Les éléments sont là, elle le pressent, mais il n'en émerge aucun motif clair.

Morris dans les bras, elle passe au salon et s'affale dans le canapé de manière à lui laisser une place de choix sur sa poitrine, son nouvel endroit favori. Ce chat pèse une tonne, mais elle peut bien tolérer sa présence une dizaine de minutes, le temps de trouver la force de cuisiner quelque chose.

Pour une obscure raison, la visite à Storlien est restée fixée sur sa rétine. Quelque chose la concernant semble travailler son inconscient, mais quoi ?

Alors qu'ils se dirigeaient vers la voiture pour partir, le gardien est revenu leur montrer des photos d'archives remontant aux années soixante et soixante-dix. C'était un monde complètement différent, peuplé de femmes en robe longue et aux brushings improbables, et d'hommes en smoking.

Mais à en croire ses récits, tout n'était pas si rose sous le vernis. Une jeune femme à la nuque brisée, une autre qui avait vu sa vie détruite par un viol…

Hanna gratte Morris sous le menton, faisant voler en tous sens un nuage de poils. À quoi bon s'échauffer pour une agression vieille de cinquante ans ? C'est sur l'affaire en cours qu'elle doit concentrer son énergie.

Le chat étire le cou d'un air béat pour qu'elle puisse le gratter plus à son aise.

« Oui, c'est ça, mon gros », fait-elle à mi-voix.

Hanna est à deux doigts de s'assoupir, sous l'effet de la fatigue et de la tiédeur de l'animal, quand son téléphone sonne dans sa poche arrière. Son premier instinct est d'ignorer l'appel : il est presque vingt heures et elle est lessivée.

Mais s'il était question de l'enquête ? Le sens du devoir prend le dessus et elle répond in extremis, sans même regarder l'écran.

« Oui, allô ?

– Bonsoir, Hanna, comment ça va ? »

Qui s'adresse à elle d'un ton aussi familier ? Après une seconde de perplexité, elle s'avise qu'il s'agit d'Henry Sylvester.

Est-ce qu'il s'inquiéterait pour Filip ?

« Filip va bien ? Il lui est arrivé quelque chose ?

– Il va très bien, ne vous en faites pas ! Ce n'est pas pour ça que j'appelle. »

Déconcertée, elle essaie de dégager Morris pour se redresser dans le canapé, ce qui lui vaut en retour un regard offusqué et une griffe plantée dans le ventre.

« Je crois que j'ai omis d'aborder un sujet, dit Henry. Je me demandais si vous auriez le temps d'en discuter avant mon départ ? »

Les intentions d'Henry lui semblent de plus en plus confuses. Lorsqu'elle était passée le voir en début de semaine avec Daniel, l'homme avait brusquement coupé court à la conversation et s'était renfermé sur lui-même. Hanna en avait déduit qu'il était bouleversé par la mort de Charlotte.

« De quoi s'agit-il ?

– Le plus simple serait que vous veniez directement à la Villa, je vous expliquerai, répond-il.

– Maintenant, vous voulez dire ?

– Vous êtes prise ce soir ? »

Hanna jette un coup d'œil rapide à sa montre. Elle n'avait aucun plan pour la soirée : la seule chose qu'elle avait prévue était de manger et d'aller au lit. Demain, elle doit retourner au commissariat de bonne heure – et le dîner de Pâques chez Lydia risque fort de passer à la trappe.

« Je pense qu'il est préférable d'aborder ça en face à face », dit Henry.

Il marque une courte pause, comme s'il avait l'intention de piquer la curiosité d'Hanna.

Peut-être sait-il lui aussi des choses sur cette jeune fille agressée à l'hôtel de Storlien ? En y réfléchissant, la date semble coller avec l'époque où sa famille y passait Noël avec celle de Charlotte. Elle pourrait profiter de l'occasion pour le cuisiner à ce sujet.

« Si ça vous intéresse d'en savoir plus sur les affaires de Charlotte, bien sûr, articule Henry. Je ne voudrais pas vous forcer la main. C'est à vous de voir. »

81

Recroquevillée sur le canapé du salon, Tiina tente de retenir ses pleurs. Ogge est introuvable et ne répond pas au téléphone.

Zelda s'approche doucement et pose la tête sur les genoux de sa maîtresse – la chienne est perspicace, elle flaire quand quelque chose ne va pas. Enfouissant son visage dans l'épais pelage, Tiina se laisse aller aux larmes.

Après un long moment, elle tente de se ressaisir : en allant chercher des mouchoirs en papier à la cuisine, elle entrevoit dans le miroir le reflet de son visage ravagé par les pleurs. Elle est affreuse, les yeux rouges et bouffis.

Pas étonnant qu'Ogge soit allé voir ailleurs.

Son regard s'arrête sur le bouquet de jonquilles posé dans un vase sur la table. La fleur de Pâques. Aujourd'hui, c'est vendredi saint, le jour où Jésus est mort sur la croix pour nos péchés. Dans sa famille, c'était un jour de deuil, de recueillement, où l'on allait tous ensemble à l'office. Ça fait une éternité qu'elle n'a pas mis les pieds dans une église – Ogge est toujours le premier à cracher sur la religion. Tiina garde pourtant un souvenir ému de la gentillesse du pasteur de son village natal.

Il lui vient soudain une idée : elle sort son portable et tape « parler à un pasteur » sur Google. À son grand étonnement, elle découvre qu'en appelant le 112, le numéro d'urgence, on peut contacter le pasteur de garde de l'Église suédoise.

Est-ce qu'elle osera ?

Mais sinon, à qui d'autre parler ?

Elle jette un coup d'œil autour d'elle – sur la table, l'assiette vide qu'elle a disposée devant la chaise d'Ogge pour le dîner est encore là. Il ne lui a même pas envoyé un SMS d'explication…

Les doigts tremblants, elle compose le numéro d'urgence et formule sa demande.

Après quelques sonneries, elle entend une voix d'homme ; à son accent, il vient de la côte ouest. Il se présente comme Roger : en plus de son rôle de pasteur de garde, il officie dans une église de Göteborg.

Tiina doit se mordre la joue pour ne pas s'effondrer.

« Je suis à votre écoute : vous pouvez me dire tout ce que vous avez sur le cœur », dit Roger.

Il a l'air gentil. Elle prend alors son courage à deux mains et lui parle d'Ogge, de son comportement étrange des jours passés. Dit que son parcours difficile semble revenir le travailler ; qu'il va de plus en plus mal, qu'elle le supplie de se faire aider mais qu'il ne veut rien savoir.

Il n'est pas étonnant qu'il soit dans cet état : sa mère, après avoir laissé l'alcool la détruire à petit feu, s'est donné la mort avant son douzième anniversaire. Son adolescence passée dans une famille d'accueil a été un enfer émaillé de violences ; il a été jeté à la rue le jour de sa majorité et a dû se débrouiller entièrement seul.

Plus d'une fois, lorsque Tiina, déçue par son attitude, s'était mise à douter de leur relation, elle avait repensé au chemin de croix qu'il avait parcouru. À ce pauvre gamin abandonné, seul au monde.

Le prêtre l'écoute, la relançant de temps à autre par de brèves questions. Bientôt, une heure entière s'est écoulée. Tiina a déversé toute la douleur, toute la détresse qu'elle portait en elle : le fait qu'Ogge soit rentré à la maison bien après minuit, il y a deux jours, lui faisant soupçonner un adultère. A dit combien il était devenu amer, cruel, a décrit sa consommation d'alcool incontrôlée, son agressivité lorsqu'il avait bu.

On dirait que ce qu'il a vécu dans son enfance le submerge, comme si tous ses souvenirs traumatiques avaient décidé de remonter subitement à la surface.

Chaque fois qu'il voit passer à la télévision un sujet qui concerne les relations père-fils, il ne peut s'empêcher d'y aller de son commentaire cynique ; les émissions sur les enfants adoptés cherchant leurs origines suscitent des remarques plus narquoises encore.

« Qu'est-ce que je peux faire pour l'aider à aller mieux ? » demande Tiina d'une petite voix.

Elle les a bien vues, les cicatrices que les coups les plus violents lui ont laissées dans le dos ; elle sait que tout ça l'a traumatisé à vie. Sans compter son profond sentiment de culpabilité vis-à-vis de la mort de sa mère – comme si c'était sa faute…

Tout ça a fait de lui quelqu'un de dur.

Et l'a également conduit à prendre une autre décision : ne jamais devenir père lui-même.

Tiina aurait aimé avoir un enfant de lui ; au début de leur relation, elle en rêvait souvent. Mais Ogge lui a très vite fait comprendre qu'il ne comptait pas changer d'avis.

Là aussi, elle aurait dû défendre plus fermement ses positions, s'était-elle dit bien après. Devenir père aurait pu permettre à Ogge de tourner la page sur la douleur de sa propre enfance : ç'aurait pu être un nouveau départ, une occasion de se projeter dans l'avenir au lieu de rester bloqué dans le passé.

Rien n'oblige à faire subir à ses enfants ce qu'on a subi soi-même.

Tiina étouffe un sanglot. Elle craint que ce soit sans espoir. Elle aime Ogge, mais le sent s'éloigner inexorablement. Il est sans doute trop tard, Ogge est sur le point de la quitter pour une autre.

« J'ai tellement peur qu'il m'abandonne », confie-t-elle à Roger.

Ce n'est pas si étonnant, finalement, qu'Ogge puisse se montrer cruel après ce qu'il a traversé. C'est peut-être aussi pour cette raison, d'ailleurs, qu'il a commencé à voir quelqu'un d'autre : pour évacuer l'anxiété qui le ronge ?

« Tiina, intervient Roger. Ça va peut-être vous paraître étrange, mais avez-vous déjà entendu parler de la notion de "codépendance" ?

– Qu'entendez-vous par là ? »

Le mot ne lui est pas inconnu, mais elle ne saurait pas vraiment le définir.

« Lorsqu'on vit avec une personne qui a une addiction à l'alcool ou aux drogues, on peut vite devenir ce qu'on appelle "codépendant", explique Roger. On prend l'habitude de s'adapter sans arrêt au comportement de l'autre, jusqu'à ne plus arriver à fixer ses propres limites dans la relation. Et on risque, par exemple, de s'oublier soi-même, de perdre peu à peu toute estime de soi. On pense bien faire, mais ça peut malheureusement contribuer à maintenir la personne dans sa dépendance. »

Il marque une pause, comme pour laisser à ses mots le temps d'infuser.

« Vous reconnaissez-vous dans tout cela ? »

Tiina regarde droit devant elle, hébétée. Qu'essaie-t-il de lui dire ?

Elle vient de confier à cet homme ses secrets les plus douloureux, et tout ce qu'il trouve à dire, c'est que c'est sa faute à elle si Ogge va mal ?

« Tiina, vous êtes là ? »

Elle se sent trompée, trahie par le monde entier. Elle n'arrive pas à retenir ses larmes.

« Je dois vous laisser », bredouille-t-elle avant de raccrocher.

82

En rangeant le salon après la séance de jeu d'Alice, Daniel ne peut s'empêcher de penser qu'il aurait été bien plus utile au poste, à poursuivre son travail sur l'enquête. Au lieu de cela, il s'affaire à ramasser un à un les jouets multicolores pour les ranger dans un grand bac en plastique rouge.

Ida est assise sur le canapé, à chatter avec une amie sur sa tablette tout en regardant d'un œil le journal télévisé du soir.

« Passons maintenant aux événements dramatiques survenus à Åre, où un second corps a été découvert hier », annonce le présentateur.

Daniel se tourne vers l'écran et voit défiler des images du Copperhill et du bâtiment gris où est hébergé le personnel. La caméra fait un panoramique sur les voitures de police et la foule de curieux derrière le cordon de sécurité. Quant à cet imbécile de journaliste sur lequel Daniel a failli lever la main, il ne figure heureusement pas à l'image.

Ida a posé sa tablette pour suivre elle aussi le reportage.

La voix off du journaliste explique que la seconde victime a été étranglée, ajoutant que, pour l'heure, la police n'a pas communiqué le nom de la femme, mais que ce nouvel homicide est très probablement lié à celui d'il y a quelques jours.

Daniel fronce les sourcils. D'où sortent-ils cette information ? Pour autant qu'il le sache, la police n'a ni confirmé ni infirmé le lien entre les deux crimes.

« Tu l'as vue, toi, la victime ? C'est qui ? demande Ida.
– Je n'ai pas le droit de te le dire, tu le sais bien. »

Ils ont déjà eu plusieurs fois cette discussion. Ida est curieuse de son travail et lui pose régulièrement ce genre de questions ; Daniel lui répond invariablement qu'il n'est autorisé à dévoiler aucune information sur une enquête en cours.

Il en a déjà trop dit, hier, en laissant échapper qu'ils avaient sans doute affaire à un seul et même assassin.

« Désolé… »

Ida lui adresse un sourire tendu ; Daniel se sent coupable d'avoir répondu par une fin de non-recevoir. Il va s'asseoir près d'elle, sur le canapé.

« Tu sais comment c'est, ce genre d'affaire…, s'excuse-t-il.
– Oui, oui, je sais. Tu es tenu au secret. »

Daniel l'attire contre lui.

Il hume doucement sa joue, où flotte l'agréable parfum de sa crème de jour. Une mèche de cheveux lui a glissé sur le front, qu'il balaie de son index d'un geste tendre.

Bien que la journée ait été longue, il se sent agréablement émoustillé.

Ça fait une éternité qu'ils n'ont pas fait l'amour. Il y a toujours plus urgent ; ils sont tous les deux épuisés en rentrant du travail, et puis il faut avant tout s'occuper d'Alice. Quand elle se réveille en hurlant au milieu de la nuit, ils finissent souvent par la faire dormir dans leur lit.

Un enfant en bas âge est le meilleur contraceptif qui soit, a-t-il entendu dire par un collègue. Force est de constater que ce n'est pas faux…

Il jette un œil prudent à Ida. Elle n'est pas facile à cerner, aujourd'hui ; elle a à peine réagi à ses gestes, restant immobile sur le canapé sans clairement repousser ni répondre à ses tentatives d'approche.

Ce n'est qu'en essayant de l'embrasser qu'il comprend qu'elle n'est pas d'humeur.

« J'ai mes règles », murmure-t-elle en se dérobant à son étreinte.

Elle disparaît dans la salle de bains, verrouillant la porte derrière elle.

La douleur d'être si brutalement rejeté lui déchire la poitrine.

Ida ne le désire plus.

83

Au moment où le serveur du Supper vient débarrasser leur table, Filip est de nouveau pris d'une irrésistible envie de fumer.

Emily et lui sont installés dans un coin tout au fond de la salle – Filip a pris soin de se placer dos aux autres convives. Depuis la publication de l'article, il a l'impression d'être connu comme le loup blanc et évite autant que faire se peut de croiser les regards. Il a essayé toute la soirée de se concentrer sur le visage d'Emily pour lutter contre le délire de persécution qui menace.

« C'était vachement bon, non ? dit-elle en posant une main sur la sienne. Surtout tes frites de patate douce et mon poulet au cacao. »

Filip lui adresse un sourire reconnaissant. Depuis quelques jours, il a pour ainsi dire perdu l'appétit. Chaque bouchée est un calvaire et tous les aliments ont le même goût rance. Mais Emily s'est pliée en quatre pour qu'il passe une bonne soirée. Elle veut qu'il aille mieux, qu'il arrive à penser, ne serait-ce qu'un instant, à autre chose qu'à la fin atroce de sa mère.

L'appel de la cigarette est trop fort. Il palpe la poche de son jean, où il a glissé un paquet à moitié entamé.

« Ça t'embête si je vais prendre l'air deux minutes ? »

Il préfère ne pas lui avouer qu'il va s'en griller une. Emily a horreur qu'il fume.

Elle n'est pas dupe – en témoigne son soupir éloquent –, mais s'abstient de tout commentaire.

« D'accord, dit-elle simplement. Je vais commander des cafés en attendant. Tu voudras autre chose à boire ? »

Il n'a accompagné son repas que d'une petite bière ; à vrai dire, il n'a pas vraiment envie d'alcool en ce moment.

« Non, c'est bon », répond-il en se levant.

La nuit commence à tomber. Sur la terrasse devant le restaurant, Filip se cale dans un coin sombre, un peu à l'écart, pour que l'odeur ne dérange personne. Il a bien vu tout à l'heure le panonceau priant les clients de ne pas fumer devant l'entrée.

Il allume sa cigarette et tire une profonde bouffée. Quel plaisir ! Au même moment, il entend des pas se rapprocher dans son dos. Il garde les yeux baissés pour ne pas risquer d'être dévisagé par un importun – ou pire, un de ces journalistes à la noix.

Henry l'a appelé ; il a tenté de le consoler en assurant que le reportage n'avait aucune importance. Bons ou mauvais, les articles finissent tous un jour à la poubelle, lui a-t-il dit : les gens oublient en un rien de temps. Et dimanche, ils seront de retour à Stockholm.

Il est reconnaissant à son parrain d'essayer de l'aider, mais Henry ne se rend pas compte à quel point il se sent ridicule.

Quelle idée pathétique, quelle crédulité d'imaginer rendre justice à sa mère en parlant d'elle à une journaliste… Sa mère, elle, ne se serait jamais laissé prendre. Elle aurait raillé la proposition, lui aurait immédiatement conseillé de refuser.

Cette pensée lui fait monter les larmes aux yeux.

Pourquoi se disputaient-ils sans arrêt ? Maintenant, ça le dépasse. Son comportement a été d'un puéril ! Sa mère ne voulait que son bien, et maintenant c'est trop tard, elle n'est plus là…

Il ferait n'importe quoi pour pouvoir lui dire combien il est reconnaissant de tout ce qu'elle a fait pour lui. Et lui dire qu'il l'aime, une dernière fois.

Filip tire une nouvelle bouffée de cigarette en clignant des yeux pour chasser ses larmes. Il a la sensation de sombrer, noyé dans un océan de culpabilité. Il sait que c'est un sentiment inutile, qui n'améliore en rien sa situation, mais c'est plus fort que lui. Tous les matins, il se réveille honteux de son comportement, de son ingratitude d'alors. De son incapacité à mesurer la chance qu'il avait.

Le bout incandescent de sa cigarette luit faiblement dans la pénombre ; il sent grossir la boule dans sa gorge.

Soudain, il devine une présence juste derrière lui. Proche. Bien trop proche.

Au moment où il se retourne, un objet pointu comme une aiguille s'enfonce dans sa nuque.

Puis tout devient noir.

84

En gravissant au volant de sa voiture la route montant vers le Copperhill, Hanna contemple les illuminations qui ornent la façade de la Villa et créent une ambiance chaleureuse, presque festive, au milieu du paysage enneigé. Derrière les baies vitrées surdimensionnées, on devine les volumes accueillants du luxueux chalet.

Mais Hanna n'est pas venue ici pour profiter de l'opulence : son seul but est d'obtenir d'Henry des informations susceptibles de les mener au meurtrier. Sa visite ne doit pas durer plus d'une demi-heure, après ça elle rentrera en vitesse dîner et se coucher.

Elle se gare à côté d'une Kia Subaru, sans doute une voiture de location. Elle s'étonne de la simplicité du modèle : vu le personnage, elle se serait plutôt attendue à un SUV de chez Porsche ou Mercedes.

Mais elle a suffisamment de bouteille pour savoir qu'il ne faut pas se fier aux apparences.

Elle détache sa ceinture et glisse son portable dans sa poche. Elle songe un instant à envoyer un SMS à Daniel au cas où, que l'on sache où elle se trouve, avant de se raviser : ce serait excessif ; Sylvester n'est pas une menace. Même s'ils ont un temps émis l'hypothèse de son implication dans les homicides, ce n'est plus d'actualité : il a un alibi, et il est clair qu'il aurait eu d'autres moyens de se retirer du projet.

Par ailleurs, Storlien ne représente qu'une infime partie des actifs détenus par l'homme d'affaires.

Sans compter qu'il est le parrain de Filip et semble réellement se soucier du garçon.

Hanna décide de lui faire confiance.

À peine a-t-elle appuyé sur la sonnette qu'Henry Sylvester apparaît à la porte, vêtu d'un pull noir à col roulé et d'un jean assorti. Il ressemblerait presque à un Steve Jobs poivre et sel.

« Je suis ravi que vous soyez là. Entrez ! » l'invite-t-il, sourire chaleureux aux lèvres.

À son ton, elle a presque l'impression d'être venue pour un rendez-vous galant.

Alors qu'elle essaie de se défaire de cette sensation, Hanna prend soudain conscience de sa propre tenue – un vieux jean et un sweat-shirt bleu – et de ses cheveux négligemment attachés en queue-de-cheval.

Peu importe, se raisonne-t-elle. Son apparence n'a aucune importance, dans ce contexte.

« Comment va Filip ? demande-t-elle en se déchaussant dans l'entrée. Ce reportage consternant… Le pauvre, il n'avait vraiment pas besoin de ça.

– Oui, c'est navrant. »

Sylvester s'adosse au mur, bras croisés.

« J'ai appelé le rédacteur en chef pour exiger que cela soit immédiatement retiré de leur site, mais je doute qu'ils m'écoutent… »

Hanna ne se fait pas non plus d'illusions : les médias connaissent leurs droits.

Dès qu'il parle de son filleul, la voix d'Henry, remarque-t-elle, s'emplit d'une profonde bienveillance. Ce soir, il lui paraît autrement plus sympathique que le jour de l'interrogatoire.

Elle se félicite finalement de lui avoir envoyé ce SMS à propos de l'article.

« Venez, installez-vous », fait-il en la précédant dans le salon. L'espace est baigné par la lumière tamisée du plafonnier, que complètent des photophores à la lueur dansante disposés çà et là.

Un feu accueillant crépite dans la cheminée, avec un air de blues en fond sonore – Hanna croit reconnaître la voix suave de Dorothy Moore. Depuis l'an dernier, elle est allée deux ou trois fois voir le groupe d'Anton jouer dans des bars du coin. À sa grande surprise, elle a découvert qu'elle appréciait bien plus qu'elle ne le pensait le jazz et le blues.

« J'allais déboucher une bouteille de champagne, je sais que le contexte ne s'y prête pas vraiment, mais c'est mon péché mignon, dit Henry en montrant, sur la table basse, un seau à glace d'où dépasse le goulot d'une bouteille. Je peux vous offrir un verre ?

– Non, désolée, répond Hanna en secouant la tête. Pas pendant le service.

– Dommage, c'est un excellent millésime. »

Il soulève la bouteille pour révéler l'inscription dorée de l'étiquette. Hanna reconnaît l'une des maisons de champagne les plus réputées au monde – et l'une des plus chères.

« Voilà ce que je vous propose, sourit Henry en faisant sauter le bouchon. Je vous sers un verre, à vous de décider ce que vous en ferez. »

Il remplit aux deux tiers deux flûtes qu'il dispose sur la table basse avant de s'installer dans le canapé. Admirant le liquide pétillant, Hanna reconnaît au premier regard les signes d'une bouteille d'exception : l'effervescence prononcée, les bulles très fines, la robe d'un bel or pâle.

Elle sent monter à son nez des notes de pomme et de nougat, de brioche et d'agrumes. Quand elle était barmaid, dans une autre vie, Hanna s'était prise de passion pour le vin et avait commencé à suivre des cours d'œnologie. Elle sait, par exemple, qu'une bouteille de champagne contient quarante-neuf millions de bulles – soit dix fois plus qu'un prosecco.

En réalité, elle aussi a un énorme faible pour le champagne – mais ça, Henry n'a aucune raison de le savoir…

Il lève son verre pour trinquer et prend une petite gorgée. Hanna voit qu'il le déguste en connaisseur, faisant circuler le breuvage contre son palais pour laisser le bouquet s'épanouir.

« Vous êtes sûre de ne pas en vouloir ? » fait-il d'une voix taquine.

Hanna hésite – au fond, une ou deux gorgées, est-ce vraiment si grave ? Mais elle finit par se raviser et lui répond en secouant la tête.

Henry la dévisage avec une expression énigmatique. L'atmosphère a changé, il y a entre eux une tension nouvelle. Il la regarde de la même façon que l'autre jour, lorsqu'elle le pensait sur le point de révéler une information cruciale.

Mais là, elle a désespérément besoin de faire avancer l'enquête.

« Vous aviez quelque chose à me dire, au sujet de Charlotte ? » commence-t-elle d'une voix ferme.

Henry ne doit pas oublier qu'elle est ici dans le cadre de son travail.

Laissant la question en suspens, il se met à son aise dans le canapé et étend le bras gauche sur les coussins en velours.

Une fois de plus, Hanna a l'impression qu'il ne prend pas les choses très au sérieux.

« Pour être honnête, j'ai surtout dit ça pour vous voir, vous. »

Il lui adresse un sourire désarmant.

« Vous êtes une femme très séduisante, poursuit-il. Et célibataire, si j'ai bien compris – comme moi. »

Hanna fronce les sourcils. Il l'aurait donc attirée chez lui sous un prétexte ? Et il a eu le culot d'aller vérifier son statut marital en prime !

Elle referme son carnet d'un coup sec, prête à quitter les lieux. Quelle perte de temps… Cet imbécile ose jouer la carte de la séduction avec elle, alors même qu'elle s'épuise sur une enquête criminelle abominable !

Elle ne vaut pas mieux d'ailleurs : se laisser séduire par ses simagrées sur l'attachement qu'il porte à son filleul.

Mais alors qu'elle va se lever de son siège, quelque chose la retient.

Elle doit en savoir plus sur le passé de Charlotte, et Henry Sylvester est malgré tout leur meilleure source. Son intuition lui dit qu'il détient des informations précieuses.

Hanna se ravise et esquisse un sourire nonchalant.

Il veut jouer ? Très bien.

« Vous pouvez imaginer ce que vous voulez, dit-elle. Mais moi, je suis ici pour l'enquête. J'ai fait l'effort de venir : j'attends donc que vous remplissiez votre part du contrat en me parlant du passé de votre associée.

– J'ai rempli votre verre, c'est déjà un début, non ? » répond-il en jouant sur les mots.

Son ton est facétieux, à la limite de la familiarité. Son attention est entièrement concentrée sur Hanna. Elle se redresse, un brin gênée – cela fait longtemps qu'on ne l'a pas regardée comme ça.

Les yeux d'Henry ont un effet presque hypnotique.

« C'est vrai, l'un n'empêche pas l'autre, lâche-t-elle d'un ton faussement détaché. Mais parlons d'abord de Charlotte et nous verrons le reste ensuite.

– Demandez-moi ce que vous voudrez. Je suis tout à vous. »

Henry lui décoche un clin d'œil. Son attitude a tout pour l'agacer, pourtant, le charme indéniable de cet homme prend le dessus : impossible de se mettre en colère.

Réfrénant un sourire, elle rouvre son carnet sur une page vierge et saisit son stylo.

« À votre avis, pourquoi Charlotte a-t-elle été assassinée ? » lâche-t-elle.

Le visage d'Henry se ferme.

« Croyez-moi, j'aimerais vraiment le comprendre moi-même. Et vous, quelle est votre théorie ? »

Sans le savoir, il a mis le doigt sur le problème : pour le moment, ils n'ont aucune hypothèse qui tienne la route.

Tout ce qu'ils ont, c'est une série d'indices qui, au lieu de converger, partent dans des directions opposées.

« Je crains de ne pas avoir d'idée bien claire, admet-elle. C'est pour cela que je vous pose la question. »

Henry repose sa flûte. Il a de belles mains, remarque Hanna – des doigts fins et élégants aux ongles soignés.

Christian, son ex, avait des doigts boudinés qui l'avaient toujours un peu rebutée, malgré leurs cinq ans de vie commune.

« Charlotte était une personne compliquée, dit Henry. Je vous l'ai dit, et vous avez dû le constater par vous-même. Elle était loin de plaire à tout le monde. »

C'est bien l'image qu'Hanna s'en est faite désormais : une femme peu sympathique. Mais personne n'est obligé de l'être. D'autant que les femmes sont invariablement jugées plus sévèrement que leurs homologues masculins. Dans les hautes sphères des affaires, une entrepreneuse sûre de ses ambitions, comme elle, aura tôt fait d'être dépeinte comme froide et calculatrice – prête à tout.

Elle ne méritait pas de mourir pour autant.

Et Filip la défendait bec et ongles. Ça, Hanna ne l'oublie pas : le garçon a juré que sa mère l'aimait profondément. Il est dévasté par sa mort : ce n'est pas anodin.

« J'ai beaucoup ruminé dans mon lit les nuits dernières, lâche enfin Henry. Et à mon avis, la mort de Charlotte est en lien avec ses affaires. »

L'attitude nonchalante qu'il affichait l'instant d'avant a disparu : il y a dans son regard une gravité nouvelle. De la tristesse, de la mélancolie… mais aussi autre chose.

De la peur ?

« La violence qu'on lui a fait subir… Moi, ça m'évoque les méthodes de la mafia russe, vous voyez ? Charlotte était prête à mener à bien son projet d'hôtel à presque n'importe quel prix. J'ai du mal à me figurer qu'elle ait pu être désespérée au point de se tourner vers le crime organisé, mais… imaginez si c'était le cas ? »

Hanna hausse les sourcils. Veut-il dire que Charlotte aurait sollicité le soutien de réseaux criminels pour faire avancer son projet ?

« J'essaie de me raisonner, de ne pas y penser… Mais la manière dont elle est morte… »

Hanna saisit à nouveau son carnet. Henry a l'air sincèrement inquiet ; Charlotte et lui se connaissaient depuis plus de cinquante ans, depuis l'enfance. Et le projet Storlien dépendait en grande partie de lui : il n'y a rien d'étonnant à ce que la mort de Charlotte suscite chez lui des inquiétudes. Craindrait-il de subir le même sort ?

La sympathie qu'elle ressentait tout à l'heure commence à revenir.

Henry vide son verre et s'éclaircit la gorge.

« Je vais vous dire le fond de ma pensée », commence-t-il.

Sa voix est ténue, abattue.

« Je crois savoir que Charlotte a versé de grosses sommes d'argent sous le manteau. En prenant l'avion pour venir ici, je m'étais décidé à lui poser la question sans détour. C'est ça qui me fait penser que le meurtre pourrait être en lien avec la mafia. Si elle a fait affaire avec des malfrats et que les choses ont mal tourné, ils ont peut-être essayé de la faire chanter. J'aurais dû vous en parler au cours de notre premier échange, mais c'était difficile – je n'étais sûrement pas encore prêt à mettre des mots là-dessus. »

Hanna réfléchit, fébrile. On dirait que de nouvelles pièces du puzzle s'assemblent. En exprimant ses craintes que Charlotte se soit compromise avec le crime organisé, Henry confirme sans le savoir ce que la police soupçonnait déjà : qu'elle aurait versé d'importants dessous-de-table pour corrompre Bengt Hedin. Les informations d'Henry renforcent l'hypothèse de l'implication du conseiller municipal – et son mobile pour le meurtre.

Hanna sourit, reconnaissante. Elle a bien fait de suivre son intuition en acceptant ce rendez-vous.

Henry avait malgré tout quelque chose d'important à lui dire.

85

Dans la chambre, seule la respiration régulière de Daniel, profondément endormi, vient rompre le silence. Allongée à ses côtés, Ida n'arrive pas à trouver le sommeil.

Elle s'est hâtée de se mettre au lit avant lui, prétextant un gros coup de fatigue, et a fait semblant de dormir lorsqu'il est venu la rejoindre.

Tout est si confus, elle ne sait plus quoi penser. Si ce n'est que tout à l'heure, dans le salon, en sentant Daniel s'approcher d'elle, elle a eu une réaction épidermique : la simple idée qu'il la touche la révulsait. Était-ce la culpabilité d'avoir revu Gustav ce matin et d'avoir même caressé l'idée de l'embrasser ?

Et si c'était quelque chose de bien plus terrible, de plus profond ?

Elle n'est plus attirée par Daniel…

Il ne s'est rien passé avec Gustav, se répète-t-elle comme un mantra. L'idée de l'embrasser n'a jamais dépassé le stade du fantasme. Ils ont bu un café ensemble et il s'est éclipsé au bout d'une heure à peine pour rejoindre le groupe qui l'attendait au pied du télésiège. Rien de plus. Certes, il a proposé qu'ils se revoient, mais c'est le genre de banalité qu'on dit quand on reprend contact avec une amie perdue de vue.

Ida ne peut pas nier, pourtant, que penser à lui la rend toute chose. Si seulement elle pouvait éprouver le même émoi lorsqu'elle pense à Daniel…

Allongée sur le dos, elle fixe le plafond dans l'obscurité. Si elle n'est plus amoureuse de son compagnon, qu'adviendra-t-il de son couple, de sa famille ? Elle ne peut pas se contenter de claquer la porte, sa fille sous le bras… Surtout quand on sait à quel point Daniel tient à préserver ce cocon familial – et à être pour Alice le père qu'il n'a lui-même jamais eu.

Peut-elle vraiment lui infliger ça ? Le priver de moments précieux aux côtés de sa fille à un âge où les enfants grandissent si vite ?

Et peut-elle faire vivre ce déchirement à Alice ?

D'un autre côté, si le désir, l'attirance, s'est déjà évaporée, sur quoi bâtiront-ils la suite de leur relation ? Doit-elle se forcer à vivre avec un homme dont elle ne veut plus partager le lit ?

Peut-elle s'infliger cela à elle-même ?

L'hiver dernier, quand Daniel s'était trouvé accaparé par deux grosses enquêtes criminelles – la disparition d'Amanda, puis, quelques mois plus tard, le meurtre de ce skieur –, quelque chose s'était brisé dans leur relation et un sentiment d'abandon l'avait submergée. Voir Daniel donner la priorité à son travail, négliger son couple et sa fille l'avait profondément blessée.

Elle s'était mise à haïr le métier qu'il exerçait.

Avec le recul, sa réaction n'avait rien de surprenant : Alice n'avait que trois mois au moment de la disparition d'Amanda. Ida découvrait encore le quotidien éreintant d'une jeune maman ; tout lui semblait nouveau, incertain. C'était infernal de se retrouver toute la journée en tête à tête avec un nourrisson sans être sûre de s'en occuper correctement. Pour couronner le tout, l'idée que Daniel soit blessé – ou même tué – ne cessait de la hanter. Elle se montait la tête, imaginait les pires scénarios, se voyait déjà contrainte d'élever seule une petite orpheline… Tout cela avait culminé avec deux crises majeures.

La première fois, Daniel, pressé de toutes parts, avait été pris d'un accès de rage furieuse dans la cuisine : il avait fini par fracasser une assiette contre le mur avant de quitter l'appartement en trombe. Même s'il a entrepris une thérapie depuis, avec un effet indéniable sur sa gestion des émotions, Ida peine à se défaire du souvenir de ce soir-là.

La seconde fois – au cours de l'enquête suivante –, elle s'était sentie tellement à bout qu'elle avait fini par trouver refuge chez sa mère avec Alice sous le bras. Ça lui avait paru la seule solution pour pouvoir enfin souffler, bien qu'elle ait aujourd'hui honte de cette réaction d'ado immature.

Derrière la fenêtre, le bruit d'une rare voiture rompt le silence. Il est tard : il faut vraiment qu'elle dorme.

L'hiver dernier, Ida était au trente-sixième dessous, elle se le rappelle clairement. Toute cette situation avec Daniel l'avait métamorphosée ; elle était devenue grincheuse, dépendante de lui – aux antipodes de la compagne qu'elle aspirait à être. Elle ne se reconnaissait plus.

Comme elle aimerait retrouver sa personnalité d'autrefois ! La femme libre, qui n'avait besoin de personne, capable de prendre ses cliques et ses claques quand la situation ne lui convenait plus.

Une réflexion, soudain, affleure à sa conscience : alors que Daniel est presque toujours sur le pont, comme pour ses précédentes enquêtes, elle ne ressent plus du tout la même inquiétude à le savoir parti. Au contraire, c'est presque un soulagement de ne pas l'avoir auprès d'elle. Elle peut vaquer à ses occupations, et les choses sont bien plus simples avec Alice quand il n'y a rien à négocier.

Il y a là-dedans une vérité qui l'effraie plus encore : elle se sent bien plus épanouie seule qu'avec Daniel.

86

Dans le salon de la Villa, la voix de Dorothy Moore, distillée par les enceintes discrètes, s'est éteinte pour laisser la place à des notes de saxophone feutrées – Hanna parierait sur John Coltrane. Anton lui en a décidément plus appris sur le jazz qu'elle ne l'imaginait : il faudra qu'elle songe à le remercier un jour.

Le silence est retombé, mais il ne règne aucune gêne entre Henry et elle. L'atmosphère est presque détendue.

Profitant du morceau en fond sonore, Hanna réfléchit à ce qu'Henry vient de lui raconter : avant de retourner chez elle, il faut encore qu'elle lui pose quelques questions sur cette triste affaire de viol dont lui a parlé le gardien du vieil hôtel.

« J'aurais voulu aborder un autre sujet avec vous, dit-elle. Vos vacances d'hiver à Storlien, dans votre enfance : vous nous aviez expliqué que votre famille et celle de Charlotte y passaient régulièrement Noël et le Nouvel An.

– En effet, dit-il avec un petit sourire. Si ça peut vous faire rester un peu plus longtemps, je vous parlerai volontiers de cette époque. »

Il essaie encore de lui conter fleurette… Hanna s'étonne presque de ne pas s'en agacer : d'une certaine manière, cela ne semble pas si dramatique – peut-être parce qu'il joue cartes sur table. Ou qu'il semble sincèrement s'intéresser à elle. Il n'a rien de commun avec ces types qui l'abordent parfois au pub d'Åre. C'est vrai qu'il est plus âgé, au moins vingt ans de plus qu'elle, mais il est resté bel homme – on voit qu'il est sportif.

« C'était quelles années, vous vous en souvenez ? poursuit-elle en feignant d'ignorer son invite.

– Voyons voir..., fait Henry en étirant les syllabes. Ça devait être entre la toute fin des années soixante et le début des années soixante-dix. Je crois que j'avais sept ans la dernière fois qu'on y est allés ; Charlotte devait en avoir huit. »

Hanna effectue rapidement le calcul : si Henry avait sept ans, ça devait être l'année où, selon Leffe, l'agression avait eu lieu.

Ça paraît presque trop beau.

« Vous souvenez-vous de quelque chose d'inhabituel qui se serait passé lors de ce dernier séjour ?

– Que voulez-vous dire ?

– On m'a parlé d'une agression commise à Noël 1973 contre une jeune serveuse qui travaillait là. »

Henry ouvre de grands yeux.

« Comment avez-vous eu connaissance de cette histoire ?

– Vous étiez au courant ?

– Si on veut, oui... Enfin, je ne l'ai pas su à l'époque, au moment où c'est arrivé. »

Pourquoi s'exprime-t-il ainsi, par énigmes ? Cet événement remonte à cinquante ans, ce n'est plus une affaire sensible.

« Vous l'avez appris après coup ? À quelle occasion ? »

Henry semble réfléchir ; ses yeux dérivent vers les photophores posés sur la table.

« L'été suivant – environ six mois après ce Noël 1973, donc –, j'ai surpris une dispute entre mes parents dans notre maison de vacances, explique-t-il avant de marquer une pause. Ils parlaient de l'affaire et... le père de Charlotte avait l'air impliqué. »

Hanna ne parvient pas à cacher son étonnement. Le père de Charlotte ?

« En quoi Curt Wretlind était-il mêlé à cette histoire ? fait-elle, soupçonnant déjà la réponse.

– Malheureusement, je crois bien que c'était lui, l'homme qui avait séduit cette pauvre serveuse à qui il était arrivé malheur…

– Séduit ? répète-t-elle, haussant un sourcil devant ce choix de mots. D'après ce que j'ai compris, elle a été violée, ni plus ni moins. Il lui a imposé un rapport sexuel sous la contrainte. Ce n'est pas ce que j'appellerais être "séduite". »

Henry lève les mains, comme pour se disculper :

« Oui, bien sûr, vous avez raison. Mais c'est l'expression que j'ai entendu utiliser à l'époque – et dites-vous que je n'étais alors qu'un petit garçon. Je me souviens que ma mère s'est emportée, en disant quelque chose comme : "Il ne peut s'en prendre qu'à lui-même, à s'amuser à séduire ce genre de fille !" »

Il s'interrompt pour tremper les lèvres dans son champagne, avant de poursuivre :

« Elle était dans tous ses états. Mes parents se trouvaient dans leur chambre, mitoyenne de la mienne. Ils devaient croire que je dormais, mais ils parlaient si fort que j'ai entendu toute leur conversation : ma mère disait qu'il n'était pas question qu'elle passe un Noël de plus avec la famille de Charlotte.

– Elle avait pris le parti de la jeune fille ? »

Une drôle d'expression se dessine sur le visage d'Henry, dont Hanna peine à déterminer le sens.

« Non, je dirais plutôt qu'elle se mettait à la place de la mère de Charlotte, dit-il. Que Curt aille tromper ouvertement sa femme pendant des vacances en famille, ça la scandalisait : elle ne voulait pas être associée à ces mœurs. »

Quel cynisme, se dit Hanna. Mais c'est une vision des choses qui lui est familière : elle-même a été élevée dans cette obsession constante du qu'en-dira-t-on, où le principal était de sauver les apparences, en toutes circonstances.

Sa propre mère aurait très probablement eu la même réaction.

« D'après ce que j'ai compris, poursuit Henry, mon père voulait que ma mère cesse de faire grand cas de tout cela. Il parlait de passer Noël à Storlien comme les années précédentes, mais de son côté, elle refusait net d'avoir à nouveau affaire à Curt. Mon père ne l'a plus vu qu'en tête à tête après cela et nous ne sommes plus jamais repartis en vacances ensemble. Ce n'est que bien plus tard que Charlotte et moi avons repris contact, quand on s'est retrouvés dans le même lycée.

– Avez-vous d'autres souvenirs de cet épisode ? »

Henry fait tourner sa flûte entre ses doigts ; une expression mélancolique se lit dans ses yeux.

« À en croire ma mère, il semblerait que la pauvre fille soit tombée enceinte.

– Vous voulez dire qu'elle a eu un enfant de Curt ?

– C'est ce que j'ai cru comprendre, en tout cas. »

Hanna jette un œil à travers la grande fenêtre, vers la montagne, où l'obscurité est maintenant compacte. Une nuit sans lune, on ne distingue même pas le sommet enneigé de l'Åreskutan.

C'est donc de ça que parlait le gardien en disant que l'événement l'avait détruite : la pauvre petite était tombée enceinte de son violeur…

Dans son malheur, Hanna avait au moins échappé à cela. Elle a du mal à imaginer pire traumatisme.

87

Un long moment s'est écoulé, Henry a déroulé tous ses souvenirs, aussi bien sur le tragique événement de 1973 que sur les Noëls précédents à Storlien. D'abord chamboulée par la révélation concernant Curt Wretlind, Hanna s'est efforcée de se concentrer sur les informations qu'il divulguait.

Peu à peu, la conversation a glissé sur le sujet des vieilles traditions de Noël. Hanna s'est tout à fait reconnue dans les souvenirs d'enfance d'Henry, malgré leurs vingt ans d'écart : elle aussi a passé bien des hivers dans le Jämtland et se souvient de l'office du matin de Noël, auquel on se rendait à pied, foulant la neige à la lumière des torches.

La tension qui prenait son corps en étau s'est enfin relâchée, mais il commence à se faire tard. Demain matin, elle doit tirer le fil de ce qu'elle vient d'apprendre – et informer Daniel des soupçons d'Henry concernant de mystérieux versements ; son collègue saura certainement lui apporter ses lumières.

« Alors, sourit Henry, on peut considérer que vous avez terminé votre journée de travail ? »

Il tend le bras vers la bouteille de champagne ; à sa grande surprise, Hanna s'aperçoit que la flûte posée devant elle est vide. Elle a dû boire pendant leur conversation, sans même s'en rendre compte. Comment est-ce possible ?

Cela veut dire qu'elle ne pourra légalement pas prendre le volant avant plusieurs heures. Quelle idiote !

Son corps est lourd, la fatigue la rattrape – à moins que ce ne soit l'alcool qui fasse son effet. Dans ce canapé si moelleux, au milieu du grand salon, elle pourrait s'endormir en un clin d'œil.

Son regard glisse sur les deux bougies posées sur la table basse, dont les hautes flammes vacillent doucement dans l'air. Elle aimerait se laisser aller, oublier toutes les pensées qui la préoccupent. Henry a raison, sa journée de travail est terminée : il est grand temps qu'elle rentre chez elle. Qu'importe si elle a bu, elle appellera un taxi, voilà tout. Tous ses collègues sont déjà dans leurs familles respectives depuis belle lurette. Pourtant, elle sent autre chose commencer à poindre. Devant l'intérêt évident qu'Henry lui témoigne, une douce chaleur se répand dans son corps…

Cela fait près d'un an qu'elle n'a pas eu de rapports intimes. Le comportement toxique de Christian avait réduit à néant sa confiance en elle, et alors qu'elle voyait enfin le bout du tunnel, ses sentiments pour Daniel l'avaient empêchée de se projeter dans une nouvelle histoire.

Ces derniers mois, elle est sortie plusieurs fois dans des bars, déterminée à trouver un homme avec qui passer la nuit – ne serait-ce que pour étouffer ses pensées parasites concernant Daniel. Mais à chaque tentative, elle se ravisait au dernier moment : il lui semblait à la fois trop facile et quelque peu pitoyable de se jeter ainsi dans les bras d'un inconnu pour un simple coup d'un soir – elle n'était pas désespérée à ce point. Et elle finissait immanquablement par rentrer chez elle, seule, en s'apitoyant sur son sort.

Henry quitte son fauteuil et vient s'asseoir tout près d'Hanna.

Leurs visages sont si proches que son parfum lui chatouille les narines, un mélange subtil de bois de santal, de jasmin et de poivre qui exhale la réussite, la confiance, la sophistication.

Il ne fait aucun doute qu'il est très séduisant – et qu'il en est pleinement conscient. Il semble aussi avoir une assez haute estime de lui, pour n'être en rien gêné de tenter ainsi sa chance avec une policière en exercice.

Peut-être même trouve-t-il cela excitant ?

Henry plairait à sa mère, se dit Hanna en se mettant encore plus à son aise dans les coussins moelleux. Laquelle invite désormais Christian à dîner avec sa nouvelle compagne, feignant d'ignorer qu'il a largué sa fille sans ménagement. L'ironie de voir sa propre mère la tenir pour responsable de cette rupture ne cessera jamais de l'étonner – ni de la faire souffrir.

Henry approche la main de la joue d'Hanna et la caresse doucement.

Cela fait une éternité qu'un homme ne l'a pas touchée ainsi, avec une telle tendresse. Combien de fois a-t-elle rêvé d'être effleurée ainsi par la main de Daniel…

« C'est rare de rencontrer une policière aussi belle », susurre doucement Henry.

Hanna ne se souvient pas non plus de la dernière fois qu'on lui a dit qu'elle était belle. Elle sait pertinemment que c'est faux, mais l'entendre lui fait du bien – elle qui est en manque de contact physique, de chaleur humaine…

Son regard croise celui d'Henry ; une pulsation chaude et humide se réveille dans son bas-ventre.

Au fond d'elle, une petite voix lui murmure que c'est de la folie : elle ne peut pas laisser cet homme la prendre dans ses filets. Ce serait une faute professionnelle – et le mot est faible. Elle vient tout juste de se faire sa place à Åre ; ce serait insensé de mettre tout cela en péril pour quelques heures de plaisir.

Une autre voix lui souffle de profiter du moment et de cette attirance mutuelle. Il y a si longtemps qu'elle ne s'est pas sentie désirée… Elle avait presque oublié l'effet que ça faisait.

En ce moment, elle dépense une énergie folle à dissimuler ses sentiments pour Daniel. Et il est épuisant de l'entendre parler d'Ida et d'Alice à longueur de journée, elle ne veut pas être sa « bonne copine ». Chaque fois qu'il lui confie ses problèmes de couple, Hanna aimerait lui crier de lui donner sa chance, à elle, si ça se passe aussi mal à la maison…

Elle n'en fera rien, bien sûr : Christian l'a quittée pour une autre, et elle refuse de faire subir ça à une autre femme – à plus forte raison s'il y a un enfant dans l'équation. À choisir, elle préférerait encore lâcher son poste à Åre que de jouer les briseuses de couple.

« Qu'est-ce que vous en dites ? chuchote Henry en s'approchant encore un peu. Je pense que vous avez amplement mérité un moment de détente. »

La respiration d'Hanna s'accélère ; elle entrouvre les lèvres.

Peu importe qu'Henry ne s'intéresse à elle que pour une nuit. Lui, au moins, il la désire.

Contrairement à Daniel.

88

Quelques centimètres seulement séparent ses lèvres de celles d'Henry quand Hanna entend retentir, depuis sa poche, la sonnerie de son portable.

Dans un sursaut, son front cogne l'arcade sourcilière d'Henry, qui pousse un petit cri, la main sur le visage, et s'écarte. Hanna bredouille des excuses avant de décrocher.

« Allô, c'est Emily », fait une voix juvénile, manifestement agitée, au bout du fil.

Hanna a un moment de confusion : Emily qui ? Il lui faut quelques secondes avant de percuter : bien sûr, la petite amie de Filip qui l'accompagnait mardi.

« Ah, bonsoir Emily », répond-elle, aussitôt ramenée à la réalité.

Il est presque minuit : pour qu'elle l'appelle à cette heure-là, c'est forcément sérieux.

« Filip a disparu », s'exclame Emily.

Hanna fait un effort pour se ressaisir.

« Comment ça "Filip a disparu" ? »

Hanna se redresse dans le canapé et voit l'expression inquiète d'Henry.

« On était allés dîner au Supper, explique la voix d'Emily, que la panique fait monter dans les aigus. Après le repas, Filip est sorti fumer, mais il n'est jamais revenu. Je l'ai attendu presque une heure au restaurant. Ensuite, je suis retournée à l'hôtel en me disant qu'il était peut-être remonté dans la chambre, mais là non plus, personne… »

Elle sanglote à l'autre bout du fil.

« Je n'ai aucune idée d'où il peut être. Et je n'arrive pas non plus à joindre son parrain, il ne décroche pas ! »

Hanna jette un coup d'œil à Henry ; il a dû mettre son portable en mode silencieux.

« Et vous avez essayé de téléphoner à Filip ? » demande-t-elle.

La jeune fille semble complètement effondrée.

« Mais oui, évidemment ! Je l'ai harcelé par SMS, sur Snapchat… Il n'a même pas vu mes messages. Et j'ai essayé de l'appeler au moins dix fois. Il a disparu, je vous dis ! »

Henry fait signe à Hanna de mettre la conversation en haut-parleur.

Hanna feint de l'ignorer : personne ne doit savoir qu'elle se trouve dans son chalet à une heure aussi tardive.

« Écoutez-moi, tente-t-elle de raisonner Emily. Vous êtes bien sûre que Filip n'a pas simplement voulu faire un grand tour à pied, pour se vider la tête ? »

À l'autre bout du fil, elle n'entend que des pleurs.

« Emily ?

– Ça fait des heures qu'il est parti ! Jamais il n'aurait fait ça sans me prévenir… »

Hanna s'en veut de s'être mise dans cette situation. Comment a-t-elle pu être assez bête pour vider ce verre de champagne et se retrouver dans l'incapacité de reprendre sa voiture ?

« Aurait-il pu aller chez un ami ? tente-t-elle.

– Il ne connaît personne ici, à part Henry. »

Et pas trace de Filip à la Villa, Hanna peut en témoigner.

« Vous ne vous êtes pas disputés, tous les deux ?

– Mais non ! crie la voix brisée d'Emily. Ce n'est pas normal, je vous assure ! »

Hanna regarde à nouveau par la fenêtre : il fait nuit noire dehors. Ce soir, le thermomètre devait descendre jusqu'à moins dix. Les conditions ne sont pas vraiment idéales pour une balade improvisée, surtout pour un jeune homme de Stockholm chaussé de simples baskets.

« Écoutez, reprend-elle d'une voix bien plus calme qu'elle ne l'est réellement. Restez dans votre chambre d'hôtel, au cas où Filip reviendrait. Moi, je vais appeler mes collègues pour voir si quelqu'un ne l'aurait pas aperçu dans le bourg. »

Elle ajoute quelques mots de réconfort et fait promettre à Emily de la contacter si jamais Filip venait à réapparaître.

Lorsqu'elle raccroche, Henry est blême, son portable à la main ; Hanna aperçoit sur l'affichage plusieurs appels manqués d'Emily.

« Vous pensez qu'ils ont pu avoir un accrochage ? demande-t-elle. Vous connaissez Filip bien mieux que moi. S'il était furieux contre sa copine, aurait-il pu s'éclipser sans donner de nouvelles ? »

Henry secoue la tête.

« Ce n'est pas son genre de disparaître sans un mot : il tient beaucoup trop à elle. Je les ai vus plusieurs fois cette semaine ; ils avaient l'air plus soudés que jamais. »

Hanna essaie de mettre ses pensées en ordre.

Emily n'est sans nouvelles de Filip que depuis quelques heures. Pour une personne de son âge, c'est peu : en général la police ne considère une disparition comme préoccupante qu'après vingt-quatre heures au moins.

Et puis le garçon traverse un deuil terrible, qui peut susciter des comportements inattendus. Qui sait s'il n'est pas assis seul dans un bar, portable coupé, à noyer son chagrin dans l'alcool ?

Mais Emily semblait folle d'inquiétude. Et Henry n'est pas rassuré…

Hanna sent ses bras se couvrir de chair de poule.

Le tueur de Charlotte aurait-il décidé de s'en prendre maintenant à son fils ?

89

Moins d'une heure plus tard, toutes les patrouilles de police du secteur ont été informées de la disparition de Filip Wretlind. Hanna a transmis son signalement : un mètre quatre-vingt-deux, cheveux blonds ondulés, yeux bleus et des joues rondes qui lui donnent l'air d'un adolescent.

Il portait une doudoune à capuche bleu foncé de la marque Moncler, lui avait précisé Emily.

Hanna est toujours à la Villa. La conversation l'a immédiatement dégrisée, mais elle ne se sent pas encore prête à prendre le volant. Elle s'est installée avec Henry à l'une des extrémités de l'immense table à manger, devant un espresso bien serré.

Elle a signalé la disparition au centre de commandement régional, qui gère les opérations de police. Elle a ensuite parlé au maître d'hôtel du Supper pour lui demander si un employé aurait remarqué Filip lorsqu'il était sorti fumer : ils doivent se manifester s'ils se souviennent du moindre détail. Elle a donné les mêmes instructions au personnel de l'hôtel Åregården.

Les yeux d'Henry sont assombris par l'inquiétude. Après avoir rappelé Emily, il a essayé à son tour de joindre Filip à plusieurs reprises, sans succès. Ça sonne dans le vide. Hanna ne saurait pas dire si le fait qu'il ait laissé son portable allumé est une bonne ou une mauvaise nouvelle…

« J'aurais dû insister pour les héberger ici tous les deux, soupire Henry. Il y a bien assez de chambres dans cette maison. J'ai essayé de le convaincre, mais il a refusé net : il voulait dormir le plus loin possible de l'hôtel où sa mère a été assassinée…

– Ça n'est pas votre faute s'il a disparu. Vous ne pouviez pas garder un œil sur lui en permanence.

– Je me sens quand même responsable, soupire Henry en enfouissant son visage dans ses mains. Je connais Filip depuis qu'il est bébé. À part moi, il n'a plus personne d'autre qu'Emily. Son père est parti il y a longtemps ; j'aurais dû prendre le relais, être plus souvent là pour lui. J'ai moi-même deux fils : je sais combien il est important de grandir avec une figure paternelle. »

La voix d'Henry se brise.

« Mon Dieu, se lamente-t-il, les yeux rivés sur elle. Et si on s'en était pris à lui aussi ? »

Hanna aimerait passer un bras rassurant autour de ses épaules, l'assurer du contraire : lui dire que Filip sera bientôt retrouvé, que les choses s'arrangeront. Mais elle partage son inquiétude. Deux meurtres en une semaine n'incitent pas à l'optimisme.

Après quelques secondes d'hésitation, elle prend la main d'Henry dans la sienne et la serre. Ça ne lui semble ni gênant ni déplacé – simplement naturel.

Il lui rend son geste, visiblement reconnaissant. La peau d'Henry est chaude sous ses doigts. Plus tôt dans la soirée, elle ne s'était guère attardée sur leur différence d'âge, mais les vingt années qui les séparent deviennent manifestes, maintenant que ses traits se creusent d'inquiétude.

« Vous devez m'aider à tirer toute cette histoire au clair, insiste-t-elle, tant pour essayer de détourner Henry de ses spéculations angoissantes que pour mettre de l'ordre dans ses propres pensées. Ces sommes que Charlotte aurait versées sous le manteau, aurait-il pu s'agir de pots-de-vin ? »

Prenant une grande inspiration, Henry lui répond dans un soupir :

« J'aimerais bien le savoir, moi aussi. »

Hanna hoche doucement la tête. Un craquement sec se fait entendre depuis la cheminée, où le feu a cessé de brûler depuis un moment ; mais les bûches, au centre, rougeoient encore. Elle se lève et va vers la machine à espresso préparer deux nouveaux cafés, auxquels elle ajoute un nuage de lait. Elle voit sur le plan de travail des chocolats sur un plateau, qu'elle dépose sur la table.

La nuit promet d'être longue.

Dans le meilleur des cas, Filip sera retrouvé sain et sauf dans quelques heures, tente de se convaincre Hanna. Sa disparition n'a peut-être rien de criminel : pourquoi imaginer le pire ?

En même temps, un malaise la gagne : en ce moment, les restrictions sanitaires imposent à tous les bars et restaurants de fermer à la même heure. Une fois les rideaux baissés, Filip n'avait théoriquement nulle part où aller…

Cela fait presque six heures, maintenant, qu'Emily l'a vu pour la dernière fois. Il est bientôt deux heures du matin et Filip est toujours porté disparu.

Chaque minute qui passe augmente la probabilité qu'il lui soit arrivé quelque chose de grave.

Et Hanna ne sait même pas où commencer à chercher.

90

Lorsque Filip ouvre les yeux, il est immédiatement pris d'un étourdissement. Où diable se trouve-t-il ?

L'obscurité est si profonde qu'il se demande si ses paupières ne sont pas closes. Serait-il dans sa chambre d'hôtel aux côtés d'Emily, encore à moitié pris dans un rêve ?

Il comprend bientôt qu'il n'en est rien. Il fixe les ténèbres devant lui, tente de cligner des yeux, mais rien n'apparaît. Pas même une ombre, un contour diffus.

Où est Emily ?

Et lui, où est-il ?

En tentant de s'étirer, il s'aperçoit qu'il ne peut pas bouger : ses bras et ses jambes sont entravés. Il ne sent presque plus ses mains, fermement attachées dans son dos. Quelque chose fait pression sur sa hanche – il essaie de trouver une position moins inconfortable, mais peine perdue : l'espace où il se trouve est trop étroit.

Il peut à peine se tourner, ou même étirer les jambes sans sentir un étau se resserrer autour de ses chevilles.

Une odeur suffocante de gazole lui monte à la tête jusqu'à la nausée. Il essaie de respirer par la bouche, mais s'en trouve empêché par un bâillon qui lui entaille la peau.

On l'a enfermé dans le coffre d'une voiture.

La panique le submerge ; en dépit de ses efforts pour garder son calme, sa respiration s'accélère ; l'air commence à lui manquer. Avec des gestes frénétiques, il se met à tirer sur les liens à s'en brûler les poignets.

Il appelle à l'aide de toutes ses forces, mais ne sort de sa gorge qu'un râle étouffé. Il continue pourtant. Ses appels désespérés se muent bientôt en sanglots, le nez bouché, le visage trempé de larmes.

Pris d'un tremblement incontrôlé, il se cogne le front contre la porte du coffre. Une douleur aiguë irradie depuis son crâne, mais étrangement, la réalité de la sensation lui offre un instant d'apaisement : il parvient à contrôler son souffle, s'efforce de faire marcher son cerveau.

Que lui est-il arrivé ?

La dernière chose dont il se souvienne, c'est d'être sorti fumer une cigarette devant le restaurant. Quelqu'un lui a tapé sur l'épaule, puis tout est devenu noir.

La panique déferle de plus belle, lui oppressant la poitrine jusqu'à lui donner le vertige.

Il a été enlevé.

91

Après plusieurs heures à ronger son frein, Hanna a fini par s'assoupir sur le canapé dans le salon d'Henry. Il est presque cinq heures du matin quand la sonnerie de son portable la réveille en sursaut. Le manque de sommeil lui brûle les yeux et une douleur sourd à l'arrière de son crâne.

Henry dort profondément sur l'autre canapé, en face d'elle, la joue écrasée contre un des coussins, l'oreille sur l'accoudoir. Ils ont veillé ensemble une bonne partie de la nuit.

« Oui, allô ? » bredouille Hanna, hagarde, après s'être emparée du téléphone et avoir jeté un œil à l'écran : c'est l'un des policiers en patrouille.

« Vous avez retrouvé Filip Wretlind ? parvient-elle à articuler.

– Non, fait son collègue, dont le micro grésille dans le vent. Mais on vient de raccompagner chez lui un petit jeune complètement saoul qui titubait le long de l'E14. Il s'était endormi chez un ami avant de se souvenir qu'il devait rentrer chez lui, à Björnen. Dans la voiture, il nous a raconté qu'il avait vu un type dans un état bien pire que le sien hier soir, devant le Supper – tellement torché que celui qui l'accompagnait devait littéralement le porter. Le gamin voulait probablement se donner bonne figure, mais le fait est que le type dont il parlait ressemble beaucoup à la description de Filip Wretlind. »

La main d'Hanna se crispe sur le téléphone.

« À quelle heure l'a-t-il aperçu ?

– Vers vingt heures, apparemment. Selon notre témoin, il portait une doudoune à capuche de couleur sombre. »

L'heure colle avec le récit d'Emily. De même que le vêtement.

« A-t-il vu où Filip a été emmené ?

– D'après lui, ils se dirigeaient vers le parking, du côté de la gare. Celui qu'on pense être Filip n'arrivait quasiment pas à marcher ; l'autre devait le traîner pour qu'il avance. »

Hanna tente d'assimiler cette nouvelle information : si Filip a été drogué – ou a reçu un violent coup à la tête –, un témoin a tout à fait pu l'imaginer ivre mort. D'après Emily, il avait bu une seule bière, pas de quoi se retrouver dans un état pareil.

« Ton témoin a-t-il évoqué la personne qui l'accompagnait ? Homme ou femme ?

– Un homme de grande taille, seul. Mais le gamin était incapable de nous le décrire : il ne se souvient que du bonnet sombre qu'il portait, bien enfoncé sur le crâne.

– Son âge ?

– Rien là-dessus.

– Les a-t-il vus repartir en voiture ?

– Là non plus, on n'a rien. Mais peut-être que ça lui reviendra demain matin, quand il aura dessaoulé. On a pris ses coordonnées. »

Les pires pressentiments d'Hanna se confirment : comme elle le redoutait, Filip n'a pas quitté le restaurant de son plein gré…

Henry, réveillé par l'appel, s'est redressé dans le canapé ; fébrile, les poings serrés, il n'a pas l'air d'avoir perdu une miette de la conversation.

Sans un mot, Hanna compose le numéro de Daniel. On est encore en pleine nuit, mais qu'importe : l'heure est grave.

La voix ensommeillée de son collègue se fait entendre après cinq sonneries. Malgré sa réticence, Hanna lui annonce ce qu'elle vient d'apprendre :

« Filip Wretlind : on dirait bien qu'il a été kidnappé. »

92

Filip essaie de rouvrir les yeux, mais n'y parvient qu'à moitié : un tissu tendu, comme une cagoule, lui écrase le visage. Tout lui semble confus.

Quelqu'un le porte dans ses bras.

Sa mère ?

Il se souvient combien elle le rassurait, petit, lorsqu'il avait peur du noir. Quand elle l'entendait pleurer, elle venait le chercher dans sa chambre d'enfant pour le porter jusqu'à la sienne. Là, elle lui faisait une place dans son grand lit et lisait en attendant qu'il s'endorme.

Sa mère sentait toujours si bon : la bergamote, le gardénia et puis quelque chose d'autre – son parfum à *elle*.

Bien que dans les vapes, Filip perçoit que l'odeur est différente : un mélange rance de sueur et d'alcool, des effluves corporels inconnus qui lui piquent les narines.

Maman est morte. Le chagrin, quand la réalité lui revient d'un coup, le frappe de plein fouet. Elle n'est plus là, elle a été assassinée – il ne la reverra jamais.

Et maintenant, c'est à son tour de mourir.

Il prend conscience du froid qui s'infiltre sous ses vêtements. Il doit être dehors : il a quitté l'espace clos, oppressant, où il s'était réveillé la dernière fois. L'inconnu qui le porte halète sous l'effort. Filip sent sur lui son souffle moite, qui pue la bière.

Une idée vague commence à émerger : il devrait se débattre, tenter de s'échapper. Mais il n'en a pas la force : ses muscles engourdis ne lui répondent plus ; son corps est comme endormi. Il comprend bientôt que ses bras et ses jambes sont toujours ligotés.

Un grincement brise le silence, comme une porte que l'on ferme. Il fait chaud, tout à coup : on doit être à l'intérieur.

Filip se sent à nouveau partir.

Il aimerait tant que sa maman soit là…

SAMEDI 3 AVRIL
samedi saint

93

Comme un robot, Tiina rentre chez elle avec Zelda après une longue promenade matinale. Elle a passé une nuit blanche. En voyant poindre les premières lueurs du jour, un peu avant six heures, elle a définitivement renoncé à dormir et s'est habillée pour emmener la chienne dans la forêt. D'habitude, c'est toujours Ogge qui la sort avant le petit déjeuner – leur petit moment à eux.

Mais il est toujours introuvable.

On est samedi ; trois jours sont passés depuis qu'Ogge est rentré à la maison au beau milieu de la nuit et que Tiina a commencé à le soupçonner de voir une autre femme. Le lendemain matin, il s'est éclipsé sans un mot et n'a pas donné signe de vie depuis. Elle ne sait pas quoi dire à ceux qui le demandent. Il ne répond pas au téléphone et ignore les dizaines de SMS qu'elle lui a envoyés.

La motoneige d'Ogge est à sa place, mais l'emplacement où il gare habituellement sa voiture reste désespérément vide…

Tiina ouvre la porte sur une maison déserte. Sous l'œil de Zelda, qui l'observe en remuant la queue, elle remplit les écuelles de pâtée et d'eau fraîche avant de se diriger vers la cave. Elle va lancer une lessive. S'occuper des tâches domestiques est la seule chose qui lui permette de garder la tête hors de l'eau : si elle reste assise sur une chaise à gamberger, elle deviendra folle.

Elle descend les escaliers, la vue brouillée par les larmes. Lentement, elle commence à jeter les vêtements sales dans le lave-linge, sous la lumière blafarde du plafonnier. Son épaule lui fait affreusement mal. Dès qu'elle se penche en avant, la douleur lui raidit l'articulation et bride ses mouvements : elle finit par s'agenouiller pour achever de remplir le tambour sans souffrir le martyre.

Alors qu'elle se relève, elle aperçoit quelque chose de blanc sur le sol, dans l'espace entre la machine et le sèche-linge. Y glissant la main, Tiina repêche une chaussette de sport : elle appartient à Ogge, c'est celle qui avait disparu l'autre jour.

En la voyant sous le néon, elle se fige. Le tissu est moucheté d'une matière brune, sèche et incrustée. À première vue, on croirait… du sang.

D'un geste circonspect, elle rapproche le vêtement de son nez. Le relent qui s'en dégage la fige sur place.

Tiina observe la chaussette : elle fait la paire avec celle qu'elle a sortie du lave-linge lundi matin, aucun doute. D'instinct, elle la lâche comme si elle lui brûlait les doigts, puis se dirige vers l'armoire séchante où elle avait placé les habits de son mari. Ils ne sont plus là. Ogge est donc allé chercher son linge lui-même. Ça non plus, ça ne lui ressemble pas…

Tiina monte quatre à quatre les marches du sous-sol, se précipite dans la chambre et, d'un geste brusque, ouvre l'armoire d'Ogge pour inspecter son tiroir à pulls.

Sur le dessus, elle trouve le pull fraîchement lavé. Ogge n'a même pas pris la peine de le plier comme elle le fait d'habitude : il s'est contenté de le jeter en boule dans le tiroir.

Tiina saisit le vêtement et le lève devant ses yeux, en le tournant vers la fenêtre pour mieux voir. Bien qu'il sorte de la machine, des taches sont encore visibles : à la lumière vive du jour, elle aperçoit des zones plus sombres, comme des éclaboussures qui barrent largement la poitrine.

Le vêtement à la main, Tiina se laisse tomber sur le lit. Tout se bouscule dans sa tête.

S'il y avait du sang sur la chaussette, il devait aussi y en avoir sur le pull – peut-être même sur tous ses vêtements : c'est pour ça qu'il les a aussitôt mis à laver.

Il lui est arrivé plus d'une fois de rentrer d'une chasse à l'élan les habits maculés de sang au point de nécessiter plusieurs passages en machine. S'il avait simplement tout mis dans le panier à linge dimanche soir, comme il le fait d'habitude, et qu'elle les avait trouvés le lendemain matin, elle n'aurait probablement pas tiqué.

Quoique… ça fait des mois que la saison de la chasse est terminée !

Il y a encore quelques heures, elle était persuadée qu'Ogge était infidèle. Qu'il veuille la quitter aurait expliqué tant de choses : son irritabilité, sa mystérieuse sortie à motoneige en pleine nuit, sa consommation croissante d'alcool depuis un an, son regain d'amertume…

Elle s'imaginait alors que la pire issue possible était le divorce.

Mais voilà qu'elle entrevoit une autre explication, plus terrifiante encore – si terrifiante qu'elle ose à peine la formuler.

94

Quand il retrouve Hanna au commissariat, Daniel constate, dans la lumière du petit matin, à quel point elle semble épuisée : yeux cernés, échevelée, elle n'est plus que l'ombre d'elle-même. On voit qu'elle a veillé toute la nuit.

La disparition de Filip le préoccupe tout autant qu'elle, avec, en prime, un pincement de culpabilité : après le meurtre de Charlotte Wretlind et d'Aada Kuus, n'auraient-ils pas dû se douter que le jeune homme était lui aussi en danger ? Ils ont laissé le pauvre garçon se faire kidnapper en pleine ville, presque sous leurs yeux…

Il n'est que sept heures du matin ; toute l'équipe a été convoquée en urgence. Autour de la table, dans la salle de réunion du commissariat, Daniel et Hanna ont été rejoints par Anton, Raffe et Birgitta Grip, qui a passé la nuit à Åre.

Les réjouissances du samedi saint sont le cadet de leurs soucis.

Ils ont déjà lancé un avis de recherche : les patrouilles de la région sont en alerte. Selon toute vraisemblance, on a affaire à un enlèvement avec séquestration, dont l'auteur semble bien être celui des deux homicides…

Une équipe est en route vers le Supper pour y rechercher d'éventuelles traces de Filip ou du ravisseur. Le parking de la gare, où la voiture était très probablement stationnée, va lui aussi être passé au peigne fin. Impossible de savoir où l'on a emmené Filip ensuite, mais des appels à témoins ont été publiés sur le site de la police et sur des groupes Facebook du coin ; ils ont également pris contact avec l'association Missing People. Il y a un an et demi, leurs bénévoles s'étaient activement mobilisés pour les aider dans la recherche de la jeune Amanda.

Des patrouilles ont été envoyées aux domiciles d'Hedin et de Lehto : il s'agit de vérifier s'ils sont dans les parages et s'ils ont un alibi pour la nuit.

« Mais merde, on aurait dû le prévoir, que Filip pouvait être en danger », maugrée Hanna, tremblante.

En proie à une intense agitation, elle peine à rester sur sa chaise et jure beaucoup plus que d'habitude.

« Comment j'ai pu louper ça, bordel ? C'est pas possible, j'ai rien à foutre dans la police…

– On a tous été mauvais, sur ce coup », rétorque Daniel.

Son regard glisse mécaniquement le long du mur où sont affichées les photos des deux victimes. Il n'y aurait rien de pire que de devoir épingler une photo du cadavre de Filip à côté de celui de sa mère.« Je me dis que cet article sur Filip a peut-être joué, poursuit Hanna, feignant d'ignorer la remarque de Daniel.

– Je l'ai lu, moi aussi, intervient Anton, un sandwich au fromage à la main en guise de petit déjeuner. Un ramassis de conneries…

– Et sur la photo, Filip posait carrément devant l'Åregården ! s'emporte Hanna. Ils ont même écrit qu'il était descendu dans cet hôtel pour éviter celui où sa mère a été assassinée. »

Elle laisse échapper un soupir à fendre l'âme.

« On aurait tout aussi bien pu envoyer un SMS au criminel pour lui dire où le trouver… »

Grip, qui était jusqu'alors restée concentrée sur son portable, s'adresse à Hanna :

« Inutile de se flageller. Tout ce qui compte pour l'instant, c'est de retrouver la trace du ravisseur de Filip. »

Elle jette un coup d'œil à l'équipe, toussote, puis reprend :

« Où en sommes-nous ? »

Hanna se lève, fournissant un effort manifeste pour se ressaisir. Elle empoigne un feutre et inscrit sur le tableau blanc les noms de Bengt Hedin et de Paul Lehto avant de résumer en quelques phrases son raisonnement de la veille, complété par les informations au sujet du passé violent de Lehto.

« Concernant Charlotte Wretlind, de nouveaux éléments tendent à étayer nos soupçons de malversations, ajoute-t-elle. Elle a très probablement arrosé Bengt Hedin.

– Ah, qu'est-ce qui te fait dire ça ? » l'interroge Anton.

Daniel se posait la même question.

Hanna affiche un air légèrement embarrassé :

« J'ai échangé avec Henry Sylvester après avoir appris la disparition de Filip. C'est lui qui m'a fait part de ses soupçons. »

Pourquoi Sylvester n'en a-t-il pas parlé plus tôt ? pense Daniel, un rien agacé. Il aurait dû aussitôt confier cela à la police.

« Quel intérêt avait-il à nous le cacher ?

– Il craignait qu'il y ait un lien avec le crime organisé, lance Hanna du tac au tac. Il a pris peur. »

Grip tousse à nouveau dans son coude.

« Dans l'hypothèse où l'auteur des deux homicides serait l'homme qui a kidnappé Filip, il me semble peu probable que ce soit dans le but d'exiger une rançon, résume-t-elle. Je pense qu'on peut exclure le mobile financier. »

Les implications de cette hypothèse sont terribles.

Daniel sent son pouls s'accélérer. Ils ont affaire à un criminel sans pitié, capable de massacrer une femme à l'arme blanche, d'en étrangler une autre avec sa propre écharpe.

Filip n'a que vingt-trois ans ; il n'avait sans doute rien à voir avec les affaires de sa mère. Mais ça ne change rien, hélas : s'il s'agit bien du même homme, il n'a sans doute été enlevé que pour une seule raison.

Il va mourir, tout comme sa mère.

95

Le briefing terminé, Hanna accompagne Daniel dans son bureau.

« Bon, on fait quoi ? » fait-elle d'une voix d'outre-tombe.

Elle s'effondre dans le fauteuil visiteur, si lourdement qu'elle entend craquer ses lombaires – déjà malmenées par une nuit quasiment sans repos.

« On attend d'en savoir plus. »

Pour Hanna, c'est loin d'être suffisant : le temps presse, elle ne peut pas rester là à se tourner les pouces. Une voix en elle hurle qu'il faut agir, vite. Tout de suite.

L'adrénaline fait bourdonner ses oreilles.

Elle aurait dû clairement dire à Filip ce qu'elle pensait de ce projet d'article à la con… Le tueur n'aurait peut-être jamais su qu'il se trouvait à Åre.

Selon l'hypothèse d'Hanna, l'homme, qui savait donc où résidaient Filip et Emily, les a suivis depuis leur hôtel jusqu'au restaurant, restant sans doute sur ses gardes en présence de la jeune fille. Il s'est ensuite posté à l'extérieur de l'établissement dans l'espoir de cueillir Filip seul. Il a saisi sa chance quand le garçon est sorti fumer.

« Il y a un truc qui me chiffonne, fait Daniel. Supposons qu'on ait affaire au même auteur, pourquoi Filip aurait-il été kidnappé, et pas liquidé sur-le-champ comme les deux premières victimes ? »

Daniel a raison : Charlotte comme Aada ont été exécutées et abandonnées sur les lieux du crime. Cette fois-ci, l'homme a pris la peine d'enlever sa cible – une action autrement plus délicate.

Cette réflexion allège un tant soit peu la conscience d'Hanna. Que Filip soit porté disparu leur laisse finalement une lueur d'espoir... Celui de le retrouver sain et sauf.

« Peut-être qu'il y avait trop de monde dans les rues, suggère Daniel en réponse à sa propre question. Le risque d'être découvert était trop important, alors l'homme a décidé d'emmener Filip ailleurs pour l'achever. »

Effectivement, l'entrée du Supper est bien visible depuis la rue Sankt-Olav, une voie passante qui traverse le bourg jusqu'à la gare. Un vendredi soir vers vingt heures, il devait certainement y avoir foule dans les rues. Leur témoin, le jeune homme que la voiture de police a ramassé la veille au soir, avait lui-même remarqué Filip.

Et ensuite, que s'est-il passé ?

Hanna refuse d'imaginer que Filip ait déjà été tué : si c'est le cas, tous leurs efforts seront vains.

« Il doit forcément avoir un autre motif, s'obstine-t-elle – avant tout parce qu'elle ne supporte pas l'idée que la situation soit désespérée.

– Lequel ?

– Peut-être qu'il a des remords, qu'il veut avoir une chance d'avouer ses crimes à Filip en l'absence de témoins ? » improvise Hanna, en désespoir de cause.

Daniel lui jette un regard sceptique.

« Comme une sorte de confession, tu veux dire ? »

Hanna elle-même ne sait pas vraiment quoi penser. Elle a l'impression d'avoir de la bouillie à la place du cerveau.

« Quand l'opérateur devait-il nous recontacter ?

– Bientôt, j'espère. »

L'opérateur téléphonique doit les aider à tracer le portable de Filip. Ça va d'ordinaire assez vite, mais aujourd'hui – aux aurores, la veille du dimanche de Pâques –, les choses traînent particulièrement en longueur. En outre Emily n'a pas su leur dire si Filip avait activé la fonction de localisation sur son portable.

Hanna est à deux doigts de tourner de l'œil. Elle vacille sur son siège. Daniel lui jette un regard inquiet :

« Tu as mangé, ce matin ? »

Maintenant qu'elle y pense, elle n'a pas petit-déjeuné et son dîner, la veille, s'est résumé à quelques malheureux chocolats… La fatigue et la faim la font chanceler.

« Euh, non. En fait, je crois que je n'ai rien avalé depuis hier midi.

– OK, ne bouge pas. »

Daniel disparaît vers la kitchenette avant de revenir avec une tasse de thé et une brioche à la cannelle sortie du sachet que Raffe avait rapporté de la boulangerie quelques jours plus tôt. Reconnaissante, Hanna engloutit la viennoiserie, bien qu'elle ait perdu de son moelleux. Les calories ingérées lui redonnent suffisamment d'énergie pour qu'elle se remémore un détail décisif : ce qu'Henry lui a raconté concernant la serveuse tombée enceinte de Curt Wretlind.

Charlotte pourrait avoir un demi-frère ou une demi-sœur dans la nature ! Elle réalise qu'il y a une nouvelle urgence : si le tueur est allé jusqu'à kidnapper le fils de sa victime – s'il s'en prend à sa famille –, alors cette personne pourrait, théoriquement, être elle aussi en danger. Mais comment la retrouver ?

En hâte, elle relate à Daniel les révélations que lui a faites Henry. Ce dernier se rembrunit :

« Pourquoi tu ne l'as pas dit pendant la réunion ? »

Hanna baisse les yeux sur sa tasse de thé. La vérité, c'est d'une part qu'elle a tout bonnement oublié de le dire, d'autre part qu'elle a honte de cette soirée à la Villa. Elle a du mal à regarder Daniel dans les yeux après ce qui a failli se passer entre elle et Henry. Si Emily ne l'avait pas appelée en panique, ils auraient sans aucun doute fini dans le même lit.

Non que ça regarde Daniel – elle n'a pas de comptes à lui rendre –, mais le simple fait de s'être retrouvée seule, en pleine nuit, dans la villa d'Henry Sylvester, au beau milieu d'une enquête dans laquelle il est impliqué, trahit un sérieux manque de discernement de sa part.

Elle n'imagine pas un seul de ses collègues agir de manière aussi inconsidérée – et surtout pas Daniel. Anton non plus, du reste.

« Oui, désolée, fait-elle d'une voix blanche. Ça m'était sorti de la tête. Ça doit être la fatigue – je me sens complètement dépassée. »

Daniel a toujours l'air abasourdi.

« Je vais essayer d'appeler Leffe, le gardien de l'hôtel de Storlien, suggère Hanna pour changer de sujet. Il peut peut-être nous aider en retrouvant le nom de la jeune femme que le père de Charlotte a agressée. »

Elle extirpe son portable de sa poche pour chercher le numéro du gardien, avec une petite prière silencieuse pour qu'il réponde à son coup de fil et, surtout, qu'il ait de quoi faire avancer l'affaire.

Alors qu'elle s'apprête à lancer l'appel, Anton se matérialise sur le pas de la porte, haletant.

« Bengt Hedin a disparu ! »

Hanna le dévisage :

« Comment ça "disparu" ?

– Je viens d'avoir au téléphone un type de la patrouille qui s'est rendue chez lui. D'après sa femme, il n'est pas rentré depuis jeudi soir. Il ne répond ni à ses appels ni à ses textos. Elle est folle d'inquiétude. »

Hanna cherche le regard de Daniel.

Filip a été kidnappé ; Bengt Hedin est introuvable.

Ça ne peut pas être une simple coïncidence.

À l'époque
Le 31 décembre 1973

Monica jette un regard hâtif par-dessus son épaule avant de frapper à la porte de la chambre 505. Personne ne doit la voir entrer dans la suite d'un client pour un rendez-vous galant.

Un rendez-vous galant ! La pensée la fait sourire. Au même moment, Sean ouvre la porte et l'attire contre lui.

Après une longue étreinte, elle découvre avec ravissement la chambre où elle vient de pénétrer. Le décor est époustouflant, loin de ce qu'elle a connu jusqu'alors – à commencer par la maison de ses parents. La suite se compose de deux espaces : un premier avec un canapé et des fauteuils jaune moutarde ; plus loin, une ouverture cintrée donnant sur la chambre à coucher meublée d'un grand lit double.

Sean l'enlace, les deux mains plaquées sur son dos, et se presse contre elle.

« Oh, gémit-il. Ma petite, tu es absolument irrésistible. Tu me rends fou ! »

Il l'embrasse avec une langue ferme qui prend toute la place dans sa bouche. Une main se fraie un chemin sous son chemisier avec la même fougue que l'autre jour, dans le bar du personnel. Cette fois, les doigts glissent aussitôt sous son soutien-gorge et commencent à pétrir fermement l'un de ses tétons entre le pouce et l'index.

Le geste est si rude qu'il lui fait mal.

Monica tente un mouvement de recul, que Sean n'a pas l'air de remarquer.

« Attendez », murmure-t-elle.

Mais il n'attend pas : au lieu de cela, il retrousse sa jupe, qui remonte le long de ses hanches, révélant ses dessous. D'un geste brusque, il baisse collants et culotte jusqu'aux genoux. Monica se sent terriblement mal à l'aise d'être ainsi exposée devant lui, nue jusqu'à la ceinture.

« Attendez ! » répète-t-elle, plus fort cette fois-ci.

Ce n'est pas du tout comme ça qu'elle avait imaginé ce moment. Elle s'était figuré une entrevue romantique, où il expliquerait qu'il était tombé éperdument amoureux d'elle et lui chuchoterait des mots tendres à l'oreille – qu'il voulait passer le reste de sa vie avec elle. Avant qu'un baiser doux et passionné scelle à jamais ce lien.

Sean reste sourd à ses objections. Il la bascule vers le lit ; l'arrière de ses genoux heurte le cadre en bois et elle se retrouve sur le dos, sous lui. Il s'est débrouillé pour ouvrir largement son chemisier et dénuder un de ses seins, qui pointe hors du soutien-gorge.

La panique commence à la gagner.

Elle ne veut pas. Elle ne peut pas.

Monica est vierge ; à peine a-t-elle déjà embrassé un homme.

« Ce que tu es belle, lui souffle-t-il à l'oreille. Ton corps est une merveille.

– Non, murmure Monica. Arrêtez. »

Sean ne l'entend pas : il défait sa ceinture et baisse son pantalon comme il peut ; penché sur elle, il prend son mamelon dans la bouche et le suce avec tant de force que les larmes montent aux yeux de Monica.

Elle a mal, elle a peur, mais ne sait pas comment protester. Et puis les mots finissent par sortir :

« Non, je ne veux pas. Laissez-moi ! »

Enfin, Sean réagit. Appuyé sur les coudes, il la dévisage avec sidération. Leurs visages ne sont séparés que d'une dizaine de centimètres.

Son regard a changé pour devenir dur, froid.

« Comment ça ?

– Je ne veux pas. Pas comme ça. »

Sans crier gare, il lui assène une gifle en plein visage. Le coup est si violent qu'elle sent aussitôt un goût de sang dans sa bouche.

« Petite salope, crache-t-il. Tu t'imagines qu'on peut jouer avec moi comme ça ? Tu as passé la semaine à m'aguicher. Laisse-moi te dire que c'est trop tard pour changer d'avis. »

Pétrifiée, Monica se met à trembler de tous ses membres. Aucun son ne sort de sa bouche. Elle voudrait lui expliquer que jamais elle n'a eu l'intention de le mener en bateau. Elle pensait qu'il l'aimait, qu'ils passeraient le restant de leur vie ensemble…

Le visage de l'homme est devenu écarlate ; ses traits si beaux sont déformés par la rage.

« Sean ! gémit-elle sans trop réfléchir.

– Je ne m'appelle pas Sean, petite idiote ! Je m'appelle Curt. »

Sidérée, transie, Monica ne parvient ni à crier ni à opposer la moindre résistance. Elle reste muette, sur le dos, tandis qu'il se vautre sur elle.

La douleur qui lui lacère l'entrejambe quand il entre en elle est insoutenable. Elle n'a jamais eu aussi mal de sa vie. Comme si son corps s'ouvrait en deux jusqu'au ventre sous les coups de reins.

Et il continue ; c'est interminable.

Les yeux rivés sur un point du mur tapissé de vert clair, Monica se voit partir. Comme un zoom arrière dans un film. Elle a quitté son corps. C'est quelqu'un d'autre qui est allongé là, sur le lit, une poupée de chiffon.

Et puis il termine et se retire.

Elle voit du sang sur son membre lorsqu'il se lève pour reboutonner son pantalon.

« Rhabille-toi maintenant, et va-t'en, siffle-t-il en se dirigeant vers la salle de bains. Ma femme va revenir du ski, il ne faut pas qu'elle te voie ici. »

Monica a la lèvre fendue, la douleur à l'entrejambe la tenaille comme une plaie à vif.

Mais c'est le mépris qu'elle lit dans son regard qui lui fait le plus mal. À ses yeux, elle n'est qu'une traînée, une moins-que-rien. Elle a mérité d'être ainsi souillée.

C'est à ce moment-là qu'elle commence à se haïr.

96

Tandis que Daniel lance l'avis de recherche de Bengt Hedin, Hanna compose le numéro du gardien de Storlien. La fatigue mêlée à l'inquiétude quant au sort de Filip lui donne littéralement la nausée mais n'entame en rien sa détermination. Elle ne doit pas se laisser abattre.

Pas de réponse. Il est un peu tôt pour téléphoner un samedi matin, mais Leffe devrait tout de même être debout, à cette heure. Tremblant d'impatience, elle répète l'opération, tambourinant des doigts sur la table alors que les sonneries s'égrènent.

« Allô ? » finit par articuler une voix endormie.

Enfin.

Hanna se présente et lui explique sommairement la situation.

« J'aurais voulu savoir si, à votre connaissance, un enfant était né du viol dont vous m'avez parlé l'autre jour ?

– Oui, fait Leffe dans un soupir. La fille a eu un bébé. Je vous le disais, ce salopard a gâché sa vie. Il n'a eu à assumer aucune des conséquences de ses actes.

– Nous devons retrouver cette femme au plus vite, dit Hanna. Si vous ne vous rappelez plus son nom, peut-être connaissez-vous quelqu'un qui s'en souviendrait ? »

Leffe reste muet.

« Allô ? »

L'instinct d'Hanna lui dit que l'homme en sait bien plus qu'il ne l'affirme sur cette histoire. Sinon, pourquoi prendrait-il autant de pincettes après toutes ces années ? S'il continue à éluder, elle compte bien sauter dans sa voiture pour se rendre sur place. Il y a soixante bornes à parcourir, mais si ça peut permettre de lui tirer les vers du nez, ce ne sera pas perdu.

Leffe s'imagine peut-être protéger la victime et ses enfants par son silence. Rien n'est moins vrai.

« Si vous connaissez le nom de cette femme, vous devez nous le dire, insiste-t-elle. Il faut que nous la contactions immédiatement. »

Hanna se met à arpenter la pièce ; elle ne tient plus en place.

« Je vous écoute.

– Elle s'appelait Monica, dit Leffe d'une voix triste. Monica Mogren. Elle était si jolie… »

Enfin, un nom.

« Et l'enfant ? dit-elle.

– C'était un garçon. Il ne doit pas avoir loin de cinquante ans, aujourd'hui. »

Hanna avait vu juste : Leffe n'avait pas tout dit.

« Auriez-vous leur adresse ? demande-t-elle sans cacher son empressement.

– Monica n'est pas restée longtemps à Storlien après cette affaire. Je ne sais pas où elle est partie avec son fils ; je ne les ai plus jamais revus. »

97

Il ne faut pas longtemps à Hanna pour retrouver dans le registre d'état civil la trace de Monica Mogren – aujourd'hui décédée – et de son fils. Elle enfile aussitôt sa veste et annonce à Daniel qu'elle a une adresse, à deux pas d'ici. Ils se précipitent vers la voiture et Daniel démarre sans attendre.

« Tu crois vraiment que ce fils Mogren peut lui aussi être en danger ? demande-t-il en prenant la direction de l'E14. Un demi-frère inconnu au bataillon, dont personne n'aurait entendu parler ? »

Il semble sceptique, comme s'il craignait qu'ils ne perdent leur temps sur une fausse piste.

Hanna sait bien que la disparition de Filip est la priorité absolue, mais l'idée qu'un nouveau crime soit commis alors qu'ils auraient pu l'empêcher lui est insupportable.

« Si le ou les assassins ont été capables de kidnapper le fils de Charlotte, ils peuvent très bien s'en prendre à son demi-frère, affirme-t-elle. Nous devons au moins le prévenir. »

Elle tente depuis le début du trajet de le joindre par téléphone, en vain.

À supposer que les liens de sang avec Charlotte Wretlind soient signifiants dans l'histoire, il est peut-être en danger de mort. Si la femme d'affaires connaissait l'existence de ce frère et qu'elle était entrée en contact avec lui, Hedin et

Lehto pouvaient très bien, eux aussi, avoir eu vent de son existence.

« Tu peux accélérer ? » presse-t-elle son collègue.

Il prend le virage à une telle vitesse qu'Hanna doit se cramponner à la poignée du siège passager.

Elle voit bien que Daniel nourrit de gros doutes, mais elle veut suivre son intuition. Ils doivent retrouver ce demi-frère avant qu'un autre ne le fasse. Selon leurs collègues, Hedin n'a toujours pas refait surface et Lehto est lui aussi injoignable. Quand la patrouille est passée chez lui, sa femme a déclaré qu'il était sorti promener son chien. Et il ne répond pas au téléphone…

Les deux hommes lui paraissent de plus en plus suspects. Pourquoi iraient-ils se soustraire ainsi à la police s'ils n'étaient pas mouillés dans cette affaire ?

Il faut à tout prix retrouver Filip. Ils n'ont toujours rien de nouveau à son sujet et attendent encore que l'opérateur téléphonique leur envoie les données de localisation de son portable.

Hanna s'agite sur son siège ; le stress ne fait que monter. Ses pensées fusent dans tous les sens et le manque de sommeil n'arrange rien.

Le paysage terni par la grisaille défile par la fenêtre. Le long de l'E14, les arbres ploient sous les violentes rafales de vent.

Il leur faut dix minutes pour parvenir à Ängena, un hameau sur la route de Duved. C'est là que vit Erik Mogren, l'enfant né d'un viol commis à Storlien un demi-siècle plus tôt. Le demi-frère de Charlotte, l'oncle de Filip.

Hanna répète en silence les maigres informations personnelles qu'elle a obtenues sur l'homme. Il a quarante-neuf ans, marié, sans enfant. Père inconnu selon l'état civil, mère décédée.

Quand ils voient apparaître le panneau indiquant le hameau, Daniel tourne à droite. Après une nouvelle bifurcation, ils arrivent devant une maisonnette de plain-pied aux bardeaux de bois bleu, aux fenêtres à croisillons blancs.

À peine Daniel a-t-il enclenché le frein à main qu'Hanna bondit de la voiture et court jusqu'à la porte. En l'absence de sonnette, elle frappe plusieurs coups.

Un chien glapit de l'autre côté du battant. La maison est habitée, c'est déjà ça.

Rejointe par Daniel, elle toque une nouvelle fois. Au bout d'un moment, la porte s'ouvre sur une femme enveloppée, entre deux âges, ébouriffée, le visage rougi et les yeux gonflés comme si elle venait de pleurer.

Hanna tressaille. Cette vision n'augure rien de bon.

Sont-ils arrivés trop tard ?

98

Tiina fixe la femme au bonnet de laine qui lui fait face sur le perron. Elle semble agitée, presque essoufflée, et s'est figée le poing en l'air, prête à tambouriner à nouveau sur le battant. Derrière elle, un homme barbu du même âge, vêtu d'une doudoune sombre.

Lorsqu'ils lui annoncent qu'ils sont de la police d'Åre, Tiina s'effondre, tombant à genoux sur le tapis de l'entrée.

« Il est mort, c'est ça ? »

Elle éclate en sanglots, le visage enfoui dans les mains. La femme, qui se présente comme Hanna Ahlander, fait un pas vers elle, pose une main sur son épaule et l'aide à se relever.

« Nous devons vous parler. Venez, installons-nous dans la cuisine. »

Sans réfléchir, Tiina se laisse guider par la policière et s'assoit à table. Des images d'Ogge tournent dans sa tête ; un gémissement étranglé s'échappe de sa gorge. Zelda, l'œil inquiet, fait irruption dans le salon et se poste devant la chaise de sa maîtresse comme pour la protéger.

Le policier – Daniel – lui tend un verre d'eau qu'il vient de remplir ; elle en avale quelques gorgées. Il s'installe à côté d'elle ; Hanna en face.

« Vous avez dit "il est mort", fait-elle. De qui parliez-vous ?

– De mon mari, murmure Tiina.

– Erik Mogren ?

– Oui.

– Pourquoi serait-il mort ? »

Tiina se tord les mains. Après les montagnes russes émotionnelles de ces derniers jours, elle a imaginé le pire en voyant des policiers frapper à sa porte.

« Pourquoi êtes-vous venus ici, alors ? murmure-t-elle sans lever les yeux.

– Nous pensons que votre mari pourrait être en danger, annonce calmement l'inspecteur. Nous devons prendre contact avec lui de toute urgence.

– Il n'est pas mort ?

– Pas que nous sachions. »

Il est en vie ! À ces mots, Tiina sent son corps s'apaiser : si c'est Ogge qui est en danger, alors elle s'est trompée sur toute la ligne. Il est injoignable parce qu'il se cache. Le soulagement est si grand qu'elle doit s'agripper au rebord de la table pour ne pas perdre l'équilibre.

Puis tout le reste lui revient en mémoire – la chaussette maculée de sang, les taches tenaces sur le pull, l'étrange sortie d'Ogge à motoneige la nuit même du second meurtre…

Exténuée, confuse, Tiina éclate en sanglots. Elle est comme dans un brouillard.

« Savez-vous où se trouve votre mari ? demande la policière. Il faut absolument nous le dire.

– Il a disparu depuis plusieurs jours. Sa voiture aussi et je n'arrive pas à le joindre. »

La pièce tournoie autour d'elle. Même la truffe humide de Zelda, posée sur ses genoux, ne parvient pas à calmer la panique qui commence à s'emparer d'elle.

« C'est-à-dire ? » fait l'homme.

Le regard de Tiina oscille nerveusement entre ses deux interlocuteurs.

« J'ai essayé de l'appeler, je lui ai envoyé un tas de messages, mais il ne répond pas.

– Et vous n'avez aucune idée d'où il pourrait se trouver ?

– Non.

– Y a-t-il eu un incident particulier, la semaine dernière ? demande la policière. Votre mari a-t-il reçu des appels téléphoniques menaçants, s'est-il senti suivi ? A-t-il eu un comportement inhabituel ? »

Tiina revoit l'image de la chaussette ensanglantée. Sans vraiment comprendre quoi, elle sent bien que quelque chose de terrible a dû se produire.

« Nous sommes là pour vous aider, ajoute la policière, d'une voix si suave, si empathique, que Tiina sent sa gorge se nouer.

– Ça a commencé la semaine dernière, murmure-t-elle. Depuis, impossible de lui parler. Et ça n'a fait qu'empirer depuis que cette femme a été retrouvée morte, à son travail. »

Elle sent les murs se rapprocher.

Elle essaie de se concentrer sur le verre d'eau, mais celui-ci se met à danser devant ses yeux.

« Où travaille votre mari ? » demande le policier.

Sa collègue se penche sur la table, bouche entrouverte.

En levant les yeux, Tiina tombe sur deux visages à l'expression alarmée.

« À l'hôtel Copperhill. »

99

Non seulement Erik Mogren est employé au Copperhill et était de sortie les nuits des deux homicides, mais il a dans son histoire personnelle toutes les raisons d'avoir voulu la mort de Charlotte Wretlind.

Et puis il y a la chaussette tachée de sang, le pull aux éclaboussures tout aussi suspectes que Tiina leur a montrés.

Daniel est bouleversé par ce qu'ils viennent d'apprendre. Ils pensaient Erik Mogren en danger, les voilà devant un tout autre scénario : selon toute vraisemblance, cet homme est le meurtrier qu'ils traquent depuis des jours.

Ils l'avaient cependant déjà croisé : c'est lui, l'employé du service conciergerie qui est allé voir Hanna pour relater le conflit entre Lehto et Charlotte Wretlind – quand Tiina leur a montré une photo, Daniel l'a aussitôt reconnu.

Il a utilisé cette dispute à la réception pour jeter la suspicion sur son collègue. Ce n'était qu'une fausse piste, dans laquelle Daniel et Hanna se sont engouffrés les yeux fermés.

Comment ont-ils pu passer à côté de Mogren ? Ils ont pourtant fait l'inventaire des employés de service le dimanche où Charlotte a été assassinée…

Daniel lit sur le visage d'Hanna le même choc, la même stupéfaction.

Alors que Tiina déroule son récit, Daniel tente de rester concentré sur l'interrogatoire tout en traitant ces nouvelles informations.

Lehto rayé de la liste des suspects, l'implication d'Hedin, quant à elle, reste aussi floue. L'homme est toujours injoignable.

« Vous pensez vraiment que c'est Ogge qui a assassiné ces deux femmes ? souffle Tiina, la voix brisée, avant de se reprendre : Pardon, je veux dire Erik. Ogge, c'est son surnom depuis l'adolescence. »

Daniel aimerait dire quelque chose pour la rassurer, mais le tableau est assez sombre… Erik Mogren est titulaire d'un permis de chasse et d'un permis de port d'arme ; il possède une motoneige. La chaussette ensanglantée pourrait fort bien se révéler être une pièce à conviction décisive. Tiina a également confirmé que son mari chaussait du quarante-cinq – la taille des empreintes relevées sur la première scène de crime.

Sans compter qu'il est possible d'établir un mobile solide, bien que profondément tragique.

En un mot, les circonstances parlent d'elles-mêmes.

Daniel fait cliqueter son stylo à bille.

Erik Mogren aurait donc vengé sa mère en s'attaquant à la fille de celui qui l'a violée et précipitée dans la misère – sa propre demi-sœur. Et il semble désormais avoir pris pour cible le petit-fils de l'agresseur.

La seule chose qui compte, à présent, c'est de retrouver Filip : toutes les ressources disponibles ont été mobilisées à cette fin, y compris l'alerte nationale.

Daniel consulte discrètement sa montre. Chaque heure qui passe réduit la probabilité de retrouver le fils de Charlotte vivant…

Tiina, en pleurs, leur a raconté tout ce qu'elle savait sur le passé de son mari, depuis son enfance traumatique jusqu'à la mort de sa mère, alcoolique au dernier degré.

Daniel aimerait poser une main réconfortante sur la sienne. Cette histoire est d'une tristesse absolue. Monica Mogren a été traitée de manière scandaleuse, que ce soit par son employeur, qui a étouffé l'affaire avant de mettre la jeune fille à la porte, ou par ses parents, qui ont coupé les ponts avec elle dès qu'ils ont su qu'elle était enceinte. C'est ensuite la société tout entière qui a failli lorsque Monica a dû s'occuper de son fils en mère célibataire. L'alcool a probablement été le seul remède lui permettant de supporter le traumatisme et les angoisses consécutives à sa brutale agression.

Daniel ne peut s'empêcher de repenser à sa propre mère, qui elle aussi s'est retrouvée seule à élever un enfant. Après la violence et l'abandon qu'elle avait subis, Francesca avait malgré tout réussi à faire passer le bien-être de son fils avant sa propre douleur. S'ils avaient déjà une relation chaleureuse et complice, Daniel éprouve un regain d'admiration pour sa mère. Elle a trouvé la force de lui offrir une enfance heureuse, sans laisser l'amertume prendre le dessus. Il aimerait tant pouvoir la remercier !

Hanna détache les yeux de son portable. Tout à l'heure, elle a contacté l'opérateur téléphonique de Mogren : localiser son téléphone est désormais leur meilleure chance de savoir où se trouve Filip. Peu après leur arrivée, ils ont appris que celui du jeune homme avait été découvert dans la neige, sur le parking de la gare…

« Savez-vous si l'arme de votre mari est bien rangée dans l'armoire à fusils ? » demande Daniel.

Tiina écarquille les yeux, le visage rouge, décomposé. Elle tient son chien tout contre elle, le caressant sans discontinuer, comme si le contact avec son pelage soyeux était pour elle le seul moyen de ne pas perdre pied.

« Comment ça, son arme ?

– Nous aimerions simplement vérifier que le fusil qu'il détient se trouve toujours à sa place. »

Il s'abstient, dans sa formulation, de préciser ce qui l'inquiète vraiment : que son mari puisse être armé.

Tiina va chercher la clé de l'armoire et la tend à Daniel d'une main tremblante.

« C'est au sous-sol », bafouille-t-elle.

Quand il remonte à la cuisine quelques minutes plus tard, Hanna le questionne du regard ; Daniel répond en secouant la tête.

Tiina laisse échapper un sanglot à moitié étouffé, comprenant ce que cela signifie.

Daniel consulte à nouveau sa montre : les techniciens de la police scientifique devraient arriver d'une minute à l'autre.

« Vous n'avez pas la moindre idée de l'endroit où votre mari a pu emmener Filip ? dit-il.

– Je ne sais pas, répond Tiina. Vraiment, je ne sais pas quoi vous dire.

– Vous n'avez pas un chalet, une cabane de chasse où il aurait pu se réfugier ? » hasarde Daniel.

Dans le même temps, il s'imagine une foule de scénarios, tous plus sanglants les uns que les autres. Si Mogren est à la fois armé et agressif et qu'il a déjà commis deux meurtres, l'espoir de retrouver Filip vivant se réduit comme peau de chagrin. Un homme qui a transgressé tant de limites n'a plus rien à perdre.

« Réfléchissez bien, c'est important, dit-il à Tiina. Votre mari est bien allé quelque part ! »

Elle continue de secouer la tête :

« Je n'en ai aucune idée, je vous l'assure ! Nous n'avons que cette maison. Si je savais quelque chose, je vous le dirais, mais… c'est impossible de deviner ses agissements, ça fait des jours qu'Ogge n'est plus lui-même. »

Adossée à l'évier, Hanna fait une drôle de tête.

« Qu'est-ce qu'il y a ? » s'enquiert Daniel.

Leurs regards se croisent quelques secondes.

« Cette hypothèse va sans doute vous paraître complètement ridicule, mais… »

Elle marque une pause, comme si elle n'y croyait guère elle-même, puis poursuit malgré tout :

« Serait-il possible que Mogren ait emmené Filip à l'hôtel de Storlien ? Qu'il soit retourné à l'endroit où tout a commencé ? »

100

Hanna ne saurait dire pourquoi, mais elle a l'intime conviction qu'ils sont sur la bonne piste. L'hôtel abandonné de Storlien pourrait bien héberger la réponse à l'énigme.

Il lui paraît insensé qu'elle ait eu l'auteur du crime en face d'elle sans comprendre de qui il s'agissait. Au lieu de voir en Erik Mogren un meurtrier de sang-froid, elle l'a considéré comme une personne consciencieuse, un employé soucieux de bien faire son travail et embarrassé à l'idée de dénoncer un collègue.

Elle est tombée droit dans le panneau. Comment a-t-elle pu être aussi crédule ?

Tremblant sous l'effet de la pression et de l'irritation, elle est sortie dans le couloir pour téléphoner à Leffe. Tiina est restée assise dans la cuisine, prostrée et visiblement sous le choc. L'une de ses filles, qui vit à Östersund, va venir s'occuper d'elle.

« Auriez-vous aperçu un homme dans la cinquantaine rôder autour de l'hôtel, hier soir ou ce matin ? demande Hanna à Leffe dès qu'il décroche. Éventuellement accompagné d'un jeune homme d'une vingtaine d'années. »

Elle lui donne les noms et les descriptions de Mogren et de Filip.

« Mogren conduit une Volvo V70 gris argenté, immatriculée XZK 937. Un modèle de 2012.

– C'est noté. Voulez-vous que j'aille voir sur place ? répond Leffe. J'habite à cinq minutes.

– OK. Faites au plus vite. Mais soyez ultra-discret, il est dangereux et armé. »

Hanna ne voudrait surtout pas qu'il prenne des risques inconsidérés.

« Si vous l'apercevez, restez à distance. Il ne doit pas vous voir, ajoute-t-elle. Faites demi-tour et appelez-moi aussitôt.

– D'accord. Je comprends. »

Leffe n'a pas l'air très rassuré au moment de raccrocher. Par la fenêtre, Hanna aperçoit une voiture de police qui s'engage dans l'allée. Carina et ses assistants ne devraient pas non plus tarder : bientôt, la maison grouillera de policiers.

Son portable émet un bip – un message d'Henry :

Avez-vous retrouvé Filip ?

Quand Hanna est repartie de la Villa, à l'aube, Henry avait une tête de déterré. Fou d'angoisse, il lui a fait promettre de le contacter dès qu'ils auraient du nouveau.

« Prenez bien soin d'Emily, avait dit Hanna avant de monter dans la voiture pour retourner au commissariat. Allez la voir ou faites en sorte qu'elle vous rejoigne ici. Il n'est jamais bon de rester seul dans ces circonstances – ni pour vous ni pour elle. »

Difficile de trouver d'autres conseils à lui donner.

Pas encore, tape-t-elle en vitesse avant d'envoyer le message laconique.

Daniel la rattrape dans le couloir.

« Tu écris à qui ? demande-t-il, ajustant le ceinturon auquel est suspendue son arme de service.

– À Lydia, répond Hanna. Je lui ai dit que je ne pouvais pas trop parler. »

Si mentir la rebute, elle est plus réticente encore à raconter ce qui se trame avec Henry. Ce serait trop compliqué – et puis pour l'heure, ils ont d'autres priorités.

Avec le recul, elle peine à comprendre pourquoi elle s'est sentie aussi attirée par Henry, la veille au soir. Ou peut-être que l'explication est toute simple… Son désir à lui a fait naître le sien.

Daniel est si proche qu'elle pourrait lui toucher la joue. Elle en a de nouveau envie, comme hier, mais elle est lasse de devoir constamment refouler ses sentiments… Mis à part Daniel, Henry est la première personne à avoir éveillé ses sens depuis des années.

Son portable sonne : Leffe la rappelle déjà.

« Je suis juste derrière l'hôtel. On dirait qu'il y a eu une effraction.

– Dites-moi ce que vous voyez. »

Hanna presse le téléphone contre son oreille.

« La vitre d'une des portes a été fracassée. La personne n'avait plus qu'à passer son bras et tourner le bouton du verrou pour ouvrir de l'intérieur. »

Hanna sent une poussée d'adrénaline. L'idée que Mogren ait pu aller se terrer à Storlien lui est venue de nulle part, elle est incapable de se l'expliquer, mais il semble bien qu'elle ait tapé dans le mille.

« Et sa voiture ? enchaîne-t-elle. Vous l'avez repérée ?

– Oui, elle est là. Une Volvo grise, avec l'immatriculation que vous m'avez donnée. Elle a l'air vide. »

Hanna ferme les yeux avec un souffle de soulagement. Ils ont enfin localisé le tueur, et peut-être Filip avec lui – s'il est encore en vie.

La brutalité des deux précédents homicides lui fait craindre le contraire.

« Surtout, ne vous aventurez pas dans l'hôtel, lui ordonne-t-elle, n'approchez pas. Cette personne est très dangereuse. »

Daniel a ouvert la porte aux policiers qui arrivent et signale à Hanna qu'il est temps de partir.

Levant une main, elle se hâte de conclure son appel.

« C'est bon, on le tient ! s'exclame-t-elle en empochant son portable. Mogren est à Storlien, j'avais vu juste. »

101

Après moins d'une demi-heure de route sous un ciel lourd de nuages, le rond-point de Storlien se dessine déjà. Daniel n'a jamais roulé aussi vite de sa vie. Chaque minute qui passe lui paraît une minute de trop.

Si Filip est encore vivant, ils doivent se préparer à gérer une prise d'otage. De nombreux indices suggèrent que Mogren est mentalement instable : la situation promet d'être imprévisible.

Dans un crissement de pneus, Daniel s'engage sur l'allée menant à hôtel.

Hanna a appelé l'officier de garde du centre de commandement régional pour demander du renfort : un groupe d'intervention et des négociateurs de crise viennent d'être mobilisés. Des SMS d'alerte ont été envoyés à tous les acteurs habituellement impliqués dans ce type d'événement. Hélas, l'unique hélicoptère de la police étant déjà réquisitionné, le groupe d'intervention devra remonter en voiture depuis Östersund – soit trois ou quatre heures de route. Dans le meilleur des cas, ils ne seront pas là avant quatorze heures trente.

Or c'est tout de suite qu'ils ont besoin d'eux.

Daniel se gare à l'écart de l'entrée pour ne pas risquer d'être vu. Leffe les attend un peu plus loin, à l'abri d'un bâtiment voisin.

« Pourvu que Filip soit encore vivant », souffle Hanna en détachant sa ceinture.

À travers le pare-brise, ils voient, quelques centaines de mètres plus loin, la bâtisse de l'hôtel qui les toise avec ses multiples rangées de fenêtres noires, tels des yeux qui semblent les défier. Le preneur d'otage pourrait se cacher n'importe où.

Daniel sent son cœur s'emballer. Du temps où il était aux prises avec le crime organisé, à Göteborg, il a lui-même été exposé à des situations particulièrement délicates et a même fait l'objet de graves menaces.

Cette opération pourrait être plus difficile encore.

Si seulement il existait un manuel pour appréhender un cas aussi complexe que celui de Mogren… Même si Filip est là-dedans, bien vivant, il est totalement à la merci du meurtrier : il faudra accomplir un travail de persuasion titanesque pour amener ce dernier à livrer volontairement son captif sain et sauf. S'il est de surcroît en proie à un désordre psychique, le contact pourrait bien être impossible à établir.

Mogren a déjà tué deux fois : pourquoi épargnerait-il le fils de Charlotte ?

Sous tension et inquiet, Daniel sort de la voiture.

Ils n'ont probablement pas affaire à une prise d'otage classique, où le ravisseur demanderait une rançon. Mogren a enlevé Filip pour une raison affective – pour le faire souffrir, et non pour s'en servir comme monnaie d'échange.

Cet homme a décidé de se venger du passé sur sa demi-sœur et sur son neveu : il semble s'être retranché dans un monde à lui, plein d'amertume, de rancune et de haine ressassées.

Comment peut-on ramener à la raison un pareil forcené ?

102

Trente minutes plus tard, l'hôtel a été bouclé, encerclé par des voitures de police postées à l'avant du bâtiment et des motoneiges déployées de l'autre côté.

Il a fallu disperser les badauds qui s'étaient agglutinés sur place, attirés par cette agitation inhabituelle.

Hanna vient de faire un grand tour du complexe hôtelier en compagnie de Leffe pour évaluer la situation : le gardien n'a rien remarqué d'autre que le carreau cassé qu'il avait déjà signalé. Selon toute vraisemblance, c'est par là que Mogren est entré. Impossible en revanche de déterminer s'il se trouve toujours dans le bâtiment principal. Il peut être n'importe où.

Et Filip aussi.

En dépit de la fatigue, tous les sens d'Hanna sont en alerte ; le stress fait palpiter sa poitrine. Leffe se rend utile de son mieux, mais son visage penaud trahit un état de peur et de confusion.

En rejoignant Daniel, qui parle au téléphone d'un air grave, Hanna se dit qu'ils vont bien devoir trouver un moyen d'entrer en contact avec le forcené. Ils ne peuvent pas se permettre d'attendre passivement l'arrivée du groupe d'intervention et des négociateurs, trop tardive.

À ce stade, Mogren peut difficilement ignorer qu'il est cerné : il n'a qu'à regarder par la fenêtre pour voir les rubans et les véhicules de police. Mais trop de pression pourrait l'acculer, le pousser à commettre l'irréparable…

Ils se trouvent sur une ligne de crête. Le principal est de l'amener à agir de façon rationnelle, qu'il accepte de se rendre sans effusion de sang.

En tout premier lieu, ils doivent faire sortir Filip. Ensuite seulement, empêcher Mogren de commettre un acte désespéré en retournant son arme contre lui.

Il faut à tout prix éviter une nouvelle victime.

103

Leur intervention peut prendre une infinité de formes, constate Daniel en scrutant l'hôtel abandonné. L'issue de cette prise d'otage dépendra de leurs choix... Dorénavant, la moindre décision sera critique – des vies humaines sont en jeu.

Il vient d'échanger au téléphone avec l'officier du centre de commandement régional, qui l'a nommé chef des opérations : fort de son expérience à Göteborg, il est le mieux placé pour gérer cette crise. S'il peut difficilement discuter cette décision, il a bien conscience de la lourde responsabilité qui lui échoit désormais. Dès l'arrivée du groupe d'intervention, ce sera à lui de choisir s'il faut ou non tenter un assaut.

Pour l'instant, aucun mouvement n'est perceptible derrière les vitres du bâtiment qui se dresse, sinistre, comme une stèle en mémoire des grandioses projets de Charlotte.

Une bourrasque lève un tourbillon de neige autour de ses jambes. Daniel est transi de froid dans ses vêtements trop fins. Il flotte dans l'air un parfum de tempête ; des nuages menaçants se sont accumulés, poussés par le vent depuis l'Atlantique Nord.

Hanna, de retour de son inspection, lui résume ses conclusions :

« En fait, Mogren pourrait être n'importe où. Mais comme il est entré par effraction dans le bâtiment principal, autant commencer par là.

– On va nous envoyer un drone avec une caméra thermique », répond Daniel.

Hanna hoche la tête. Ces dernières années, ces engins télécommandés sont de plus en plus utilisés par les forces de police. Équipés de capteurs infrarouges capables de détecter les rayonnements invisibles à l'œil nu, ils sont un outil précieux pour rechercher des personnes ou des animaux dans l'obscurité ou dans des lieux peu accessibles.

Le détecteur peut mesurer les températures avec une précision de trois dixièmes de degré ; les données sont ensuite converties en images colorées, analysables par l'œil humain.

« Tu crois qu'on va l'avoir rapidement ? » demande-t-elle en piétinant dans la neige.

Elle non plus n'est pas habillée pour ce temps.

« Le pilote devrait arriver d'une minute à l'autre. »

Daniel aimerait surtout que Grip les rejoigne. Mais au cours de la matinée, la commissaire a vu sa toux s'aggraver et sa fièvre monter : elle a dû rester chez elle, en quarantaine pour une forte suspicion de Covid, en attendant le résultat de son test.

Rien à faire. Ils ont dû se contenter d'un rapide point téléphonique.

Daniel tourne les yeux en entendant un bruit de moteur. Une Audi bleue vient de franchir le périmètre de sécurité et s'arrête à leur hauteur. Petter, le pilote du drone, en descend. Daniel se hâte de le mettre au parfum et quelques minutes plus tard, un quadricoptère s'élève gracieusement au-dessus de leurs têtes. Le même appareil qu'il a vu déployé lors d'opérations de recherche en montagne pour repérer des personnes enfouies sous une avalanche. Il s'agit désormais de localiser Mogren et Filip afin de guider au mieux le groupe d'intervention.

En quelques secondes, l'engin se trouve déjà à une centaine de mètres d'eux, tel un insecte noir aux yeux électroniques dont le bourdonnement n'est plus qu'à peine audible.

« Commence par le bâtiment principal », demande Hanna au pilote.

Elle garde les yeux rivés sur l'écran où apparaissent en direct les images détectées par la caméra numérique. Daniel s'y penche comme elle, à la recherche du moindre signe de présence humaine – un bras ou un visage aperçu à travers une vitre… Dans un second temps, ils enverront le drone explorer le bâtiment, pour mettre à profit les capteurs thermiques, qui ne fonctionnent pas à travers murs et fenêtres.

L'hôtel est vaste : ils ont dix-neuf mille cinq cents mètres carrés à passer au peigne fin. En voyant le visage renfrogné d'Hanna, Daniel lutte pour ne pas se décourager devant l'ampleur de la tâche.

« On dirait qu'il y a une ou plusieurs personnes là, juste en face », lance soudain le pilote.

Daniel lève les yeux sur le drone qui plane, immobile, à quelque distance d'une vaste baie vitrée.

« Là-bas, ça doit être la salle du restaurant, s'exclame Hanna. Ou peut-être le Loft, où on était l'autre jour. Le bar avec les fresques au plafond. »

Elle s'approche de Petter, en pointant du doigt l'une des extrémités de la bâtisse :

« Essaie de le faire voler le plus près possible de ces fenêtres-là. »

L'engin bifurque, s'élance vers la partie du bâtiment où se trouve le Loft et longe lentement le mur. Daniel écarquille les yeux, ne voulant pas rater une miette de ce qui se passe sur le petit écran. Quand soudain, le temps d'une fraction de seconde, une drôle d'ombre apparaît à travers une fenêtre ; Hanna laisse échapper une exclamation :

« Là ! Attendez, j'ai vu quelque chose. »

Le drone s'est déjà éloigné. Daniel a bien cru, lui aussi, apercevoir une silhouette.

« Reviens en arrière ! s'exclame-t-il. Il faut qu'on revoie ça. »

Petter actionne le joystick en sens inverse ; les secondes s'égrènent avec une lenteur insupportable tandis que la caméra du quadricoptère recherche le bon angle de vue, avant que le drone marque une halte en vol stationnaire.

On aperçoit à l'écran une pièce sombre dont la vue sur l'intérieur est voilée par la crasse couvrant la vitre. Au centre, on distingue pourtant les contours d'une personne assise sur une chaise.

« Filip ? chuchote Hanna à ses côtés. Tu crois que c'est lui ? »

Le corps est immobile, la tête retombe mollement sur la poitrine.

Hanna prend une inspiration, figée.

« Est-ce qu'il est vivant ? »

104

Quand Filip se réveille, il est étendu dans une pièce recouverte de moquette sombre. Autour de lui, de grandes fenêtres. Dehors, tout est blanc.

La lumière crue lui brûle les yeux au point qu'il les referme aussitôt.

Quand il les rouvre, sa confusion s'accroît. Il est assis sur une chaise, seul – aucun signe de son ravisseur –, dans une sorte de bar à l'ancienne. Un long comptoir s'étend derrière lui, des sièges ouvragés sont disposés çà et là.

Le plafond est orné d'une fresque représentant des animaux et des personnages aux couleurs pastel. Dans son esprit embrumé, ces images saugrenues lui font penser à une illustration décalée de l'*Enfer* de Dante.

L'aurait-on drogué ?

Il est toujours incapable de bouger – ses bras et ses jambes sont ligotés aux barreaux de la chaise, ses muscles sont engourdis. Bien que le bâillon ait glissé, lui permettant de respirer un peu mieux, une peur panique l'envahit à nouveau ; il se remet à trembler de façon incontrôlable.

Est-ce cela que sa mère a ressenti juste avant de mourir ? Cette terreur abominable ?

Toute sa vie, elle a toujours été là pour le réconforter. Quand à Noël le père de Filip faisait défection, sa mère emballait des cadeaux à la hâte en prétendant qu'ils venaient de lui. Pour faire croire à Filip que son père était avec lui en pensée…

La pièce pue le renfermé et le moisi. Il a terriblement soif, ses lèvres sont sèches, sa langue lui colle au palais. Il déglutit péniblement, n'a presque plus de salive.

Est-ce qu'il va mourir ici, de fatigue et de soif ?

Filip tire sur les liens qui entravent ses membres, en vain. Il grimace de douleur ; la peau de ses poignets et de ses chevilles est déjà presque à vif. Il n'a aucun moyen de se libérer.

Il flotte dans un état de semi-inconscience. Lorsqu'il revient à nouveau à lui, il ne sait pas combien de temps s'est écoulé. Il fait encore jour, mais devant la fenêtre, la lumière a changé. Une lueur clignote au loin, colorant en bleu la blancheur du dehors.

Un gyrophare.

La lumière disparaît aussi vite qu'elle est apparue, mais il sent poindre au fond de lui un infime espoir.

Il prie en silence, fébrile. *Faites que la police soit là, qu'on m'ait retrouvé, que quelqu'un vienne me sauver !*

« Je suis là ! voudrait-il crier. Au secours ! »

Mais il ne sort de sa gorge qu'un gémissement étranglé.

Il aura beau y mettre ses dernières forces, il n'arrivera pas à se faire entendre.

105

Dans sa parfaite simplicité, le paysage de montagne ouaté ne fait que rappeler à Hanna sa propre insuffisance. Face à la splendeur si tranquille de la nature, le stress qu'elle subit n'est que plus insupportable.

Depuis ce qui lui semble une éternité, elle scrute les images filmées par le drone. Ils ont la quasi-certitude que c'est bien Filip qui est ligoté sur cette chaise, au centre du bar du dernier étage. Mais son état est impossible à déterminer.

Aucun signe du ravisseur. Il faudrait que le drone parte en quête d'Erik Mogren dans les entrailles du bâtiment, mais ce serait trop long, il y a urgence.

« Il faut qu'on établisse un contact avec Mogren, constate Hanna. On ne peut pas se permettre d'attendre les négociateurs d'Östersund. »

Daniel descend son bonnet sur les oreilles.

« Je propose que ce soit toi qui ouvres le bal. Tu arriveras sans doute mieux que moi à le raisonner. »

Hanna dévisage son collègue, incrédule.

« Je n'ai jamais été formée à ça !

– Tu as suivi des cours de psycho, au moins. »

Certes, mais aucun de ses manuels ne l'a préparée à ce genre de scénario. Il n'y a en Suède que cent cinquante policiers spécialement formés à la négociation de crise, et elle n'en fait pas partie.

« Tu t'en sortiras très bien. »

Daniel en a l'air sincèrement convaincu.

« C'est toi qui le dis », répond Hanna, qui entend sa propre voix trembler.

Le moindre faux pas peut avoir des conséquences tragiques, c'est une responsabilité colossale à assumer.

« Tu as toutes les qualités requises, répète Daniel. Fais-moi confiance, tu es taillée pour le rôle. »

Il passe son bras derrière le dos d'Hanna et l'attire contre lui dans un geste de réconfort. Le temps d'un instant, elle s'autorise à lâcher prise. Appuyée sur l'épaule de son collègue, elle sent une douce chaleur l'envahir.

« Tu es la flic la plus douée que je connaisse, lui glisse-t-il à l'oreille. Tu vas y arriver, Hanna. »

Lorsqu'il desserre son étreinte, elle est déjà plus sûre d'elle. Si Daniel est convaincu de ses capacités, le mieux qu'elle ait à faire est de le croire sur parole.

Les yeux fermés, elle tente de se remémorer ce qu'elle a lu sur les négociations en situation de prise d'otage : établir la confiance par une écoute active, faire preuve d'empathie, s'efforcer de se mettre à la place du ravisseur.

L'objectif étant d'éviter à tout prix qu'il y ait des blessés, les pourparlers sont à envisager avant tout comme un dialogue avec une personne en crise.

Il n'empêche qu'Erik Mogren est peut-être persuadé de la rationalité de ses actes : il faut donc l'inciter à modifier de lui-même son comportement. Ce n'est qu'en instaurant la confiance qu'on pourra l'inviter à écouter les suggestions d'autrui.

Hanna lève lentement la tête et jette un regard vers les fenêtres oblongues du bar, dans lesquelles se reflète un ciel voilé.

Derrière ces fenêtres, Filip est maintenu prisonnier. Elle prie pour qu'il soit encore vivant. Non, il faut qu'elle tienne cela pour acquis.

Puis elle sort son téléphone de sa poche. La vie de Filip est désormais entre ses mains.

106

Les sonneries du téléphone portable s'enchaînent, mais Erik Mogren ne décroche pas. Hanna rappelle une nouvelle fois, puis une troisième.

« Il faut que je puisse l'interpeller directement », dit-elle à Daniel.

Au bout de quelques minutes, un collègue lui apporte un mégaphone. Hanna se place derrière un arbre pour éviter de trop s'exposer – il n'est pas impossible que l'homme se soit barricadé à une fenêtre, fusil à l'épaule.

D'une main ferme, elle brandit le porte-voix devant sa bouche et martèle, d'un ton qu'elle veut aussi clair et puissant que possible :

« Erik Mogren, je suis Hanna Ahlander, de la police d'Åre. J'essaie de vous appeler. S'il vous plaît, décrochez votre téléphone. »

Elle baisse le mégaphone et scrute le dernier étage. Posté un peu plus loin, Daniel semble l'exhorter du regard. Hanna attend quelques instants puis réitère son intervention.

Elle compose à nouveau le numéro de Mogren. Au bout de sept tonalités, toujours pas de réponse. La ligne est un peu grésillante, les secondes s'étirent. En apnée, Hanna serre si fort le combiné qu'il glisse entre ses doigts couverts de sueur.

Toujours aucun mouvement derrière les fenêtres sombres de l'hôtel.

Un peu plus loin, on entend le crissement d'un train qui ralentit à l'approche de la gare de Storlien.

Hanna sent l'air lui manquer. Il ne répondra pas...

Alors qu'elle se résout à raccrocher, une voix rocailleuse retentit à l'autre bout du fil.

« Allô ? »

Son soulagement est si grand qu'elle manque de lâcher le téléphone. Et puis l'adrénaline chasse tous ses scrupules. Hanna vide son esprit des émotions et des jugements qu'elle a jusqu'alors formés sur Erik Mogren ; elle fait table rase de son aversion pour ne penser qu'à une chose : le visage de cet homme.

Un homme en crise.

Erik Mogren vit probablement les jours les plus noirs de son existence. Il doit être dans un état d'agitation extrême, incapable de prendre une décision rationnelle. Au fond, Hanna ne le connaît pas : à l'hôtel, ils ne se sont parlé que quelques minutes. La chaîne d'événements qui a mené à cette crise personnelle lui est étrangère ; elle sait peu de choses de son éducation, de ses motivations, ou de la haine brûlante qui semble l'avoir poussé à ces deux homicides.

Tout ça n'a plus d'importance : désormais, Erik Mogren n'est rien d'autre qu'un être humain. Le mépris d'Hanna est la dernière chose dont il ait besoin, elle se doit de le traiter avec dignité, de lui témoigner du respect, de la compassion. Surtout, elle doit s'abstenir de le juger. C'est seulement à cette condition qu'elle pourra espérer prévenir une issue tragique.

« Bonjour, Erik, fait-elle d'une voix claire et posée. Je m'appelle Hanna Ahlander ; nous nous sommes parlé il y a quelques jours, dans le hall du Copperhill. Merci d'avoir bien voulu décrocher. »

Il met un moment avant de lui répondre. Hanna a soudain une conscience aiguë de la froideur de l'air ; ses pieds sont comme des glaçons.

« Vous voulez quoi ? »

Son ton est hostile, sa voix cassante. Cet homme n'a plus rien de commun avec celui qui lui avait confié à voix basse l'altercation entre Lehto et Charlotte Wretlind.

« Je veux simplement discuter, rien d'autre. »

Hanna veut donner à Erik l'impression de s'intéresser à lui et se rend bientôt compte qu'elle n'a guère d'effort à fournir : elle souhaite sincèrement comprendre ce qui a pu le pousser à une pareille extrémité.

« Comment vous sentez-vous ? poursuit-elle.

– Arrêtez, vous n'en avez rien à foutre ! »

Erik semble agité, il a le souffle court. Ce n'est pas bon signe : un interlocuteur sous pression est d'autant plus imprévisible. La moindre phrase mal interprétée peut déclencher une réaction violente.

Pour lui, tout ce qui importe est de garder le contrôle, garder la face.

« Je comprends, dit Hanna.

– C'est ça, foutez-vous de moi ! rugit-il brusquement dans le combiné. Vous n'avez aucune idée de ce que je vis ! »

Hanna prend une grande inspiration. Erik se sait acculé par la police ; il doit être au désespoir, ce qui amplifie sa dangerosité. Plus il se sent impuissant, plus il est susceptible d'un nouvel accès de violence – le seul outil dont il dispose encore pour maîtriser son existence.

« Excusez-moi, se reprend-elle posément. Ce que je voulais dire, c'est que j'imagine tout à fait que ce soit très difficile pour vous. »

Elle attend quelques secondes avant de poursuivre, pour lui laisser le temps de répondre.

« Mon intention n'est pas de vous mettre la pression, au contraire. Et vous devez savoir que personne ici n'est venu pour vous faire du mal. Tout ce que nous voulons, c'est trouver une solution avec vous. Travailler ensemble. »

Elle jette un coup d'œil à la rangée de fenêtres et croit percevoir du mouvement au deuxième étage. Comme si Mogren les observait à travers le carreau, juste en dessous de la pièce où est détenu Filip.

Il est retranché dans le Loft, comme ils le soupçonnaient.

« Personne n'entrera dans le bâtiment tant qu'on ne se sera pas mis d'accord, vous et moi ; je voudrais que vous le sachiez.

– Et vous pensez que je vais vous croire ? crache-t-il. Pourquoi je vous ferais confiance ? Tout ce que vous voulez, c'est avoir ma peau.

– Je peux imaginer à quel point c'est dur pour vous », dit Hanna, avec une sincérité absolue.

Erik halète bruyamment dans le combiné et laisse échapper un marmonnement inintelligible. Il a cessé de hurler, c'est déjà ça.

Elle le revoit tel qu'il était dans le lobby du Copperhill – maître de lui, les traits presque avenants. En entendant à l'autre bout du fil sa frustration, son profond abattement, elle se figure sans peine son visage déformé par la rage et la détresse.

« Sachez en tout cas que je suis là, lui assure-t-elle. Et je souhaite vous aider. Si vous l'acceptez. »

Le principal est de poursuivre l'échange, d'éviter qu'Erik ne raccroche. Hanna est prête à tout tenter pour gagner sa confiance, pour lui faire admettre qu'elle peut le sortir de là. Cet homme vit le moment le plus décisif de sa vie. Mais l'angoisse est peut-être aussi forte chez Hanna que chez lui.

Tant qu'ils se parleront, Erik Mogren ne fera de mal à personne. Il reste alors une chance, si infime soit-elle, de parvenir à une issue favorable.

107

Avachi, les yeux fermés, Filip finit par sombrer dans une forme de léthargie où le temps et l'espace se confondent et disparaissent. Il a de plus en plus soif et commence à perdre l'espoir d'être secouru.

Il prend vaguement conscience d'une voix d'homme, forte, qui parle avec agitation dans une pièce adjacente. Il redresse la tête avec difficulté.

Est-ce son ravisseur qui est revenu ? Est-ce que lui-même va mourir, rejoindre sa mère ?

Des images du cadavre de Charlotte flottent devant ses yeux embrumés. Il n'a pas pu voir son corps, mais le peu qu'il a entendu a suffi à alimenter ses cauchemars. Elle a été égorgée, est morte noyée dans son propre sang.

Son cœur s'emballe ; il lutte pour se maintenir à flot. Il voudrait crier, mais à quoi bon ? Dans un sursaut de lucidité, il tend l'oreille vers cette voix qui a l'air de parler au téléphone. Il entend ses réponses, jamais les questions.

L'homme, plein de colère et de ressentiment, s'apitoie sur son sort avant d'injurier tous ceux qui l'ont blessé. Il justifie ses crimes et rejette la faute sur autrui – il n'aurait pas eu le choix, crie-t-il, il lui fallait commettre ces actes.

Tout paraît confus, mais peu à peu, Filip commence à relier les fils : c'est bien lui, c'est l'homme qui a tué sa mère. Il va lui faire subir le même sort…

Il se remet à tirer sur les liens qui entravent ses bras et ses jambes. Cette fois encore, il se débat en vain. La douleur pulse autour de sa peau écorchée, devenue une plaie brûlante.

À bout de forces, il s'effondre à nouveau sur la chaise.

Je n'ai rien fait, moi, voudrait-il crier à ce fou qui s'agite derrière lui.

L'homme semble s'éloigner, sa voix faiblit, puis disparaît complètement. Filip se retrouve seul.

« Je n'ai rien fait », murmure-t-il dans le vide.

108

Daniel n'a jamais vu Hanna aussi absorbée.

Ils ont fait venir sur place le camping-car qui sert habituellement d'unité mobile. Pour l'heure, il tient lieu de centre de contrôle. Hanna s'est installée sur la banquette au fond du véhicule pour pouvoir parler posément avec Mogren, Daniel a pris place sur un siège face à elle, de l'autre côté de la table centrale.

L'appel d'Hanna est retransmis sur un canal radio privé directement dans l'oreillette de Daniel, qui peut ainsi suivre les échanges sans que Mogren se doute qu'il est écouté.

Cette conversation est une succession de montagnes russes. Un instant, Mogren hurle des insanités, l'instant d'après, il se met à pleurer de rage. Comme s'il n'avait plus aucun filtre – il est dans une telle agitation qu'il peine à s'exprimer de façon cohérente.

La logorrhée de Mogren, sa manière d'essayer sans cesse de rationaliser ses actes, mettent Daniel profondément mal à l'aise. Ce n'est pas ainsi que s'exprimerait une personne saine d'esprit. Face à une conduite aussi erratique et imprévisible, comment Hanna peut-elle espérer lui faire entendre raison ?

Mais sa collègue ne se laisse pas démonter. Elle pose des questions concises, puis écoute, en ménageant des pauses millimétrées. Après chaque intervention de son interlocuteur, elle maintient le contact par quelques mots, un commentaire rassurant. Daniel remarque qu'elle reprend les propos de Mogren : plutôt que de lui assurer qu'elle comprend, qu'elle est d'accord, elle répète simplement ce qu'il vient de lui dire. Comme une manière de légitimer son point de vue et, du coup, de le mettre en confiance.

Daniel le sait, il serait lui-même incapable d'en faire autant. Il est beaucoup trop prompt à juger ; il n'aurait jamais la patience de convaincre un meurtrier de travailler à une résolution commune – surtout connaissant la nature des crimes commis.

Les sept membres du groupe d'intervention viennent tout juste d'arriver d'Östersund. Si la vie de Filip n'était pas en jeu, Daniel ordonnerait sans hésiter l'assaut du bâtiment.

Leur fourgon noir est garé à bonne distance de l'hôtel, au point de rassemblement désigné. Un tireur d'élite en tenue de camouflage a été posté pour surveiller la fenêtre ; les autres couvrent l'entrée principale, le « côté blanc » – comme souvent dans ce genre d'intervention, chaque façade du complexe s'est vu attribuer un code couleur pour faciliter les échanges.

Daniel se tend quand résonne dans l'oreillette la question qui devait brûler les lèvres d'Hanna :

« Et Filip, comment va-t-il ? »

À l'autre bout du fil, silence total. Daniel sent son front se couvrir d'une pellicule de sueur tandis que la réponse de Mogren se fait attendre. Hanna est-elle allée trop vite en besogne ? Était-il prématuré d'aborder le sujet de l'otage ? Dans ce genre de négociation, le timing est crucial – faute de prononcer les bonnes paroles au bon moment, la confiance fragile, bâtie pierre par pierre, peut être anéantie en un seul mot.

Daniel cherche le regard de sa collègue, mais Hanna est si concentrée qu'elle ne remarque pas son œil inquiet.

« Je n'ai pas envie de parler de Filip, dit Mogren.

– Vous avez l'air très en colère contre lui, insiste doucement Hanna.

– Ouais, tu m'étonnes !

– Pouvez-vous m'en dire plus ? fait-elle sans se laisser troubler par son ton agressif. Qu'est-ce qu'il vous a fait ? »

On entend le souffle irrégulier de Mogren dans le combiné. Puis il explose :

« Vous savez très bien ce que son grand-père a fait subir à ma mère. Il faut arrêter la lignée de ce sale violeur.

– Arrêter sa lignée. Pourquoi est-ce si important pour vous ? »

Ce type parle sérieusement de venger sa mère sur plusieurs générations. C'est un dingue.

Si Daniel avait été en charge des négociations, il lui aurait dit ses quatre vérités : qu'il est un grand malade d'avoir tué froidement deux femmes innocentes. Ou, narquois, il aurait signalé que Mogren porte lui aussi les mêmes gènes viciés que sa première victime…

« Je ne supporte pas l'idée que ce violeur de merde puisse s'en tirer à si bon compte », dit Mogren en baissant la voix.

Il parle de son père biologique, Curt Wretlind, comme s'il était toujours vivant. Encore un autre signe de son esprit troublé…

Daniel ne ressent que du mépris pour Mogren, qui refuse obstinément d'assumer la responsabilité de ses actes. On ne peut pas passer sa vie à accabler ses parents pour tous ses malheurs. Une année de thérapie a permis à Daniel de le comprendre : l'héritage familial n'est pas une fatalité.

Au beau milieu de cette tragédie, il sent se forger en lui une nouvelle conviction : chacun est l'artisan de sa propre vie. En fin de compte, on a toujours le choix.

« Ça vous est insupportable…, reprend Hanna. Votre indignation est légitime, mais Curt est mort depuis plusieurs années déjà.

– Quelqu'un doit payer pour ce qu'il a fait. Je n'y peux rien. »

Dans son coin, Daniel secoue la tête de dédain, tandis qu'Hanna émet un petit bruit d'approbation :

« C'est tout à fait normal que ce qui s'est passé vous mette hors de vous. Mais êtes-vous en colère contre la bonne personne ? »

Au bout du fil, Mogren continue de s'épancher... Daniel regarde sa montre : bientôt seize heures, et ils n'ont toujours pas la confirmation que Filip est en vie.

Il écrit *Comment va Filip ?* sur un Post-it, qu'il colle devant Hanna sur la tablette qui les sépare. Devant elle s'accumulent déjà une quantité considérable de papillons colorés similaires où Daniel a griffonné d'autres questions. C'est sa façon de l'assister discrètement sans la déconcentrer.

Alors qu'elle lit le message sans s'interrompre, une vague de fierté traverse Daniel : Hanna s'en sort admirablement bien ; elle parvient à se montrer à la fois empathique et impliquée, sans compromettre le moins du monde sa propre autorité.

D'autres négociateurs sont en route, mais ils se trouvent encore loin. Il a fallu mobiliser des collègues de Sundsvall pour compenser les départs en congés à Östersund.

« Vous trouvez-vous à côté de Filip ? hasarde à nouveau Hanna. Comment va-t-il ?

– Il est là-haut.

– Où ça là-haut ?

– Au bar. Je ne supporte pas de voir sa sale gueule. »

Daniel se redresse sur sa chaise. Le choix de mots de Mogren semble suggérer que Filip est bien vivant.

« Je comprends, dit Hanna. Dans ce cas, vous avez sans doute bien fait de ne pas rester dans la même pièce que lui. »

Elle a juste ce qu'il faut de compassion.

« Ça n'est pas toujours facile, les jeunes de cet âge, embraye-t-elle. Il n'a que vingt-trois ans, c'est une autre génération. Vous pourriez presque être son père. »

Hanna continue de bavarder, en glissant de temps en temps quelques allusions à Filip. Daniel voit bien où elle veut en venir : inciter Mogren à considérer le fils de Charlotte comme une personne de chair et de sang, un individu à part entière, et non comme la simple incarnation des blessures de son passé. Et ainsi, le dissuader indirectement de s'en prendre à lui.

« J'ai une idée, lance Hanna après quelques minutes d'échanges sur ce mode. S'il est difficile pour vous de parler à Filip, vous pourriez peut-être me laisser lui parler, moi. »

La voix d'Hanna reste calme, posée, mais sous la table, son genou droit s'agite à un rythme frénétique.

« Pas maintenant, s'écrie Mogren. Ma batterie est presque à plat. »

Hanna adresse à Daniel un regard angoissé : ils doivent à tout prix maintenir le dialogue, ou l'affaire sera pliée.

« On fait quoi ? murmure-t-elle en éloignant le combiné de son visage pour couper une seconde le son de son micro.

– On envoie un autre portable, lui souffle Daniel, du tac au tac.

– Écoutez, Erik, poursuit Hanna sans la moindre trace d'inquiétude dans la voix. On va vous faire parvenir un nouveau téléphone, ça ne sera pas très long. »

Silence absolu à l'autre bout de la ligne. On n'entend qu'un petit crissement.

Dis-lui où, écrit Daniel sur un Post-it.

« Ce que je vous propose, c'est qu'on place une boîte contenant un portable au niveau de la porte de service, à gauche de l'entrée principale. Ensuite, on referme et on s'en va. Vous pourrez m'appeler dès que vous l'aurez récupéré. Entendu ? »

Mogren garde le silence un long moment. Sur son siège, Hanna est raide comme un piquet. Daniel retient son souffle.

Enfin, Mogren émet un grommellement :

« Je vous préviens, si vous essayez de me la faire à l'envers, c'est Filip qui paiera.

– Je vous promets qu'on ne va rien tenter », se hâte d'ajouter Hanna.

Avant qu'il ait le temps de répondre, l'appel est coupé.

109

Hanna attend avec anxiété que ses collègues acheminent jusqu'à l'hôtel un portable prêt à l'emploi, profitant de l'occasion pour engloutir un biscuit sorti du paquet qu'une petite main lui a apporté. C'est le moment de reprendre quelques forces : avec la tension accumulée ces dernières heures, tous ses muscles sont endoloris.

La survie de Filip dépend entièrement d'elle : elle n'a pas droit à l'erreur.

La porte s'ouvre sur Jonas Höglid, le chef du groupe d'intervention d'Östersund, tout juste arrivé. Il mesure presque deux mètres ; sa tête frôle le plafond du véhicule – son lourd uniforme complété d'un épais gilet pare-balles élargit encore sa carrure.

Le regard que lui jette Jonas donne à Hanna la désagréable impression d'être évaluée.

« Le mieux à faire serait d'éloigner le ravisseur de l'otage, fait-il remarquer. Vous pensez pouvoir convaincre Mogren de descendre jusqu'à l'entrée principale ? Le groupe interviendra par l'arrière avec du lacrymo. »

Hanna sent le stress monter : si Mogren comprend qu'un assaut se prépare, qui sait de quoi il est capable ?

Daniel a l'air tout aussi dubitatif :

« C'est une grosse prise de risque, souligne-t-il. Ça pourrait très mal tourner… »

Jonas s'assied en caressant son crâne rasé.

« L'autre option, c'est de l'attirer vers une fenêtre pour l'avoir en ligne de mire.

– Non : pour moi, il faut poursuivre la négociation, rétorque Hanna. Ça prendra le temps qu'il faudra. »

Quelques heures à parlementer, ce n'est pas grand-chose si cela permet de sauver une vie – ou même deux.

« On doit se concentrer sur la désescalade : garder la force comme ultime recours, argumente-t-elle. Je pense qu'il faut continuer à lui parler. »

Récalcitrant, Jonas la met en garde :

« Il fait moins six, dehors. Mes gars vont perdre des forces d'heure en heure. On ne pourra pas attendre éternellement. »

Un collègue passe la tête dans le camping-car pour confirmer qu'un portable pleinement chargé vient d'être déposé à l'endroit convenu ; il tend ensuite à Hanna un bout de papier avec le numéro à composer.

Dans sa main, la feuille semble peser une tonne. C'est la clé possible d'une solution pacifique – ou d'un désastre…

« J'ai confiance en toi, Hanna, la soutient Daniel. Je sais que tu peux y arriver. »

Il lui lance un regard encourageant, auquel elle répond par un pâle sourire. Hanna est dans un drôle d'état, aussi exténuée que gonflée d'adrénaline.

« Allez, c'est reparti », dit-elle en composant le numéro.

110

Les pas traînants que Filip entend dans l'escalier lui font dresser les cheveux sur la tête. Tant qu'il était seul dans ce bar, au moins il n'y avait personne pour le torturer.

Depuis qu'il a vu la lumière du gyrophare, il a prié de toutes ses forces pour que la police vienne à son secours. Tout semble indiquer, hélas, que c'est bien son ravisseur qui est de retour. Filip ne sait toujours pas à quoi il ressemble, mais le pas pesant qui s'approche lui glace déjà le sang.

Un homme entre dans la pièce. Il a la cinquantaine, les cheveux noirs, les yeux effilés, un abdomen saillant sous un vieux pull-over.

Il a l'air fort, lourd. Brutal.

Son regard transpire une telle hostilité que Filip se tasse instinctivement contre le dossier de la chaise. Il n'a jamais vu personne lui témoigner autant de haine, alors qu'il ne le connaît ni d'Ève ni d'Adam.

Tétanisé, il fixe son ravisseur qui s'avance, muet. Il est bien sûr de ne jamais l'avoir rencontré ; pourtant, quelque chose dans ses traits lui est étrangement familier… Il s'aperçoit alors que l'autre tient deux bidons en plastique vert, un dans chaque main. Sans ouvrir la bouche, il les pose sur une table du bar et en dévisse les bouchons.

L'odeur qui s'en dégage arrache à Filip un glapissement d'épouvante. De l'essence.

L'homme ignore totalement sa présence. Comme si Filip était invisible, comme s'il n'existait pas.

Allant vers lui, il commence à déverser le contenu des bidons tout autour de la chaise, sur ses pieds, sur ses jambes. Des flaques luisantes s'étalent sur la moquette sombre, qui boit le liquide jusqu'à saturation. Les vapeurs âcres montent vers le visage de Filip, soudain pris d'une quinte de toux.

La terreur lui déchire la poitrine.

« Maman, gémit-il derrière son bâillon. Emily ! »

Sans broncher, l'homme s'éloigne de la chaise, laissant dans son sillage une longue traînée d'essence. Il s'engouffre dans l'escalier, continuant à vider les bidons sur les marches avant de disparaître.

Filip suffoque sous les vapeurs chimiques. Sa nausée est telle qu'il doit réprimer plusieurs haut-le-cœur. Avec ce bâillon sur la bouche, il pourrait crever là, sur cette chaise, étouffé dans son propre vomi. Cédant à la panique, il déglutit frénétiquement.

Les larmes lui montent aux yeux. Elles coulent sur ses joues, sur son nez, jusqu'à imbiber le tissu sur sa bouche. La morve et les glaires qui s'accumulent rendent sa respiration difficile, mais impossible de s'arrêter.

Il ne veut pas brûler vif. Il ne veut pas mourir.

« Maman », gémit-il faiblement.

Viens me sauver.

111

Il est bientôt dix-huit heures trente ; les longues heures qu'Hanna a passées au téléphone se font rudement sentir. Elle a le dos en capilotade, les fessiers raides. Elle ressent une douleur à un point juste en dessous de l'oreille, malgré l'oreillette qu'elle vient de brancher à son portable.

« Mais vous n'avez rien compris ! lui hurle à nouveau Erik.

– Vous avez raison, excusez-moi. »

Erik s'est mis à s'épancher sur la manière scandaleuse dont sa mère a été traitée après le viol qu'elle a subi.

« On l'a tenue pour responsable alors que la victime, c'était elle. Son patron l'a mise à la porte, ses parents l'ont foutue dehors, à la rue !

– C'est terriblement injuste, dit Hanna. Je ne peux même pas l'imaginer. »

Cela fait une heure qu'Erik ressasse cette histoire d'une tristesse absolue : Hanna ne peut que sincèrement compatir avec le sort de cette femme.

« Tout ce qui comptait pour ces salauds, c'était de protéger la réputation de leur hôtel de merde. »

Il baisse la voix, comme s'il étouffait sous le poids des souvenirs.

« Ils n'en avaient rien à foutre, de ce que ma mère allait devenir. Ou de moi. Qu'ils brûlent en enfer – comme ce monstre, cette ordure qui me tient lieu de père ! »

Hanna pose le menton dans sa main pour soulager ses cervicales tout en écoutant ce déballage.

« Il s'en est sorti tellement facilement… Personne ne lui a demandé de comptes ; il n'y a que ma mère qui ait payé le prix fort. Lui, il a continué sa vie comme si de rien n'était pendant qu'elle se saignait pour m'élever seule. Et puis… *l'autre* est revenue. »

« L'autre », c'est Charlotte. Au fil du récit embrouillé, émaillé d'allers-retours entre le passé et le présent, Hanna est parvenue à lui soutirer le mobile du meurtre. Il a raconté sa sidération en apprenant de qui Charlotte, qui s'était mise à séjourner régulièrement au Copperhill, était la fille. La frustration croissante qu'il ressentait en la voyant. Et puis le mépris de cette femme, son snobisme de citadine, qui lui rappelait tant les récits de sa mère. De terribles souvenirs d'enfance étaient alors remontés à la surface.

Le projet de Charlotte de redonner sa gloire d'antan à l'hôtel de Storlien l'avait rendu malade ; Erik ne pouvait supporter l'idée que ce soit *elle* qui ressuscite cet endroit maudit. Ce serait un rappel constant du calvaire de sa mère, presque une provocation à son égard.

Depuis qu'Erik est tout petit, sa mère n'a cessé de lui répéter le nom de Curt Wretlind, ce père indigne. Il a grandi avec l'histoire de cet homme qui a abusé d'elle sans aucune pitié, pour refuser d'assumer ensuite la responsabilité du fils qu'il avait conçu. Pendant toutes ces années, Erik n'a essayé de le contacter qu'une seule fois ; Curt l'a alors repoussé sans ménagement. Il a catégoriquement nié sa paternité et lui a interdit de reprendre contact avec lui, en l'avertissant : s'il se mettait en tête de vouloir joindre sa femme ou ses enfants, il le regretterait…

Et puis un jour, la coupe a été pleine et Erik a craqué. Le soir où il a assisté à cette scène à la réception du Copperhill, il a vu le mépris abyssal que manifestait Charlotte envers Paul, son collègue. Son attitude le prouvait : elle était exactement comme son père. Elle se croyait toute-puissante, en droit de piétiner le monde entier autour d'elle. Le sang de

Curt Wretlind – son égoïsme, son narcissisme – coulait dans les veines de cette femme, et c'était insupportable. L'auteur du crime originel était mort, mais Charlotte vivait encore.

C'est à ce moment-là qu'Erik avait pris sa décision. Il allait la punir.

Il s'était alors discrètement emparé de la carte d'accès de sa suite. Ce qu'il devait faire était limpide – comme si le destin en personne dirigeait sa main. Au fond, il ne s'agissait de rien d'autre que d'une pénitence : quelqu'un devait payer pour le crime de Curt. Et selon cette logique, Filip devait lui aussi disparaître, car il avait hérité du même sang…

Daniel pose une bouteille de Coca-Cola sur la table devant Hanna.

Elle boit au goulot, reconnaissante. Elle n'a pas vraiment d'appétit, mais sent qu'elle commence à être déshydratée, comme le signale la légère pression au niveau de ses tempes. Erik et surtout Filip – le pauvre – doivent eux aussi sentir les effets de la faim et de la soif.

Elle a tout de même l'impression qu'ils avancent, quoique à petits pas. Au cours de l'heure passée, Erik lui a paru moins agressif. Ses sautes d'humeur se sont espacées et il a même demandé l'avis d'Hanna à plusieurs reprises. Serait-elle en train de briser sa carapace ?

« Je peux faire quelque chose pour vous ? demande-t-elle en profitant d'une pause dans la conversation.

– J'ai faim. »

C'est la première fois depuis des heures qu'il parle d'autre chose que de l'agression et de ses conséquences.

« C'est normal, dit Hanna. Ça fait un bon moment qu'on discute. J'aurais faim aussi, à votre place.

– J'ai envie d'une pizza de chez Flamman.

– Ça, on peut s'en occuper. J'en commande aussi une pour Filip ?

– Qu'il aille se faire foutre, lui. »

Le moment est peut-être venu de faire une nouvelle tentative – ça passe ou ça casse :

« J'aimerais que ce soit lui qui me dise qu'il n'en veut pas, si vous acceptez. »

En attendant sa réponse, Hanna, fébrile, se rend compte qu'elle s'est mise à croiser les doigts sans même y penser. C'est sans doute puéril, mais le moment est crucial : si elle doit parler à Filip, ça pourrait bien être maintenant.

« D'accord, une minute. »

Hanna retient son souffle. Elle entend les pas d'Erik sur le parquet de l'hôtel, puis une autre voix, faible et épuisée. C'est Filip. Il semble terrifié.

« Allô ?

– Bonjour Filip, dit-elle, aussi doucement que possible. C'est Hanna, de la police d'Åre. Comment ça va ?

– Aidez-moi, murmure-t-il.

– Si vous entrez, je le bute, dit Erik.

– Je vous promets que personne n'entrera tant qu'on ne se sera pas mis d'accord là-dessus, vous et moi », réitère Hanna.

Quel soulagement d'entendre la voix de Filip : il est vivant.

« Parle-lui de l'essence, fait Erik en arrière-plan.

– Il m'a aspergé d'essence, sanglote Filip. Il en a mis partout ! »

Hanna entend la respiration rauque et saccadée du jeune homme. Soudain, il éclate :

« Il va me tuer ! Pitié, venez me sauver !

– La ferme ! »

Plusieurs bruits de coups font tressaillir Hanna. Puis un gémissement. À entendre Filip souffrir sans pouvoir intervenir, Hanna se mord la langue. Le pauvre garçon a été aspergé d'essence… Elle aimerait pouvoir hurler pour évacuer son angoisse.

Les secondes passent, au son lointain de sanglots étouffés. Puis elle entend la ligne grésiller : Erik semble avoir repris l'appareil.

« Je veux une pizza à la viande d'élan et un Coca. »

Sa voix est glaciale. La confiance qui s'était installée entre Hanna et lui semble s'être évaporée. Comme si la vue de Filip avait ravivé sa fureur.

« Si vous faites la moindre tentative d'assaut en apportant la bouffe, je fous le feu. Tout le bâtiment va disparaître. »

Hanna déglutit. Daniel, venu s'asseoir près d'elle sur la banquette, est blanc comme un linge. La situation est critique, pire encore que ce qu'ils imaginaient. Un seul faux pas et Filip sera brûlé vif.

« J'entends parfaitement ce que vous dites, assure Hanna. Vous n'avez pas à vous inquiéter. »

Il faut qu'elle arrive à l'atteindre, elle ne peut pas se permettre de le perdre.

« Erik, implore-t-elle, la bouche sèche. Écoutez-moi. Ne faites pas une bêtise que vous risqueriez de regretter ! »

À l'époque
1985

Erik est debout sur le seuil de la petite cuisine, en pyjama ; le carrelage est froid contre la plante de ses pieds nus.

Il vient d'être réveillé en pleine nuit par un méchant cauchemar. Et puis il s'est rendu compte que sa mère n'était pas dans le lit à côté du sien : elle n'est pas venue le rassurer quand il a crié, terrifié par cet horrible rêve. Finalement, il s'est aventuré hors de la chambre pour partir à sa recherche dans la petite maison.

Il la voit maintenant : elle est allongée sur le ventre, par terre au milieu de la cuisine où la lumière est restée allumée. Une joue repose sur le linoléum ; elle a les yeux fermés, mais sa bouche est entrouverte. Un peu de bave blanche s'écoule de la commissure de ses lèvres.

« Maman ? fait-il d'une voix timide. Qu'est-ce que tu fais ? »

Elle ne réagit pas ; elle a l'air de dormir. Mais Erik ne comprend pas pourquoi elle s'est couchée ici, sur le sol de la cuisine, plutôt que dans son lit.

Il s'approche à pas hésitants, puis a un mouvement de recul : ça sent mauvais. On dirait que maman a vomi par terre. Il y a une flaque de bouillie rouge juste devant l'évier, dans laquelle trempent les pointes de ses longs cheveux noirs.

Sur le sol à côté d'elle, plusieurs bouteilles de vin vides et un flacon de médicaments.

« Maman, dit-il à mi-voix. Réveille-toi. »

Elle ne bouge toujours pas ; Erik sent la peur lui broyer la poitrine. Il n'a personne d'autre qu'elle. Dans sa classe, il est le seul à ne pas avoir de papa ; et il n'a jamais rencontré aucun de ses grands-parents.

Il a les joues trempées. Il pleure, alors qu'il ne devrait pas. Il faut qu'il soit bien sage, sa mère le dit souvent. Il vient d'avoir onze ans, c'est un grand garçon maintenant.

Il s'approche, malgré l'odeur, pour essayer de voir si maman respire encore.

Elle est immobile, comme une statue. Lorsqu'il tend doucement la main pour la caresser, sa joue est anormalement froide. Sa poitrine ne bouge pas non plus.

Lentement, la réalité s'impose à lui.

Maman ne se réveillera jamais plus.

Maintenant, il est complètement seul.

112

Le jour commence à tomber à Storlien ; les bouleaux projettent leurs ombres interminables sur la neige. Daniel est sorti prendre l'air, laissant Hanna finir son repas dans le camping-car. Au moment où ils ont déposé la pizza dans le bâtiment, ils ont décidé de mettre la conversation en pause : Erik a raccroché, et ils n'ont pas repris contact depuis.

Daniel espère qu'avec quelque chose dans l'estomac, le ravisseur sera dans de meilleures dispositions pour prendre une décision rationnelle.

La décision de se rendre – ou du moins, celle de laisser partir Filip.

Au cours de la journée, la couverture nuageuse s'est peu à peu dissipée. Il est huit heures passées ; l'hôtel baigne dans la chaude lumière du crépuscule. Les nuages rosés se reflètent dans les vitres du dernier étage, là où Filip est retenu prisonnier.

L'espace d'un instant, Daniel croit voir des flammes par la fenêtre : il bondit sur ses pieds, avant de comprendre qu'il ne s'agit que d'un reflet du couchant.

Depuis qu'on sait que Mogren a aspergé l'otage d'essence, toutes les équipes sont sur le qui-vive. Les conséquences, s'il devait mettre sa menace à exécution, sont à peine concevables. C'est donc pour ça qu'il a kidnappé Filip plutôt que de le tuer devant le restaurant : il avait l'intention de mettre le feu à l'établissement et de faire périr l'ultime héritier de Curt au milieu des flammes.

Une vengeance qui dépasse l'entendement...

Le bruit d'un véhicule qui s'approche attire l'attention de Daniel. C'est une voiture de police, qui s'immobilise à quelques mètres de lui, derrière les rubans de signalisation.

En s'avançant, il reconnaît Tiina sur le siège arrière.

En temps normal, on préfère éloigner les proches d'un théâtre de prise d'otage. Mais face à la gravité de la situation, il a été décidé de faire venir Tiina sur place, dans l'espoir de multiplier les chances d'atteindre Mogren.

Tiina sort de la Volvo, accompagnée de son chien.

« Merci d'être venue », dit Daniel posément.

Entre les véhicules de police, les rubans et les unités déployées autour du bâtiment, la scène est particulièrement angoissante.

« On vous a informée de la situation je suppose : votre mari retient une personne en otage à l'intérieur de l'hôtel. »

Tiina, les yeux toujours aussi rouges, semble à deux doigts de s'effondrer.

« Oui, murmure-t-elle.

– Vous avez tenu à emmener le chien ? demande Daniel.

– Erik ne vit que pour Zelda, il l'aime probablement plus que moi, fait-elle en clignant nerveusement des yeux. Je me suis dit que ça pourrait être une bonne idée de la prendre. »

Daniel se penche vers la petite chienne et lui caresse la tête.

Erik ne l'a pas mentionnée dans ses échanges avec Hanna. Mais s'il y tient comme à la prunelle de ses yeux, son épouse a peut-être eu une excellente intuition.

La présence de son animal adoré pourrait-elle détourner Mogren de son désir de vengeance ? Si le sort de Filip le laisse de marbre, le lien si spécial qu'il semble avoir avec la chienne pourrait, qui sait, le radoucir.

Dans les négociations, on parle parfois d'un « cygne noir », un élément inattendu qui, exploité à bon escient, peut affecter l'autre partie au point de changer radicalement la donne. Zelda pourrait-elle être le cygne noir de cette affaire ?

Ça ne coûte rien d'essayer. À ce stade, Daniel est prêt à se raccrocher au moindre espoir.

« Vous avez très bien fait, dit-il à Tiina. Allons en parler à Hanna. »

113

Quand Erik rappelle après un peu plus d'une heure de silence, Hanna sent naître au fond d'elle un infime espoir. C'est la première fois depuis le début de l'intervention qu'il prend l'initiative d'un contact. S'il pouvait leur annoncer qu'il s'est ravisé…

Daniel, assis à côté d'elle, vient de lui signaler que Tiina est sur place avec la chienne d'Erik.

Hanna commence par quelques banalités au sujet de la pizza, avant de passer au vif du sujet :

« Erik, combien de temps comptez-vous garder Filip captif, sans eau ni nourriture ?

– Ne me parlez pas de Filip ! vocifère-t-il. Il ne mérite pas de vivre. »

Jusqu'à présent, Hanna n'a pas tenté de contrer les arguments d'Erik. Elle décide qu'il est temps de s'y essayer :

« Peut-on vraiment en vouloir à ce garçon pour les horreurs que son grand-père a fait subir à votre mère ? s'aventure-t-elle, la gorge nouée. À l'époque, il n'était même pas né. »

Et là, sans qu'elle comprenne trop comment, quelque chose se passe.

L'humeur d'Erik change brusquement : sa voix jusqu'alors agressive se charge d'émotion et il s'effondre, dans une lamentation entrecoupée de sanglots :

« Moi aussi, il faut que je meure. C'est trop tard, tout est trop tard ! »

À côté d'elle, Daniel prend une inspiration si forte qu'Hanna le fixe, un doigt sur la bouche.

« C'est bien parti, chuchote-t-elle. On a une brèche. »

Pour la toute première fois, elle commence à sentir un lien se tisser avec Erik. Il s'ouvre, laisse clairement paraître son désespoir, cherche du soutien. Mais avec cet équilibre modifié, l'enjeu a changé : il ne s'agit plus seulement de sauver l'otage, mais aussi, désormais, de prévenir un potentiel suicide.

« Personne ici n'est censé mourir, dit-elle. Surtout pas vous.

– J'ai fait des choses impardonnables, gémit Erik. J'ai assassiné deux femmes. Comment voulez-vous que je vive avec ça ?

– On pourra parler de tout ça à tête reposée, je vous le promets.

– Mais vous ne comprenez pas, hoquette-t-il. Moi aussi, j'ai son sang dans les veines ! »

Il parle à nouveau de Curt Wretlind, l'homme à l'origine de cette tragédie sans nom.

Hanna peut presque ressentir la douleur d'Erik, brute, franche. Son impuissance, qui remplit l'espace qui les sépare.

« Je suis aussi sale que les autres, murmure-t-il. Ni Filip ni moi ne méritons de rester en vie. »

114

« Il faut qu'on lance l'assaut, plaide Jonas Höglid. On ne peut plus se permettre d'attendre. »

Fermement posté dans la neige, les deux mains sur les hanches, le chef du groupe d'intervention toise Daniel du regard. Il fait un signe de tête vers le camping-car où est assise Hanna.

« Elle y a passé la journée, sans arriver à rien. On doit sortir l'otage de là vivant. C'est une perte de temps, tout ça. Mes gars n'en peuvent plus : ça fait plus de cinq heures maintenant qu'ils attendent dans le froid, en vain. »

Jonas a une dizaine d'années de plus que Daniel. C'est un homme musclé, à la voix toujours un peu plus forte qu'il ne le faudrait. Il se met à agiter les mains pour appuyer son propos :

« Si on n'intervient pas tout de suite, on risque vraiment d'arriver trop tard. »

Daniel remue les doigts dans ses gants pour les réchauffer, en tâchant de peser leurs différentes options. Ils font face à un authentique dilemme : qu'ils interviennent ou qu'ils attendent, l'issue risque d'être tragique.

Hanna a réalisé des avancées décisives : la communication fonctionne entre elle et Mogren, le meurtrier est passé du ressentiment et de l'agressivité à la reconnaissance coupable de ses actes. Mais il semble obsédé par l'idée de la mort comme seule issue. Il est fiévreux, éreinté, au bord de la rupture. C'est un homme aux actions imprévisibles, animé d'un immense dégoût de lui-même. En outre, ils n'ont aucune idée de l'état de Filip. Et puis, le bâtiment où Mogren s'est barricadé avec lui peut s'enflammer en l'espace de quelques minutes, il lui suffit de gratter une allumette…

À chaque heure qui s'écoule, c'est du stress qui s'ajoute.

« Je propose qu'on envoie trois de mes hommes », lance Jonas.

Daniel les connaît, les flics comme lui – il était lui-même un peu du même genre en début de carrière, à préférer l'action au bavardage. Lorsque des vies sont en jeu, rester passif peut être une véritable torture. Mais il en faut plus pour motiver une décision aussi critique.

« Ils sont aguerris, poursuit Jonas. Ils sauront éliminer Mogren avant qu'il ait le temps de s'en prendre à l'otage.

– Mogren peut très bien se trouver dans le bar avec Filip, objecte Daniel. Vous êtes certain qu'ils arriveront à monter jusque-là sans se faire repérer ? »

Il choisit ses mots avec précaution. Il serait contre-productif de risquer un conflit interne.

« Il suffit que l'un d'eux pose le pied sur un parquet qui grince, et tout le monde sera…

– Ils savent ce qu'ils font. »

Daniel n'aime pas beaucoup que le chef de groupe l'interrompe avec autant d'aplomb. Mais qu'importe, au fond : en tant que responsable désigné des opérations, c'est lui qui aura le dernier mot.

Faut-il laisser davantage de temps à Hanna pour inciter Mogren à se rendre ou tenter le tout pour le tout avec cette équipe d'agents spécialement formés, prêts à tirer ?

Deux vies sont suspendues à un fil – peut-être même davantage, si l'opération devait mal tourner. À la moindre erreur, tout risque de basculer. C'est une décision atrocement difficile.

« On laisse à Hanna une heure de plus », finit-il par trancher.

Jonas réfléchit quelques secondes.

« Très bien, c'est entendu. Une heure, mais pas une minute de plus. À vingt et une heures trente tapantes, on lance l'assaut. »

115

Hanna se sent comme dans un sablier dont les grains s'écouleraient beaucoup trop vite.

Depuis la banquette du camping-car, elle fait tout pour ne pas penser à l'opération qui se prépare. Elle aurait préféré que Daniel ne lui dise rien du délai terriblement serré qui lui reste. Alors qu'elle aimerait se concentrer pleinement sur Erik, elle entend au fond de son crâne le tic-tac de l'horloge. La pression est insupportable. Une goutte de sueur glacée lui court le long du dos, son cœur tambourine à lui déchirer la poitrine.

Hanna a amené Erik sur le terrain de son enfance : il évoque désormais ce qu'il a vécu dans le foyer d'accueil. À ce moment-là, qu'importe qu'il soit coupable de deux assassinats : Hanna ne voit plus que le petit garçon en lui. L'enfant de six ans assistant à la lente déchéance de sa mère, son unique parent, le garçon de onze ans découvrant le corps de celle-ci gisant dans la cuisine, puis le jeune homme de dix-huit ans livré à lui-même le jour de sa majorité, après des années à subir les violences infligées par sa famille d'accueil.

« J'aimerais pouvoir vous aider, dit-elle. Si vous m'y autorisez.

– C'est impossible, murmure Erik. Personne ne peut m'aider. Je n'ai aucune raison de vivre. C'est fini, vous ne voyez pas ?

– Il y a des gens qui tiennent à vous, qui vous aiment, objecte Hanna. Vous devez y croire. Tiina, votre femme, est ici, elle vous attend dans une voiture : vous pouvez la voir de la fenêtre. C'est pour vous qu'elle est venue. »

Erik pousse un soupir accablé. Le désespoir qu'il dégage est presque plus inquiétant que son agressivité des heures passées.

« C'est trop tard pour Tiina et moi.

– Vous faites erreur, proteste Hanna. Je peux vous la passer, si vous voulez. Elle vous dira combien elle vous aime.

– Ça ne sert à rien. »

Sa voix se fissure.

« Je ne veux pas la voir.

– Vous avez beau dire, elle est là, elle vous attend. »

Hanna entend sa propre voix monter dans les aigus et doit faire un effort pour parler plus posément.

« Tiina est venue parce qu'elle tient à vous. Elle ne veut pas que vous mouriez. Et ça, personne ne le veut, à commencer par moi. »

Le dossier rigide de son siège est un supplice pour ses lombaires et dégage une forte odeur de plastique.

Elle entend Erik prendre une inspiration, comme s'il allait parler, et prie une puissance supérieure pour qu'il retrouve enfin son discernement.

Elle a attendu le moment propice pour évoquer la chienne ; son instinct lui dit que c'est maintenant :

« D'ailleurs, Tiina a amené Zelda. »

Silence total à l'autre bout du fil. Hanna ne perçoit que le faible bourdonnement de voix à l'extérieur du camping-car.

« Zelda est là ? » lâche enfin Erik.

Il y a dans son timbre une imperceptible note d'espoir – si inattendue qu'Hanna en a la chair de poule.

« Zelda vous attend tout près du bâtiment, s'empresse-t-elle de répondre. Elle a hâte de retrouver son maître. Vous ne voulez pas sortir lui dire bonjour ?

– Non, impossible.

– Pourquoi ?

– Vous allez m'abattre ! »

La peur dans la voix d'Erik éclipse tout le reste. Elle vibre dans l'air, on pourrait presque la toucher. Hanna mobilise sa force de conviction pour lui répondre :

« Erik, je vous le promets. Nous ne vous ferons aucun mal. Vous avez ma parole, personne n'essaiera de vous blesser. »

Tournant la tête, elle cherche des yeux la voiture où sont installées Tiina et Zelda : elle se trouve à une vingtaine de mètres de là.

« Attendez une minute », lance-t-elle à Erik en sortant du camping-car.

Elle fonce vers le véhicule, ouvre la porte arrière pour attirer la chienne à ses pieds. Zelda s'approche d'un air curieux et Hanna lui met le téléphone sous le museau.

« Dis bonjour à ton maître ! fait-elle à l'animal en jetant à Tiina un regard compatissant.

– Bonjour Zelda », fait Erik d'une voix tremblante.

Au son de cette voix familière, la chienne dresse l'oreille ; elle pousse un glapissement et renifle le combiné.

« Vous avez entendu ? dit Hanna en rebranchant son oreillette. Je crois qu'elle est d'accord avec moi : elle aimerait que vous sortiez lui faire un câlin. »

Il répond par un nouveau silence, plus long encore que le précédent.

« Je n'ose pas », finit par avouer Erik.

Hanna a à peine pris le temps de réfléchir que la phrase suivante franchit ses lèvres :

« Et si on faisait l'inverse ? Si Zelda et moi on montait vous chercher, vous pourriez nous suivre ? »

Erik ne dit rien. On n'entend que son souffle au bout du fil.

Hanna lève les yeux vers le ciel nocturne. Une lune blanche, bientôt pleine, est apparue à l'est. Les phares des véhicules de police plongent le paysage enneigé dans une lumière inhospitalière, tandis que le bâtiment de l'hôtel se dresse, menaçant, tel un nid d'aigle habillé de clair-obscur.

Il ne reste qu'un quart d'heure avant que le groupe d'intervention lance l'assaut. Les minutes sont comptées. Hanna pense à Filip, retenu captif à l'intérieur. À Erik, profondément perdu. Si elle veut espérer sauver une vie, c'est maintenant ou jamais.

Ce qu'elle s'apprête à faire contrevient à toutes les règles, mais elle est convaincue du bien-fondé de sa décision. Elle désactive l'écoute de la conversation ; personne ne doit entendre ce qu'elle dit à Erik.

« Restez où vous êtes. Je vous rejoins. »

Puis elle saisit la laisse de Zelda et se dirige vers l'hôtel d'un pas vif, déterminé. Personne, pourtant, n'est autorisé à s'en approcher à moins de cent mètres.

Dans sa seconde oreillette, elle entend un tireur d'élite commencer à rendre compte de ses mouvements : « Négociatrice avec chien se dirige côté blanc. Je répète : Négociatrice avec chien se dirige côté *blanc.* »

Elle accélère le pas, se met à courir pour qu'aucun de ses collègues n'ait le temps de lui barrer la route et file vers la petite porte latérale à côté de l'entrée.

« Hanna ! entend-elle Daniel crier dans son dos. Mais qu'est-ce que tu fous ? »

Sans ralentir, elle tourne la tête, répond d'un geste de la main et disparaît dans l'hôtel avant que quiconque ait pu l'arrêter.

116

Hanna se glisse à l'intérieur de l'hôtel. L'obscurité est si dense qu'elle a l'impression d'avoir les yeux bandés. Allumant une lampe de poche, elle voit enfin se dessiner les contours du lobby : à gauche, un comptoir tapissé de peau de vache ; devant elle, l'imposant escalier qu'elle a emprunté lors de sa dernière visite. À droite, la porte d'entrée principale, condamnée depuis des années.

Il ne fait pas beaucoup plus chaud qu'à l'extérieur ; Hanna sent monter à ses narines un relent de moisissure. Dans le profond silence, elle n'entend que son propre souffle haletant et les petits gémissements de Zelda à ses côtés.

« C'est bien, ma belle, murmure Hanna en serrant la laisse entre ses doigts. Allez, on va retrouver ton maître. »

Son portable vibre dans sa poche. C'est Daniel qui essaie de la joindre, mais elle préfère ignorer son coup de téléphone. Elle laisse à nouveau passer l'appel quand il retente sa chance l'instant d'après.

Elle ne manquera pas de se prendre un savon après tout ça. *Si tant est qu'elle ressorte d'ici vivante.*

Hanna foule avec précaution le tapis bordeaux qui recouvre les marches. Son cœur tambourine si fort qu'elle s'attendrait presque à ce qu'Erik l'entende depuis sa tanière. Elle lève les yeux sur la cage d'escalier aux murs peints en rouge qui forme un atrium s'élevant jusqu'au dernier étage.

C'est là-haut que se trouve le bar. Là que Filip est détenu.

À pas de loup, Hanna pénètre dans la salle du restaurant et balaie lentement de sa torche les alentours. Personne. Les tables et les chaises sont disposées comme si l'on n'attendait plus que les convives pour servir le dîner.

La vision est glaçante.

En montant la volée de marches suivante, Hanna hume une légère odeur d'essence. Un frisson lui parcourt l'échine et elle vérifie, par précaution, que son arme de service est bien à sa ceinture. La savoir à portée de main la rassure.

Plus que quelques marches avant d'atteindre le Loft, où dansaient jadis les clients de l'hôtel.

Erik devrait être dans les parages… tout comme Filip.

Elle attache la laisse de Zelda à la rampe pour éviter que la chienne ne se mette dans ses pattes, puis entre à tâtons dans la pièce.

« Ohé ! lance-t-elle doucement, en dégainant son arme. Erik, vous êtes là ? Filip ? »

117

Filip a renoncé à l'idée que l'on vienne lui porter secours. Il est ligoté ici depuis des heures et il ne s'est toujours rien passé. En voyant par la fenêtre le soleil se coucher et la nuit envahir la pièce, ses derniers espoirs se sont envolés : la police ne viendra pas.

Impossible de défaire ses liens pour s'échapper. Ses habits sont imbibés d'essence, son nez est en sang, tuméfié par les coups. Il va mourir ici, seul et abandonné, quelques jours seulement après sa mère.

Cela vaut peut-être mieux, après tout. Sans elle, il est complètement perdu.

Tout est calme autour de lui ; il n'entend que les faibles craquements des boiseries.

Cela fait un moment que l'autre n'est pas réapparu. Il a sans doute filé, et personne n'ose entrer dans l'hôtel de peur qu'il s'embrase.

Cette pensée lui arrache un gémissement. Rien n'est plus terrifiant que la menace des flammes. Les vapeurs d'essence autour de lui se sont un peu dissipées, mais lui rappellent sans cesse le sort funeste qui l'attend.

Des images défilent en tous sens dans son cerveau hébété. Filip sent un pincement au fond de sa poitrine quand le visage d'Emily lui apparaît. Il ne veut pas qu'elle s'imagine qu'il l'a abandonnée, qu'elle garde de lui le souvenir d'un lâche.

Il l'aime tellement. Pourquoi ne le lui a-t-il pas dit plus souvent ? Emily a toujours été à ses côtés pour le réconforter, le soutenir… Mais c'est trop tard, il ne la reverra plus jamais.

Filip laisse retomber sa tête contre sa poitrine. Il est las de lutter, il abandonne. L'épuisement ralentit ses pensées ; il ferme les yeux pour se laisser partir. S'il perd connaissance, il n'aura plus à supporter cette soif brûlante qui le met au supplice.

Sa langue est gonflée, il n'a plus une seule goutte de salive, la fine peau de ses lèvres s'est craquelée sous l'effet de la déshydratation.

Soudain, il croit distinguer une voix venant du bas de l'escalier. Ses forces lui suffisent à peine pour redresser la tête. Dans un effort extrême, il tend instinctivement le cou en direction du bruit.

Aurait-il entendu son nom ? Ou est-il à nouveau en train d'halluciner ?

Luttant pour écarter ses paupières collées par les larmes et le sang séchés, il fouille l'obscurité à la recherche d'un signe de présence humaine. Quelqu'un qui pourrait, enfin, venir le délivrer.

118

Hanna gravit les marches menant au Loft, la main crispée sur son arme.

Elle progresse accroupie, torche éteinte. Ça lui paraît plus sûr : le faisceau lumineux ferait d'elle une cible trop facile si Erik avait le malheur de changer d'avis.

Il est accablé, apeuré, se dit-elle pour se rassurer. *Il ne me fera pas de mal.* Hanna tâche de se raccrocher à cet espoir et à celui de retrouver Filip sain et sauf.

Soudain, une marche craque sous son poids, la stoppant net. Le bruit semble démesuré dans le silence : si Erik est ici, il comprendra à coup sûr où elle se trouve. Elle reste immobile, n'osant plus faire un pas de peur qu'il soit tapi quelque part dans l'ombre à l'épier, l'arme brandie, prêt à la descendre. Car elle a peut-être commis une terrible erreur d'appréciation concernant son état d'esprit.

Cet homme a tout de même assassiné deux personnes…

Les sens en alerte, elle attend un long moment avant de poser un pied prudent sur la marche suivante.

Les effluves d'essence se font plus prégnants à mesure qu'elle monte. Elle marque une pause en haut de l'escalier, avec la très nette impression de ne plus être seule, même si elle ne voit Erik nulle part. Dans le vaste espace qui s'étend devant elle, elle devine la présence d'un autre être humain. Il est là, dans la pénombre, elle le sent. Mais où ?

Va-t-il lui sauter à la gorge ?

Dans un coin tout au fond de la pièce, une lampe de table s'allume. Hanna cligne des yeux sous l'effet de la surprise, avant d'apercevoir Erik dans le halo de lumière, assis dans un fauteuil, son fusil posé sur les genoux.

Le choc de l'avoir en face d'elle manque de la faire vaciller sur ses pieds. Sans compter qu'il est armé. L'a-t-il laissée monter ici pour l'abattre ?

Mais il a l'air harassé, hagard ; il a pris dix ans depuis leur entrevue au Copperhill.

« Bonjour », risque-t-elle.

Par précaution, elle glisse son arme de service à l'arrière de sa ceinture pour éviter de le provoquer inutilement.

Enfoncé dans un fauteuil en cuir vert, Erik la fixe d'un regard sans vie. Il semble plus résigné qu'agressif, comme si l'étincelle en lui s'était éteinte.

Ses yeux s'étant accoutumés à l'obscurité, Hanna aperçoit entre les doigts du ravisseur un petit objet oblong de couleur jaune. Un briquet ?

Elle se sent défaillir.

« Si vous approchez, je fous le feu », déclare Erik d'une voix lasse.

Il ne fait aucun doute qu'il parle sérieusement. Il brandit l'objet devant lui pour étayer son propos : il s'agit bien d'un briquet, des plus banals.

Elle voit aussi, jetés à ses pieds, deux bidons en plastique vert dont le bouchon est dévissé.

Les vapeurs d'essence saturent l'air.

« Allez-vous-en ! » profère Erik.

Hanna esquisse un pas prudent dans sa direction.

« J'aimerais qu'on discute un peu d'abord.

– Il n'y a plus rien à discuter. »

Elle ne sait pas trop comment interpréter ses paroles. Veut-il dire que Filip est mort ?

Hanna sent l'adrénaline monter jusqu'à lui tourner la tête.

« Où est Filip ? » lance-t-elle.

Erik fait un geste en direction du bar ; Hanna suit son regard. Dans la pénombre, elle distingue le court escalier qui mène à la mezzanine. Sans en être entièrement certaine, elle croit apercevoir là-haut une silhouette affalée sur une chaise.

« Il est vivant ? murmure-t-elle.

– J'imagine. »

La voix d'Erik est terne ; il semble presque apathique, mais tient toujours son briquet d'une main ferme. Le reflet de la lampe sur le plastique jaune l'éclaire d'une lueur sinistre.

Peu de choses les séparent de la catastrophe.

Hanna ne parvient pas à arracher son regard de ce briquet. Elle sent son souffle s'accélérer malgré elle ; quelque chose bloque à chaque inspiration, comme si l'oxygène n'atteignait plus ses poumons.

Elle toussote pour gagner du temps.

Bon sang, mais qu'est-ce qu'il lui a pris de s'aventurer dans l'hôtel de sa propre initiative, au lieu de laisser l'équipe d'intervention faire son travail ?

« Laissez-moi sortir Filip d'ici, supplie-t-elle. Personne n'est obligé de mourir aujourd'hui. »

Erik pose sur elle des yeux de chien battu.

« Zelda est là, juste en bas, ajoute Hanna, se raccrochant à cet ultime espoir. Elle vous attend au pied de l'escalier, dans la salle du restaurant. »

Un éclair de vie s'allume alors dans les yeux d'Erik. Il lève le menton et fixe Hanna avec méfiance.

« Vous avez amené Zelda ? »

Au même instant, des aboiements retentissent à l'étage du dessous – la chienne a dû entendre Erik prononcer son nom. Elle jappe avec ferveur pour appeler son maître, puis, devant l'absence de réaction de celui-ci, pousse un hurlement sourd qui résonne dans la cage d'escalier.

Hanna comprend qu'elle doit faire un choix : continuer à miser sur la libération de Filip ou tenter de persuader Erik de descendre retrouver sa chienne. Elle l'aura alors séparé de son otage, ce qui pourrait créer une ouverture pour courir à son secours.

Si elle fait le mauvais choix et qu'Erik allume le briquet, ils périront tous les trois dans les flammes.

Elle a son arme à portée de main, mais ne veut pas se risquer à tirer dans la pièce mal éclairée. Si elle rate son coup, tout est perdu.

Zelda donne de nouveau de la voix. Hanna est prête à parier qu'Erik, qui tient à sa chienne plus que tout, ne mettra pas le feu tant qu'elle sera dans le bâtiment.

Il ne sacrifierait pas aux flammes l'animal qui lui est si cher.

Hanna prie pour que son intuition soit la bonne.

119

Posté près d'un bosquet de bouleaux rachitiques, Daniel fulmine. Il a déjà appelé Hanna cinq fois, en vain : elle a clairement décidé de l'ignorer.

S'il l'avait devant lui, il pourrait l'étriper… Ce qu'elle tente de faire n'a absolument rien d'héroïque : c'est juste complètement crétin. Jamais il ne s'est senti aussi furieux contre sa collègue – et jamais il n'a eu aussi peur pour elle. Hanna est en danger de mort et il n'y a rien qu'il puisse faire pour lui venir en aide.

Jonas Höglid accourt à grands pas depuis l'autre extrémité du bâtiment.

« Qu'est-ce qu'elle fout, bordel ? hurle-t-il à dix mètres de lui. Elle a pété les plombs, votre collègue !

– Dites à vos hommes de ne pas entrer ! » crie Daniel en retour, la gorge nouée, alors que le groupe d'intervention, posté devant la porte latérale de l'hôtel, n'attend qu'un mot pour donner l'assaut. « C'est trop dangereux. Il y a trois vies en jeu. »

Le chef de groupe semble étouffer dans sa barbe une salve de jurons. Sa mâchoire est tellement crispée qu'on voit ses muscles se tendre sous sa peau.

« Tout ça ne sera pas sans conséquences, éructe-t-il. J'espère que vous en êtes conscient. »

Daniel se contrefout de ce type et de ses remontrances. Il ne pense à rien d'autre qu'à Hanna : elle vient de monter rejoindre un forcené, auteur de deux meurtres barbares, qui retient un jeune homme en otage. Et qui a menacé de réduire l'hôtel en cendres avec ses occupants.

Tandis qu'il s'apprête à dire à Höglid ses quatre vérités, celui-ci fait signe à ses hommes de s'écarter de la porte latérale. Au grand soulagement de Daniel, ils s'exécutent et se placent un peu en retrait. L'opération est levée.

Hanna a obtenu un répit. Mais sera-t-il suffisant ?

120

Zelda pousse des jappements sonores depuis l'étage du dessous. Sur le palier, Hanna voit toute l'attention d'Erik se diriger vers la voix de la chienne. Son empathie s'est réveillée.

Doit-elle en profiter pour sortir son arme et tirer ?

Au moment où Hanna porte la main à son ceinturon, Erik se tourne à nouveau vers elle et la dévisage.

Non, le risque est trop grand.

Laissant tomber son bras le long du corps, elle décide de tenter une dernière fois de le convaincre.

« Allez, posez ce briquet, dit-elle. On va descendre voir Zelda, tous les deux. Elle a hâte de retrouver son maître. »

Erik ne bouge pas. Il reste assis dans la pénombre, brandissant toujours le briquet d'une main, l'autre posée sur ses genoux. Malgré la faible lumière, Hanna voit à ses tempes brillantes qu'il est en nage. Peut-être même qu'il pleure : difficile de distinguer si ce sont des larmes ou des gouttes de sueur qui ruissellent de son menton.

Dans un débat silencieux avec elle-même, elle se demande si elle doit oser faire un pas vers lui pour l'inciter à se décider. Doit-elle se fier à son instinct, qui lui dit qu'il ne lui fera aucun mal ?

« Ils vont me prendre Zelda ? » fait-il à mi-voix.

Il parle de l'après : de ce qui se passera s'il accepte de se rendre.

Compte tenu de ses crimes, Erik restera probablement plusieurs mois en détention provisoire, le temps de l'instruction ; à l'issue du procès, il risque d'être condamné à une très longue peine de prison – à moins que l'expertise psychiatrique ne le déclare irresponsable.

« Tout ce que je peux vous dire, c'est que votre chienne est très impatiente de vous revoir, élude Hanna. Je vous propose de poser ce briquet et d'aller la retrouver. »

Les doigts d'Erik s'ouvrent puis se referment sur le petit objet en plastique. Il le soupèse en le regardant d'un air peiné. Hanna ne le lâche pas des yeux.

Puis il se lève du fauteuil et commence à marcher vers elle.

121

Daniel voit la petite porte latérale de l'hôtel s'entrouvrir lentement. Pour s'éviter de faux espoirs, il s'est préparé au pire.

Il a à peine entrevu la silhouette d'Hanna dans la pénombre que la colonne d'assaut s'active en un éclair. En un mouvement expert, les hommes se placent en position de tir, armes braquées vers l'entrée.

« Ne tirez pas ! Surtout ne tirez pas ! » hurle Daniel en piquant un sprint dans leur direction.

La porte s'ouvre en grand et Hanna apparaît sur le seuil, suivie de près par un homme de haute stature en veste noire, un chien dans les bras. Hanna a dû lui ordonner de poser l'animal et de lever les mains en l'air, car il hoche la tête avant d'obtempérer avec des gestes maladroits.

« Ne tirez pas ! » s'égosille à nouveau Daniel, alors qu'Hanna esquisse quelques pas dans la neige, Mogren à ses côtés.

Et soudain, c'est le chaos.

Deux hommes du groupe d'intervention bousculent Hanna d'un coup d'épaule et fondent sur Mogren, qu'ils font basculer dans la neige avant de lui menotter les mains dans le dos. Tous crocs dehors, Zelda bondit aussitôt sur eux pour défendre son maître, tentant de mordre les mollets de ses assaillants avant qu'on parvienne à l'éloigner à l'aide de sa laisse. Surexcité, l'animal se met à aboyer et à hurler à la mort.

Hanna, qui s'est relevée, regarde la scène d'un œil hagard. Elle a l'air complètement désorientée.

« L'otage est au dernier étage ! crie-t-elle à la cantonade. Il est vivant, mais couvert d'essence. »

Daniel la voit vaciller ; courant vers elle, il arrive à sa hauteur au moment même où ses jambes se dérobent. Elle lui tombe dans les bras telle une poupée désarticulée et il la serre de toutes ses forces contre sa poitrine. Ne sachant s'il doit la sermonner ou la réconforter, il finit par faire les deux, alternativement.

Une vague de soulagement l'envahit. Hanna est saine et sauve, tout s'est bien terminé ! Qu'aurait-il fait si elle avait payé cette intervention de sa vie ? L'idée lui est insupportable.

« Tu ne me fais plus jamais ça, tu m'entends ? murmure-t-il en lui caressant les cheveux. Plus jamais. »

Dans ses bras, Hanna est secouée de sanglots convulsifs.

« Vous devez sortir Filip de là ! »

En tournant la tête, Daniel voit une équipe de policiers et de secouristes se précipiter dans le bâtiment.

« Les collègues s'en occupent, assure-t-il. Tu n'as pas à t'inquiéter. »

Il la serre encore plus fort dans ses bras.

« C'est fini. »

122

Le lac d'Åresjön scintille au clair de lune, sous un ciel constellé d'étoiles, tandis que Daniel roule vers Solbringen pour ramener Hanna chez elle.

Il est près de minuit, la route est déserte. Recroquevillée sur le siège passager, le front contre la vitre, Hanna a l'air ailleurs. Elle a à peine décroché un mot depuis qu'ils ont quitté le commissariat. Après la résolution de la prise d'otage, toute l'équipe s'est retrouvée là-bas pour un débriefing. C'est une règle immuable : après un événement de ce genre, personne n'a le droit de rentrer chez soi tant que ce point collectif n'a pas eu lieu.

Filip a été transporté à l'hôpital d'Östersund. Les soupçons qui pesaient sur Lehto sont définitivement écartés. Hedin, quant à lui, est toujours aux abonnés absents : il aura un paquet de choses à clarifier lorsqu'il refera surface, mais c'est désormais une autre histoire. Pour l'heure, Daniel se contente de savourer un soulagement indescriptible à l'idée que le meurtrier ait été interpellé sans faire de nouvelle victime.

En jetant un regard en coin vers Hanna, il voit qu'elle ferme les yeux. Elle n'a dit que le strict minimum au cours de la réunion de débriefing, d'évidence épuisée par les longues heures de pourparlers avec Mogren.

Daniel engage la voiture dans l'allée qui mène chez sa collègue.

« Tu veux que je rentre avec toi un moment ? » lui demande-t-il après avoir arrêté le véhicule devant sa porte.

Elle esquisse un sourire fatigué.

« Ça va aller, ne t'en fais pas pour moi. Il vaut mieux que tu ailles retrouver ta famille, il est tard. »

Daniel ressent un pincement au cœur.

Sa famille.

Ida et Alice l'attendent ; sa place est auprès d'elles.

Pourtant, Hanna paraît si fragile, blottie sur le siège à côté de lui. Il ne veut pas la savoir seule après l'épreuve qu'elle a traversée. Aujourd'hui, elle a fourni un travail colossal grâce auquel deux vies ont été sauvées. Il n'y a rien d'étonnant à ce qu'elle soit sur les rotules.

Daniel pose doucement une main sur son bras :

« Ce que tu as fait aujourd'hui... C'était incroyable. »

S'il le pouvait, il la serrerait contre lui pour ne plus jamais la lâcher.

« Merci, souffle-t-elle dans un filet de voix.

– Tu es certaine que tu ne veux pas que je reste ? On pourrait prendre un thé, discuter tranquillement. »

Il ne peut se résoudre à se séparer d'elle, chaque minute passée à ses côtés lui semble tout à coup précieuse.

Hanna secoue la tête.

« Ce n'est pas la peine, je t'assure. Et puis j'ai Morris.

– Morris ?

– Mon chat, je ne t'ai pas dit ? »

Elle ouvre la bouche comme pour se lancer dans une explication, avant de la refermer dans un soupir las.

« Je te raconterai ça une autre fois. »

Elle ouvre la portière et sort de la voiture :

« Merci pour ton soutien. Bonne nuit ! »

Dès qu'elle pousse la porte de chez elle, un gros matou gris apparaît dans l'embrasure. Hanna le prend dans ses bras avant de disparaître.

Daniel aimerait sauter de son siège pour la suivre, passer la nuit à discuter avec elle, lui promettre qu'il ne lui arrivera jamais plus rien de grave.

Il n'a jamais eu aussi peur que tout à l'heure, en la voyant s'engouffrer dans cet hôtel décrépit. Comme si la Terre avait cessé de tourner, comme si le temps s'était arrêté.

Que ferait-il si Hanna n'était plus là ?

LUNDI 5 AVRIL
lundi de Pâques

123

Quand Anton pousse la porte du restaurant Mrs Maggie, à Duved, la clientèle est encore clairsemée. Il jette un coup d'œil à la salle chaleureuse, où des tables en bois sombre côtoient un heureux mélange de chaises dépareillées et de bibelots chinés. La salle est décorée de fleurs jaunes piquées dans des vases ; un gigantesque œuf de Pâques trône sur le comptoir.

Anton est venu délibérément en avance : son rendez-vous avec Carl n'est qu'à dix-neuf heures trente, dans vingt bonnes minutes, mais il a besoin d'un moment à lui pour rassembler ses idées. Les derniers jours ont été particulièrement mouvementés ; les retombées de la prise d'otage de Storlien n'ont laissé à personne le temps de souffler.

Erik Mogren est derrière les barreaux et le restera jusqu'au procès ; Filip Wretlind, profondément choqué, a été gardé en observation à l'hôpital. Quant à Hedin, on a fini par lui mettre la main dessus : depuis sa disparition, il était resté terré dans sa cabane de chasse. Les autorités espèrent recueillir suffisamment de preuves pour le poursuivre pour corruption aggravée.

Après l'« incident exceptionnel », comme les événements de l'avant-veille sont désormais qualifiés en interne, Anton n'a pas eu une minute à lui.

Une serveuse arrive à sa table pour prendre sa commande ; il commence par demander un verre de vin rouge avant de se raviser pour une simple bière – il ne voudrait pas passer pour un snob aux yeux de Carl.

En entendant la porte s'ouvrir, Anton se fige, mais ce n'est qu'une petite famille venue récupérer des pizzas à emporter. Il tourne la tête vers la fenêtre : le restaurant se trouve sur la rue Karolinervägen, à quelques dizaines de numéros de l'immeuble où habite Carl. Il ne devrait pas lui falloir plus de deux minutes pour venir ici à pied.

Pour tromper sa nervosité, Anton sort son portable et commence à consulter les infos en sirotant la bière que la serveuse vient de poser devant lui. Une fois n'est pas coutume, la presse acclame la police d'Åre, dont l'intervention, dit-elle, a permis de sauver le jeune otage d'une mort atroce. Les journaux du soir ont eux aussi fait volte-face : envolées, les sévères critiques qu'ils déversaient quelques jours plus tôt sur les enquêteurs…

« Salut ! » lance une voix dans son dos.

Carl est entré sans qu'il s'en aperçoive. Dieu, qu'il est beau…

Anton se lève d'un bond pour le saluer, mais son mouvement est si brusque qu'il fait basculer sa chope, qui vient s'écraser sur le carrelage. Tandis que la serveuse accourt avec une serpillière, il s'accroupit à la hâte avec une poignée de serviettes en papier, pour ne pas rester les bras croisés.

En quelques instants, le sol inondé de bière et jonché d'éclats de verre est à nouveau propre, mais toute l'assurance d'Anton s'est brisée avec sa chope…

« Je vous en ressers une autre ? »

Carl répond à la serveuse avant lui :

« Pour ma part, je vais vous prendre un verre de chianti.

– Bien sûr !

– Mettez-en deux », renchérit Anton, essuyant les dernières gouttes de bière sur la table.

Ils s'installent face à face et se dévisagent en silence pendant un bref instant.

« C'est ce qu'on appelle une entrée fracassante ! » sourit Carl.

Anton a un rire gêné, les joues brûlantes d'embarras ; il doit résister à la tentation de prendre ses jambes à son cou.

Quel imbécile il fait, de s'imaginer que leur histoire pourrait repartir de zéro…

La serveuse apporte les deux verres de rouge. Sans regarder Carl, Anton porte le sien à ses lèvres et en boit une gorgée, avant de réaliser que la bienséance aurait voulu qu'il prenne le temps de trinquer.

Voilà, il s'est encore couvert de ridicule. Un silence pénible s'installe à nouveau.

« Au fait, tu as entendu pour Bengt Hedin ? fait Carl comme pour lui sauver la mise. C'est bien lui que tu étais venu voir à la mairie, l'autre jour ? »

Anton hoche la tête :

« Oui, c'était Hedin. Dis-moi ?

– Il vient de sortir un communiqué de presse, je l'ai reçu sur mon portable au moment de partir de chez moi.

– Ah oui ?

– Apparemment, Charlotte Wretlind avait fait une grosse donation à la municipalité. Son objectif, c'était de monter une association de jeunesse pour développer Storlien et y attirer des familles, des enfants. Charlotte avait transféré l'argent à Hedin juste avant sa mort : il va s'en servir pour bâtir une fondation à son nom, pour honorer sa mémoire. »

Anton se contente de secouer la tête. Si Hedin s'imagine qu'affecter les sommes de cette manière lui évitera d'être poursuivi pour corruption aggravée, il se met le doigt dans l'œil. Mais pour l'instant, il aimerait vraiment mettre le boulot de côté. En tendant la main vers son verre de vin, il s'aperçoit avec effarement qu'il est déjà presque vide.

« Mais tu m'as dit au téléphone que tu voulais me parler de quelque chose, reprend Carl. C'était quoi ? »

Anton n'est pas prêt. Pris de panique, il inspecte la salle et hèle une serveuse pour commander un nouveau verre. Voulant éviter de croiser le regard inquisiteur de Carl, il se met à tripoter le menu posé devant lui.

Carl n'attend pas qu'il lui réponde et embraie avec un sourire :

« Ça m'a fait vraiment plaisir que tu me recontactes. D'ailleurs, c'est drôle, je me demande si je ne t'ai pas aperçu l'autre jour, au supermarché. »

Anton sent ses joues devenir écarlates. Il avait prié pour que Carl ne le remarque pas, tapi derrière les rayonnages.

« Tu veux dire quand tu faisais les courses avec ton copain ? » bredouille-t-il.

Il sait bien qu'il n'a pas son mot à dire sur la vie amoureuse de Carl. Pourtant, sa remarque sonnait sans doute comme un reproche.

Carl a un éclat de rire.

« Fred ? Mais c'est pas mon copain, c'est mon petit frère !

– Ton frère ? »

Anton écarquille les yeux, confus. Dieu merci, la serveuse vient de lui apporter son verre, dont il avale aussitôt la moitié d'un trait. Maintenant qu'il y songe, ça paraît évident : ils avaient effectivement un gros air de famille.

Carl ne se préoccupe pas de son embarras.

« J'ai beaucoup pensé à toi, reprend-il. J'espérais que tu finirais par te manifester. J'ai bien compris que tu avais besoin de temps pour te poser, te mettre au clair avec toi-même. Décider qui tu voulais être. »

Il pose sa main sur celle d'Anton. La douceur du contact fait vibrer tout son corps.

« Et décider… si tu voulais être avec moi. »

Les lèvres entrouvertes, Anton se noie dans le regard langoureux de Carl. Il aimerait que cette main ne quitte jamais la sienne.

Ce que les gens peuvent penser de son orientation sexuelle ne lui a jamais semblé aussi insignifiant. Sans une seconde d'hésitation, il se penche vers Carl pour lui donner un baiser.

Un très long baiser.

124

Le plus délicatement du monde, Daniel sort de la voiture la petite Alice, qui dort à poings fermés, pour la transporter jusqu'à l'appartement. Ils reviennent de chez la mère d'Ida qui les a invités à dîner, histoire de rattraper les réjouissances pascales annulées du fait des circonstances.

« Je te prépare un thé ? » lui demande Ida, une fois Alice déposée dans son lit à barreaux.

Il peine à déchiffrer le regard mélancolique qu'elle lui adresse. Depuis qu'il est rentré d'intervention samedi soir, sa compagne, d'ordinaire si énergique, se montre terriblement taciturne, il ne la reconnaît plus. Elle doit être aussi exténuée que lui. Pour sa part, il a encore beaucoup de choses à assimiler depuis les événements de Storlien ; le repas chez sa belle-mère lui a demandé un effort considérable malgré toutes les bonnes intentions de cette dernière.

Le sentiment de pur désespoir qui l'a traversé samedi dernier – quand la prise d'otage menaçait à tout moment de dégénérer, quand Hanna risquait sa peau entre les murs de cet hôtel – le saisit à nouveau.

Ida est déjà partie dans la cuisine pour allumer la bouilloire. À vrai dire, Daniel n'a qu'une envie, se glisser sous sa couette et sombrer dans un profond sommeil, mais si elle tient à discuter quelques minutes en tête à tête, il y consent de bon cœur : ils se sont à peine croisés de la semaine et il sait bien combien le manque de communication nuit à leur relation.

« Oui, je veux bien », dit-il en la suivant à la cuisine.

Ida pose deux tasses propres sur la table, puis allume les bougies qui la décorent tandis que Daniel sort une brique de lait du réfrigérateur.

« Il faut qu'on parle », glisse-t-elle enfin, après leur avoir servi le thé brûlant.

Daniel se sent soudain déprimé. Il comprend maintenant pourquoi Ida tire la tronche. Ça ne lui a jamais plu qu'il soit flic – ou plutôt, qu'il se laisse absorber par sa fonction dès qu'arrive une affaire un tant soit peu critique. À vrai dire, ça faisait un moment qu'il s'attendait à ce qu'elle lui remonte les bretelles. Plus d'une fois, elle lui a fait part de ses inquiétudes, de son sentiment d'être reléguée au second plan… Chaque fois, Daniel s'est efforcé de la détromper – lui assurer que, quoi qu'il advienne, Alice et elle resteront toujours sa priorité et ce qu'il a de plus cher.

Il fait de son mieux, pourtant. Que peut-elle lui demander de plus ?

Ida souffle sur la boisson fumante. Les deux mains posées sur la tasse en porcelaine, elle a l'air de rassembler ses forces avant de se jeter à l'eau. Daniel commence à se demander s'il a bien interprété ses intentions.

« Je crois que je ne suis plus amoureuse de toi », finit-elle par lâcher.

Daniel la dévisage, médusé. L'aveu lui fait l'effet d'un coup de massue. Il s'attendait à tout sauf à ça.

C'est vrai qu'ils en ont bavé depuis la naissance d'Alice, et c'est en grande partie sa faute, il en est bien conscient. Il s'est pris en main, pourtant ! Il a entamé une thérapie et a tout fait pour cloisonner au maximum son boulot et sa vie de famille.

Ida poursuit, le regard mélancolique :

« Je pense que le mieux serait qu'on fasse une pause, qu'on vive un moment séparés, le temps de faire le point sur ce qu'on veut vraiment. »

Elle triture la longue tresse qui lui retombe sur l'épaule, fixant le fond de sa tasse de thé comme si elle y cherchait des réponses. Puis elle essuie une larme de son index.

« Je te demande pardon… »

Daniel n'arrive pas à intégrer ce qu'elle vient de dire. Il a entendu les mots, mais leur sens lui échappe. Rien ne l'avait préparé à ça.

Ida le dévisage comme si elle attendait une réaction, mais Daniel n'a pas la moindre idée de ce qu'il doit dire. Une fatigue paralysante l'envahit. Il se sent groggy, sa tête lui tourne comme s'il avait bu.

Lorsqu'il se lève de sa chaise, il vacille, peinant à tenir sur ses pieds. Il est incapable de réagir à ce qu'Ida vient de lui annoncer.

« Je vais me coucher, marmonne-t-il en titubant vers la chambre.

– Tu ne veux pas qu'on en discute ?

– Plus tard. »

Il a du mal à garder les yeux ouverts, comme si ce dernier choc avait mis tout son système en veille. Une couche de confusion vient s'ajouter à l'épuisement extrême provoqué par les événements de la semaine écoulée.

Il n'a même pas la force de penser aux conséquences de cette annonce pour Alice.

Tout ce qu'il veut, c'est retrouver son lit, laisser le sommeil le happer, oublier la réalité pour quelques heures.

Demain, il essaiera de faire le point sur sa vie. Maintenant, dormir est la seule chose dont il soit capable.

125

Ces deux derniers jours, Hanna les a surtout passés à comater.

Elle est allongée dans son lit, la couette remontée jusqu'au menton, Morris blotti contre son épaule. Elle a dû négocier ce compromis : le chat s'installe plus volontiers encore sur sa poitrine, mais elle a alors tant de mal à respirer qu'elle doit le forcer à prendre ses quartiers un peu plus haut.

Seule la lampe de chevet est allumée, jetant dans la chambre obscure une lueur douce, reposante pour les yeux.

Elle vient de finir de manger. Depuis son retour de Storlien, Hanna n'a pas eu le courage de se cuisiner un vrai repas, mais cet après-midi, Lydia est passée lui apporter les restes du dîner pascal de samedi soir auquel elle n'a pas pu assister. Contrairement à ce qu'elles avaient espéré, les deux sœurs n'ont guère eu le temps de se voir cette semaine, même si aujourd'hui, elles ont pu s'offrir un moment toutes les deux sans être dérangées. Lydia a serré longuement sa sœur dans ses bras et l'a écoutée se confier sans l'interrompre.

Demain, elles ont prévu d'aller skier ensemble dans la vallée de l'Ullådalen, s'arrêter sur un versant bien exposé pour prendre leur goûter dans le soleil de l'après-midi, profiter de la douceur de l'air et de la neige encore froide sous leurs spatules.

Le commencement du printemps est la meilleure saison à Åre.

Depuis les événements de Storlien, qui continuent à l'accaparer, Hanna n'a au moins pas souffert d'insomnies. Au contraire : elle a constamment sommeil, comme si cette interminable journée l'avait vidée de toute son énergie.

Daniel a téléphoné pour prendre de ses nouvelles, tout comme Grip, sa supérieure, qui lui a rappelé son rendez-vous chez le psychologue du travail au retour du week-end. Elle a assuré à l'un comme à l'autre qu'elle allait bien, compte tenu des circonstances.

Hanna plonge la main dans la fourrure soyeuse de Morris. Il a une bourre de poils sur l'une des pattes arrière. Tandis qu'elle essaie de la lui retirer, l'écran de son portable s'illumine.

C'est Henry.

Après une seconde d'hésitation, Hanna s'empare du téléphone.

« Allô ?

– Hanna ! Comment vous sentez-vous ? »

Sa voix chaleureuse lui met du baume au cœur. Il a l'air de se faire sincèrement du souci pour elle.

« Épuisée, répond-elle en toute franchise.

– Ce que vous avez fait pour Filip… Je ne sais pas comment vous remercier.

– C'est mon travail, vous savez, bredouille Hanna, un peu gênée par le compliment, avec un geste évasif de la main qu'elle seule peut voir. Comment va-t-il ?

– Mieux. Je vais le chercher demain à l'hôpital d'Östersund. Il était sévèrement déshydraté à son admission. On m'a dit aussi qu'il avait été drogué : c'est sans doute comme ça que Mogren l'a fait monter dans la voiture. Physiquement parlant, il est sur pied. Psychologiquement, c'est une autre histoire… Il va avoir besoin d'énormément de soutien et d'un accompagnement psychologique. »

Pauvre garçon, songe Hanna. Vingt-trois ans et déjà un tel traumatisme !

« J'ai proposé à Filip de venir s'installer chez moi quelque temps. Même s'il a Emily, je pense qu'il a vraiment besoin d'un soutien familial.

– Ça me semble une excellente idée. »

Hanna est rassurée de savoir Henry au chevet de son filleul. Si Erik Mogren avait eu un adulte pour l'épauler à la mort de sa mère, qui sait, tout ce drame aurait peut-être été évité... Quand une plaie reste à vif, on peut commettre des atrocités avec l'espoir d'apaiser la douleur – les événements de la semaine écoulée en sont la preuve tragique.

« Hanna, reprend Henry d'un ton plus doux. Je rentre à Stockholm avec Filip, mais je reviendrai dans quelques semaines. Il me reste beaucoup de questions à régler dans le projet Storlien, maintenant que Charlotte n'est plus là. »

La tête d'Hanna retombe sur l'oreiller. Dans la chambre silencieuse, elle n'entend résonner que le ronronnement satisfait de Morris. Prise d'un coup de fatigue, elle ferme les yeux quelques secondes.

« Je me demandais si nous pourrions nous revoir à mon retour, poursuit la voix d'Henry après quelques instants de silence. J'aimerais vous inviter à dîner, pour vous remercier de tout ce que vous avez fait. »

Il a un petit rire, comme embarrassé par ce qu'il vient de dire.

« Oh, et puis non, se reprend-il. Ça, ce n'est qu'un prétexte. J'aimerais vous inviter à dîner parce que vous me plaisez. »

Hanna sent son cœur bondir dans sa poitrine. Elle se redresse sur un coude, délogeant Morris de force, et tend l'oreille en attendant la suite.

« Je n'ai jamais rencontré personne comme vous, fait Henry à l'autre bout du fil. vous êtes... extraordinaire. »

Hanna a un sourire irrépressible. Il y a quelque chose, chez cet homme, qui la fait se sentir en sécurité, désirable. Cela faisait des mois, des années même, qu'elle n'avait pas éprouvé cela.

« Vraiment, vous trouvez ? répond-elle sans dissimuler le plaisir que lui procurent ces mots.

– Oui. Je suis absolument sincère. J'aimerais beaucoup, beaucoup vous revoir », assure-t-il de sa voix pénétrante.

Ses mots font leur chemin jusqu'au plus profond d'Hanna, amorçant en elle un lent dégel – quelque chose qui était resté glacé depuis bien trop longtemps commence doucement à se réchauffer.

« Si vous m'y autorisez, bien sûr… Et si vous en avez autant envie que moi. »

REMERCIEMENTS

De la première à la dernière page, j'ai éprouvé un immense plaisir à écrire *Chambre 505*. J'ai eu la chance inouïe de recevoir dans cette aventure l'aide précieuse de nombreuses personnes, venues d'Åre ou d'ailleurs.

Pour les besoins du récit, je me suis autorisé quelques libertés dans la description des négociations avec le preneur d'otage et de l'intervention policière, mais le déroulement des faits reste en grande partie fidèle à la réalité des opérations. En revanche, j'ai fait de la commune la propriétaire du terrain entourant l'hôtel de Storlien – qui est, en réalité, privé. La commission d'urbanisme de la municipalité d'Åre aussi bien que l'élu corrompu sont le fruit de mon imagination, tout comme le groupe Facebook de riverains furieux ou l'ensemble des employés du Copperhill Mountain Lodge (lequel, soit dit en passant, n'a pas de service de conciergerie).

S'il devait subsister d'éventuelles erreurs dans mon roman, j'en assume l'entière responsabilité.

Je tiens à remercier tout particulièrement Eva Ottosson Rask, directrice générale du Copperhill Mountain Lodge, et l'inspecteur de police Andreas Zehlander, à la tête du groupe Åre/Krokom, qui ont répondu avec générosité à mes très nombreuses questions tout au long de l'écriture.

Je suis également très reconnaissante aux personnes suivantes d'avoir donné de leur temps pour m'apporter leur expertise :

– la commissaire Sanna Matsson, directrice de la police judiciaire d'Östersund

– Lars-Göran Berglund, chef d'équipe au sein du groupe d'intervention régional d'Östersund

– Mikael Johansson, gardien de l'hôtel Högfjällshotell de Storlien

– Janne Werkelin, codirectrice de l'hôtel Åregården

– Daniel Danielsson, maire d'Åre

– l'inspecteur Erik Norlander, maître-chien au sein de la police d'Åre

– Lars Olsson, agent de police à Åre et ancien maître-chien

Je tiens aussi à mentionner les podcasts Polispodden Umeå et Polispodden Öst, dont l'écoute aussi instructive qu'agréable a été pourvoyeuse de connaissances précieuses sur le travail de la police.

Un grand merci au commissaire Rolf Hansson, de la police judiciaire, qui m'aide depuis plusieurs années dans l'écriture de mes romans, et à mes chères amies Anette Brifalk, Helen Duphorn, Madeleine Lyrvall et Gunilla Petersson, qui ont toutes lu et commenté le manuscrit au fil de sa rédaction. Merci également à Ulrika Bauman Edblad, d'Åre, pour ses remarques avisées.

Un·e écrivain·e n'est rien sans sa maison d'édition. Toute ma gratitude va à ma merveilleuse éditrice Ebba Östberg ainsi qu'à mon conseiller littéraire et ami John Häggblom. Merci à Lisa Jonasdotter Nilsson qui s'est battue sans relâche avec le texte jusque dans les plus infimes détails. Grâce à toi, Lisa, ce livre a infiniment gagné en qualité !

Comme toujours, j'ai été honorée de travailler aux côtés de Sofia Heurlin, dont je salue le professionnalisme, et de toute de l'équipe de la maison d'édition Forum, ainsi qu'avec la sympathique équipe de relations publiques de l'agence Micael Bindefeld AB.

Anna Frankl, tu es la meilleure des agentes, c'est un bonheur de travailler avec toi ! Merci également à Joakim Hansson et à toute l'équipe de Nordin Agency, et à ma formidable assistante Madeleine Jonsson.

Ma fille chérie – et consœur – Camilla Sten m'a fait part de ses remarques sagaces, ce dont je lui suis profondément reconnaissante.

Et pour finir, merci à mon très cher Lennart. Merci d'être toujours là pour moi.

Åre, le 1er septembre 2022,
Viveca Sten

DE LA MÊME AUTRICE

Aux Éditions Albin Michel

LA REINE DE LA BALTIQUE, 2013.
DU SANG SUR LA BALTIQUE, 2014.
LES NUITS DE LA SAINT-JEAN, 2015.
LES SECRETS DE L'ÎLE, 2016.
AU CŒUR DE L'ÉTÉ, 2017.
RETOUR SUR L'ÎLE, 2018.
DANS L'OMBRE DU PARADIS, 2019.
AU NOM DE LA VÉRITÉ, 2020.
SOUS PROTECTION, 2021.
UNE ÉCHARPE DANS LA NEIGE, 2022.
LES OMBRES DE LA VALLÉE, 2023.

Composition : Pixellence
Impression : Imprimerie Floch, août 2024
Éditions Albin Michel
22, rue Huyghens, 75014 Paris
www.albin-michel.fr
ISBN : 978-2-226-46213-8
N° d'édition 24521/01 – N° d'impression : 105351
Dépôt légal : octobre 2024
Imprimé en France